男人那点事儿

袭慕寒 著

重庆出版集团 重庆出版社

图书在版编目（CIP）数据
男人那点事儿 / 袭慕寒著. — 重庆：重庆出版社，2012.8
ISBN 978-7-229-05288-1

Ⅰ. ①男… Ⅱ. ①袭… Ⅲ. ①长篇小说 – 中国 – 当代
Ⅳ. ①I247.5

中国版本图书馆 CIP 数据核字(2012)第 120980 号

男人那点事儿
NANREN NADIAN SHIER
袭慕寒 著

出 版 人:罗小卫
责任编辑:陶志宏 曾 玉
策划编辑:胡 博
责任校对:李小君
装帧设计:柏拉图

重庆出版集团
重 庆 出 版 社 出版
重庆长江二路 205 号 邮政编码:400016 http://www.cqph.com
北京新世界文慧图书发行有限责任公司制版
北京兴湘印务有限公司印刷
重庆出版集团图书发行有限公司发行
E-MAIL:fxchu@cqph.com 邮购电话:023-68809452
全国新华书店经销

开本:710mm×1000mm 1/16 印张:20 字数:320 千字
2012 年 8 月第 1 版 2012 年 8 月第 1 版第 1 次印刷
ISBN 978-7-229-05288-1
定价:32.00 元

如有印装质量问题,请向本集团图书发行有限公司调换:023-68706683

目　录

一　再聚首

“这回的同学聚会，你可必须得参加！”汪文燕的口气，仿佛依然是当年的班长。

“我的大班长，咱五一可能还要加班劳动呢，未必回江海市。”梁宇良一边打着电话，一边剔着牙，歪着身子，脱了鞋把脚抬上了办公桌。这是个独立的办公室，原本落地玻璃可以让室内显得很亮堂，但梁宇良进来以后，窗帘就再没拉开过，他可以肆意地摆出各种坐姿或睡姿，然后抽烟、打嗝、放屁。其实他心里清楚，在广州中源地产代理公司，他梁宇良算是混到头了，别说加班，就是他来或者不来，除了行政部查查指纹，根本就不会再有谁去过问。不过，都市人嘛，不忙也得装忙。

“龙承章、凌兰语都说好了要来，你们这中学时期的三巨头怎能不聚首？我印象中没有一次同学聚会你们仨是到齐了的！”

“姐姐，我们三巨头只要都在江海市，那是天天聚首。至于同学聚会嘛，只有凌兰语每回都不来。关键问题还是出自你身上啊！”梁宇良说罢就开始贼笑。

“……”汪文燕一时语塞。

“当年我跟凌兰语同时追你，我败在他的痴心情长剑之下得以及早脱身。你们这对神雕侠侣哀怨缠绵了3年，哦，不对，不算追求的时间应该是2年。毕业时你一脚把人蹬了，人家抱着我和龙承章那是一把眼泪一把鼻涕啊！话说当年经济条件也不好，想醉生梦死也没有物质基础，二锅头还得买绿瓶的，直接把我们三兄弟的胃都整废了！”

“得，别话唠，当年就是看你不靠谱，我才选了兰语。还有，后来我考了北京的大学，兰语只考了江海大学，不是我蹬了兰语，而是这一南一北的距离太不现实！”

“你看你看，还说90后的小妹妹现实，你这个81年的大姐姐早在十多年前就现实得不行了！”

“你丫真犯欠！见了面再收拾你！还有，我不是81年的，我是82年的！”汪文燕很认真地抠着字眼，1981年和1982年的区别只有一年，但29岁和30岁的差距却有10年！

挂了电话，梁宇良凝住了脸上的笑容，闭上双眼，把身子再往大班椅上靠了靠，仰着头，用力放了个响屁。

“梁经理……”行政部的小职员没有敲门，就直接推门进来了，同时掩着鼻子、皱着眉。

梁宇良装作没看到她的表情，保持着他舒服的姿势，从喉咙里懒懒地“嗯”了一声。

“这个月你有12次全天没有打卡，4次早上没打卡，3次下午没打卡。公司规定，外出办事需要到行政部报批，否则就作为旷工处理了。”

梁宇良有点不耐烦，说：“考勤单你放这吧，我找副总签一下。这段时间经常跑市场，我们市场部日晒雨淋、冲锋陷阵的，肯定不能像你们行政部那样朝九晚五！”

考勤单拿给副总时，副总对梁宇良进行了深刻的批评，他最后的那句“宇良，你这样的状态让我很痛心”，说得是痛心疾首、撕心裂肺。

梁宇良也十分痛心疾首、撕心裂肺，那是因为副总不肯签字，这个月的工资得扣掉大半！回到办公室，他迅速在网上订了当晚回江海的机票，过节，回家！

江海市是广东的一个沿海小市，离广州也就一小时的机程。一下飞机，梁宇良就嗅到了咸咸的海风味道。逃离广州那个钢筋水泥的大牢，故乡的空气啊，实在让人心情舒畅！

许诺早早就在机场出站口左顾右盼，看到梁宇良的身影，她兴奋地挥手大叫：“宇良！宇良！”

梁宇良过去轻轻地搂着许诺的细腰，凝视着她的大眼睛，然后刮了一下她的鼻子：“让我看看我最最漂亮的老婆大人！说，想我了吗？”

“我想马上吃了你！”许诺拉过梁宇良的手臂，狠狠地咬了一口。

“龙承章和凌兰语呢？”梁宇良牵着许诺的小手，四周看了看。

“他俩在停车场抽烟等你呢。”许诺依着梁宇良的肩膀，生气地撅起了小嘴，“就想着你那些狐朋狗友，这么久没见老婆了，你也不关心一下！”

“老婆大人，我这不是就在你身边、在你怀里吗？今晚我整个人都是你的，随你折腾！”梁宇良一脸坏笑。

“你说的哦！一会儿阿龙和兰语肯定得叫你喝酒，你就说累了，想回家休息了，别跟他们一起疯醉！今晚你是我的！”许诺紧紧地拉住他的手。

梁宇良没接话，心里有点不爽。现在是他的事业低谷期，他最想跟兄弟们诉诉苦，买买醉，而且是烂醉！

停车场上一辆奥迪Q7的白色LED前灯对着梁宇良闪了闪，定睛一看，车上坐着的正是自己的两个死党：龙承章和凌兰语。

“鸟枪换大炮啊！你那台破丰田呢？”梁宇良上了车，重重地把车门关上，“你听这关门的声音，板筋够厚实的啊！再一看你那模样配这车，就知道肯定是个司机！”

龙承章冲梁宇良晃了晃手腕上的表，说：“见过戴这种表的司机吗？”

梁宇良仔细一看，Piaget的标志十分醒目，表上铺满炫目的钻石。“你家祖坟冒青烟了？原来不是戴着帝舵吗？现在跳级成伯爵了？这手钻石起码得10万吧！”

龙承章牛哄哄地说：“30万，还不打折！”

“开Q7，戴伯爵，这是典型的暴发户啊！我跟凌兰语还在小资线上挣扎徘徊呢！这厮的大跃进让我们太难受太难受了！”说着，梁宇良给副驾驶位的凌兰语发了根烟。

凌兰语没接，说：“你这玉溪太次，我刚抽了龙总的好烟，还在回味——中华，软的！”

“别点烟！这可不比当年的丰田，车内禁止吸烟！”龙承章继续装牛。

梁宇良没管他，自顾地把烟点上，说：“问你话呢，你是发了哪门子横财？瞧瞧你现在这派头！”

“你以为有啥好事？开发商欠咱家的工程款不给，把这车当100万先抵了过来，还有一屁股债没收呢！这年头，地主家里也没有余粮啊！”

“余粮个屁，你那表呢？也是抵债的？”

“戴着玩的。一朋友在深圳淘的水货，1000块，以假乱真！话说，开Q7的戴块伯爵，应该没有人会质疑它的真假吧？”龙承章又晃了晃手腕，表上铺满的钻石有些刺眼。

“你直接让我无语！去哪？”

凌兰语说："还能去哪，每回你梁总到江海市，考察的第一站那必然是肥佬海鲜大排档！"

这时许诺偷偷捏了一下梁宇良的手臂，脸拉了下来。梁宇良装作没发觉，继续跟俩兄弟一路海侃。

肥佬海鲜大排档就在海边的酒吧街上，路边摊露天烤，吹着海风，听着吵吵嚷嚷的碰杯声、划拳声、色子声，看着满满一桌的炭烧生蚝、秋刀鱼、扇贝、烤鸡翅、灼海螺……配上老珠江啤酒，惹得梁宇良口水直流。

"干杯！"三人举杯，一饮而尽。只是一旁的许诺一言不发，脸色不大好看。

"嫂子，咱难得一见，你得多体谅，给宇良放放假。"龙承章看出了许诺的不快，赔笑着。

许诺勉强挤出了点笑容："少喝点！"

梁宇良接话："那是那是，少喝点，一会儿喝多了，还得劳我老婆开车呢！这新手上路就开上了 Q7，只怕你龙总不放心那台爱车。"

龙承章忙说："别，不敢劳嫂子动手，我老婆一会儿过来，她开。"

梁宇良想起两个月前龙承章的老婆何雨晴意外流产，忙关心地问道："嫂子现在身子恢复得怎样？"

"恢复得不错……"龙承章顿了顿，没再说什么。大家也知道他作为家里的长子，承受的压力很大，于是也没多问，扯开了别的话题，一口烟一口酒地海侃。

开始喝酒后，梁宇良就不再顾忌许诺的暗示，不停地干杯拼酒，开始喋喋不休地讲述自己在广州的不顺。

"兄弟，你不是不顺，而是之前太顺了！"凌兰语说，"人不能太顺，那会经不起考验和打击，也不能懂得珍惜和感恩。有句话我得送给你——耐得住寂寞，守得住繁华。"

"耐……忍耐……你的意思是我现在要忍耐？"

"只是心态上的建议。"龙承章接话了，"我估计你在广州中源也算是彻底没戏了，毕竟你是利用职权炒房东窗事发的。虽说是行业潜规则，但这是被你们公司内部的对手捅出来的，总部必须对你有所处理。只要你的对手一天不离开公司，你就不可能再有出头之日。我看，总部对你的处理那是曹操哑谜里的鸡肋，虽说弃之可惜，但已经食之无味了。"

“小人哪！一时大意，倒是老猫烧须了！”

“小人很正常，到哪都有，而且你也算不上老猫。俗话说，害人之心不可有，防人之心不可无，但这话其实是矛盾的，不懂害人，又怎么懂得去防范？”龙承章淡淡一笑。

“这么说，你还害过不少人？”梁宇良打了个酒嗝。

“影响到自己利益的人，自然需要对他来点手段。”龙承章眯着眼轻轻抿了口酒，“我觉得你还是回来吧。江海市的地产市场跟广州比，虽然是小儿科，但也算是起步了。这两年的发展还不错，回来会找到属于你的一片天的。况且你也结婚了，两地分居也不是个事儿！”说完，他意味深长地看了眼许诺。

回来……这话说到了许诺的心坎上，这是她盼望了多少个年头的事。6年了！大学毕业后，她跟梁宇良就一直分居两地，男儿志在四方，自己则留守家中，季度夫妻那是有苦难申。每逢梁宇良回家，她限制他的自由，要求他在自己身边寸步不离，显得很霸道。其实，作为一个小女人，她只是分外地珍惜爱人在身边的分分秒秒。

“梁总您可算回来了，我们家龙龙盼星星盼月亮的可是天天念叨着您老人家呀！”闻声望去，只见何雨晴翩翩而至，一袭巴宝莉的经典格子连衣裙，手上挎着精致的GUCCI小坤包，长发盘着，露出耳垂下亮晶晶的钻石耳坠，年纪轻轻倒是贵妇气场十足。

“怎么这么晚才来？不是说了梁宇良10点到吗？现在几点了？”龙承章指了指手表。

何雨晴脸上的笑容凝了一下，说道：“牌友不让走，再说了，宇良都是老朋友了，你包接送、管吃喝的，让我来不就是给你们兄弟几个当司机的吗？”

“嫂子快快请坐！”梁宇良闻到了点火药味，连忙请何雨晴坐下，一边吩咐服务员多置碗筷，一边跟何雨晴开起了玩笑，“嫂子现在是越来越销魂了！”

“去！净说些不着边的话！”何雨晴给了梁宇良一个白眼，拉着许诺的小手，亲热地说，“妹妹呀，几个月都见不到你老公一面，怕是想疯了吧？姐姐还是劝你，这回就把他绑着不让他再走了。他要做那没有脚的麻雀，你就把他的翅膀给折了！”

许诺苦笑：“翅膀折了也没用，他的心还是到处乱窜！”

“来来来！继续喝，继续喝！最重要的是不要让他停！”梁宇良见势连

忙举杯……

把梁宇良他们都送到家,何雨晴一路开着车,没有再说话。龙承章没有醉,但也扶着额头眯着眼睛,沉默着。

倒是何雨晴打破了沉默,把音响开到了最大声,Eminem 沉重的鼓点震得龙承章的太阳穴一阵一阵地疼了起来。他实在忍不住了,把音量关小,说:“有病吧你!”

何雨晴猛地踩了刹车,惯性使安全带勒紧了龙承章的胸口,勒得他生疼,只听后面的车辆“吱”的一声刺耳的急刹,然后拐过来一辆车,车主摇下了车窗骂道:“有病吧你!”

“对,我有病!”何雨晴冲着窗外的车子咆哮起来,然后趴在方向盘上“呜呜呜”地抽泣起来。

龙承章想说点什么,又不知道该说什么,摇摇头,打开车门,扔下何雨晴,自己步行走了。

回到家,吹了点风,他有点冷,头疼。看看时间,2 点半了,丈母娘还在客厅看着电视,一见只有他,就问道:“晴晴呢?没跟你一块儿吗?”

龙承章支吾了一下:“她快回来了,妈,你先睡吧。”

刚换好拖鞋,何雨晴就回来了,一进门就气冲冲地把钥匙砸在地上,冲他吼道:“龙承章,我们玩完了!我要跟你离婚!”说罢就冲进房间,翻箱倒柜。

龙承章有点无奈,应付了一下丈母娘,才走进房间把门合上,说:“干吗呢你?”

“我他妈要跟你离婚!”何雨晴翻出了结婚证,作势就要撕掉。

龙承章忙过去抢,抢到手时,结婚证已经成了两半,证书上两人亲密地靠在一起的照片,也从中间裂开了。

然后两人没再说话,何雨晴喘着粗气瘫坐在床上,泪水止不住地往下流。

良久,龙承章拿了被子,一声不吭地打开房门,正好跟贴在门外的丈母娘打了个照面,丈母娘尴尬地笑笑,说:“有什么事好好说嘛,晴晴这孩子不懂事。”

龙承章挤出了个苦笑,说:“妈,没事儿,我感冒了,不想传染给晴晴,今晚就睡客厅了,你快去睡吧。”

丈母娘叹了口气,进房好声安慰何雨晴。

龙承章躺在客厅沙发上，合不上双眼。他看着天花板发呆，隐约能听到丈母娘跟何雨晴的絮絮叨叨，但他无心去听，脑子里只是一片空白……

凌兰语回到家，轻手轻脚地关上门，馒头凑了过来，没有叫，只是围着他打圈圈地到处嗅着。

馒头是只斑点狗，5岁多了，是凌兰语跟佘婷相恋2个月时抱回来的，那时候馒头也是2个月大。当时刚参加工作没啥钱，凌兰语为了讨佘婷开心，省吃俭用了几个月才凑够买狗的钱。狗有了，但是缺狗粮，虽说这只身价不菲的小家伙嫁鸡随鸡的很懂事，不挑食，什么剩菜剩饭它都狼吞虎咽，但为了保障它发育期间的足量狗粮和牛奶，接下来的一个多月，小两口早、中餐都是啃馒头，饿得眼冒金星。"馒头"这个名字就是这么得来的。

馒头见证了小两口的一路艰辛，但也不失甜蜜温馨的爱情。至今，5年。

凌兰语抱着馒头摸了摸它的下巴，然后轻手轻脚地走进房间，屏住呼吸看了看床上，"咦？"他揉了揉眼睛，开了灯——床上没人。

"怎么回事！"掏出手机，拨了佘婷的号码，响了很久才接通，那边是吵吵嚷嚷的音乐声。凌兰语皱起了眉头："几点了，还不回家？"

"跟朋友在久库玩会儿，吃完夜宵就回去。你别等我了亲爱的，先睡吧！"佘婷喝了酒，玩得很尽兴。

"还夜宵？你是想天亮再回来还是直接开房不回来了？"凌兰语气不打一处来。

"干吗呢，干吗呢？"那边的嘈杂声渐渐变小，听得出佘婷走出了夜场，"我跟些朋友在外边聚聚，你犯得着这么管制吗？说话怎么就这么难听呢？你还真希望我找个帅哥开房不回去了，是吗？凌兰语，你敢这么说，我就真这么做，让你好看！"

"别别别！"凌兰语马上就软了下来，"早点回来吧，我等你……"

"就这样吧！"佘婷没说多余的话，直接把电话挂断了。

"天天都三更半夜的不回家！这他妈还像个家吗？"凌兰语作势就要把手机砸了，在用力甩开手的瞬间，又把投射目标从地面转到了床上，手机在席梦思上砸了下去，又弹了起来。看着手机完好无损，他无奈地耸耸肩，"凌兰语，你真他妈不是个男人！"

梁宇良回到家就直接钻进厕所里吐了起来，起码吐了10分钟才吐干

净。他站起来眯着眼睛就摸上了床，等许诺拿热毛巾给他擦脸时，他不停地扭着身子，呢喃着“头疼”。

“喝喝喝！喝死你！”许诺一边埋怨着，一边帮他盖好了被子。

洗完澡，换上了精心挑选的睡衣，在镜子前打量着自己：沐浴过后的皮肤透着雾气，显得很水嫩，紫色的丝质内衣透着若隐若现的柔情，薄纱蕾丝花边、深V开领使自己饱满的胸部呼之欲出……许诺脸上微微有点潮红，满意地点了点头：“杀死你的温柔！”

许诺爬上床依在梁宇良的身边，靠着他的背脊，搂紧了他，紧得一丝空隙都没有，紧得似乎永远都不想放开手。

许久，许诺轻轻地推了推梁宇良：“老公……”

没反应，许诺又重重地推了几下，他也只是梦呓般地“嗯”了一声。许诺恨恨地叹了口气：“死鬼！”然后蹬了像死猪一样的梁宇良几脚，背过身把被子蒙上了脸。

三个男人，各有各的故事……

还没天亮，梁宇良就醒了，一阵阵的头痛。

身边依着的许诺睡得正香，长长的睫毛微微地颤着，脸上带着甜甜的微笑。

晨勃？看着爱人，梁宇良渐渐有了生理反应。好久没那个了，他摸索着把手伸进了许诺的睡衣……

片刻后，梁宇良满足地瘫睡在许诺的身边，一边搂着她，一边轻轻地理着她的长发。“对不起老婆，太久没那个了，我……比较快。”

“没事，挺好的。”许诺勉强一笑。其实她并不喜欢晨爱，梁宇良隔夜宿醉的烟酒味差点没让她窒息。加上他久未沾腥，粗暴猴急，不但撕烂了她的高价睡衣，还在她没有进入状态的情况下就强行进入了，干燥使二人都感觉到了刺痛。等许诺刚刚来了点状态，他又成了霜打的茄子。

梁宇良把头埋进许诺的长发里，喃喃地说：“委屈你了，老婆。”

许诺眼眶突然湿润了，拉过爱人的手，紧紧地握住，久久不肯放开。

龙承章一夜没合眼，看到天微微亮了起来，他起身走到阳台，点了根烟，看着朝阳晨露，他深深地叹了口气。

身后突然有人环住了他的腰际，回头一看，正是何雨晴……

吵架的导火线是何雨晴那不争气的肚子。3 个月前，何雨晴因为感冒喝了一大锅板蓝根，后来才知道自己已经怀孕，胎儿自然是保不住了。这事对于龙家长子龙承章来说，可是大大的遗憾。

龙家虽然不算名门望族，但也算是大富之家，之前两人相爱，门不当户不对的就受到了龙家的极力阻挠。龙承章顶住了层层压力跟何雨晴结婚，只差没跟父亲脱离关系。何雨晴原本以为进了门就能逐渐跟龙家搞好点关系，谁知道龙家对她就从来没改观过，表面上和和气气，实际上还是看不起她那毫无背景的单亲家庭。罢了，麻雀变凤凰未必是大团圆结局，打掉了门牙也得和血吞掉。

但这次的流产让龙家撕破了原本的客套，龙家奶奶明里暗里都在埋怨，龙承章的父亲也多有怨言，加上龙承章的后妈嘴里阴阳怪气的絮叨，让何雨晴深受委屈。委屈就委屈吧，怪也只能怪自己不注意。更过分的是，何雨晴流产还不到 2 个月，身子还没恢复好，龙家老奶奶就问她来没来例假……不是何雨晴多心，是她太了解龙老奶奶的心思了，她老人家是太想抱曾孙子了，想疯了，这句问话是暗示何雨晴该做再造宝宝的准备了！

“你们龙家的都是疯子！把我当成什么了？生娃工具？有没有给过我一点点起码的尊重和关心？我知道，你们龙家一直瞧不起我，以为我攀龙附凤，爬上枝头变凤凰了！我流产，你奶奶半句不过问我的身子，只关心我的大姨妈，你后妈阴阳怪气地说没事没事，起码证明还能生……还有你爸，从来就没拿正眼看过我。你看他对你弟媳那态度，说好听点是慈眉善目，说难听点是巴结奉承！啥了不起的，不就是因为她爸是银行行长吗？至于这么低三下四的吗？银行行长能给他施舍多少个银两……”何雨晴越说越激动，歇斯底里。

没等她把话说完，龙承章就给了她一个耳光。

龙承章是个大孝子，从小被农村的奶奶带大，那时候家里穷，穷得他 7 岁前都没怎么穿过鞋，经常踩得满脚牛屎，奶奶省吃俭用地把孙子拉扯大了，所以两人感情极为深厚。而父亲常年在城里务工，一步一个脚印地做到今天的家业，也实为不易。龙承章作为长子，在外要担起父亲的工作，在内常受后妈的挤对，既要继承家业，也要早日添丁，总之那是压力重重。他不是不知道何雨晴也有来自各方面的压力，也不是没有体谅她的难处，但是，何雨

晴流产后，整天大吵大闹，间歇性地发脾气，实在是让人无法忍受。龙承章对于家的定义很简单，家就是个避风港，回家只想求得片刻宁静。何雨晴把表面看起来很好的平静打破了也就罢了，但她把自己最最尊重的奶奶和父亲辱骂了，那可是龙承章无论如何也不能接受的！

于是两人至今冷战了一个星期。

龙承章抚过何雨晴的双手，说："别给自己太多压力。奶奶是个老封建了，你嘴上应付一下，调养好身子以后，我们再要宝宝，没事的。"

"对不起……"何雨晴有点无奈地自嘲道，"都怪你老婆不争气。"

凌兰语醒来的时候，身边没人。

他愤怒了，打开手机，发现不知道什么时候关了机，忙换上电池，拨通了佘婷的电话。对方刚一接通，他就冲着话筒吼了起来："像话吗你？一个妇道人家，一整夜不回家！"

"一整夜不回家？呵呵，凌兰语，我倒要问问你，我是为什么整夜有家不能回？"佘婷的声音也很愤怒。

凌兰语糊涂了："什么意思？难道说还是我把你赶出家门的？你是什么态度？"

"我不回家？昨晚挂了你电话，我就急急忙忙地往家里赶！谁知道气喘吁吁地跑回家，门反锁了！敲了半小时门，你没反应，给你打电话，你关机！凌兰语，你这个小气鬼，还玩关机锁门这一招！我在网吧里蹲到了现在，顶着俩黑眼圈闻了一晚上臭脚、臭汗味，你还要恶人先告状！你还是个东西吗你？"

"啊？"凌兰语忙起身走到门锁那试了试，确实反锁了，忙说："婷婷，我昨晚喝多了，回家习惯性地锁了门，然后手机没电了，我睡得又死……"

佘婷直接把电话挂了。再打过去，她也不接。

凌兰语急匆匆地出了门，开着他的破捷达满大街地找网吧。

家附近的网吧不多，找到第二家，凌兰语就看到了佘婷。通宵时间已经过了，网吧里没什么人，她正挂着耳机目不转睛地看着韩剧。

"老婆，冷了吧，快回家去，被窝都帮你暖好了。"凌兰语讨好地把身上的外套脱下，披在佘婷身上。

佘婷把外套扯开，用力地扔到了一边，继续旁若无人地看韩剧，把凌兰语当成了空气。

“老婆大人……”凌兰语差点没给她跪下，半蹲着对佘婷媚笑着。

“不敢当，不敢当，咱是有家不能回啊！”佘婷脱掉耳机，对凌兰语笑笑，“麻烦你收拾收拾家里属于我的东西，就扔在楼下行了，看完这集我就过去取！”

凌兰语看看四下没什么人，就开始自抽耳光：“大人息怒，大人息怒，小的再也不敢了！”

佘婷看网吧里开始有人探头探脑地看笑话了，也就坐不住了，不耐烦地站了起来：“你烦不烦呀，别在这儿丢人现眼的！”

凌兰语嘿嘿一笑，说道：“那是那是，老婆大人要对我进行深刻的批评教育，那也得回家关上门来办嘛！”

“哼！”佘婷撅起了小嘴，把包包使劲往凌兰语身上一砸，“帮我埋单！”走到一半，又回头恶狠狠地对他说：“罚你这个月没有零花钱，还有，这个月的衣服你洗，碗你洗，馒头你洗，馒头的屎屎尿尿也是你洗！”

“宇良这孩子，打小就不喜欢吃水果，许诺你得逼着他吃！”晚饭后，梁宇良的母亲把削好的苹果不容推脱地塞进梁宇良嘴里，话锋一转，“小两口这么长期两地分居下去也不是个事儿……”

看到婆婆道出了自己的心声，许诺忙附和说：“就是就是，况且现在他在广州的工作也有了些调整，我看他是混到头了。”

“什么话呢？”梁宇良皱起了眉头，咬了口苹果，有点酸。

“你外公的部下，袁伯伯，你也见过的。听说现在在做房地产，就在开发区，好像还挺大的，要不你去他那试试看？”

“外公都走了一年了，况且就算他还健在，也没几个人会买他的账了……一朝天子一朝臣，现在现实得很，不比你们那一代，多少还有点情谊讲！”梁宇良忍不住给老妈上起课来。

外公是老革命，原军分区政委，少将。这个“原”字一直要追溯到 1981 年，那一年，梁宇良刚出生，外公刚离休。依稀记得自己很小很小的时候，外公带着外孙们经常去部队，很多肩上很多杠的干部鞍前马后地接待。外公很节俭，无论接待的人怎么要求，他都是坚持要吃部队的饭堂，还在饭局上严肃地批评时下的社会风气和官僚主义……

从严格意义上来说，梁宇良是高干子弟。很无奈，外公一身正气，子女也都是部队转业出来在机关混个平头百姓。孙子辈就别说了，半点光都沾不

上，从读书到工作，没有半点特权，纯靠自己打拼。去年外公走了，接着没多久，外婆也随他去了。俩老革命省吃俭用一辈子的遗产仅仅是20多万存款，和破巷子里的破房子，那还是离休时政府安排的。

“我找找看，看看还能不能联系到他。”梁妈对梁宇良的话置若罔闻，起身就走进卧室翻电话簿。

梁宇良无奈地耸耸肩，许诺倒是满心期待地说：“你不是一直想进甲方吗？现在不就是个机会吗？”

“这种小房开，说实话我还真没啥兴趣！”梁宇良一脸鄙夷，“再说，原本以我的能力，在江海这种小地方，随便去哪家开发商混，都得当个总监或副总监。现在找那个袁伯伯，可能得从低层做起，进去了就直接沦为关系户，旁人看来还以为我没能力，只是个混饭的！”

“你也太抬举自己了！还总监副总监？在江海这种小城市，没关系你就注定得到处碰壁！凭关系怎么了？关系就是最大的能力！”许诺埋怨着，“原本以为你妈已经够落伍的了，外公那么大个官她没依靠，自己埋头苦干几十年，也就在个清水衙门混了个科长，要钱没钱，要权没权。现在连你妈都开通了，知道要去打点打点关系了，你倒是清高起来了！什么玩意儿！”

“袁哥吗？我是小程呀！”

“哪个小程？”

“哎呀，您真是贵人善忘，程政委的二闺女呀……对对对……”梁妈对着话筒笑得贼灿烂，总算找到组织了。

挂了电话，梁妈的笑脸就不见了，气哼哼地说：“什么玩意儿！你外公正师级时，他才副团！现在鼻子都朝天了！什么了不起的！”

“黄了？”梁宇良有点幸灾乐祸。

“让你五一放完假去见面。对了，你那清高的臭皮囊别挂着，别人现在摇身一变也是个大老板了，你要注意态度！”

“你都这种态度了，还要求儿子什么态度？”一直一言不发的梁爸推了推老花镜，突然蹦出了这么一句。

“当面一套，背后一套！”梁妈突然有点沮丧，“都退休了，才悟到这句话，晚了！”

突然，梁宇良的电话响了，是龙承章。“兄弟，今晚同学聚会，8点半，苏荷2楼218。”

“还有谁？”

“别啰唆，有我就够了！”

“你带把了，我没兴趣。”

“哎呀，我的哥，同学会同学会，拆散一对是一对！早点来，要不班花归别人了！”

挂了电话，许诺问是谁。

“龙承章，今晚我们中学同学聚会。”

“我也要去！”许诺挽上了梁宇良的胳膊。

“谁同学聚会带家属啊！”梁宇良挣开了许诺的手。

“谁规定同学聚会不能带家属啊？”许诺生气了。

“好了好了。”梁宇良编了个理由，“况且还是AA制的，我带了家属，别人不带，那多不好意思啊！”

许诺撅起嘴不说话了。

梁宇良无视：“你在家里陪爸妈说说话。”

许诺更生气了，婆媳关系虽然和睦，但梁妈的超级唠叨，她可受不了。于是她也编了个理由：“那我找司徒欢逛街去，你早点回来，别喝太多酒！”

其实凌兰语很喜欢跑黑车，夜里独行，审视着马路上的各色行人，停车、开窗、露出灿烂的笑容：“去哪儿？”对方很默契地说了地址，然后上车，接着沉默，最后到达目的地、收钱、下车、继续……捎带一趟，与人方便，与己油费，当然，也坏了的士司机大哥的生意。

重复的情景，不重复的人，有孤独加班、尚未吃晚饭的小白领，有接送孩子补习的家长，有情意绵绵的小情侣，有一身廉价香水味、深夜下班的小姐，形形色色，来去匆匆。当然，还有刚在树边吐完的醉鬼，这类型的凌兰语不拉，一是怕他吐脏了车，二是担心安全问题。通货膨胀让人们一夜之间感觉到自己的工资远不够生存消费，为了活下去，越来越多的人开始铤而走险。

接到龙承章电话时，凌兰语正在跑黑车：“还是不去了，我这还搭着客呢。”

“少来，你少跑一晚上饿不死你家馒头。梁宇良在路上了，别扭扭捏捏的，不就是你初恋情人吗，这么多年了，你还回味无穷？”

“好吧，我一会儿去。”凌兰语不想再纠结这个话题，于是把电话掐断了。

“这车子好窄！”副驾驶位上的乘客有点胖，委屈地舒展了一下身子。

“嫌窄？嫌窄你去坐公交车！”凌兰语心情突然变得很糟。

把那胖妞送到目的地，那妞高姿态地甩了张10块给凌兰语，下车后重重地甩上了车门，恶狠狠地说了声“破车”。

凌兰语回了一句“肥膘”。

把车开到了苏荷旁边，凌兰语没有马上下车，而是点了根烟……算了算，今晚只跑了两趟——20块。他给自己定过目标，每天晚上要挣100块，跑完才收工。如果遇到突发事件不能完成目标，那么该任务延续到次日，也就是说，明晚得挣够180块才能收工。

活着真累！凌兰语在家半死不活的小代理行当策划，底薪3000，奖金时多时少，大概1000。供房2000，租房1000，养车1500，养馒头500块……佘婷的收入虽然不低，但是花钱大手大脚的，今天一个包，明天一条裙子的，也是刚够月光。跑黑车的收入也就是挣个生活费吧。

想到自己的初恋，心里满是酸楚。汪文燕在凌兰语心里已经支离破碎的身影逐渐地整合、清晰起来。那是一段刻骨铭心的爱情，最终因为现实而画上了句号。

听说汪文燕后来在北京混得很好，也许她选对了吧。凌兰语叹了口气，对着车镜理了理头发，挤了个微笑。

说到同学聚会，有个段子：心眼多的钻被窝，心眼少的在唠嗑，不多不少在乱摸，一个心眼的在唱歌，缺心眼的就死喝。

一上去，凌兰语就看出了梁宇良和龙承章的心眼不多不少——在乱摸。梁宇良搭着女同学的香肩，凑着鼻子去研究对方的香水味。龙承章则有板有眼地拉着女同学的手看手相。

凌兰语决定先缺心眼地死喝，再一个心眼地唱歌。

“才子来了！”

不是梁宇良，也不是龙承章，他俩忙，压根没看到凌兰语。说这话的是一个肚子大大的男同学，他起身迎了过来，亲热地拉着凌兰语，说：“难得难得！不出动我们大班长，还真请不动你这个大才子凌兰语啊！不错，没怎么变，还是那么好身材！”

凌兰语自嘲一笑：“不才不才，只剩身材。”说罢跟席间各位欠了欠身子，算是打招呼，眼睛四下搜寻了下……

“找谁呢？大班长还没到！”胖子点破了凌兰语，拉着他在一边坐下，问道，“我可是认出你来了，你还记不记得我呢？”

“你是……”凌兰语这才细细打量了一下对方：大腹便便，一身名牌，拿着个 LV 的手拿包，手上的大钻戒如果不是水货，那得 10 万以上，劳力士金表……

“我猴子啊！原来老被你们三巨头欺负的那个！”胖子用力地拍了拍凌兰语，差点没把他拍趴下。

“你转型得太突然了！完全认不出来了！”想起来了，这厮中学时就挺暴发的了，拿大哥大上学。三巨头看不过去，老把他挤在巷子里敲诈零花钱。“不错不错，你这肚子，几个月了？”凌兰语摸了摸他的肚皮。

“嘿嘿，见笑见笑，这两年混得不错，身子也跟着发福了！”胖子笑眯眯地说，“开了车来没？”说罢还有意无意地摆弄了下腰际的车钥匙——奔驰的。

“没开，同学会嘛，多少得喝点。”凌兰语庆幸自己的钥匙放在了兜里。

“没事，我照喝，交警那边有人，多少得给点面子。”胖子拿过酒杯，两两一碰，“来，走一个！”

凌兰语笑笑干了，宿怨啊宿怨，胖子刻意表现出来的意气风发，不过就是想借此来清算当年的那口恶气罢了！抬眼一看，只见梁宇良和龙承章正在对他挤眉弄眼，就起身过去了。

“怎么样，今晚猴子埋单。别人混得好，咱也千万别客气，一会儿在旁边再开个房，叫仨小姐，也入他的账。”龙承章小声对凌兰语说。

“不就家里有点钱吗，至于拽得二五八万的吗！”凌兰语说，“你那伯爵呢？Q7 呢？也拿出来招摇招摇！”

“毛病！招摇啥呢？低调！低调！”

“别人当年被我们整得童年阴影，现在就给个机会让他踩在咱脑袋上拉屎撒尿吧。社会很现实，咱们得老实！”梁宇良喝了口酒，眯着眼睛搜寻着，看哪个女同学有点姿色。

毕业后，同学们各奔东西，少有联络，很多人或许都不能把同学的名字对上号了。跟同学们熟络了会儿，大部分人还是平凡的，有的人成了教师，有的人成了公司职员，有的人成了家庭主妇，有的人成了科长……话题无外乎工作、收入、家庭乃至孩子。男同学仿佛个个都是酒仙上身，打了鸡血地称兄道弟、海侃胡喝，先是一句想当年怎么怎么样，后是一句这么多年过去了咱都混了个半成品。女同学不再像以前那般青涩腼腆，唧唧喳喳地研究成人话题，当了妈的讨论孩子的奶粉、尿布，未生育的则好奇地讨教计划生育和分娩时的痛苦经历。

当然，原本几乎同质化的同学，经过这些年的人生历练，财富不可避免地有了等级之分，这个同学聚会索性就成了财富发榜会。凌兰语是比上不足比下有余，而原来的猴子，现在的胖子，理所当然地登了榜首。

看起来，胖子是巴不得天天同学聚会，以期在精神上压倒男同学，在肉体上征服女同学，把同学时期的意淫变成现实。当然，这是不可能的，毕竟形象太糟糕，加上一身名牌穿出了某相声演员的风范，所以一般是只有他吹，没有人理会。

再看龙承章和梁宇良二人，虽说不在财富上显山露水，但幽默健谈，倒是挺受女同学的欢迎。

凌兰语有些内向，加上觉得自己混得比较落魄，所以只是坐在一旁小口喝酒，顺便调整一下自己的心态。含着金钥匙出生，那是一个人最大的能力，可免除几十年的奋斗。大家大多是凡人，没有超好的运气和超高的智商，那就得按部就班地为生存劳碌，君不见许多以前读书很棒的同学，比如那个挂着千度近视眼镜的学习委员，现在也不过是个平凡的中学老师吗？

“大家好，不好意思，我来晚了！”

循声望去，正是汪文燕——看得出来，脸蛋精描细抹过，杏眼朱唇，眼睫毛刷得很翘，紫色的绸缎吊带长裙、LV 的披肩、细高跟鞋，使她整个人看起来很苗条。

凌兰语愣住了，也无法从字典里找出任何一个词语来形容自己的心情。他失态地、忘情地、贪婪地、痴狂地看着对方，却忘了起身迎接。

“大班长，您可来了！”胖子起身过去，夸张地张开臂膀就要和她来个拥抱。

汪文燕没有拒绝，被他熊抱了一下，脸上的微笑很礼貌。

她的到来算是掀起了这次聚会的高潮。同学们纷纷起身问好敬酒，不少当年对她有过好感的男同学，也非拉着她对唱，甚至跳舞。她保持着微笑，大方地来者不拒。

“好久不见。”一阵清香拂面而来，汪文燕坐到了凌兰语身边。

“忙完了？”凌兰语脱口而出，又后悔这话说得太酸。

“还好吗？”汪文燕笑笑，拿过两瓶百威，递给他一瓶。

“挺好的，你呢？”接过酒，跟她的酒瓶碰了下，抬头就灌了一大口。

“酒量还是那么好呢！”她也抬头喝了一口，这是她今晚第一次直接拿瓶子喝酒。

“没当年的豪情了，医生说我尿酸高，得戒酒。”说到当年，凌兰语想起失恋时的二锅头。

“什么时候跟女朋友结婚？”

“快了，就今年年底吧。你呢？”

“分手了，现在单身。”汪文燕淡淡一笑。

“会找到更好的！”凌兰语清楚自己该做什么，不该做什么。同学之间的这段青涩爱恋，纯真也好，凄美也罢，那都只是过去时了。时隔多年，事过境迁，彼此总会找到归宿，即使归宿不尽完美，却是真实存在的。

“出去走走？”

“好的。”凌兰语起身时，汪文燕很自然地拉了他的手，小手冰凉。

他俩出门时，龙承章和梁宇良夸张地欢呼雀跃，胖子的眼神像两把刀子似的向凌兰语射去。嘿嘿，这种感觉不错。

“兜风？”汪文燕问他。

“捷达。”凌兰语掏出车钥匙晃了晃。

“重要的不是什么车，而是开车的人！”汪文燕挽上了他的手臂，把头靠在他的肩膀上，一阵风吹来，长发绕过他的鼻翼，痒痒的。

“去哪？”车子很不争气，打了 4 次火才启动。

“海边。”

一路开着，俩人一直没说话，到了海边，俩人也没有下车。

一切都是那么自然、那么顺理成章。是汪文燕先发动的攻势，她的舌头异常主动地撬开了凌兰语的唇。香水味混着淡淡的烟酒味向他袭来，让他迷醉，让他亢奋！凌兰语紧紧地拥抱着她，抚摸着她的水蛇一样的腰和光滑的大腿……

突然，车顶“啪”的一声巨响，打断了两人的激情。

激情迅速冷却，差点没把凌兰语吓出尿来。

原来是一个椰子砸在了车顶上——车子刚好就停在椰子树旁。

看着变了形的车顶，凌兰语自嘲地耸耸肩：“幸好我的车子没天窗，要不可就危险了！”

汪文燕理了理凌乱的衣服，拢了拢头发，淡淡一笑，说：“海边走走？”

如久违的恋人一般，牵着手，吹着海风，慢慢数着步子。

凌兰语很享受这种感觉，他甚至有点庆幸，刚才的那个椰子把他砸醒了。上天注定了，他跟汪文燕只能是两条不能交错的平行线。当年他和她没

有发展到上床，现在就更没有必要了，况且还是在那台吱吱嘎嘎的捷达车上。

给大家一点念头，一点期待，一点暧昧，留住那段青涩和单纯，挺好的。

“对不起！”汪文燕突然说。

“是为刚才的疯狂道歉，还是为过去的决绝？”

“都有。”汪文燕的双目突然湿润了，使劲眨了几下眼睛，身旁的他却变得越来越模糊起来。

“……”凌兰语不知道该如何面对，忙换了个话题，“听说你在北京混得不错？”

“瞎混。”

“听说你男友挺好。”

“前男友。”

“如何变成前男友的？”

汪文燕突然止住了脚步，长长地叹了口气：“他有家庭了。5 年了，我心甘情愿做一个第三者。然而，我看到了他小女儿仇恨的目光，那种刀子一样的眼神让我不寒而栗，从此我晚上总会噩梦连连。所以我选择了放弃。”说罢，她拢了拢披肩。

凌兰语很认真地帮她把披肩披好，说：“没事，你总会找到属于你的幸福的。”

“你跟女朋友还好吗？”说这话时，汪文燕的眼神里甚至有点期待。

“还行吧。”凌兰语抬头看了看天，没有星星，“她跟你不一样，她是个任性的小公主。”

“你说，当年如果我们没有分手，现在会是什么样？”

“现在？呵呵，那你就用不起 LV 的披肩了。”

“在你眼里，我就是那么物质的女人吗？”

“追求美好的物质是人的天性。”

汪文燕承认，她确实是个很物质的女人，她可以接受跟凌兰语一夜情，乃至 N 夜情，但她无法接受跟他平平淡淡地过日子，柴米油盐酱醋茶和她的生活无关，她骨子里的傲气不允许这样。想了想，她说：“除了物质，人也有追求美好爱情的权利。”

“别成了齐天大剩……”凌兰语不是没读出她的话中有话，说，“奔三了，别再挑挑拣拣的了，找个合适的就嫁了吧。”

苏荷那边，依然热闹非凡。

梁宇良勾搭上了一个女同学，遥想还是当年的同桌，已婚。

“话说当年我怎么就没发现同桌的你，还真是个美人坯子呢！”

“去去去！儿子都3岁了！”同桌笑得很灿烂。细看之下，其实她长得不错：鹅蛋脸、柳叶眉、打扮成熟、举手投足间充满了女人的韵味、胸脯饱满、腰也不粗。

“唉，后悔啊，当年我净是找些隔壁班的歪瓜裂枣，却一直没发现原来幸福就在我身边！”梁宇良呈痛心疾首状。

“得了吧你，你是眼光高，眼神净往汪文燕身上使唤。”同桌问他，“对了，我记得当年你跟凌兰语一起追的汪文燕，最后怎么你输了呢？”

“那时候流行文艺青年。你不是不知道，兰语的情诗有多酸，情书有多长。”

“既然是竞争对手，怎么你俩还能好得穿同一条裤子？”同桌说这话时，一脸坏笑。

“你这话说得有点歧义……”梁宇良嘿嘿一笑，“我可从来没跟他穿过一条裤子，我跟他算是不打不相识。他话不多，但是人很好，挺仗义。”

“男人之间的感情真微妙，换成是女人，那肯定成了夙仇。”

“你不觉得跟一个男人讨论另一个男人是件很杀风景的事吗？说，当年你是不是暗恋兰语来着？”

同桌附到了梁宇良的耳边，轻声说：“当年我暗恋你……”

当年同桌是不是暗恋自己，梁宇良不知道。但他知道，现在同桌对自己肯定是充满好感的。

梁宇良暗自得意起来，伸手去拿酒准备再来3杯——酒呢？

“够了够了，适量喝点意思意思就行。”猴子看着满桌子的空瓶，心里早早算计了价钱——超标了。

“你是管喝不管饱？公主，再来两打！”梁宇良鼻子里“哼”了一声，拍了拍胸膛，“埋单找这边！”

猴子的一脸横肉成了酱紫色。原本他以为，来此同学会炫富多少可以出掉当年的一口恶气，也多少能钓到个美女同学发展发展。他今晚的目标是当年的班长汪文燕，传闻她为了钱傍大款，甘心做小三。自己多金、离异，不正是现在广大女青年所追求的最佳配偶吗？原本看汪文燕也不抗拒自己的熊

抱，还以为搞定了，谁知道转过身就被那穷酸臭的凌兰语带走了——不费吹灰之力。班长走了也罢，剩下稍微有点姿色的女同学却又老围着龙承章和梁宇良转……这两个浑球弄得全场烂醉，喝酒跟喝水似的，那可都是红彤彤的人民币呀！猴子感觉自己就是个来埋单的冤大头！

“三巨头呀三巨头，遥想当年我被你们整得可怜，想不到现在还是要被你们抢了风头！”猴子恨得咬牙切齿。

龙承章是个生意人，多年的历练让他变得成熟、沉稳。他知道，现在的猴子不可得罪。生意场上，多一个朋友总好过多一个敌人。他走了过去，摸了摸猴子的肚子，说：“宇良难得回来一趟，看到这么多久违的同学，喝疯了，别见怪。来，我们哥俩走一个！”

猴子应付了一下，缓了缓心情，皮笑肉不笑地说：“龙哥现在在哪高就？”

“跟家里做点小工程。”

“房地产工程？”

龙承章点头微笑：“嗯，民工。”

“哎呀呀！”猴子夸张地摩挲了一下双手，说，“那都是大工程啊！龙哥真是低调！”

“哪里哪里，现在这班同学里，混得最好的当然是你了，家里还在跑船运？”

“是啊，注定漂泊啊！都是家里的生意，我帮忙打点一下，也是个打工的。”猴子咧嘴一笑，顿了顿，又说，“话说我们班同学里，倒是还有个厉害角色！”

“谁？”龙承章故作惊讶，其实他心里已经有数，今晚他来参加这次同学会，最重要的原因也是想来见见那人，可惜他没来。

“黎伟！”猴子点了根烟，说道，“他爸现在混到国土局局长了！”

“哦？官不算大，权力很大！那他现在在哪里发财？”

猴子这下得意了：“那是，话说当年你们三巨头跟他关系不太好吧，我记得你跟他在校门口单挑过。”

“校门口有过一回，打到一半被保安拉开了。回到教室又打，我用圆珠笔戳了他手背，血流了一地，他用凳子砸了下我脑袋。”龙承章说着就拨开额前的头发，有个不小的疤痕，一边苦笑，“很久没见了，也不知道他现在怎么样。”

“在市规划局里挂职，现在好像是副科吧。另外还弄点副业，算是你半个同行，专做室内装修。不是一般的家装，而是豪装，什么政府机关的、高级会所的、星级酒店的。反正他有老子的关系在，去哪儿都有人给面子，去哪儿都能赚钱！”猴子说得有点愤世嫉俗，倒是忘了自己也是那么回事，“这些有政府背景的，不会轻易参加同学聚会，可能怕给自己添麻烦吧。”

“呵呵，也许是真忙，来不了。不过，你我都是重情义的人，这么多年的同窗之情，是怎么也抹杀不了的。猴子，你以后有啥需要的找我，义不容辞！”龙承章向他举杯，一饮而尽。

听到这话，猴子差点没感动得掉泪，抽风似的拿出手机，一边翻起了电话簿，一边说：“管他黎伟是局长还是厅长，今晚这聚会，我还非拉上他不可了！”

电话通了，猴子对着话筒说了老半天，对方好像还是在推脱，龙承章拍了拍猴子的肩膀，示意他把电话拿来：“喂，黎伟啊？”

对方迟疑了一下，说：“龙承章？”

“不错啊，还记得我的声音。”

“呵呵，化成灰我也认得你。咱俩单挑不分上下。”

“我在苏荷，就等着你来比画比画。”

“不行了，现在天天坐着没运动，腰肌劳损，肯定不是你的对手了。”

“熊样！苏荷等你，不见不散。”龙承章不容推托地挂了电话。

黎伟 10 分钟就到了，样子没怎么变，瘦瘦高高，戴着眼镜，夹着个公文包。

猴子起身迎接，闹着跟他吹掉 3 瓶，他没推脱，爽快地三仰脖子干了。

黎伟向众人作了个揖：“抱歉抱歉，单位有点杂事，罚了 3 瓶，不满意的说，我再罚！”

梁宇良起哄了：“来来来，我跟你再来 3 瓶！”说着就拉着黎伟，要一起站在桌子上干杯。

看着这些多年前的同窗好友，有的模样多年不变，有的却完全认不出来了，再被梁宇良一鼓动，黎伟仿佛也回到了那个青春年岁，也不顾形象地跟着他一起爬上了桌子，俩人一口气又干掉了 3 瓶。

“好！”全场沸腾。

梁宇良喝得慢了点，抹了抹嘴角，说：“看来还是机关的人能干啊，办事

效率就是高！”

“行了吧，别拐着弯骂我！”黎伟看他喝得脸红耳赤，忙一手扶着他走下了桌子。

下来的时候，他看到龙承章，于是对他点了点头，笑了笑。

龙承章没有起身，也只是很随意地向他点点头，甩了根烟给他。同学嘛，官再大，钱再多，那也只是同学，就算你有事求他，也不应该因地位的差异而屈身。

“还单挑吗？”黎伟坐了过去，扯开衣服，露出了瘦削的排骨，“这身琵琶恐怕已经不再是你的对手了！”

龙承章则露出了肚子，使劲拍了拍：“驮着个西瓜，也不敢轻易出手了！”

“哈哈哈哈哈！”俩人爽朗大笑，一笑泯恩仇。

“结婚了没？”龙承章问。

“没呢，你给介绍两个？”

“还两个？看来身体不错！”

“嘿嘿，抱歉得很，那时你结婚，我刚好在外地出差，人没到。”

“礼到就好，礼到就好。”龙承章记得他封的是一千元。话说结婚收礼，这种久未碰面还不出席的同学，一般也就是个两三百元，出手一千元，可见自己在黎伟心里的地位不止是个一般的同学。

接下来俩人不断地回忆，忆苦思甜或者忆甜诉苦，成了家的羡慕没家的自由，没家的羡慕成家的安稳，再叹世态炎凉，稳食艰难，说得眼泪汪汪。

但是，俩人很默契地没有过问对方的工作和事业。看得出来，黎伟早已被机关磨炼得老练稳重，龙承章知道，还远远没到谈正事的时候。

凌兰语把汪文燕送到了楼下。

单位宿舍的老房子，昏黄的路灯，老树下的落叶沙沙作响……这一切再熟悉不过了，一直没有变。多年前的多少个夜晚，下了晚自习，凌兰语总会骑着自行车把汪文燕安全送到家，在那棵大树的阴影下，深深的一个个吻别……

汪文燕拉着他一边快步走着，一边低着头仔细地寻找着什么。

“怎么了，丢钱了吗？”凌兰语纳闷儿了。

“找到了，就是这里！”汪文燕兴奋地大叫。

“什么呀？”凌兰语低头一看，泪水模糊了双眼。

那是两对头对着头的脚印。多年前，这对亲密的小恋人，在这块水泥未干的小路上，调皮地印上了自己的脚印。

凌兰语很喜欢“蓦然回首”这个词，那是一种仿如隔世的感觉。这两对稚嫩的脚印，带着彼此对爱情的天真憧憬，原本打算印证彼此的海枯石烂，谁知道，若干年后的现在，石头还没烂，脚印还在，爱情却早已不在……

“文文？”黑暗中的一声呼唤，把两人吓了一大跳。

“哎呀，老妈！你可吓死我了！”汪文燕生气地跺了跺脚，却没有松开凌兰语的手。

只见文燕妈颠着碎步走了过来，手里还拿着大蒲扇。凌兰语有点不好意思，想挣脱汪文燕的手，无奈对方拉得很紧，只能尴尬地笑笑：“阿姨，您好！”

“你是……凌兰语吧？”文燕妈定睛一看，笑开了花，“好久没见了，小伙子是越来越帅了呀。你们……”说着，她的双眼直往两人牵着的手上瞅。

“妈！”汪文燕羞红了脸。

“没事没事，你们继续，我老了，眼花了，啥都没看见！”文燕妈背过身去，一边扇着蒲扇踱着步子，一边哼起了流行歌，“有没有人能告诉你，我很爱你……”

“呵呵，你妈真逗！”凌兰语笑了起来，“想当年，我俩的事儿被你妈发现时，她可是大力反对、全力阻挠的啊，当然也没什么过激的行为，就是拉我谈心，说学业为重。最重要的是，不要影响了你的前途。”

“那时候多少也是受了她的影响……”汪文燕一脸无奈，“唉，现在可好了，她老人家是盼星星盼月亮地要把我踢出家门，找人嫁掉。”

“你妈说得没错，你都这么大岁数的闺女了，还不出阁，这不是浪费娘家米饭吗？”

“让你瞎说！”汪文燕举起她棉花一样的小拳头捶了捶凌兰语的胸膛，又低下头说，“要不，你上去坐会儿？”

“别！别人的丈母娘在闺房那守着，我这种采花贼上去了只能讨打！”

“什么别人的丈母娘！”汪文燕有点生气了，“你没看我妈那态度，你就上去喝口茶、问个好，应付应付她老人家，也好让她安心啊！”

“好了文燕……”凌兰语顿了顿，说，“回吧，我不想让你家里人有什么误会。”

汪文燕愣住了，她这才突然意识到，现在的凌兰语早已不再属于自己了。

沉默良久，她喃喃地说："好了，也晚了，你也早点回吧。"

"嗯……"凌兰语原本想吻一下她的额头，忍住了，有点不舍地转身挪了步子，"照顾好自己。"

凌兰语回到家时，佘婷也刚到，化着浓妆，带着酒气。

"才 12 点啊。这么难得的同学聚会，不找个老情人喝点小酒调调情？"

"哪里来的老情人嘛！"凌兰语做贼心虚，一脸媚笑，"大人，我去给你放水洗澡。"

"不对！无事献殷勤，非奸即盗！说，你是奸人妻女，还是偷了谁的心？"佘婷一边说着，一边脱了上衣。

她雪白的肌肤有点晃眼，凌兰语突然觉得欲火焚身。"我现在只想奸你的人，偷你的心！"说着就把她拦腰一抱，扔到了沙发上。

"别闹，开着灯呢！"佘婷试图推开他。

"让他们看吧！看得见，摸不着！"凌兰语红了眼，一边喘着粗气在佘婷脸上、身上乱吻，一边疯狂地撕扯着她的内衣。

一开始佘婷还在半推半就地挣扎着，毕竟客厅开着灯，没拉窗帘。但凌兰语完全不顾，他的唇和双手不断地在她的敏感地带游走，一种前所未有的感觉让佘婷变得迷离，似乎是被挑动了，挣扎慢慢地变得平缓，渐渐地，她娇喘连连，随之疯狂地扭动。这种一边担心被偷窥，一边放肆地爱的感觉，让她觉得兴奋，难以言表的愉悦使她高潮连连。

事后，凌兰语一动不动地躺在沙发上，喃喃道："不洗澡了，就在沙发上睡吧……"

佘婷默许了，去关了灯，一会儿就听到了凌兰语轻轻的鼾声。

凌兰语的亢奋让她有些诧异。其实，他俩的性生活一直在走下坡路，初始的那两年还好，往后就只是越来越中规中矩的功课作业。地点永远选择在床上，永远都是必须关灯，永远都只有一两个姿势……

佘婷嗅到了味道，那是别的女人的味道。不过，她没说什么。看得开是因为从兰语刚才的表现看来，他还没到身体出轨的那一步。

佘婷潜意识里是个很开放的女人。跟凌兰语在一起的这几年，她不止一次跟别的男人上过床，都是一夜情。她年轻、漂亮，绝对有资格去享受那种被男人取悦的过程。人原本就是动物，原始的欲望是难以在一个一成不变的男人身上得到完全宣泄的。

当然，这是只属于她的小秘密。

而凌兰语的小秘密，她也不想去窥视，能回家就好，眼不见为净。

梁宇良喝得很欢，以至于怎么回的家都不知道。

醒来的时候是中午12点。

走出卧室，看到许诺虎着脸在看电视。

“老婆！”梁宇良讨好地笑着，“我饿了，做了啥好吃的？”

“……”许诺背过脸去。

“今天我亲自下厨，你想吃点啥？”

许诺不说话。

梁宇良牙都不刷就直奔厨房，冰箱里只有面条、鸡蛋、紫菜和黄瓜。

先弄了两个太阳蛋，接着煮紫菜蛋汤面，最后凉拌黄瓜。他殷勤地把东西端上饭桌，说：“老婆，吃饭了！快来尝尝老公的手艺，绝对的大师级别！”

许诺歪在沙发上，还是一动不动。

梁宇良突然觉得有点烦，不就是喝了点酒，回家晚了吗？虽说昨晚醉了，但也没做啥出轨的事，同学会就是拉拉小手点到为止嘛！既然没做错，那自己也站得直，没理由这么献殷勤地还得热脸贴冷屁股。

梁宇良也一声不吭地走去刷牙洗脸了。弄完后看许诺还是老样子，他也不管了，在餐桌上埋头狼吞虎咽着，房子里出奇的安静，只有他吃面条的窸窣声。

夫妻之间怎么总要为那些鸡毛蒜皮的事儿吵架呢？况且许诺还不喜欢吵架，她喜欢黑着脸，玩冷战。梁宇良很清楚她的脾气和性格，现在闷着不说话，事后和好了肯定又要批评他只顾自己吃，或者批评他吃完了不洗碗留下个烂摊子，所以他吃完还收拾了下碗筷，洗刷完毕。

“能换点新鲜的吵架方式吗？”梁宇良问许诺。

“……”继续沉默。

“如果你喜欢保持这样的沉默状态，那好，我消失！”梁宇良气愤地穿好衣服，甩门出去了。

他出门就打了龙承章的电话：“这日子没法过了！”

龙承章还没睡醒，迷迷糊糊地听完梁宇良的唠叨，他揉了揉双眼，说：“我发现你跟许诺还真是小两口，未成年啊？什么小事都得弄得不可开交的！你就不能让着她点？”

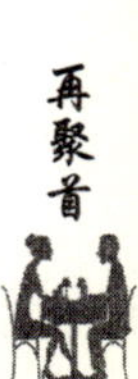

“让让让，我都无路可让了！我觉得她就适合养条狗，说 sit 它就不会 stand，说 stop 它就不会 go！怎么就这么有控制欲？空间！空间！两个人在一起生活，需要空间！别弄得跟连体婴儿似的！”

“那谁让你当初找了个黏人的老婆呢？”

“婚姻不只是爱情的坟墓，直接就是人生的坟墓！”

“吼够了吧，现在掉头回家吧。女人嘛，是需要哄的。别把你的温柔、你的情调、你的浪漫都只花在野花身上，家里的旗帜不能倒！”

“回个屁，丫也是个没卵的货！”梁宇良狠狠地说罢就把电话挂了，但是却止住了脚步……还是回吧，家和万事兴嘛，该低头时还是得低头。

“五一也就三天假，现在过了两天，我们也算是冷战了一天半。”梁宇良拉着许诺的手，“还剩一天假，咱吵架能不能改个日子呢？”

刚才看到梁宇良甩门出去，许诺还在暗暗后悔，现在他回来了，自己心里也是一阵庆幸。但她还是假装生气，“哼”了一声，甩开了他的手。

“好了好了。”梁宇良紧紧地抱住她。

“你也是说得好听，五一就三天。我两个月也只能见你三天，你天天晚上醉醺醺地回来，有没有想过我的感受？”说着，许诺双眼湿润了。

这话让梁宇良内疚得无地自容，他动情地说：“今天我哪儿都不去了，专职陪你！”

许诺破涕为笑：“陪我逛逛街、看看电影吧。”

梁宇良想了想，说：“不好。”

“你不会又想着叫龙承章他们出来聚吧？这可不叫陪我！”许诺生气了。

“我想今天就在家里，哪儿都不去。帮你搞搞卫生、做做饭。”梁宇良温柔地抚摸着许诺的长发。

许诺又哭了……

二　家家有本难念经

龙承章刚起床，何雨晴的电话就进来了，也是气急败坏的："龙承章，我就不知道上辈子作了什么孽，嫁进了你们这么个变态家庭！"

"怎么了？"龙承章皱起了眉头。

"怎么了？你后妈也就罢了，现在是你亲妈！她老人家难道不知道我现在身子不好吗？大清早的要我陪她爬山，然后喝早茶，去逛街！我堆满笑脸地服侍到位，她看上个LV的包，也不看看价标，随手一拎就让我埋单！我不过是说了声'妈，要不再看看'，她就给我脸色看！"

龙承章叹了口气，说："她要喜欢，就买了吧。"

"2万多啊，你龙承章不过是个拿龙家工资的打工仔，开着Q7装潇洒，兜里才有几毛钱？你老婆也不过是在香港买了个过气款打折的GUCCI帆布包，多少钱？4000！真是毛病，什么亲妈啊，从小对你不闻不问的，现在看你们家发了，又黏上儿子装阔太！你欠她的？"

"她是我妈，亲妈！"龙承章对着话筒吼了起来，然后把手机砸了。

龙承章自小就缺乏家庭温暖。父亲几个月才能见一次，亲妈因为跟父亲感情不好，所以把恨也转移到了他的身上，把他扔给了奶奶便不管不问。龙承章6岁那年，父母终于还是离了，后妈大着肚子进了龙家。表面上后妈对他不错，但自从生下弟弟以后，她还是比较偏心的。龙承章很懂事，也很自立，他不争、不闹。8岁那年，他进了城，从小学到中学乃至大学，都是寄宿生，父亲很严厉，每个月给的生活费他得掰着花，很苦，物质条件和精神层面都很苦。

龙承章中学时的性情很暴戾，喜欢打架，每每打完了或者被打了，他都会一个人偷偷地步行10公里到海边——哭，不停地哭，让海风吹干泪水。

以前他充满仇恨，恨父亲的严厉，恨生母的无情，恨后妈的虚伪，恨弟弟的得宠。但是现在年龄见长，也正是因为从小缺爱，所以龙承章愈发地珍视亲情。父亲给予他的那些少得可怜的微笑鼓励，和难得一见的点头肯定，都让他无比珍惜。父亲老了，以前爬上高层顶楼指点江山的豪情早已不在，看工程图纸时，他老人家还要戴上老花镜，拿得老远眯着眼睛看，腿脚上的风湿一到阴雨天气就能把他疼出冷汗……

男人，有的时候，真的挺累！

正如梁宇良所说的，他整天哪儿都没去，就在家里陪着许诺搞卫生，然后牵着手去买菜，回家做饭。

梁宇良厨艺不错，只要他想做，没什么做不到的——油焖大虾、煎牛排、蒜蓉蒸沙虫、韭黄炒蛋、瑶柱冬瓜排骨汤，四菜一汤。

原本还想买瓶红酒，可是300多块一瓶，许诺心疼钱，没让买，还一直督促梁宇良戒酒。

两人很久没有这样单独在家相对着吃饭了，其实梁宇良想要的就是那点儿情调。但是，话说老婆跟情人的区别就是，老婆帮你省钱，不在乎所谓的情调；情人帮你花钱，让你很有情调。

老婆好还是情人好？梁宇良不知道，因为他没有情人。当然，常年在外奔波的他，长得还算小帅，有点小钱，有点小坏，总能和女人发生点关系。

吃完了饭，梁宇良还主动承担了洗碗的工作。

许诺从身后紧紧地抱住他，说："老公，你越来越好了。"

"嘿嘿——"梁宇良笑笑，"难得回来一趟，当然要为老婆服务周到。"

"真希望你能就这样一直在我身边！"许诺把头紧贴在他的背脊上，倾听心跳。

"老公要赚钱嘛……"梁宇良说。

许诺喃喃地说："你妈介绍的那份工作，你还是得加把劲。回家吧，在外头风吹雨打的不是个事儿……"

"嗯。"梁宇良点点头应付。

虽然嘴上说着瞧不上老妈找的那份工作，但准备工作还是得做足了。一晚上埋首伏案在笔记本上，噼里啪啦地找资料、写简历，时而沉思，时而激动。许诺看在眼里，乐在心上。

第二天，梁宇良早早就起来了，穿上笔挺的西装，照了照镜子，想了想又摇摇头，换了条稍微休闲点的浅蓝色鳄鱼T恤，配米黄色的休闲裤。

"第一次见面穿得不正式点？"许诺一边帮他理着衣领，一边问。

“不能正式，这只是私下会面，又不是面试。随意点，叫声‘袁伯伯’还能打张感情牌。”

“你胡子该剃了。”

“嘴上没毛办事不牢，身上没肉分量不够。你不是不知道你老公保养得好，这胡子得留着，剃了乍一看还以为是个刚毕业的愣头儿青，到时候给安排个打杂的就麻烦喽！”

袁伯伯公司的办公楼就在项目地块的边上，梁宇良没有直接走进去，而是在地块边上转悠着——据说地块拿下来已经4年了，地块有8万方左右，工地上却没有动工的迹象，保安懒懒散散地歪在保安岗上抽着烟，围墙上是掉色、脱落的广告喷绘画，项目的名称叫“仁海春天花园”，LOGO是一个金黄色的圆形，中间一片绿色的叶子，像是一个太极八卦，宣传广告语是“居住中央，领袖全城”。

“哼，又是中央又是领袖的，真是个当官的风格。”梁宇良心里冷笑，然后走进了办公楼。

“你好，我想找一下你们袁总。”

前台的妹妹长得有点对不起观众，身材微胖。她依依不舍地从电脑屏幕上转移了视线，打量了一下梁宇良，接着懒懒地说：“哪个袁总？”

“额……”梁宇良忘了袁伯伯的名字，又不知道该怎么说！

前台妹妹有点不耐烦了：“你有什么事？”

“我是市政府的，袁总的老下属，就是来探访一下他叙叙旧。”梁宇良急中生智。

“哦，这样啊！”前台妹妹马上换上了笑容，“因为公司领导不止一个姓袁的，你说的是袁叶袁老板吧。他在二楼，左边第一个门进去，左边那个办公室。”

梁宇良心里一叹：看来还是政府混的人，才能更容易得到群众尊重和爱戴啊……

上了二楼，第一个办公室，进门先是看到了墙头裱了一个大大的“和”字，梁宇良皱起了眉头，怎么这个公司官味这么重！再看“和”字下面，他马上心花怒放起来——黑丝小蜜！

一个皮肤白皙，栗子色长发飘飘的美女，看起来25岁左右，正在聚精会神地看着电脑。只见她穿着一袭黑色修身职业套装，裙子有点短，黑色丝袜显得双腿修长，白领衬衣翻着领子，稍稍露出了点乳沟，让人想入非非……

额……这样的女秘书是极其不严肃的。话说机关领导都是用男秘，现在袁伯伯只是适应了市场潮流，跟上了时代步伐，用上了一养眼的美女秘书——一是赏心悦目，二是应酬需要，三是……没有三儿，绝对没有！

“你好，我找一下你们袁总。”在美女面前，梁宇良努力让自己的笑容阳光灿烂。

秘书正在看韩剧，太过于专注，被突然到访的梁宇良吓了一跳，忙起身迎客：“你好，请问你有预约吗？”

“我姓梁，叫梁宇良，名字有点绕。”梁宇良继续保持阳光灿烂。

“你稍等……”美女翻了翻笔记本，说，“没有哦。”

“那……程女士吧。”

“也没有。”美女眨巴了一下大眼睛，眼睫毛长长的，很漂亮。

梁宇良的笑容凝住了……也罢也罢，外公在的时候，对这个姓袁的部下就没什么好感，道不同不相为谋嘛。别人给你面子，称呼你一声程政委，不给你面子，不过只当你是个过气的老腐朽。老腐朽的孙子，那面子就更不必给了。

伤自尊呀！梁宇良有点无奈，说：“我来面试你们的营销总监，之前跟袁老板通过电话，可能他今天忘了跟你说。”

“总监”这两个字不容小看，秘书忙说：“您在沙发上稍等一下，袁老板正在跟客人谈事。一会儿他忙完了，我再去通传一声。”说罢就疾步走到饮水机边给梁宇良沏了杯铁观音。

茶是好茶，色泽清雅，香飘四溢，妞是好妞，长腿细腰，香味扑鼻。梁宇良探了探鼻子，说：“安娜苏的香水？”

“啊？”美女一愣，有点惊诧，“嗯，摇滚甜心。”

“清新花果香调……到了中调，有点白桃的味道，那是活泼的小女人香味，带一点点稚气的女人味。”

美女微微有点脸红：“你卖香水的啊？”

“呵呵，做营销的嘛，什么都是略懂，略懂。不过，这个香水我建议你在上班的时候不要用，跟你的这身职业装有些冲突，哪有穿着正装玩摇滚的？”

“那你给点建议？”美女来了兴致。

“香奈儿的邂逅系列，那个味道比较大众……”

“这个太多人用了，香水不就是应该选与众不同的吗？”

"我所说的大众，并不是说群众都在用，意思是更容易让人接受，让人产生好感。女为悦己者香嘛。至于与众不同嘛，你可以试一下高田贤三的水之恋，很清新，香而不腻，越闻越舒服。"

"哦？照你这么说，我还真该试试看，还有什么推荐的？"

"嘿嘿，请听下回分解。"梁宇良卖了个关子，实际上他确实是略懂，在美女面前卖弄一下，也方便日后再聊。

这时袁老板办公室的门打开了，只见一个地中海花白头发的老者跟人有说有笑地走了出来。

老者应该就是袁伯伯，梁宇良马上起身，对着袁老板点头微笑，但并不说话。

袁老板压根儿正眼都没瞧他一眼，只是顾着亲切地把那人送出了大门外。他转过身来，眯着眼睛打量了一下梁宇良，说："你是……"

"我是梁宇良，袁伯伯。"

"梁……"

看到对方的迷茫，梁宇良心里凉了一大截，只得强作微笑，走近袁老板身边，轻声说："程政委的外孙，前几天我妈还跟您打过电话叙旧呢。"

"哦哦哦！"袁老板有点夸张地拍了拍秃顶的脑门儿，哈哈一笑，"你看我这记性啊，老了啊。来来来，快进来坐。"

袁老板的办公室极其宽敞，宽敞得甚至一左一右安装了两台柜式空调。考究的红木办公桌，案上摆设着一个挺大的玉龙，碧绿通透，一看就不是俗品。墙上也裱着一幅字：上善若水。字体苍劲有力，印章上一位离任中央大员的名字赫然在目。

袁老板随意地坐在大班椅上，身材臃肿的他坐得有点歪。记得演皇帝演得最传神的一位演员说过，他仔细研究过历代的皇帝，坐姿都是不端正的——天下都是他一人的，他老人家是爱怎么坐就怎么坐。

梁宇良没敢坐下，半屈着腰板，有点尴尬地赔着笑。他看着墙上的横幅，摸着下巴有板有眼地说："上善若水，水善利万物而不争，处众人之所恶，此乃谦下之德也。"

"坐坐坐。"袁老板眼睛一亮，挥手示意。

梁宇良这才把屁股尖尖地贴在了座椅边上。

"你外公身体还好吧？都好几年没见过老领导了。"袁老板装作很关心的样子。

“他去见毛爷爷了,你有什么工作要找他汇报吗?”

当然,这句话只是梁宇良心里嘀咕的,他脸色一暗,说:“外公去年就病逝了。”

“啊?”袁老板身子一颤,有点尴尬,深深地叹了口气,“没想到啊,程政委身子一向很好,没想到啊没想到。”

沉默了半晌,梁宇良收拾了下心情,勉强挤出了笑容,反过来安慰起袁老板:“外公 85 岁了,高寿,走得也安详,算是喜丧。袁伯伯您不要太难过了。”怕他又问起外婆,梁宇良忙把话锋一转:“刚才我来的时候,看了袁伯伯的这个地块——风水宝地啊!”

“哦?你还懂风水?”袁老板也不想在老首长的话题上多纠缠了,也就顺着梁宇良的话说了下去。

“略懂略懂……”梁宇良笑笑。

这时有人敲了敲门,进来了一个 40 多岁的男人,上身是 Burberry 的经典格子 T 恤,戴着眼镜,个子不高,身材微胖。他对袁老板点了点头,径直坐到了梁宇良旁边的座椅上,说了下项目规划的事儿,梁宇良用心听着,没有打断。

俩人聊了一会儿,袁老板看了眼梁宇良,介绍道:“这是小梁,原来一直在广州工作,做地产好多年了,年轻的专业人才啊!这位是我们公司的黄老板。”

“黄老板您好!我叫梁宇良,您叫我小梁就好。”梁宇良忙起身向那人伸出了右手,两手相握,他感觉这个黄老板的手掌柔若无骨,再细看此人面相,有点男生女相,心想此人绝不简单!

“坐!”黄老板脸上没有什么表情,只是点了点头。顿了顿,他又说道,“你说说看,对我们这个项目有什么看法。”

“我只是看了一下工地围墙上的项目规划图和一些经济数据,了解得还是比较浅,说些看法算是抛砖引玉吧。项目是围合式的规划,正大门的方位向东,紫气东来。由东向西 12 栋高层,并且楼层是 18、24、28,逐步地升高,寓意步步高升。项目西面是山,东面向海,虽说东面有些建筑物遮挡,但我估计 12 层以上都能远眺海景了。背山面海,春暖花开。好房子!”

“嗯……”两位老板不约而同地点了点头。袁老板问道:“小梁,你是哪个学校毕业的?”

“武汉大学!”说到母校,梁宇良微微地有了点自豪。

"名校高材生哦！什么专业？"

"新闻与传播学。"

"哦？呵呵，专业不算对口。"

黄老板发问了："你在广州工作了几年？一直在做地产？"他的声音很小，语速出奇地慢，甚至让人感觉他有点结巴。其实，语速慢的人都很谨慎，基本是一字一斟酌。

"六七年了，毕业后一直做这行，营销和策划都做过，现在在中源地产。"梁宇良是销售出身，嘴巴非常勤快。

"大公司？"

"还行吧，上市代理行。"梁宇良心里直骂对方老土，身为开发商，连国内知名地产代理行都不认识。

"哦，代理公司都能搞上市了啊。在广州那边的待遇不错吧？"黄老板脸上出现了点笑容。

"还行吧。"

"多少年薪？"

梁宇良没料到这个黄老板初次见面就这么直接，看来确实是个商人啊，跟袁老板截然不同。袁老板关心文凭和专业，这是虚的，说难听点就是一张证明你在某个地方发过几年霉的废纸。黄老板关心经验和待遇，这是实的，经验代表你的能力，待遇就是你的价值。

梁宇良突然脑子发热，把自己上一年的实际年薪乘以二就脱口而出了，"销售嘛，当然是跟着项目业绩走的，2009 年，我拿下来差不多 30 万。"

两位老板四目相对，哈哈大笑起来："我们公司，副总的年薪也才 15 万。"

梁宇良尴尬地赔着笑，心里嘀咕着：乡巴佬！他从包里拿出自己的简历，说："这是我的简历，您看看。"然后双手递给袁老板。

袁老板看都没看，随手放在一旁，说："那个小梁，你先回去吧。我们公司有什么需要会打电话通知你的。"

梁宇良感觉受到了莫大的侮辱，以至他在出门的时候，忘了向两位老板回首致意，忘了关门，还忘了对那个黑丝小蜜暧昧地微笑……

"30 万年薪？梁宇良，在江海市有人会出 30 万请你？你也不掂量掂量照照镜子！"许诺愤怒了，冲他吼了起来，"你是故意的吧！就是存心想搅黄这事儿是吗？你压根儿就没想过要回来，你就是不喜欢在家里待着，你就是不想跟我在一起生活。你嫌我限制你的自由是吗？好好好，那我们离婚！你爱往哪飞往哪飞，没人再绑着你的手脚了！”说罢，许诺把房门狠狠地关上，把头埋在被子里号啕大哭。

梁宇良知道，当时脱口而出的30万，就是潜意识作怪，想搅黄这份工作。

又吵架了，他有点无奈，回家四天，吵了两次，马上又得动身回广州上班了。

三 海南之旅

龙承章那边，想吵架都吵不了，老婆何雨晴连行李都不拿，直接去刷卡买了N件漂亮衣服，然后找了间酒店住下了。

异常烦躁的他打了个电话：“喂，黎伟啊？我龙承章，最近好吧？也没什么事儿，就是朋友送些海南滨海山庄的入住券给我，听说还不错。我想五一人太多就没去。再一看，现在快到期了。怎么样，一块儿去玩几天……对对对，我、你、梁宇良和凌兰语吧，还有几个美女。嗯，刚认识的大学生，泡不泡得到那看你自己的造化了。嗯，行，那就这样，明天晚上我先过去打点一下，你后天直接飞海南吧，到时候我安排车到机场接你。”

然后他给凌兰语和梁宇良打了电话。

凌兰语推辞了，一是他清楚此行龙承章的政治目的，二是他对三陪没什么兴趣。

梁宇良答应了，散散心吧，龙承章给安排了模特陪游，不玩白不玩。想了想，他让龙承章别把这事儿告诉许诺，自己先去广州再转道海南，神不知鬼不觉。

确定了去的人，龙承章约了个模特经纪人，见了几个模特。

要求很简单——漂亮、高挑、能三陪。

对方的要求也很简单——包吃、包住、包玩。

龙承章定了3个，约了5天，第二天出发，地点海南。

其实梁宇良那神不知鬼不觉的计划纯属多余。许诺还在气头上，话都不跟他多说，继续维持冷战，更别说送他去机场了，连机票都没给他订。

“也好！省了机票钱。”梁宇良无所谓，到了点就拎着行李出门假装去机场回广州，上了的士又转到了龙承章那儿，躲了一天，次日晚上跟他上了飞往海南的飞机，同行的还有那三个模特。

聊了下，三个模特，一个叫小静，一个叫温蜜，一个叫肖婷。当然，也不知道是不是真名。

“操，这几个妞素质不错啊！”梁宇良悄悄跟龙承章耳语。

“包吃、住、玩，还包机票。”

“只叹不是女儿身呀！”梁宇良吐了吐舌头，接着开始研究那仨模特，“我要那个，碎花裙子那个，有点学生味。”

“那个不行，那个我要安排给黎伟，处女。”

“操！这也有处女？”

“人造的，你可别点破，到时候配合着点。”

“道德沦丧啊！”

“别在那儿假惺惺！有市场才有供应，都是被你这样的败类整出来的。”

“得，我败类！”梁宇良想了想，说，“黎伟怎么说也是咱同学，没必要整得这么到位吧？”

龙承章顿了顿，说：“我这边看上了块地，家里的实力远远不够。成功与否，就得看黎伟这边肯不肯帮忙了。”

梁宇良笑笑，换了个话题：“怎么这两天都没见你老婆在家？又吵架了？”

“嗯，天天吵架，搬到酒店里住去了。”

“吵架还好，我这边是冷战，憋着一肚子气没处发。你那为什么吵架来着？就因为你来海南这事儿？你怎么能让她知道？”

“不是为这事儿，为我家里的事儿……”龙承章叹了口气，“其实海南这事儿我之前也跟她沟通过，她知道的。男人在外边做生意，这种应酬在所难免，她就算不支持，也得理解。当然，到时上了床我也不能告诉她，这也是她的底线。”

“你就不能不上床？”

龙承章给了他一个白眼：“滚！花了钱的不爽白不爽！身体上偶尔出出轨，有益心理健康！”

“那是那是，咱没凌兰语那觉悟，忒小农，能吃的绝对不浪费。我估计吧，那晚上他跟汪文燕出去，也没办成事。他这人骨子里就是个柳下惠，只玩暧昧不上床！”梁宇良说罢，就让龙承章跟那个肖婷换个位置。

龙承章不同意：“干吗呢？妞不迟早是你的吗？急啥？”

梁宇良笑道：“先培养培养感情嘛。咱不能只是那么赤裸裸地进行金钱交易，投入点，才能更激情！再说你多划算呀，你换过去，两个女的陪着你，左拥右抱呢！”

海南。

无外乎蓝蓝的海，蓝蓝的天，这些对于龙承章他们这些在海边出生长大的人而言，毫无吸引力。

滨海山庄派了台加长悍马来机场接，司机竟然还是个一米七五的高挑美女。

到了那儿才发现，滨海山庄并不滨海，而是地处深山野林，是一个极度奢华的独栋别墅群，后面是高尔夫球场，一望无垠的大片绿地。龙承章定的三套别墅，独门独院，私家泳池，地面上只有一层，除了屋顶，其余是纯玻璃房，不过只有个超大客厅和一个超大卧室。地下是酒窖，摆满各种名酒，包括拉菲，当然，这是自费的。

梁宇良跟肖婷在飞机上就打得火热，以他那副帅气的模样和上了发条的嘴皮子，也确实讨女人开心。小姐也是女人嘛，也有审美和喜好，能搭上这么个客人自然开心。况且，肖婷她们还不算是真正意义上的小姐。

“连厕所都是玻璃房！老子撇条咋办？”梁宇良东瞅瞅西望望，像进了大观园。

“真没情趣，那是让你躺床上看美女洗澡的。”龙承章是第二次来了，有经验。

“都是透明的，办事不怕别人偷窥？”

“别土了，独门独户的，而且每一户外边都有管家，苍蝇都飞不进来。你喜欢在哪办就在哪办。”龙承章得意地摸了摸下巴，“上回是我们商会的几个老板合伙邀请3个合作伙伴来的，6个男人加6个女人，露天裸体PARTY，红酒、性。”

“糜烂啊糜烂，怪不得那么多人过节都往海南跑。不到海南，不知道自己身体好啊！”说罢，梁宇良捏了捏肖婷的屁股，肖婷惊叫一声：“讨厌！”

“现在海南的酒店，一到春节都是10倍的房价，还供不应求。”龙承章看了看手表，说，“时候也不早了，咱就此分手，我走了，就在你隔壁的山海居，出门左手边，100米外，有事电联，没事早睡。”

“嗯？你一挑二？”梁宇良看龙承章身后跟着两个女的，就说道，“身体好呀！”

“放屁！”龙承章给小静递去了房卡，说，“你住灵峰居，半夜锁好门，别让梁宇良偷摸着进去了。”

“呵呵！”小静痴痴地笑了，一脸的无所谓。

龙承章心想这模特跟小姐也就差不多的性质，有点担心地问她：“嗯，手术做得还行吧？”

“放心吧老板，没问题。”小静点点头。

“还记得你的第一次该怎么表现吗？”龙承章还是不放心。

“要不我们演练演练？”小静这话说得有点挑衅。

“那倒不必，你现在是一级保护动物。”

“你才是动物！”小静扔下了一句，自己走了。

“好了好了。”龙承章脸上有点挂不住，搂着温蜜招呼着说，“我也走了。”

硕大的泳池边，只剩下梁宇良和肖婷两人。

安静。

梁宇良突然觉得有点尴尬，说：“要不，喝点什么？”

肖婷说：“我觉得你是一个不需要酒精来壮胆的男人。”说罢，当着他的面，在泳池边上脱了个精光。

“先游泳？”她笑笑，“我还没试过裸泳。”

“你先游，你先游。”梁宇良不敢正视她的美丽，有点脸红。

肖婷“哗”的一声就投进了泳池，夜色下，蓝蓝的水透着她曼妙的胴体，像条美人鱼。

梁宇良踌躇了一下，换上泳裤也下水了。

游了两圈，肖婷缠了过来，柔若无骨。

梁宇良有了明显的反应，反倒有点不好意思了。

第一次，泳池里，哗哗的水声，掺杂着两人喉咙里低沉的呻吟声。

完事了，肖婷也不穿衣服，赤身裸体地躺在泳池边，月亮偷偷地露了出来，月光洒在她汗津津的胴体上，美得发亮。

“结婚了吧？”肖婷拉过他的手，看着他无名指上闪耀着的戒指。

“嗯。”他点点头。

肖婷只是淡淡一笑，凄美。

梁宇良突然觉得有点冷，点了根烟，递到她的唇边。

“我想来点酒……”肖婷深深地吸了口烟。

“去拿吧。别拿拉菲，咱消费不起。”

“放心，我现在的身份不是酒托。”肖婷笑笑，拉着他一起走向酒窖。

喝了点酒，梁宇良突然变得十分忧郁，他开始喃喃地诉说着自己的不顺，喋喋不休，对着身边这个陌生的风尘女子。

“别这样，其实男人都这样……我遇到过很多客人，他们并不单纯，只是想发泄身体上的欲望，更多的是心理压力。刚入行时，我遇到过一个50多岁的客人，跟我聊了一个通宵，斋聊，聊他的事业，聊他的家庭，聊他可爱的小女儿，聊他不争气的大儿子，聊得很开心。临走时他多给了我1000块。那时候我觉得那人忒傻，后来接触的客人多了，我才开始慢慢理解了。”肖婷把酒杯里的红酒洒在他宽阔的胸膛上，凄然一笑，说，“对了，你是我遇到过的，最年轻也是最帅的客人。”

“我想听故事。”

“多大个人了，还要姐姐讲故事哄你睡觉？”

“我想听你的故事……”

肖婷的故事，很俗：家境贫寒，读书没钱，从陪酒做起，然后是酒托，最后做了模特。这种没名气的三流模特，主要收入不是来源于走秀和拍照，而是来源于饭局和陪游。杂志上、网络里，真真假假，假假真真，太多太多这样大同小异的情节和桥段。

梁宇良静静地听着，再静静地帮她拭去眼泪，什么都没有说。看她说累了，躺在自己身边，蜷曲着身子，像只受到伤害的刺猬。

龙承章那边，他只是单纯地把温蜜当成了泄欲工具，到了别墅，也没多说话，草草了事，然后独自一人下了酒窖，开了瓶红酒，坐在沙发上一边喝，一边想着些什么，一直到昏昏睡去。

小静不施粉黛，穿着宽松的T恤、牛仔短裤，踩着运动鞋，束着马尾辫，还戴着白色的鸭舌帽，怎么看都是个清纯的学生妹。

论姿色，她不算最漂亮的，但是这身打扮，和散发出来的阳光、健康的气质，让黎伟一见钟情。

况且黎伟也没了选择的余地，事先就安排好了的，肖婷跟了梁宇良，温蜜跟了龙承章。

小静跟黎伟并肩走着，保持一定的距离，低着头数着他的步子，腼腆的，很少说话。

原本龙承章要开拉菲，谁知道黎伟神神秘秘地拿出了3瓶矿泉水，说：“别整那奢侈玩意儿，仨兄弟今天得醉倒，我带了点私货。”说着，拧开了瓶盖，一时间，酒香四溢。

再定睛一看那瓶子里的浆稠液体，色泽澄亮、微黄，龙承章笑了：“好东西，茅台！”再一尝，醇醇酱香，入口甘甜，优雅细腻：“还不是凡品，有些年头了吧？”

“私房货，见笑了。”

“如果说，英国的威士忌是吹着风笛的男子，法国的白兰地是奏着凯歌的英雄，那茅台则是记忆里那个带着古老东方神韵、清秀典雅的女子……”小静浅尝了一口，说道。

黎伟有些惊异，扶了扶眼镜看着小静，说：“你是我遇到的第一个把茅台形容为女子的人！清秀典雅……来，喝一杯。”

小静面带羞涩，颔首举杯，两杯一碰，似乎成了灵魂的碰撞，黎伟心里一颤，仰头就干了，又说：“你随意即可，随意即可。”

梁宇良受不了两人，嚷嚷道：“酸，直把我牙齿都酸掉了！不知道是这酒有问题，还是人有问题！”肖婷在一旁推了他一下，然后俩人亲昵地喝了口交杯酒。

“还缺点什么吧？”龙承章跟黎伟碰了碰杯。

“花生米！”小静说。

三个男人相视一笑：“懂行啊！”

温蜜按了服务钟，让管家送来了花生米，一碟，88块。

“想当年，那个凌兰语失恋时，可是顺便培养了我和龙承章的酒量。那时候是二锅头配酒鬼牌花生米，多少钱一袋？3块还是4块？”

“别忆苦思甜了，现在摆在你面前的，是88块一碟的花生米，还有无价的老茅台。”龙承章吃了颗花生，不够脆。也罢，这种地方吃的是钱，不是味道。

几杯下肚，大家的羞怯和警惕悄然逝去，舌头都变得或灵巧或笨拙起来。男女双方的年龄跨度不算大，没有代沟，男的80初，女的90初，姑娘们好奇地听着男人们自吹自擂的故事，从孩时的满脚泥巴，到青春期的情书和古惑仔，再到混入社会的现实和无奈……

“好了，各自回房吧。”三瓶茅台见了底，龙承章看众人也都醉了，小静似醉非醉地红着脸倚在黎伟身上。

“房间怎么安排？”黎伟问。

“我跟温蜜，梁宇良跟肖婷，然后只剩一套房了……”龙承章笑笑。

“这个……不大方便吧？”黎伟看了看身旁的小静，又不舍得把她推开。

小静紧闭着双眼，仿佛没听到他们的对话。

“就是因为你是正人君子，所以才安排你跟她一套房呀。换这两个死鬼，我们才不答应呢！”肖婷拧了下梁宇良的耳朵，梁宇良傻笑着，他已经醉了。

“就这么安排吧。”龙承章起身，拉着温蜜，对黎伟说，“你跟小静在这儿，我们走了，明天起早点，打高尔夫。”

肖婷也拉着烂醉的梁宇良走了，偌大的泳池边，只剩黎伟和小静两人。

很安静，黎伟一动不动的，害怕惊醒了身旁的美人儿。海风吹来，平静的泳池掀起一片涟漪，小静缩了缩身子，好像有点冷。

黎伟腾出了一只手，拿了条浴巾披在小静身上，又借着月光，偷偷地打量她的脸——喝了酒的缘故，鹅蛋脸白里透红，长长的睫毛，微微翘起的小嘴——俏丽、可爱。

黎伟忍不住，在她微微发烫的脸庞上轻啄了一下，只觉得怦然心动……

“醒了啊？”天微微亮了起来，感觉身旁的小静坐直了身子，黎伟睁开了惺忪的双眼，只见她舒服地伸了个懒腰。

“你一晚上就这么呆坐着？”小静有些惊诧，昨晚确实醉了，她是故意灌醉自己的，她不想演戏，就想着让黎伟趁酒行凶把自己给办了。

“看你睡着了，不忍心吵醒你。”黎伟腼腆地一笑。

“傻瓜！”小静有点感动，突然又觉得自己有点被动，怎么办？这个男人不同以往碰到的那些急色鬼，现在自己是“处女”之身，不能过于主动，又有任务在身，一时间真的不知所措。

“来！”黎伟起身，善意地向小静伸出了手，把她也拉了起来。朝阳洒在他古铜色的脸上，显得他很阳光：“趁着时间还早，要不要游两圈？”

这一刹那，小静发现自己竟然爱上了对方，她红着脸说：“你先游吧，我去换身泳衣。”说着就撒开了手，低头走去了酒窖。

关上门，她一边慢腾腾地换着泳衣，一边思索着，脑子有点乱。

这时她的手机响了，看了看，是龙承章：“怎么样了？”

“他……一晚上都没怎样。”

龙承章沉默了一分钟，说：“那你也别怎样了，顺其自然。黎伟是个君子。”想了想又补充了一句:“陪好他,但千万别跟他上床。就算上床,你也不能是个处女了。”

小静很聪明,她很快就把自己的角色定位给找了回来——龙承章只把她当成了一件礼物,花钱买来的礼物,爱怎么包装就怎么包装。当初把她包装成处女,是为了讨黎伟欢心;现在发现黎伟是君子了,又怕小静的“处女”身份可能会带来麻烦。

她没再说什么,只是把电话挂了,两行泪悄然流了下来。

接下来的三天里,小静跟黎伟除了牵手之外,甚至连亲昵点的动作都没有。他们一起去打高尔夫,一起去潜水,一起去街边小巷吃海鲜大排档,一起去夜店狂欢烂醉,俨然一对情侣,却又没有跨越雷池一步。

每晚黎伟都会让小静睡在卧室,并且很严肃地告诉她要锁好门,然后自己在客厅或者酒窖里睡。

小静孤枕难眠。她感觉得到,黎伟很喜欢她,她也越来越喜欢黎伟了。所以她更不想欺骗黎伟了,她应该还原一个真实的自己。

海南的最后一夜,趁着仨男人围着篝火烧烤喝酒的机会,小静拉着肖婷和温蜜躲在酒窖里开了个小会。

“妈的!那个龙承章就不是个东西。不就有点钱吗?啥了不起的!每天对着我跟对着块木头似的,每晚折腾我一次就分房睡了,不沟通、不说话、不苟言笑,他骨子里就是看不起人。”温蜜开始发牢骚,“幸好,也就每晚一次。”

“梁宇良还好,起码还有点小帅。话也多,人也幽默,还很体贴,跟他在一起挺好的。”肖婷笑了。

“花痴!”温蜜瞪了她一眼,心里倒多少有点羡慕。

“我比较麻烦……”小静皱起了眉头,“黎伟是个君子。”

“伪君子吧?这世道还有不吃腥的猫儿?”

“真君子。我给他制造了机会,他都没碰我。我都醉了,躺在他怀里,他就傻了吧唧地呆坐了一晚上。”

“那是放长线钓大鱼!”

“虽说我不知道他是什么身份,但看龙承章对他的态度,应该也是个厉害角色。在他这种人的眼里,我连小鱼儿都算不上,他没必要去装。”

“不会是打算跟你谈恋爱吧?”

“不知道。”

温蜜很认真地说:“小静,你要牢记,不以结婚为目的地谈恋爱,都是耍流氓!”

“滚！没句正经的！”小静一脸正色,“龙承章后来交代我,不能和黎伟上床了,起码在破处之前。他这人很精明,典型的生意人,脑子转得贼快。一发现黎伟不是一般的男人,他就改变了计划。”

“既然黎伟是君子,那你这处女身不就更显得珍贵了吗?”肖婷说。

“正因为他是君子,龙承章才担心我的处女身会给他带来压力。”小静叹了口气,“我在计划里只是个礼物,一个山寨处女,如果真的登堂入室了,他龙承章以后又怎么去面对黎伟?”

“管他那么多干吗！登堂入室了再说！”温蜜来劲了。

“纸是包不住火的,到头来一场空欢喜的感觉会让人很难受。”小静苦笑,笑得很沧桑,“等哪天我把这处女身破了再说。我不喜欢被欺骗,所以我不想欺骗。”

看时机已经成熟,龙承章跟黎伟说起了拿地的事儿。

“那个地块不行吧,偏了点,拍卖价也不低,起拍 80 万一亩。”黎伟直言不讳。

“全市最便宜的地块了,嘿嘿。我这儿的资金也就只能玩这块地。”龙承章自嘲一笑,“80 亩,6000 多万,我这还得东拼西凑呢。”

“既然你有兴趣,那问题不大。这块地,据我所知,倒是没有什么大房开有兴趣。那些小虾小蟹不难打发。我就是担心兄弟你拿下来后,风险太大。”

“风险肯定是存在的……”龙承章递了根烟,“所以有两点可能还要你出面操作一下。”

“你说。”

“一是容积率,现在是 2.5,太低了点,我想提高。”

“容积率小问题,花钱就能办事。”

“二是……咱是兄弟,也不跟你遮遮掩掩的了,我这边可能资金不足,地块的预付款,一半我是肯定拿不出来的。”

“这个……”黎伟皱起了眉头。

“有难度?”

“嗯……现在不比过去,空手套白狼的把戏早就被很多条条框框限制住了。”

"哦。"龙承章只是点点头，没说话。

黎伟低头思索了半天，才说："我尽力而为。"

"就等你这句话！"龙承章有些激动了，"这可不只是我的事儿。地块拿到后，你有干股，多少股份你直说。"

黎伟摆摆手说："别，我心领了！纪检委的同志不是好惹的。"

此次海南之旅，很愉快。各人各取所需，女孩子们玩也玩了，吃也吃了，还拿到了不菲的报酬。龙承章和黎伟迅速拉近了距离，梁宇良是个配角，蹭吃、蹭玩、蹭女人。

梁宇良直接飞广州，不跟大伙同行。肖婷打心眼里就喜欢他，临行时拉着他的手久久不肯松开。但梁宇良很快就抽离了角色，离开海南，他和肖婷就应该成了陌路人，见了面都不打招呼的那种。

肖婷知道梁宇良已婚，也没打算跟他怎样发展，不过是多一个朋友，能聊的朋友，或者说性伴侣。她不介意跟他上床，免费的也不介意。性只是性，不是爱情，不是故事的开始，也未必一定成为故事的结局，它只是性。

黎伟和小静成了好朋友，互留了联系方式。回到了江海市，他们分手时，小静能从黎伟的眼神里读出不舍。在这个巴掌大的城市里，抬头不见低头见，小静预感到，跟这个男人的故事未完待续……

四　回家

龙承章回到家，是丈母娘开的门。

“晴晴呢？”

“知道你要回来，又去酒店住了……”丈母娘欲言又止。

“行，妈，你别担心，我现在就去接她回来。”龙承章笑笑。这次的海南之旅很顺利，顺带着也整理了心情。没什么跨不过去的坎儿，女人嘛，好好哄哄就是了。

去买了一束玫瑰，再拨通了她的电话。

何雨晴的声音很冷：“海南玩得开心吗？”

“玩啥呢？不都是公事吗？事情处理完，我就马不停蹄地赶回来了。”龙承章讨好地说。

“嗯，我还巴望着你别回来了，酒店开房挺贵的。不过也无所谓，你们龙家也不缺这几个钱。”

“钱倒是不缺，就缺个温柔体贴的好老婆。”

“少跟我来这套。没在海南再找个？你们龙家这么想孙子，你该在那边多播种，也省了我的事儿！”

何雨晴说的这话让龙承章很不舒服，他的声音沉了下来：“好了，别提这些不开心的事了，回家吧。”

“……”

“你在哪儿？我去接你。”

“喜来登，西餐厅。”

到了西餐厅，看到人不是很多，何雨晴坐在角落里，看着面前的咖啡正在发呆。

龙承章跟大堂经理吩咐了几句，然后站在钢琴前，微笑着说：“在这里，我为我心爱的妻子——何雨晴，独奏一曲，技艺不佳，但真情流露，大家见笑。”

他坐在钢琴旁，却没弹琴，只等经理过来，接过了经理手中的一把二胡，然后架起了墨镜，有模有样地拉了起来……

如何面对，曾一起走过的日子。
现在剩下我独行，如何让心声一一讲你知。
从来无人明白我，唯一你给我好日子。
有你有我有情有生有死有义。
多少风波都愿闯，只因彼此不死的目光。
有你有我有情有天有海有地。
不可猜测总有天意，才珍惜相处的日子。
道别话亦未多讲，只抛低这个伤心的汉子。
沉沉睡了，谁分享今生的日子。
活着但是没灵魂，才明白生死之间的意思。
情浓完全明白了，才甘心披上孤独衣。
有你有我有情有天有海有地。
当天一起不自知，分开方知根本心极痴。
有你有我有情有生有死有义。
只想解释当我不智，如今想倾诉讲谁知。
剩下绝望旧身影，今只得千亿伤心的句子……

一曲拉完，“多谢，多谢！”面对观众的掌声和笑声，龙承章深深地鞠了好几个躬，然后手托鲜花，走向何雨晴。

“没办法，不会弹钢琴，二胡的技艺也生疏了，加上原本就五音不全，就凑合着听吧。”龙承章单膝跪下，高举玫瑰，大声宣布，“何雨晴，嫁给我，好吗？”

何雨晴愣住了，小声说：“龙承章你疯了？我不早嫁给你了吗？”

龙承章也小声地回答她：“只恨当初的我不懂女人心，至今还没有许你正式的求婚。”说罢又把声音放大了继续宣布：“所以，今天，在这里，我要正式向你求婚！嫁给我吧，亲爱的！”

看着周遭羡慕的眼神，何雨晴感觉自己幸福得崩溃……

梁宇良回到广州，才发现自己的办公室已经易主了。

“玩什么飞机？”他疾步走进副总办公室。

“宇良啊，应该是我问你，玩什么飞机？”副总慢条斯理地说，“五一公司好像只放两天吧？你拿来当国庆休了？还不止，有十来天没见人了吧？”

“家里有事，我打过电话给行政的。”

“公司不是你家，想来就来想走就走。”

“好吧，那我请问，公司现在准备怎么安排我？”梁宇良一脸的无所谓。

“暂时没什么安排，你的办公用品，行政已经收拾好了，在外边的办公区域里划了张桌子给你，你先熟悉熟悉环境。”副总说完就埋头看文件了。

“老子不干了！你他妈等的不就是这句话吗？”梁宇良知道公司的用意，公司只希望员工自动辞职，而不希望解聘员工，解聘是需要赔偿的。

此时此刻，梁宇良已经无法再按捺自己了。

收拾私人物品的时候，梁宇良却又悔青了肠子——威风了一分钟，现在面临的是失业，而且是没有任何经济赔偿的失业。开弓没有回头箭！东家不打打西家！

对于他的辞职，公司做足了准备工作，片刻后离职手续就办好了，看来是预谋已久的。同事们目送他的眼神很冷漠。离开公司，梁宇良算是拖着步伐走回家的，他住在东山区。

他喜欢东山，广州有句老话：东山少爷，西关小姐。旧时的东山是权门显贵的聚居地，出入的多为官家子弟，这里曾经随处可见沉香的人文景观和历史足迹，那一砖一瓦、一街一巷、一楼一阁，沉淀着浓郁的岭南味道。

突然间他发现这里全部都变了，到处堆砌着钢筋水泥，路人行色匆匆。苦笑，自己曾经幻想着在这人杰地灵之地能邂逅个西关小姐——现在看来，哪里还有什么地道的大家闺秀，一路尽是穿着暴露的女郎，梦中的花飞蝶舞，现实里只是歪瓜裂枣。

累了，回吧，离开这个曾经向往、着迷、奋斗，现在十分冷漠、伤感、排斥的城市。

想给许诺打电话，想了想，又打消了这个念头，许诺已经很多天没给他电话了，她还在气头上，梁宇良不想烦上加烦。

突然间觉得自己很孤独，在这个自以为熟悉，其实很陌生的城市里，孤独得连个喝酒的人都找不着。

梁宇良把头埋在被子里，哭吧，放肆地号哭吧。

入夜，苏荷，小静点着红唇，很妖艳。

独自一人坐在吧台上，点了杯 Bloody Mary。

夜场里太多双等待猎物的眼睛了。第一个搭讪的，是一个很年轻的男子。小静瞥了他一眼，说："我想兜风。"

男子无奈地耸耸肩，表示没车。小静就偏过头去，不再理他。

第二个搭讪的，小静问了同样的台词。

"老款奥迪，没有天窗。"

小静这才认真地打量了下对方，40 岁左右，个子不高，身材不算发福，平头，长得一般般，但脸上的微笑成熟而自信。

"奥迪都是老男人开的，看来这话说得不错。"

"老男人才能给小女人更多的安全感。"他坐下了，点了瓶 Whisky，并且要来 12 个杯子，一一倒满，又自顾地一一喝光，才说："没点酒意，我都不好意思跟美女说话。"

小静笑笑，拿出烟——"520"，细长的白色烟身，形如女人，还有一颗红色的心。

他帮小静点了烟，说："有心事？"

"你泡妞的时候，都是以'心事'这个词作为开场白的吗？"

"那倒不是。只不过，抽烟的女人大多都有心事。"

"喝吧……"小静不想再说话了，跟他碰了碰杯……

兜风的时候，他就忍不住摸了下小静的乳房。

小静没有醉，反而很清醒，但没有抗拒。

"去哪儿？"

"喜来登。"

拥抱，爱抚，但小静拒绝和他接吻。

他的前戏很到位，是老手了，知道该如何取悦和调情。关键时刻，不知道是年龄问题，还是酒精作用，老枪竟然生锈了。他急了，谁知越急情况越糟，只能颓然睡在一旁。

"没事，睡吧……"小静心里一叹，也许这就是天意。

清晨起来，他又开始蠢蠢欲动，小静突然觉得很厌烦，抗拒了。他也没坚持，抱歉地说："昨晚喝多了，不好意思。"

"下次吧，我不喜欢晨爱。"小静抚过他的胸膛。

中午他们吃了西餐，然后他给小静买了个 LV 的包，还有副 GUCCI 的墨镜。

小静无以为报，把自己的电话号码给了他。

转身离去，她又把他的号码设进了黑名单。

“准备好了吗？”杨舒莉笑笑。

杨舒莉确实是个美女，虽然刚过了 33 岁生日，但皮肤保养得很好，白皙细嫩，杏眼朱唇，个子不高，身材小巧。别说猜不出她的年龄，更让人看不出的是，她还有个 5 岁的儿子。

“没问题……吧。”在美女面前，凌兰语总会略显腼腆，其实他心里比谁都自信。

这是俩人的第二次见面。初次见面是在同行交流的沙龙里，杨舒莉有点关系，能参与一个项目销售代理的竞标，又正缺个策划，看凌兰语这人虽然话不多，但总是语出惊人，而且人也靠谱，杨舒莉就向他抛去了橄榄枝。

项目是小项目，开发商是暴发户，很精明的暴发户。

老总陈华，脸上永远是似笑非笑，眯着眼睛，穿着很随意，在办公室里踩着拖鞋。

“2 个亿……” 凌兰语缓缓地说出了这个数字，并且抬起头看陈华的表情。

陈华愣了愣，觉得这个数字很不可思议：“2 亿？”

凌兰语笑笑，点点头。

陈华这才正眼打量了一下这个乳臭未干的小子——虽是盛夏，但还是穿着银灰色剪裁得体的西装，皮鞋锃亮，身上透着淡淡的古龙水香味，短发显得很精神，戴着无框眼镜。看得出来，他很重视这次会面，也是个很注重细节的男人，应该超不过 30 岁。

陈华点了根中华，顿了顿又递给凌兰语一根，没说话，深深地吸了一口，又像刚发现似的给身旁的杨舒莉也递了一根，抱歉一笑：“忘了，美女也是烟民。”

她赔着笑接过烟，点烟时手指甚至有些颤抖。听到凌兰语说的数字时，杨舒莉吓了一大跳，心里直打鼓，陈华 5 千万买回来的旧楼改造商业项目，第一家销售代理公司报价能卖 1 个亿，第二家 1 亿 3 千万，自己通过陈华的副手方玉成的关系成了第三家竞标公司，连图纸都没看清楚就给陈华报了

个一亿五。正是因为心里没底，才找了这个貌不惊人的凌兰语来参谋，他倒是商量也没一句，就参谋出了2亿这个天文数字！

三人抽着烟，都没说话。杨舒莉没沉住气，灭了烟蒂就敞开了笑容：“陈总，我们凌总监操作过几个大型的商业项目，像本市最大的步行街项目，10万方，20个亿，开盘当天卖了6个亿，3年接近清盘，这可都是业界的神话啊！”

陈华笑笑，没接话。心想：首先，从年龄上来看，这小子不是项目营销总监，起码那个步行街项目时不是，他顶多就是个策划经理，步行街卖得成功与否跟这小子没有直接关系。其次，这小子过来也许只是走个过场，甚至只不过是杨舒莉请来的一个兼职枪手。

凌兰语也在暗暗琢磨着陈华——据说他5年前还只是个银行里的小角色，后来套了银行的钱，拍了块工厂用地，转手赚了第一个千万，之后就满城地瞎转，买卖旧楼空地，眼光毒，出手准，也混了个几千万身家。这次他掏空老底去买了这个五千万的旧楼，转手也能卖个七八千万。估计也是心有不甘，觉得拆分铺面卖可以赚得更多，但苦于没有经验，才满世界地找销售代理公司。但是大的代理公司也看不上这种棘手的小盘，小的代理公司实力有限，这才让杨舒莉钻了空子。

想到这，凌兰语补充说道：“商业街项目跟陈总的项目不算是一类型的产品。商业街的成功，是多方面支持，甚至包括政府的大力扶持的结果，在营销和定位上并不算十分出彩。陈总的项目可以说是个小项目，还是个形象不太好的小项目。这需要包装，需要突破性的定位，这种挑战，我很感兴趣。我刚出道时，跟的就是这种项目，也是旧楼改造项目，全部卖完不到1个亿，一年清盘。虽说销售额不大，但产品多样，从街铺、内铺，到产权式酒店和产权式写字间全部囊括，很好玩。”

“好玩”这两个字说得极其轻佻，陈华微微皱了皱眉头，但马上又舒展开来：要的不就是这种自信吗？

陈华保持着他不紧不慢的语速：“凌总，说说看，我们这个小项目该怎么玩？”

接下来的3个小时，凌兰语的表现让杨舒莉彻底地折服了——这个比自己还年轻3岁的小子，把这么个破破烂烂的旧楼改造项目，描绘成了一个前景无限的时尚购物中心，从铺面划分，到包装定位，从销售价格，到促销策略，从业态招商，到营销策略，有理有据，见微知著，大有指点江山之势。

陈华听得很用心，很少说话，等凌兰语说完了，他提了3个问题："一二三层的单价是多少？什么时候开卖？什么时候卖完？"

凌兰语没有马上接话。从陈华的经历和这次的交谈可以看出，此人十分精明，对数字尤其敏感，不好糊弄。抽了两口烟，他才组织好了语言："下个月开始积累客户，招商和销售宣传两个月左右，有了一定品牌进驻后就可以开卖。一楼街铺三万五，内铺两万五，二楼一万五，三楼如果按照我的招商思路引进了电影院线，那么商铺生意并不比二楼差，也卖一万五吧。每层面积约3500平方米，按照这个单价定位，总销额破2亿问题不大。至于卖完……明年的今天，实现90%的销售。"

陈华在脑子里迅速过了一下这些数字，微微一笑，说："好！"

"当然，这2个亿还有明年今日的销售速度，前提是必须由我们杨总操盘。策划是虚的，销售是实的，思路决定出路，但路还是必须由脚来完成。我们杨总带出的销售团队，精兵强将，善打闪电战，也善打攻坚战。"凌兰语没有忘记，这次提案，自己只是配角，杨舒莉才是主角。

"呵呵呵。"杨舒莉对凌兰语话里的恭维也十分受用，"明年今日，2个亿，我看行！"

"项目正在装修改造，现在急需销售团队的进驻。我是个爽快人，这代理销售的事就这么定了吧，团队你们尽快组建。杨总，还有凌总，你俩可必须是常住人口。"陈华恢复了他一字一句的语速，"商务合同你们抓紧时间拟好，给我的秘书小张一份。初次合作，具体的提成点数嘛……跟市场行情来。"

"好的好的。"杨舒莉没想到进展竟然如此顺利，连连点头。而后细细琢磨陈华的话，又冒出了冷汗，为什么说要尽快组建团队？难道陈华已经摸了自己的老底，知道自己只是挂靠了个代理公司，单枪匹马地过来"招摇撞骗"的？

"二位可真是年轻有为啊！"陈华意味深长地看着凌兰语。

"不年轻了，面相显嫩，年龄奔三。"凌兰语有点飘飘然。在现在的公司里他默默无闻地待了一年多，朝九晚五闲置装忙，备受排挤，有志难伸。他需要的是认可，是伯乐，当然，这是精神层面上的，物质方面……他清楚，杨舒莉其实只是在利用自己，她根本就没有系统地做过商业项目的整体营销策划，只是靠着她的人脉，她才搭上了这条门路。现在看来，陈华是认可自己的，"常住人口"4个字意味着自己的身份就不单是杨舒莉当初预想的兼职提案枪手了，而是杨舒莉公司里实实在在的策划总监，甚至是合作伙伴！2个亿的

项目，按 1.5%的业绩提成来算，除去成本，那怎么也有个一两百万，自己能分到多少？

“陈总才是年轻有为呀！40 岁不到就家大业大了！”杨舒莉很自然地扶上了陈华的手臂。

Burberry 的 London 女士香水味萦绕在陈华的鼻翼，有点浓厚，有点性感，让人想入非非。陈华微微一笑，心想这个女人是件危险品，说：“抱歉了，晚上约了相关部门的领导吃饭，我让方玉成安排一下，请你们吃顿便饭。”

方玉成是个色鬼，典型的、不加掩饰的、极度恶心的色鬼。

胖得很圆的脸挤得他的眼睛很小，深度近视的眼镜一圈一圈的，中分发型，充分体现了那句话：中间分界心理变态。当着凌兰语的面，他搂着杨舒莉腰际的时候，手总会有意无意地往上移动。

凌兰语有点反感：什么素质！

便饭的场所是一家五星级酒店，杨舒莉让凌兰语去点菜，还小声地交代：“鱼、虾、蟹都得齐全，往贵里点！”

凌兰语会错了意，以为要狠宰方玉成，所以鱼点的是鲍鱼，虾点的是龙虾，蟹点的是膏蟹，酒点的是五粮液，加上一人一盏燕窝、一例鱼翅捞饭。

“来来来，辛苦了辛苦了！”方玉成向两人举杯。

“领导辛苦了！”杨舒莉碰杯，一饮而尽，然后就夹了块膏蟹往方玉成碗里堆。

方玉成看了眼凌兰语，说：“这位……杨总给介绍介绍？”

“我们公司的凌兰语，策划总监。”

凌兰语给了他一个职业微笑：“您好，方总。”

“幸会幸会！”方玉成点点头。

饭局很无趣，没有项目分析，没有技术研讨，只有方玉成满嘴火车的胡吹，和低级恶俗的黄色笑话，两人还需要配合着哈哈大笑。

饭后，要埋单时，方玉成借口去厕所就开溜了，杨舒莉掏出了钱包，三个人吃了 4000 多，这一顿相当于凌兰语一个多月的工资，让他很过意不去。杨舒莉看出来了，伸手轻抚他的手背，说：“弟弟，这菜点得很到位。你得记住，我们是乙方，甲方就是上帝！”

方玉成从厕所里出来的时候，一边抽着裤子，一边大大咧咧地说：“哎呀，怎么把单给埋了呢？这个应该我来呀，陈总都吩咐了的！”

“都一样，都一样。来，发票也给你吧，我拿着也没用。”杨舒莉微笑着。

“这怎么好意思呢？”说着，方玉成把发票揣进了包里。

这个方玉成，是又吃又拿呀！凌兰语心里说不出的讨厌。

“那个凌……小凌啊，你先回吧，我跟舒莉还有些事要谈。”方玉成开始剔牙。

“这……”凌兰语有些迟疑。

“你先走吧。”杨舒莉淡淡一笑。

出门的时候，凌兰语还瞄到那双肥手已经迫不及待地摸索上了杨舒莉的大腿……

“好地儿都让猪拱了！”凌兰语关上门，心里暗骂。

凌兰语心情很好，破车里的音量很大，大张伟的《穷开心》。

路边有人招手，在江海市，类似他这种破捷达的，一般都是夜里的黑的士。

车子停了停，把窗子摇下了，路人问他：“去市政府走不走？”

“同志，你见过这么帅的西装男开黑车吗？”说罢，凌兰语一踩油门，绝尘而去，嘿嘿，穷开心！

放好车，回到家，佘婷还没回来。趁着心情好，他逗着馒头，在阳台上打滚。刚好看到楼下一台宝马5系停住了，佘婷从车上下来，还亲热地跟车上的一个男人说说笑笑。

无视吧……

凌兰语当时的反应是想躲。看那男人也很年轻，不到30岁的样子——富二代。

人与人之间为什么会存在差别呢？邓小平爷爷说让一部分人先富起来，然后带动另一部分人也富起来。现在看来，另一部分人，就是第一部分人的儿子、孙子、曾孙子，还有七姑妈、三姨太……中国那句老话——富不过三代，不过是穷人拿来自我安慰的屁话。

他们没发现他，他屏住呼吸，站在阴暗处，看白色的宝马绝尘而去，看佘婷眼里的艳羡，再摸摸馒头的头，说：“儿子，妈妈喜欢宝马，等有钱了，咱也买台，喷成你这身斑斑点点的！”

佘婷进门的时候，香水味很浓重。

“没喝酒？”凌兰语看了看表，9点。

“嗯，跟个朋友吃饭来着。”

“哪个朋友？”

“说了你也不认识。”

“男的？”

“有男有女的一帮人。”

“你不刚说是跟个朋友吃饭吗？又成一帮人了？”

佘婷一时语塞：“什么意思啊你？”

凌兰语不再说话，抱着馒头，眼睛一动不动地看着电视，屏幕上征婚节目的男男女女正打得火热，他脑子里却是一片空白。

馒头很懂事，看他生气了，就跑到女主人身旁，使劲地摇着尾巴，轻舔她的手心。

佘婷叹了口气，说：“好吧，我是跟个男性朋友吃饭去了，只是单纯地吃饭，没什么的，你别多心。”

“既然这么单纯，那又干吗骗我？”凌兰语不依不饶。

“就是怕你误会啊。”

“那你的目的达到了，我已经误会了！”

“凌兰语，你别逼我。”佘婷突然拉下脸来。

“逼你什么？现在是谁逼谁？”

佘婷冷笑：“前几天你们那个同学聚会，你以为我不知道你那点猫腻？”

“啥猫腻？我可什么都没干过！”凌兰语见势突然就软了下来，话说得有点结巴。

一看兰语结巴了，佘婷就猜到了他心里有鬼：“说吧，都干了些什么，坦白从宽。”

“真的没做什么……”凌兰语开始赔笑了，主动权瞬间转到了对方那儿。

“你们男人有句至理名言——坦白从宽，牢底坐穿，抗拒从严，回家过年……”佘婷逼问道，“你是打算抗拒到底了，是吗？”

“不敢不敢，是真没做什么嘛，老婆大人。”凌兰语嘿嘿一笑，忙把话题转到一边，“我今天去找了个甲方，有很大机会能接个项目的全程代理哦！”

“有那么好的事儿？”佘婷愣了愣，“就你一人？别人看上你什么了？小身板也禁不起别人潜规则啊！”

“去去去，你老公除了英俊潇洒、玉树临风、器宇轩昂，还有过硬的技术水平！别人就是看上了我的硬！”凌兰语自豪地挺起胸膛。

“得了吧，别整这些没用的，说说看，怎么回事？”

凌兰语把今天的事跟佘婷大致地说了下。

“杨舒莉……”佘婷好好地回忆了一下，说，“这人我见过一次，听说名声不太好。”

“怎么个不好法？”

“不检点。”

“我就是希望她不检点……”

“你说什么？”佘婷揪起了凌兰语的耳朵。

“我的意思是，希望她对甲方那边的人不检点，那么，接下这个项目的把握就更大了。”

“你凌兰语想靠一个女人出卖身子来上位？小样！我还真没瞧出来，你就这点儿出息！”

“嘿嘿，反正那女人不是我的女人，她卖谁我都无所谓。”凌兰语说着说着就开始有点激动，抱着佘婷开始猛啃。

“打住打住！”佘婷推开他说，“今天不行，我那个来了。”

凌兰语扁扁嘴：“来得早不如来得巧。”

佘婷很认真地说：“对了，我是真不喜欢那个杨舒莉。印象中，她眼角上挑，这种面相的女人很厉害的！”

“哪方面厉害？床上？”凌兰语笑笑。

“为人厉害！一看就是厉害角色。别哪天人家把你卖了，你还帮她数钱！”

凌兰语冷静下来，想了想，说：“我只是付出劳动力，倒也不需要我花钱投资。到时候项目能接下来的话，我就算是个兼职。项目结款时，杨舒莉多少也要分我一份。毕竟，从今天看来，那个陈华还是对我非常满意的。杨舒莉想甩，也甩不掉我！”

龙承章有心理障碍。关键时刻，他想到的是妻子何雨晴推进病房的那一瞬间，就在那一瞬间，他整个人瘫坐在等候椅上，脑子一片空白，哭得面容扭曲，感觉支离破碎。

他深深地叹了口气，没说什么，颓然躺下。

何雨晴十分不解，都已经3个月了，这次她主动提出要求，原本以为龙承章会诚惶诚恐地谢主隆恩，谁知道他竟然不举！

“在海南玩得太过了点吧？老婆脱光了都没感觉。”

龙承章无奈一笑:“不是的,别瞎猜。可能是太紧张了吧……”

他没有解释太多,因为他不想再提起孩子的事情刺激何雨晴,有什么压力,自己扛着吧。

“我去看了医生,医生不建议我太快再要宝宝。不过奶奶那边……我特别害怕看到她那期盼的眼神。”何雨晴环抱着龙承章,用脸庞贴着他的背脊。

“别管她……”

“不过医生说我调理得还不错,我计划吧,要定期去测排卵了,一到时候我们就得加班,争取早日怀上!”

龙承章皱起了眉头:“原本好好的事儿,怎么都成任务了?”

“能不成任务吗?我压力特别大!”

龙承章苦笑:“顺其自然吧。”

“别说这么不负责任的话!”何雨晴生气了,“这不是我一人的事!而是我们俩的头等大事!奶奶没有给你脸色看,你当然无所谓。什么顺其自然,说得轻巧!我告诉你龙承章,你也要开始好好配合我的工作了!”

“我配合?怎么配合?到点我就加班咯,不行我再吃点补药。”

“就是要你吃补药!”何雨晴一脸认真地说,“我问了些朋友。一是运动,二是药补,三是膳补,缺一不可的。运动的话,要持之以恒,女的要坚持跳绳,男的早上要晨运,跑步。”

龙承章一听就急了:“不是吧?我是几千年没运动过的老龟了,觉都不够睡的,还晨运,至于吗?”

“太至于了!”何雨晴喋喋不休起来,“药补的话,你倒是没有太大的问题,吃点六味地黄丸差不多了,明天我去买条鹿鞭,让老妈泡酒给你喝。还有膳补,比如鸡子、骨鳝、牛鞭、生蚝、韭菜、番茄、核桃,这些是壮阳的。然后多吃蔬菜少吃肉,这样呢一般是生男孩。”

“没事吧你?我一直是肉类动物!”

“为了一索得子,你当然也得作出牺牲!凭什么要求女人就得承担一切?”

“行行行,我尽量配合,尽量配合!”龙承章无奈地摇摇头。

“还有,你得戒酒、戒烟、戒咖啡、戒可乐!这些都是影响精子质量的!”

“咖啡、可乐可以。酒嘛,尽量不喝,戒烟免谈,我宁愿戒饭。”

“那你就少抽点,饭后一支烟,一天三顿饭,你就抽三支,成不?”

“……”龙承章崩溃了。

贫贱夫妻百事哀，凌兰语深刻地体会到了这句话。存了两个月的房贷，兜就见底了，佘婷看上了一条GUESS的牛仔裤，得一千多，自己还思量着给她个惊喜呢。也罢，晚上还得多跑两趟黑车才行，帮补家计啊。

手机响了，是杨舒莉，听得出来她的兴奋："兰语，我们中标了！"

凌兰语由衷地说："是吗？那太好了，恭喜你呀，杨姐！"

"全都是你的功劳呀！现在我们是Partner了，见了面再详谈吧。"

上岛咖啡，杨舒莉坐在阴暗的角落里，笔记本屏幕闪着的蓝光映在她的面庞上，折射出她眼角的鱼尾纹。仔细一看还是岁月不饶人啊，再漂亮的女人也经不起时光的磋磨。

"杨姐！"凌兰语过去坐下，再细看她的眼睛，确如佘婷所说，眼角上挑。

"废话不说了，你看看我拟的这个合同。"杨舒莉把笔记本移了过来，人也随之坐过来贴近了凌兰语，一阵香水味冲鼻而来。

很好闻的味道，这是成熟女人的味道：浓厚、沉香。

凌兰语收拾了下心情，看了看合同，粗略地算了算成本和收费标准，点了点头说："没什么大问题了吧？1.8%的代理费，2个亿的销售额，算下来就是360万。这个是不是高了点？陈华能接受吗？"

"做买卖，当然要留有讲价的空间。我心里的价是1.5%，给0.3%的空间让陈华砍嘛。"

"嗯……"凌兰语点点头，说，"那没什么问题了。那个……以后，我在项目上，又该怎么定位？"

"定位？"杨舒莉愣了愣。

"额……"凌兰语有点不好意思地说，"就是我的职位。"

"哦！"杨舒莉"呵呵呵"地笑了起来，"没什么不好意思的，亲兄弟还要明算账，项目就是你我的，是赚还是亏，都是你我五五分账！"

"五五？"凌兰语愣住了，"那怎么行呢，杨姐！这项目是通过你的关系才能接到的。"

"你错了，兰语！"杨舒莉抚了下他的手背，"是通过你的能力才能接到的，我只是块敲门砖。"

凌兰语心里那是一阵激动，说话都开始结巴了："那……那怎么行？"

“亏也是一起亏嘛！对了，代理费里有一成要分给方玉成，毕竟是别人的引荐，我们才有机会，饮水思源嘛。”杨舒莉微笑着说。

“那是那是，行业潜规则嘛。”凌兰语冷笑，心里有点不爽，甲方总有这种人，手里有那么点权力，就什么都不用干，坐收回扣，还不用上税！

杨舒莉注意到了他的表情，没说什么，话锋一转说道：“兰语呀，我这边可是有个要求的哦！”

“什么要求？你说！”

“项目如能顺利接下，你就应该全职在这边打点了。”

“这个……”凌兰语有些犹豫，虽说自己现在的单位没什么起色，但也算是旱涝保收。如果辞职，无疑破釜沉舟，再无退路。江海市不比一线城市，房地产行业没有那么多就业机会，自己早已不是愣头小子，求稳大于求进。

杨舒莉看出了他的迟疑，说道：“男儿志在四方，兰语你的能力在江海这一行来说，算是出类拔萃了，应该找到属于你自己的一个起点。”

凌兰语这才下定决心，拍了拍大腿，说：“好吧，项目签了合同，我随时都能到位。”

“你长得很像一个人……”梁宇良一边随意地把玩着手中的酒杯，一边挑逗地看着对方的眼睛。

“你这话说得真老土，不会说我长得像你失散多年的女友吧？”对方也把玩着手里的酒杯。

“你像我未来丈母娘的女儿，真的，忒像！”梁宇良一脸认真。

“呵呵呵呵……cheers！”她笑得花枝招展，昏暗的灯光下看得出来，她的粉底有点厚，笑起来会有少许粉末掉落，她的样貌并不十分让人满意，不过纵观全场，也没什么更好的选择了，梁宇良不想空手而归。

梁宇良坐得更靠近了点，手扶上了她的腰，手上还轻轻地用了点力，然后附到她的耳边轻轻说道：“我喜欢你的香水味，Dior的花样甜心，很甜，甜得让我有点冲动。”

“你属狗的？这么灵敏的鼻子！”她没有躲开，反而顺势依上了他的肩膀。

“像你这么漂亮的女人，是个男人看见你，都会变成狗的——发情的公狗。”

就在酒吧厕所里，传出了他俩的淫声荡语。

也许很多荒唐的事，不过是场彼此需要的游戏，本无所谓在何时遇上何人，也许这只是人生的际遇，只要这是你情我愿的事儿，便不存在伤害，也不存在爱情，只有赤裸裸的性和放纵。

失业让梁宇良变得放荡。

应该说，他原本就放荡，只是婚后压抑着。

这是失业后的第5个晚上，这个女人也是他搜寻成功的第4个猎物。

天生情种，加上高大英俊、能说会道，只要他愿意，在夜场里总会有所斩获，过程无疑是搭讪——喝酒——夜宵——开房。这一次比较成功，连夜宵都省下了。

第一次在厕所里办事，让他感觉到了史无前例的刺激，从对方高亢的声音中，他获得了极大的满足。无奈，快感之后，依然是无尽的空虚。

“今晚，我不想回家。”她扯着他的衣领，意犹未尽。

“你喜欢哪个酒店？”

“去白天鹅吧，虽然有点旧了，但我喜欢沙面，喜欢那里哥特式的古典建筑……”

说到沙面，梁宇良突然想起了许诺，跟她的婚纱照就是在那儿拍的。记得那时是盛夏，他打着领结穿着礼服，愁眉苦脸，她拖着长长的白色婚纱，幸福满满，郎才女貌，羡煞旁人。

“想什么呢？”此时梁宇良身边的女人刮了下他的鼻子。

“还是改天吧，我想起来还有点事儿。”梁宇良吁了口气。

“什么事？能比陪我还重要？”

“陪老婆……”

她冷笑，甩手给了他一耳光。

他惊诧，她没看到他手上的婚戒吗？每个游戏都应该有游戏规则，男欢女爱的事儿再正常不过了，一夜情你还当真感情了？

回到家，给许诺打了个电话，她的语气很冷：“我还以为你忘了你老婆的电话。”

“我失业了……”梁宇良叹了口气。

“什么时候的事儿？”许诺一听就紧张了。

“就这两天的事儿。”

“没事，一份工作而已，会有更好的老板看上你的！”许诺安慰着，心里突然有种释然的感觉，这不正是自己所期待的吗？

“也许吧……”梁宇良点了根烟，抬头吐了两个烟圈，然后用手指捅破了，看烟雾弥漫，“我想出去走走！”

“去哪里？我陪你！”

“我决定去内蒙古，选择一个夜黑风高的晚上，独自躺在树林里，一边睁大眼睛数星星、看月亮，一边喂狼。你不用陪我，也不必等着帮我收尸，因为我必须得让狼把我这身皮囊吃干净了，骨头都不剩，据说这样灵魂才能上天堂。”

许诺笑了，说：“去！那里肥沃的草原没了，草原狼群没了，现在只剩下一大堆开矿的白眼狼！梁宇良，你能不能不要再活在童话里？”

“活在童话里总比死在现实里要快乐些。”

“好了，别孩子气了。既然失业了，就回家吧。”

“回家你养我？”

“我养你！”许诺的语气很坚定。

“好吧，咱也享受享受吃软饭的待遇。”梁宇良笑了，竟然笑出了眼泪。

得知梁宇良要回来了，龙承章在市里最好的海鲜酒楼订了房，带着何雨晴，约了许诺、凌兰语和佘婷，一行人早早就在机场守候了。

看得出来，刚下机的梁宇良一脸的晦气。

“就这么点行李？”许诺看他只拎了两个行李箱，背着个笔记本。

“全部家当……”梁宇良耸耸肩，自嘲一笑，“在外混了这么些年，啥都没混到。喏，这个行李箱还是我大学时用的呢。”

何雨晴说：“这叫洒脱！除了钱，其他的都是身外物！”

龙承章说：“补充一下，除了钱，还有老婆，其他统统的都是身外物！”

到了酒楼，龙承章点的菜，让梁宇良有点不好意思——鱼翅捞饭、鹅肝焗鲍鱼、蒜蓉蒸龙虾、油焖膏蟹、清蒸石斑、花胶鸡汤……酒是五粮液。“不至于吧，这么好的菜！市长级别的招待了！”

“哥们儿嘛，荣归故里，咱得意思意思！”龙承章嘿嘿一笑。

这菜点得有些过了，何雨晴脸上没什么表情，心里却不是滋味。

这个龙承章，哥们儿义气摆第一，跟梁宇良、凌兰语这俩兄弟，就从来没计较过钱。上次的海南一行就基本把老底花光了，他也不好意思摊开手问家里要钱，现在还这么铺张，真是不持家不知道油盐贵！

“嗯？佘婷呢？怎么没来？”龙承章这才注意到凌兰语是自个儿开车来的。

“她有饭局了，就不来这边凑热闹了。”凌兰语支吾了一下。佘婷不肯来，是因为面子上过不去。

原来佘婷跟何雨晴是同事，论能力、论学历、论样貌、论家境，她统统都比何雨晴好，凭什么自己的男人就比她的男人逊色那么多？别跟她说什么才气，这年头，只讲财力！看着何雨晴的一身名牌，佘婷就羡慕妒忌恨，人比人气死人呢！

“那人齐了，来来来，梁总荣归故里，大家举杯祝他一帆风顺！”

“时隔十日，仿如隔世……想不到我还是回来了！”梁宇良举杯叹了口气，一口闷了。

“这不好事吗？”龙承章拍了拍他肩膀，向许诺举了举杯，“嫂子，浪子回头金不换啊！”

许诺知道梁宇良10万个不愿意，他多少还是有些无奈和不甘，但既然事已至此，她就该好好地把他留在身边，拴不住他的心，也得拴住他的人！

凌兰语说：“上次回来，你不是到袁老板那家房开去面试了吗？你外公的老战友，多少也会照顾你吧？”

“别提了。什么狗屁战友，他跟外公不是一路人，原本就没什么交情。外公都埋土里了，他还问我他老人家现在身体可好。我呸！”

“不是一路人，自然没有联系，很正常，话说你外公那种那么有原则的老革命，有的人是躲都躲不及的……”龙承章说，“那个老袁……怎么说呢，以前在位的时候，我父亲跟他打过交道，还是比较讲究道义的。现在很多从政的经商的，都还是很买他的账，他想在商场上东山再起，不是难事。”

“他东山再起也没我啥事儿，我去面试，感觉不是很理想。”

许诺一听就来气：“你还好意思说？你跟别人吹了多大个牛？30万年薪！这不笑话吗？江海市这种三线城市，这么高年薪的打工仔我看还没生出来！”

“呵呵，那倒是，我看能给你10万，就算是很不错的了。”凌兰语接话。

“我也知道，现在他跟我说10万，我马上干！”梁宇良只能马死落地行。

“没这么好的事儿了！”许诺有点气馁。

“没事嘛，你先休息一段时间，打工一辈子都打不完。过段时间，我跟黎伟那边如果能弄到地块，我高薪请你。”

“30万年薪？”梁宇良又看到了希望。

“刚你说10万也干。咱这么熟，打个8折，8万吧。”龙承章狡猾一笑。

他们不知道，佘婷就在隔壁的那个房间里。

"来来来，佘小姐，我敬你一杯，祝你永远青春美丽！"

佘婷礼貌地笑着，浅浅地喝了一小口白酒，微微地皱了皱眉头。

这个小细节让敬酒者发现了，忙伸手一挥，叫来了服务生："开瓶红酒，佘小姐，你看，想喝点什么呢？"

他这么恭维，让佘婷十分受用，再瞅瞅他的模样，也仿佛顺眼了点——五短身材但很结实，白白胖胖的圆脸有点可爱，还有两个小酒窝，笑起来样子像个弥勒佛。

"那就……"他的手指顺着酒水单一直往下拖，拖到倒数第二排时停下了，"就这个吧。"

佘婷用余光扫了下酒水单，倒数第一排是拉菲，第二排的红酒的英文自己没看懂，价钱也没看清楚，反正是4位数的，心里一动——这厮出手还挺阔绰！

"鄙人姓王，老虎头上的那个'王'，王忠兴。"他起身向佘婷伸出了右手，中指上的大钻戒很是耀眼。

佘婷心里想的却是"王八蛋"的"王"。握了握手，王忠兴久久舍不得松开，眼睛片刻也舍不得离开她脸上半寸。

佘婷好容易才挣开了手，王忠兴这才发现自己的失态，挠了挠光光的脑门，抱歉道："不好意思，不好意思，我是一看到美女就紧张！自罚三杯！"说着就敞开了胸膛喝了三杯。

"怎么样？这个没介绍错吧？"身旁的死党吴美美悄悄地跟佘婷说。

这个饭局是吴美美安排的。她傍了个刚离婚的挖矿大款，皮糙脸黑的，叫钱定发，名字真没起错，据说现在起码是亿级身家了，这回给佘婷介绍的，是个更重量级的挖矿大款，身家就是个谜！吃着碗里的想着锅里的，并不只是男人的专利，凌兰语是条驴，佘婷骑着一直在找马——找着了马再计划怎么处理驴，总不能让自己在一棵树上吊死！

"不就那回事儿吗？看起来得有50了吧？还是个结了婚的，我没兴趣做三儿！"佘婷嗤之以鼻，虽说这人很有钱，但模样很难让人不挑食，还做不了正室，那就不予考虑了。

佘婷还是有一批后备军的，即使不是有钱得离谱，但也是富二代，起码年轻、未婚。

“丧妻！单身5年了。孩子也大了，小儿子都高中毕业了！”

“那更糟糕，我当后妈这么年轻，以后他孙子跟我逛街还得叫我姐！”

“那有什么关系，有小孩是好事啊！连生娃儿都省了，免了开刀的痛苦！”

“去去去！我就纳闷儿了，他白白胖胖的，也不像是个矿老板啊？”佘婷不解。

“亲爱的！”吴美美又好气又好笑，“矿老板都不挖矿的！”

“广东也有矿挖？”

“笨！他们的矿在鄂尔多斯！”

“鄂尔多斯不是养羊的吗？”

“我晕！你也太OUT了！现在那儿都是挖矿的！你知道现在我多少广州、深圳的有钱朋友去了那儿，回来都一样的感叹——不去鄂尔多斯，你都不知道自己有多穷！”吴美美一脸向往。

“说什么悄悄话呢，宝贝？”钱定发凑了过来，近距离观察，佘婷发现那人还有点斗鸡眼——眼神总是聚焦在女孩子的胸脯上。

“呵呵，没什么。”佘婷有点不自然地捂了捂胸口，网购的冒牌CHANEL T恤质地不好，穿了几次领口就松了，总会泄点春光。

钱定发好容易才把眼神转移到了别处，说：“佘小姐，其实我们王大哥不是第一次见你了！”

佘婷一愣，说：“是吗？我怎么没什么印象？”

“嘿嘿，就是前天，我去你们公司接美美，老王也在，看到你跟美美一块儿出来的，就是看到你那一眼的工夫，老王魂都丢了！”钱定发搂着吴美美一脸的坏笑。

“不至于吧？”佘婷配合着笑笑，再配合着呈害羞状。一抬头，却又发现王忠兴也呈害羞状，心里骂道——装什么犊子！丫这么有钱，后宫佳丽三千的，至于对我这个快嫁人的婆娘装纯洁吗？

“一见钟情！”吴美美斩钉截铁地说出了这4个字。

佘婷相信一见钟情，以她的样貌，很多男人都会对她一见钟情，男人都是外貌协会的，原始的兽性使之最终的目的还是跟你上床。想当年自己是太早悟出了这个道理，于是更深层次地想到了上床后该过的生活和情感问题，所以选择了所谓潜力股的凌兰语。多年前，她坐着凌兰语的电动车在海边兜风时，遇见了前男友，前男友开的是奔驰S350，她安慰着自己说：那都是富二代，老爸给的，没什么了不起，凌兰语通过自己的努力终究

会更好。若干年后的今天,凌兰语开上了二手捷达,前男友则新买了台保时捷……

现实点吧,你不是先知,选择错误的后果就是粗茶淡饭!

“一见钟情没错,不过是早在20年前就一见钟情了!”钱定发得意地笑笑,卖了个关子。

吴美美一脸惊诧:“那时候婷婷也才几岁大,王叔叔不会有恋童情结吧?”

“不是不是!”王忠兴忙摆摆手,脸上竟飘起了两片红晕,“老钱,别瞎说!”

“事实如此嘛!”钱定发哈哈一笑,“老王你那时候怎么说来着?这姑娘长得跟你的初恋情人一个模样!我说这年头连初恋也兴穿越呀!”

王忠兴的脸更红了,把头一低,躲闪着众人的眼光,结结巴巴地说:“瞎说!瞎说!”

佘婷一看就乐了,心想这人也真逗,这害羞的模样倒也不像是装出来的,看来自己还真长得挺像他初恋的。等等,打住,自己不敢说月貌,那也算是花容了,20年前估计这人也没发吧?长得像自己的女孩能跟他恋吗?估计这初恋不过是个单恋罢了。

饭局很愉快,起身的时候,佘婷看王忠兴还是有点不好意思,就刻意地挽上了他的臂膀,俩人站在一起,她比他高出了一个头还多,佘婷心里默念着,以后跟他出来,不能再穿高跟鞋了。

说笑着走出房门,却又跟隔壁出门打电话的何雨晴打了个照面,佘婷吓了一跳,以至于忘了松开挽着王忠兴的双手,一脸尴尬。

何雨晴眼神扫了一下他们四人,假装没看见佘婷的手,礼貌地对她笑笑并点点头,又继续若无其事地说起了电话……

回到房里,何雨晴没把这事儿张扬开来,若无其事地看这几个哥们儿搂在一块儿胡喝。她突然发现,凌兰语的眼神出奇的清澈,像孩子一样。

“下半场,去苏荷继续!”梁宇良喝开了,几头牛都拉不住,许诺有些不满,但也只能无奈地接受。

还是何雨晴解了围,说:“喝喝喝,就知道喝,别带坏我老公了。现在我跟他正计划生育,得戒酒、戒烟了!这次是给你梁宇良洗尘,我才让他破的例,下不为例了!以后你们谁再敢拉我老公买醉,我就拿剪刀把他咔嚓掉!”

于是散场，各回各家。

许诺让梁宇良洗澡，谁知道他蜷在沙发上就不动了，嘴里喃喃地说："头晕，别管我，不洗了，就凑合着睡沙发吧！"

像话吗？第一天回家竟然睡沙发。多日不见，不是应该如隔三秋、如胶似漆地好好陪老婆温存温存吗？许诺有点生气，又拖不动死鱼般的他，也只得坐在一旁生闷气。

也罢，看得出来，他还是很不开心的。这个男人，心太傲，把事业看得太重，这次失业其实对他的打击挺大，也让他终于肯低头回来了。虽然前途茫茫，但终究会好起来的。

在外漂泊惯了，总得有个适应的过程，不能把他逼得太紧，由着他的性子吧，能回家就好！许诺拉着梁宇良的手，看他熟睡的面庞，甜蜜一笑。

何雨晴回到家才跟龙承章说了佘婷那事儿，顺便还把佘婷跟那男人的亲昵劲儿做了下艺术加工，添油加醋。

"婊子！"龙承章咬牙切齿。

"原来我们是同事时，我就看出佘婷这女人很厉害：太现实、心态有点偏激、看钱看得太重，像凌兰语这种男人，根本满足不了她的要求。"何雨晴跟佘婷的关系也好不到哪儿去，以前是同事时经常抢客户，虽然没有发生正面冲突，但背地里互相也没什么好评价。

龙承章冷静地想了想，叹了口气，说："这事咱局外人也没辙，就当做什么都没看见吧。"

"就任由他凌兰语一直蒙在鼓里？"

"那还能怎样？跟他说了他会给出什么反应？拿刀捅了那男人，还是几耳光甩死佘婷？或者买堆炭回家关上门烧，把自己憋死？"龙承章想了想，说，"嗯……我估计最后一种可能性比较大！"

"你看，还是你老婆好吧！"何雨晴依上了龙承章的胸膛，一脸得意，心想如果龙承章是凌兰语的话，指不定自己也会像佘婷那样。女人嘛，总有点贪慕虚荣的小心思，谁不想自己的生活品质能高一点，再高一点？欲望是无止境的，其实肉体上的、精神上的欲望，总是重复在一个人的身上，总会厌倦的，也只有物质上的欲望才是永恒不止的。

"那是那是，我老婆是前无古人后无来者的好！"

"对了！"何雨晴突然想起了件事，"今天我去医院检查了，我可能就这几

天排卵，这段时间你可得努力努力加加班！”

“得令！”龙承章冲何雨晴敬了个礼，心里却不是滋味——当做爱成了一种任务，那种滋味真的很难受。

佘婷回家时，凌兰语一身酒气地在沙发上摊着，看来是喝多了。

“你……没事吧？”佘婷扯了扯他的衣角，小心翼翼地问道。

“没事儿，跟梁宇良他们喝多了点。馒头我已经喂了，你别再喂了，一会儿你带它下楼遛遛。这家伙现在老胖了，以后得减少它的饭量，加大运动量……”凌兰语眯着眼睛，喃喃地说。

看来何雨晴没跟他乱说什么，佘婷悬着的心这才安定了下来。馒头凑了上来，冲她左闻闻右嗅嗅，又夹着尾巴趴回了窝里，眼神幽幽的，仿佛看穿了女主人的心事。

佘婷蜷曲在凌兰语身旁，拉过他的手，贴在自己的心房上，默默无语。

这是个好男人：专一、体贴、顾家。他没有财富五车，但他有无微不至爱她的心。其实佘婷不止一次有过这种选择的机会，可每一次当她开始动摇的时候，回到家，回到这个属于他们的充满着各种甜蜜心酸回忆的小天地时，她又坚定了自己不离不弃的信念。她爱凌兰语，深爱着。

周遭的诱惑很大，机会很多，但真找一个你爱他，他也爱你，双方都愿意无条件付出，无悔去爱你的男人，又谈何容易？佘婷早就找到了这个男人，虽然他不够成熟，虽然他不够完美，虽然他没有太优越的物质条件，但他全身心地爱你，你舍得放手吗？

这时佘婷又想到了王忠兴，想起刚才他送自己回来的一路，倒也规规矩矩的，没有什么出格的行为，非分之想是肯定有的，只不过碍着初次见面，加上也许还真是初恋那点事儿，让他有点扭扭捏捏的。这个男人，从年龄、样貌、身高上来讲，都是下品，但他真的是多金，她见识过那个钱定发是怎么让吴美美烧钱的。美美勾搭上他以后就不上班了，现在的工作就是刷卡，基本已经不会在江海市逛街了，直接飞深圳刷，刷完了再过关去香港刷。想想自己去香港，那也是圣诞期间去排队疯抢些过季打折货，高于五折不要，一边买还一边掰着指头算人民币的汇率。别人不是，别人是昂着头进品牌旗舰店，身边专人客服鞠躬赔笑地服侍着，出来时大包小包的跟买白菜似的，这让佘婷眼红得直想滴眼药水。

据说王忠兴比钱定发还有钱得多，刚瞅了眼他戴的表，江诗丹顿的，那可比钱定发的劳力士贵得多了。还有车，钱定发开的是悍马，王忠兴则是路虎，据说比悍马便宜，但是低调得多，不是说有钱人玩表，没钱人玩车的吗？钱定发是不够发才高调的，王忠兴这种已经开始趋于低调的人，财富才更为可怕！

看得出来，王忠兴是真的想找个女人过日子了，都那么大年纪了，花花世界也该玩遍了、厌倦了，现在能碰上佘婷这么个长相有些特殊意义的女人，他想拥有，而且想长期拥有，那是正常不过的事儿，也算是了却心愿或者遗憾。如果自己跟了他，那就真的飞上枝头变凤凰了吧？

又到了选择的时候，自己年纪已经不小了，再往后就是走下坡路了，是真把爱情当饭吃还是选择更好的物质条件？佘婷纠结了半宿。

五　温柔乡

“你能不能别在床上抽烟？”

“躺着看书对眼睛不好！”

“用过的东西应该放回原位！”

“洗澡时你怎么不把纸巾收进去？都淋湿了！”

“客厅的灯你怎么总是忘了关？”

“别穿着湿漉漉的拖鞋在房间里到处走！”

“脏衣服都堆成山了，你在广州时攒几天才洗一次？”

“地板脏了你也能视而不见？不会顺手擦擦？”

“每天都窝在沙发上，把沙发都睡变形了！”

“能不能少喝点可乐？”

“衣服都晾干了，你就不会收一下？”

“不是上网游戏，就是打牌喝酒，你能不能办点正事？”

“中午要去妈那儿吃饭，都几点了？你还在那玩游戏！”

……

这是梁宇良回家的第 5 天，每天都被许诺的各种埋怨和唠叨包围着。平时许诺去上班还好，今天周末，许诺不用上班，从早上起床就一直这么没停过。

“够了！烦不烦啊你！”梁宇良终于爆发了。

许诺闭嘴了，随之而来的是冷战。

这就是婚姻，这就是婚后的同居生活。梁宇良心里一叹，万分怀念在广州的自由生活，哪怕是三餐不济，哪怕是居无定所，哪怕是孤独寂寞。其实，自己早已习惯了孤独，甚至享受孤独。

当然，安稳下来的日子，最大的优点就是伙食稳定了：一三五回爸妈家，二四六七回丈母娘家吃饭。两家老人是争相发挥顶级厨艺，顿顿都是大鱼大肉侍候着，还不用洗碗——都是独生子女嘛，钱和爱心都得用在刀刃上。

丈母娘看出了俩人的不妥，趁着许诺一声不吭地端着饭碗去客厅吃的空当，问道："吵架了？"

"嗯……没什么的，小事儿，妈你别担心。"梁宇良支吾着。

"哦……"丈母娘想了想，夹了个鸡腿塞进他碗里，说，"诺诺从小到大都是这牛脾气，都怪我们惯坏了。结婚了，你要多让让她，小两口嘛，磕磕绊绊总是有的，你看我和她爸，吵吵闹闹的不也这么过来了。"

"没事的妈，我都习惯了。""习惯"这两个字其实是带有怨气的。梁宇良知道，习，都是惯出来的。

丈母娘却没听出他的话里有话，笑得很慈祥："宇良你就是脾气好，不像她爸，大男人一个，动不动就吹胡子发脾气。"

人说丈母娘看女婿，跟婆婆看媳妇是截然相反的，这话不假。加上梁宇良在外虽说玩世不恭，但回到家就换了副模样，彬彬有礼，尊重长辈，嘴巴也甜，哄得丈母娘是越看越喜欢。他做销售时就是个师奶杀手，何况是这半个妈。

"工作的事情怎么样了？"老丈人发话了。

"嗯，还在等消息呢……"

"这边现在房地产发展得也不错，你回来还是有大把机会的。"

"待遇低得吓人。"

丈母娘接话："既然人都回来了，就应该定下心来找个有发展的平台。江海的工资待遇跟广州当然没法比，但也总比你和诺诺两地分居强。话说你这些年在外，虽然工资不低，但经常两地飞，居无定所的，算下来其实也攒不下几个钱。"

"钱是一方面，关键是发展前景，江海……"梁宇良无奈地笑笑，摇摇头。

"能回来就是好事，随便找个什么工作安定下来，这边消费也不高，找个一两千的工作也不错了。"

一两千？梁宇良愣住了，丈母娘这话是说者无意吗？她是觉得一两千的月薪足够生活，还是觉得这个女婿真没啥本事，只配找个一两千的工作？

伤自尊啊！

算了，就当这是丈母娘一介家庭主妇的肤浅愿景吧，那句话怎么说来着？麻雀安知大雕之志！

当然，梁宇良没有把自己的不悦表露出来，速速扒了几口饭，说："我吃好了爸妈，你们慢吃！"

这时，他的手机响了起来，是个陌生的座机号码，区号是江海市的。这年头还有哪个朋友用座机？梁宇良嘀咕了一下，按了接听键。

“您好，请问是梁宇良先生吗？”悦耳的女声。

“嗯，你好，你是……”

“我是仁海春天公司，请问一下明天您什么时候有时间，我们想安排一下您的二次面试。”

“仁海春天？”梁宇良愣住了，半天没想起来是什么公司。

“您上次来过的，跟我们袁总和黄总见过面的？”说罢，对方又压低了声音，“不记得了？我是摇滚甜心，你推荐的香奈儿香水不错，好多人都觉得好闻！”

“哦，呵呵，那就好那就好！”梁宇良想起了那个黑丝小蜜，一阵激动，又怕被丈母娘他们看出异样，有点做贼心虚地打了个哈哈，说，“看公司安排吧，我随时OK。”

“那我安排在明天下午3点吧，可以吗？”

“OK！”

“偷偷告诉你……我们黄老板对你很满意哦！”

“哦？合眼缘吧，谢谢他的赏识。”

“你就不谢谢我的通风报信？”

“这个……”梁宇良看丈母娘在身边，不好跟那边打情骂俏，也不敢走开，会显得此地无银，只能一边把听筒压紧耳朵，一边很严肃地说，“应该的，应该的！”

“晚上请我吃饭吧！”

继续严肃：“应该的，应该的！”

“哪里吃好呢？”

继续严肃：“你决定吧，我服从组织的安排！”

“我想吃西餐。”

继续严肃：“好的，好的。”

“哪儿的西餐好吃呢？”

梁宇良急出了冷汗，不能让对方再这么喋喋不休下去了：“哦……喜来登，晚上6点。”

“不见不散哦！”

“好的！”梁宇良说完这两个字，就迫不及待地把电话掐断了。

丈母娘没看出什么异样，关切地问道：“那次面试的公司有消息了？”

“是啊，老总要我晚上跟他去喜来登一起吃饭。”梁宇良刻意把话说得很大声，确保客厅的许诺可以听得到。这个谎撒得忒有水平，一是晚上可以名正言顺地撇开许诺出去勾搭了，二是显摆一下那边公司对自己的重视。当然，这个重视是虚拟的，是梁宇良编出来让自己也能自我感觉良好的谎话。

丈母娘由衷地笑得灿烂："宇良不错啊！只是面试了一次，老板就要请你吃饭了！话说那公司给你开多少工资？"

"还不知道，应该不止一两千吧。"梁宇良赔了个笑，心里还是对一两千这个数字耿耿于怀。

"别把自己看得太高了，梦想可以飞得很高，现实却让你摔得很惨！"许诺一脸冰霜，过来把碗重重地往桌上一搁，"换套正经点的衣服，别短裤拖鞋地出去丢人！"

梁宇良心情特别激动，以至于整个中午翻来覆去地睡不着觉。

身旁的许诺保持着不动的睡姿，仿佛已经熟睡，其实她心里也一阵激动，合着眼怎么也睡不着。看来老公还真是块金子，到哪儿都能发亮！工作有着落了，他也不会再想着到处漂泊了，异地分居也终究能画上个句号了！想到这，她心里美滋滋的，再一想到梁宇良那些多年在外养成的邋遢、随性的坏习惯，她又皱起了眉头，看来还是得好好调教调教！

5点没到，梁宇良就迫不及待地开始刮胡子换衣服。

"不是说留着点胡子显老点好吗？怎么又刮了？"许诺看他那兴奋劲忍不住开口了。

"老板二次会见，证明他认可了我的能力，这回当然得显得干净点！"梁宇良编了个瞎话，心想着咱佳人有约，总不能一脸胡子的颓废样。临了，还狠狠地喷了几下香水。

"你老板好像是公的吧？你喷这么多香水不怕让他反感？"

"男士用香水是一种礼貌，懂不？"

"臭美！"许诺冲他吐了吐舌头。

梁宇良心情特好，也就顺理成章地过去狠狠地啃了口许诺，算是宣布两人的冷战冰释。他给了许诺一个深深的拥抱："老公出发了，向美好的未来前进！加油！加油！加油！"

许诺看他这股冲劲，深感安慰，老公终于还是从失业的阴影中走出来了。她并不知道，梁宇良的兴奋，不单是来自这份工作，更多的还是来自另一个女人……

刚一出门，梁宇良就给小蜜打了电话："喂，地点更改一下吧，我知道个咖啡店挺有特色的，环境不错，T骨牛排一级棒，带你去那儿试试？"

"好啊，不过我得迟到一会儿。6点半吧。"

"没事，等你是我的荣幸！"梁宇良笑笑，然后跟她说了下地址。

咖啡店取名叫温柔乡，很容易让人误会的名字，是梁宇良一个朋友开的，确切地说是前前前前女友，名叫依米，生意不错，主要原因是老板娘的貌美如花。

店里的光线差不多能用伸手不见五指来形容，梁宇良轻车熟路地坐到了一个最为阴暗的角落。

"来了？"

"你的声音依然甜美，像邓丽君正在轻吟的《甜蜜蜜》。原本这并不是我的目的地，谁知道我又控制不住自己的双脚，梦游般的假装路过……"梁宇良深情地看向来人。

"少恶心！看你这身打扮，还有那满身的杀虫水味道，肯定不是来找我的了，又约了哪路美女来我这污染环境？"依米径直坐在他身旁，大大咧咧地搭着他的肩膀，点了根烟。

"现在的美女完全没有你那一代的风采了，欠教育！我必须带来这里让她接受再教育！"

"现在的男人也完全没有你这一代的战斗力了，我教育得身心疲惫！"她深深地一叹，让梁宇良想到一个词：百年沧桑。

"才女！还是个孜孜不倦的才女！"

"约的人几点到？我这么坐着不方便吧？别人一看，屁股一扭就跑了，你去追浪费脚力不说，顺带还搅黄了我的一桩生意。"

"咱的关系你怎么能用生意来形容？太赤裸了，弄得我无地自容，仿佛裸奔！"

"不贫了。"依米跷起了二郎腿，穿着拖鞋露出的脚趾上涂着黑色的指甲油，黑白分明，甚是好看，"很久没见了，还好吗？"

"准备回江海发展了。"

"广州的孽债太多？"

"不是，混不下去了，回来看看吧，能扎根就最好，毕竟是自己的地方嘛……"

"你变了……"依米轻抚梁宇良的面庞，"结婚真的能把一个男人彻底改变。"

“能不在这么阴暗的角落里玩煽情吗？我怕把持不住！”梁宇良拨开她的手，光线很暗，看不清楚她的表情，这更让人觉得心虚。

“婚后生活美满吗？”

“还行吧。”

“那还出来乱勾搭？”

梁宇良沉默了半晌，说：“你觉得灵魂出轨和肉体出轨，哪个可怕一点？”

她不假思索地回答：“灵魂出轨！”

“嗯……”梁宇良点点头，“所以说，为了防止灵魂出轨，我选择了肉体出轨！”

“你丫真是个渣滓！”依米咬牙切齿，又想起了点什么，说，“对了，你那个朋友，叫兰语吧？我刚看见他了，没打招呼，就坐在那边，坐了一下午，跟一个半老徐娘。虽说半老，但模样不赖哦！你们的口味真是越来越重了！”

“凌兰语？”梁宇良顺着她手指的方向看了过去，光线太暗。凌兰语正背对着这边，半老徐娘面对他而坐，看起来，徐娘其实也不算很老，颇有姿色。

“打声招呼？”

“也好！”两人起身走了过去。

“哥们儿！温柔乡啊！”梁宇良径直坐到了凌兰语身旁。

一看是梁宇良，凌兰语乐了：“是你的温柔乡啊！我说来了怎么没见老板娘呢，原来是跟你腻歪去了！”说罢向依米点了点头。

梁宇良说：“介绍一下？”

“杨舒莉，我领导！”

“你好！”杨舒莉向他们大方地微笑并点点头，“不是领导，是 Partner。”

“这是梁宇良，我死党，跟杨姐你同行，也是做销售的。原来在广州中源，现在回来发展了……休养中。”

梁宇良连忙纠正道：“什么休养中？是待业中！你俩合作什么大买卖？带着小弟我发发财吧！”

杨舒莉说：“小项目，就怕梁总你看不上。”

“还梁总，脸肿！”梁宇良自嘲一笑，“以后多多关照啊，杨姐！”

“互相关照吧，都是同行，江海就那么巴掌大的地儿，抬头不见低头见！”杨舒莉看了看表，说，“不好意思，晚上还有个饭局，你们聊吧。”

“哦，那我就不留你了，放心吧杨姐，具体的执行方案三天内我做出来。关于招聘的事情，辛苦你了！”凌兰语起身相送。

“不赖啊，兰语你现在好这口？少妇？无奈我还停留在万恶的 OL 级别。”

看杨舒莉走远了，梁宇良又开始满嘴开火车。

“我说你脑子里怎么装的都是精虫？”凌兰语懒得搭理他，冲依米笑笑，“老板娘越来越销魂了。”

依米皱皱眉头：“兰语你跟宇良学坏了，原本你不是这副德行的。还销魂！这词一直是梁宇良的口头禅！”

“大好青年就这么毁于一旦，闻者伤心听者流泪！”梁宇良说，“要是龙承章也在就好了，刚好凑齐一桌麻将。”

“除了开业那天，他就再没来过这儿了，嫌这儿档次低了吧！”依米有点不屑。

“那倒不是，你这是什么地儿？偷情圣地！温柔乡！他来这干吗？龙承章婚后从没发生过类似事件。从精神文明到肉体干净都做到尽善尽美了。”

“一次都没？”

“叫小姐算吗？”

“算！”依米肯定地点点头。

“哦！那不算尽善尽美了。不过叫小姐也不来你这儿，虽然你这店名字起得跟妓院似的。”

“滚！全中国都找不到我这么有才的咖啡店名字了！”

“对了，你刚不是说精神上的出轨比肉体上的来得更可怕吗？所以说，我们仨兄弟，最坏的就是凌兰语，坏到骨子里！整天没事儿就玩柏拉图，关键时刻又不拉链，憋死人！”

“我跟你不同，你下半身思考，我用这儿！”凌兰语指了指自己的脑门儿。

“跟少妇谈什么正经事呢？跑这么幽暗的地儿？”梁宇良继续深究。

“跟她拉了一项目。”凌兰语简要地说了下项目的情况和合作问题。

“你比较被动……”梁宇良收起了原本的嬉皮笑脸，眯着眼睛吸了口烟，“从接洽到人员招聘，再到结款，都是那个杨姐来处理。你只负责出方案，方案一出，到了执行阶段，你的价值就利用完毕了，你是夜壶！”

“应该不会吧，加上甲方老板还是比较认可我的，我不在，她也搞不定。”凌兰语想了想，又说，“哪怕是夜壶，也有一泡尿的价值。我不年轻了，不想在原来的单位上虚耗青春了。被利用，证明我有价值。我渴望被认可，项目能给我大展拳脚的平台。钱，当然很重要，梦想实现，更重要！”

“那是那是，人嘛，总得有个奔头。”梁宇良点点头，“反正我提醒你注意一下，钱是王八蛋，很多人为了钱会变成王八蛋。先小人后君子，你得跟她立个合同，具体怎么利润分成，白纸黑字写清楚了，以防万一嘛。”

“合同恐怕拟不了。现在算是杨姐个人出面，跟甲方签订合同，具体提成都是结算时划拨给她个人的，她再做分配。现在挂靠公司费用太高，临时成立公司时间又来不及了。”

“那就拟个你们的合作协议啊。”

“协议不具法律效应，况且也不是多大笔钱。拟这种东西，防君子也防不了小人，我相信杨姐不是这种人。”凌兰语固执己见。

“你自己看着办吧。”梁宇良没再说什么。凌兰语人好，于是把所有人都想象得很美好。

“时候不早了，你们腻着，我不打扰了！”凌兰语起身要走。

“一块儿吃饭啊！”

“我中午炖了汤，不浪费了，再说我得回家喂狗。”

“佘婷呢？”

“她一般后半夜才回家，埋单吧。”

梁宇良抢着说：“我来吧！”

两个人抢了会儿，凌兰语抢不过他，也就罢了，挥挥手匆匆离开。

“好男人啊！”依米看着他离去的身影感叹。

“有点傻！”梁宇良笑笑。

“打扰你们了吗？”小蜜姗姗来迟，到了一看，梁宇良正跟一美女聊得眉开眼笑。

“哦，你好！”依米忙起身，一边亲热地拉着小蜜坐下，一边自我介绍，“我是梁宇良他表姐，这店子是我开的，第一次来吧？”

“嗯嗯。”小蜜点点头，笑得很灿烂，“姐姐保养得真好，真看不出来是他表姐呢！”

梁宇良哭笑不得。

“妹妹真会说话，我叫依米，你可以叫我 Emmy。”

“我叫齐紫萱，没有英文名字，你叫我紫萱吧。”

“先喝点什么？我这儿的蓝山很不错哦！”

“额……”齐紫萱看着菜单，半天下不了主意。

“别喝咖啡了，苦。老姐，帮我弄一杯像紫萱这么甜的奶茶。”梁宇良一边说着，一边很自然地握住了齐紫萱的手背，只觉得温润如玉。

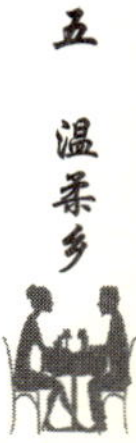

齐紫萱没有抗拒，反手跟梁宇良五指紧扣，说："我想喝酒。"

"红酒？"

"姐姐你推荐吧？"

依米坏笑："那我就磨刀霍霍向豺狼了！"

"宰吧，表姐你不念我们骨肉情深，就使劲地宰！宰疼了我向大姨妈告状！"

"钱要花在刀刃上！"依米又问道，"还是T骨牛排？不换换口味？"

"不换了，换来换去，还是老姐的味道最好！"

"我的味道，紫萱可未必喜欢。"依米这话说得有点酸。

"宇良帮我拿主意吧。"齐紫萱笑笑，挪了挪屁股，跟梁宇良贴近了些。

依米起身去厨房点了菜，心想着长江后浪推前浪，后浪实在非常浪！

"你表姐就这么纵容你结婚后还勾三搭四的？"

"某种意义上来说，这家温柔乡，就是表姐开来用于参观别人勾三搭四的。"梁宇良说着，又一愣，问道，"你还对我做了人口普查？知道我已婚？"

"这不算什么秘密吧？我看过你的简历，梁宇良，1982年生，性别男，已婚。"齐紫萱得意一笑，又举起了梁宇良握着她的手，说，"再说，你还戴着婚戒。"

"嘿嘿……"梁宇良坏笑着，"你对戴着婚戒的比较感兴趣？"

"我对你的婚戒很感兴趣，你看！"齐紫萱把自己白白嫩嫩的小手跟他的手掌五指撑开，向他眼前一伸，"你的婚戒跟我的同款！"

"不是吧？"梁宇良定睛一看，俩人的无名指上闪耀着一样的光圈，还真是那么回事，"你也不必为了我，真跑去买个同款的戒指吧！咱俩还没到那么刻骨铭心的份儿上吧？"

"臭美！"齐紫萱甩开了他的手，把唇递近了他耳旁，轻声说，"这戒指是我男友跟我求婚时送的。"

"你也婚了？"梁宇良颇为吃惊。

"我未婚，我男友婚了，新娘不是我！"

"……"

"我原本想把戒指摘下来融了，再一想就灭了这个念头。我给自己定了个三年不嫁的目标，戴着这个戒指每时每刻都提醒自己不能犯傻。那天我看到你跟我戴着同款的戒指，心想这不就是缘分吗？"

"缘分？这也能称之为缘分？我以后得告诫我的子子孙孙，婚戒这玩意儿不能选名牌，什么周大福、金六福之类的，买的人多，满大街都得成了你老婆。碰上你这样如花似玉的美人儿还好说，要碰上个面目可憎的中年妇女，不得拿块豆腐把自己撞死？”

“这就是缘分，冥冥中注定的！”她很认真地点点头，神情类似于虔诚。

“你不是说还有个三年不嫁的目标吗？”

“是啊，这就更符合目标了，你婚了，我怎么也嫁不给你！”

梁宇良不单是吃惊，简直是震惊了：“我怎么觉得你好像有点单边？”

齐紫萱忽略这个问题，眨巴着大眼睛反问道：“我不好看吗？”

“好看！”梁宇良狠狠地点了点头。

“跟我在一起，你不用付钱，也不用负责任，你能吃亏吗？”

梁宇良几近无语：“不以结婚为目的地谈恋爱，都是要流氓！”

“你是11月底的生日，射手座的。射手天性花心，自古以来就是花名昭著的星座，他永远都在追求新的恋情。所以说，一年下来，你不要十来次流氓，对不起你这星座。”齐紫萱依了上来，她的胸部很有分量，透着薄薄的衬衣，摩挲着梁宇良的肩膀，让他想起了物理学的一个理论：摩擦生热。

“你90后？”

“我1989的，接近90后。”

“哦。”梁宇良感觉这妞的道行不是一般的深，有点招架不住。

“上菜了！”齐紫萱乐呵呵的。

梁宇良没再说话，专心吃牛排。

“其实你挺帅的！”齐紫萱突然抬头认真地看着他。

“类似的赞美，我听得耳朵都起茧了。帅，是一种责任！”梁宇良有点飘飘然。

“还有，你的香水味很好闻，什么牌子的？”

“阿玛尼的寄情男人香。”

“不浓烈，带点轻佻，半生熟，像这块牛排，也像你。”

“我轻佻？我半生熟？”

“嗯，半生熟，外焦内嫩的。咬下去有点血腥味，但又甜丝丝的。”她舔了舔嘴唇，很是诱人。

“你就像这红酒：香醇、诱人、有点涩……”梁宇良举起酒杯。

“你还没尝过，又怎么知道？当然，这个形容让我很受用！”齐紫萱笑了。

“跟我说说公司的情况吧，我还一头雾水呢！”梁宇良转移了话题。其实跟美女暧昧是一回事，最重要的还是弄清楚公司的情况。

齐紫萱进公司也才半年，但这个地块已经拿下来好几年了，现在才刚有

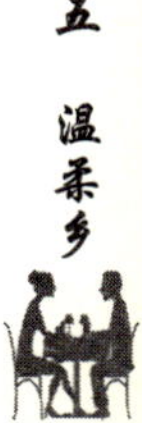

动工的迹象，用她的话来说，公司是股东多，领导多，老总多，发号施令的多，做事的人少。

“几个股东？各占多少股份？”

“4个股东，袁和黄是最大的两个，袁30%股份，黄60%，另外两个股东，林老板和潘老板各占5%。”

“黄是大股东？”梁宇良一愣。

“呵呵，看不出来吧！”齐紫萱得意一笑，“黄老板超低调！记得我们年会的时候，各位老板跟我们每桌员工敬酒的时候，袁老板趾高气扬地走在前面，黄老板躲在他的伟岸背后，倒像是个帮忙倒酒的秘书。”

“风格问题吧。”

“确实，袁老板喜欢发号施令，黄也让着他，公司的具体事务也都让他拍板，乐得清闲。”

梁宇良笑了：“从政和从商各自看待问题的观点和角度都会有所差异。”

齐紫萱一愣，也笑了：“聪明！黄老板渐渐地也发现不妥了，袁总总是安插亲信进来，从工程到行政，大多都是酒囊饭袋，能力差不算，还一天到晚想着亏空公款。”

“等等……”梁宇良听到这儿突然想到了什么，问，“是黄老板要找我面试的吗？”

“是呀。”

“怎么还要招我？我可是袁老板的关系！”梁宇良一脸不解。

“袁老板把你否掉了，他要招个姓袁的，估计是他的什么亲戚吧。”

“SHIT！”梁宇良心里骂了声娘，脸上保持微笑，“这么说，黄老板招我是打算拿我来当枪使？”

“呵呵，你还真高看自己！”齐紫萱笑道，“黄老板对你的印象很好，觉得你专业，才安排了二次会面。他招人都是凭直觉，他喜欢就好，关键是忠诚。”

“我忠诚吗？”

“你属狗。”

梁宇良无语：“黄老板不会还顺便研究了一下我的星座吧？”

“没跟你开玩笑！”齐紫萱一脸认真，“他的意思是，姓袁的招，你也招，一个管策划，一个管销售，平级，都是经理。”

梁宇良心里冒出了两个字：制衡，于是就没再深究，而是换了话题：“可惜啊可惜，我简历可是要求当个总监的，没想到只给了个经理，还是部门里其中的一个。”

“你太年轻，总不起来！”齐紫萱扑哧一笑，“没看你简历，怎么都看不出你是个快30的人，我还以为你25呢！”

“长得年轻不是件好事啊！”梁宇良叹了口气，又饶有兴致地问她，“你是黄老板的秘书？”

“嗯，同时也是袁老板的秘书。”

“什么？两个老板共用一秘书，那也太……”梁宇良想说“糜烂”，没说出口。

“是节约成本！你别瞎想，我不是小蜜！”齐紫萱生气地嘟起了小嘴。

“但你是黄老板的人……”梁宇良眯着眼睛细想了下，说。

“老板还真没看错人！”齐紫萱笑了，“你是怎么知道的？”

梁宇良嘿嘿一笑：“你对我做的公司内部介绍，都已经有了明确的指向性，黄你说的都是好话，袁你说的都是坏话，这么明显我都听不出来？别侮辱我的智商！”

“哦，原来是我说漏嘴了！”齐紫萱掩嘴的动作很可爱。

“你是黄老板的什么亲戚？”

“不是亲戚，就是被他捡回来的。那天也是巧，我在人才市场面试了好几家都没成，昏头昏脑地过马路时，差点没被他的大奔驰撞到，吓得我简历掉了一地。他下车帮我收拾时看到了简历，问我，在找工作吗？我点头，然后就稀里糊涂地进了公司。说实话，我在公司可没有什么大树乘凉。”齐紫萱说得有点兴奋，掩饰不住一脸的稚气。

“嘿嘿，这也是缘分啊！”

“还行吧，黄老板话不多，但人不错的！”齐紫萱举起了酒杯，“你是我们公司里最年轻的经理，跟着黄老板，你将会前途无量！”

“那……为前途干杯！”两杯相碰，声音十分清脆。

梁宇良已经意识到，自己未来在公司里的角色，是黄老板的一步棋子，跟姓袁的那个经理相互制衡。表面上，梁宇良是走了袁叶的关系，实际上，黄老板才是他的伯乐。

问题是，齐紫萱又是个什么角色？真像表面看起来的那么稚嫩吗？梁宇良心里默念：兔子不吃窝边草！千万要顶住诱惑！

无奈梁宇良的想法是正确的，行动却是相反的——像他这种下半身支配大脑的男人，根本抵御不了齐紫萱这种美女的诱惑。他不由自主地打车送她回家，在她家楼下故作姿态地扭捏了一下，又乖乖地送她上楼，然后倚在

她门外迟疑着该不该踏入禁地。

齐紫萱没有说话，只是坐在沙发上徐徐地脱下黑色丝袜，那羊脂凝玉般的双腿让他不由得咽了咽口水。她俯身冲他钩钩手指，梁宇良立马就土崩瓦解了，两座火山之间那道深刻的沟壑，成了他的万丈深渊……

梁宇良穿上衣服，说："晚了，我得回了。"

"路上小心，把门关好。"齐紫萱没半句挽留，翻了个身，裸露着背脊，白皙得刺眼。

梁宇良逃似的离开现场，看看表，12 点了。

回到家，心有点慌，故作镇定。

许诺很开心地问："老公你现在才回来？老板跟你聊了这么半天？我都不敢打电话给你呢！怎么样了？搞得我好紧张啊！"

看着她，梁宇良心里有些愧疚，多好的女人啊，没有丝毫的怀疑，他支吾着说："也没聊什么……"

"没聊什么聊到这大半夜的？"

"哦，老板事忙，那儿他的熟人又多，断断续续地跟我聊了下公司和工作的问题。"其实想想都知道，这么大个老板，至于跟你个面试的小经理聊到深更半夜的吗？许诺还是太单纯。

"他给你多少工资？"许诺直奔主题。

"没谈钱，谈钱伤感情嘛。"

许诺想了想也是，就说："不过看老板能跟你聊一晚上，估计给的钱也不少，你可得好好干哦！"

"嗯嗯！"梁宇良硬着头皮走向洗手间，"晚了，你先睡吧，我洗澡。"

关上门，脱了衣服，先是仔仔细细地把衣服裤子检查一遍，确定没留下什么口红之类的，然后把衣服泡水使劲地搓了搓，确定不能留下什么女人味，再仔仔细细地照着镜子检查自己身上的每一寸肌肤，不能留下什么红印、牙痕、抓伤，确定没问题了，他才放水洗澡。

洗澡出来进了房间，许诺躲在被窝里，裸露出她长长的腿，说："老公，我想要……"

刚跟齐紫萱已经折腾得没有力气！

梁宇良心里直发虚，说："改天吧，今天有点累。"然后上了床，背对着许诺。

"好吧……"许诺有点泄气，抱着他说，"原想着老公这么辛苦找工作，还想着慰劳慰劳你呢！”

“呵呵，老婆，你真好！”梁宇良有点无地自容，只能拉过她的手，一遍遍温柔地抚着，直到她沉沉睡去，脸上还挂着甜蜜的笑容……

二次面试出奇的顺利，黄老板没有多余的废话，直接问梁宇良什么时候可以到岗。

“随时！”梁宇良像向日葵见着了太阳，笑得贼灿烂。

“那就明天吧。关于待遇方面，公司有公司的制度，用人上也讲究平衡。你是经理级别的，月薪只能是5000。如果你觉得不满意，可以提出来，我私人给你补助。”

“不用不用。”梁宇良忙摆摆手，一脸客气，心想着谁敢每个月伸手向老板要钱呀，这不找死吗！想了想又问道，“底薪5000我可以接受的，只是项目开盘后，应该有相应的提成奖励吧？”

“公司在这方面还没有提成这个制度。不过你放心，项目卖好了，肯定会有奖金。我们老板赚钱了，亏不了你们的！”黄老板爽朗一笑。

梁宇良心里骂道：忽悠！没有个具体的奖励制度、提成点数，奖金怎么算？100万是奖金，100块也是奖金！老板基本都是趋于后面的那个数字，有意义吗？

跟预期的相差太远太远，没办法，谁叫你失业？走一步算一步吧！

从黄老板办公室出来，又碰到了齐紫萱，她像没事人一样打了声招呼：“梁经理，您好！”

梁宇良也用了很官方的语言问了好：“你好，齐秘书。”凑近了她又压低了声音问：“刚才我来的时候，怎么没见你？”

“去办事了，怎么样，还顺利吗？”齐紫萱的微笑很职业，拒人千里之外。

“还行吧。”梁宇良勉强一笑。

“嗯。”齐紫萱点了点头，目光就转移到了电脑屏幕上，完全忽视他的存在。

梁宇良心里一凉，这种反差让他有点难受。一想现在的年轻人很放得开，自己也没必要自作多情。

六　新的开始

黎伟约龙承章吃饭。

“还约了谁？”龙承章问，其实从黎伟定的地儿——日本料理店，他就猜到约了谁。

果然，黎伟说：“小静。你不约一下温蜜？”

“小静？谁是温蜜？”龙承章装傻。

“海南那几个女孩子啊！小样！你跟温蜜都睡了吧，连名字都不记得？”

“现在的女人很放得开。你不会不知道我怕老婆吧？这些嘛，不过是过路的风景，没必要去记住些什么。”龙承章一语双关。

“那是你和温蜜，我跟小静什么都没发生。”

“OK，OK，你正人，你君子！”

“那倒不是，我只是觉得小静有些不同。”

“谈上了？”龙承章心里一紧。

“不算吧，若即若离的。”

“姿态高就算了吧。兄弟你一表人才，屁股后面不得大把美女追着？”

“呵呵，丑女就一大把。”

“我可不想做你们的电灯泡。”

“不来你可得后悔哦。我约你出来，肯定是有好事的咯！”

“怎么？这么快就有消息了？”龙承章来了兴致。

“嘿嘿，当然，好消息，见面聊！”

看黎伟对小静是真上了心。恶果是龙承章种下的，他心里多少有点懊悔和愧疚，但他明里也不能阻止两人的发展，唯一可以做的就是什么都不做。

到了料理店，看到黎伟和小静肩并着肩。

“来了。”龙承章拍了拍黎伟的肩膀，又对小静微笑着点了点头。

小静回了个微笑，没说话，笑里有些不屑。

黎伟一边张罗着点了几盘刺身，一边给龙承章倒了清酒，说："先谈正事？"

龙承章点点头。

黎伟交了个底，那块地马上就招拍了，跟各方面都打了招呼，除了两个陪标的小公司，其他的公司都不会参与竞标。但是前期必须备着土地拍卖值一半的现金，加上些其他费用，起码得3200万，黎伟这边帮忙张罗200万。

对于这200万，龙承章是千恩万谢，其实心里明镜似的，这点钱对于3000多万来说，杯水车薪，基本可以忽略不计。

谈完了正事，也喝了两壶酒。黎伟问小静："我怎么感觉你好像不太喜欢阿龙？"

"是讨厌！"

龙承章皱了皱眉头，没说话。

"为什么？"

小静愤愤不平地说："他欺负了温蜜，就再没联系人家了！"

"哦？原来是风流债！哈哈哈，罚酒罚酒！"黎伟笑了。

"游戏都应该有个规则，破坏了规则，对双方都不好。"龙承章笑笑，心想这女人真能装！

"还有肖婷也是。那个梁什么梁的，也是个坏种！"小静继续装不忿。

黎伟说："梁宇良习惯把所有女人的号码都归类到手机黑名单里，设置来电回复关机。号码保存着，只有他找人，别人永远找不着他。"

"那好，物以类聚，我把你的号码也加设黑名单。"小静说罢就掏出了手机。

"别啊，我跟他们不一样！"黎伟连忙解释。

龙承章冷眼看着，没说话。

趁着黎伟起身去了洗手间，龙承章对小静冷笑，说："不错啊，买卖做大了，挺能装的！"

"你可别忘了，买卖是你安排的。"小静回了个冷笑。

"这年头，还真是处女有市场。不过可惜了，是个伪处。"

"这也是老板你要求的呀！"小静轻蔑地看着他，"你不是说了，买卖做好了，兴许还能上岸吗？"

"不错，我是太低估你了。"龙承章叹了口气，"真让你泊上了个好码头。"

"彼此彼此，各取所需。"

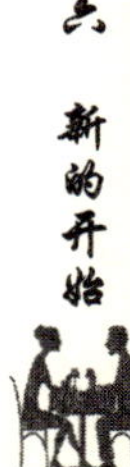

“黎伟……”龙承章想了想，说，“是个好男人。”

“我知道，不必你多愁善感的假惺惺！”小静一脸的不屑。

黎伟回来埋了单，又聊了几句，龙承章就告辞了。

回去的路上，想着黎伟和小静，再一想到3000万这个数字，龙承章头都大了。还是马上跟父亲商量一下吧。

父亲一边听着，一边扶着额头，眼睛看向窗外，没有说话。

“这事靠谱吗？3000万啊，家里的现金也就500来万，去哪腾出这么大一笔钱？”后妈发话了。龙家，龙承章管应酬和拓展，同父异母的弟弟龙承海管具体工程业务，龙爸退居幕后维护关系，后妈管钱。

“不是有两家房开的应付款就要到账了吗？还有之前抵工程款的那两层商铺，现在市道不错，可以考虑放出去了，或者抵押给银行套现，现在利率低，我在银行认识个朋友……”

“什么朋友？承海的老丈人不就是银行行长吗？贷款的事太简单了。”后妈打断了龙承章，“但利率再低也是钱啊，3000万的利息是多少，你心里有数吗？风险太大了，这块地要投资那么多，家里有闲钱也就罢了，还想着贷款去弄？万一出了问题，就倾家荡产了！家里一直在做承建，虽说不能像做房开那样发得不明不白，但也算一步一个脚印地走到了今天，算是平稳发展。你还年轻，总想着一步登天，有这么容易的事儿吗？”

这一盆冷水浇得龙承章很是尴尬，张嘴想争辩些什么，想了想还是闭嘴了，低着头抽了口闷烟。

“现在工程是越来越不好做了，材料涨，人工涨，又要垫资又是赖账，这是个机会，转型做开发，风险肯定是存在的，但风险越大，回报越大嘛。承章你觉得有把握，就放手去干吧！那些铺子，空着也是空着，抵押出去套现吧，现在通货比利息更可怕。”龙爸轻抚着龙承章的背脊。

龙承章的眼眶突然红了，这让他感觉很温暖，话都说得有点哽咽了：“爸，谢谢您的支持，我一定不会让您失望的！”

后妈也不好再说些什么，话锋一转，说：“晴晴的身体恢复得怎样了？”

“还行吧，谢谢妈的关心！”龙承章现在跟后妈说话是越来越客气了。一家人客气，就意味着生分。

“哎，奶奶是盼星星盼月亮地盼曾孙子呀。你们得争气，你这个哥哥别让承海这个弟弟爬了头，你看承海媳妇那屁股——圆润，一看就是好生养！”后妈轻描淡写地抛出了这句话，掩饰不住脸上的得意。

“呵呵——”龙承章赔着笑，心里很不是滋味。

第一天上班，梁宇良很难受。

公司是9点上班，梁宇良8点40分就到了。

在行政部等了半小时，9点10分才等到行政部经理。她姓柳，柳如云，一个30多岁的女人，穿着深蓝色的职业套装，妆化得很浓，模样不敢恭维。她领着梁宇良走了办公楼一圈，介绍着各个办公部门：行政部、工程部、项目部、采购部、老板办公室、副总办公室、饭堂……都9点半了，公司里却没什么人，经理级别以上的好像都没来，来了的人也好不到哪儿去，懒懒散散地喝茶看报纸。

柳经理步伐很快，细高跟发出清脆的声音。她的态度很冷淡，走到一楼的右边时，她说：“这是营销部的经理办公室，左边这间是袁经理的，右边是你的。”

“营销部只有经理办公室吗？”

“你隔壁是基层人员的，像什么策划师啊、文员啊，但现在还没招聘，空置着。”

“哦，谢谢。”梁宇良赔着笑，问，“袁经理呢？”

“这个点数，我估计他又是办事去了吧？”柳经理笑笑，说，“办公桌、电脑和空调都配备好了，办公用品我一会儿上楼安排人给你发一套。这办公室空置了很久，我再安排清洁阿姨过来帮你打扫一下吧。”

“好的，谢谢！”

梁宇良环视了一下办公室，一个字形容：大！目测得有20个平方，这在原来的公司，能当老总办公室用了。不过这样显得很空旷，只有一个孤零零的办公桌摆在正中间，像汪洋里的孤岛。

电脑配置很高，显示器是22寸宽屏的，再看空调还是柜式的。经理这种级别的人也能安排这么大个办公室，再配备柜式空调。

梁宇良看了看电脑，里面什么资料都没有，看来没人使用过。办公桌上也没有项目相关的资料和介绍，他只能先上网查找一下，希望能尽快熟悉项目。

“你好！”循声望去，只见一个清洁阿姨推开了掩着的门。

“请进！”梁宇良起身迎接，这是跟他说话的第二个同事。

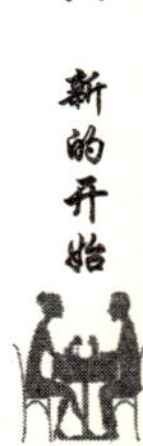

“我帮你搞一下卫生吧，灰尘有点大，你先出去吧？”阿姨问。

“需要帮忙吗？”

“不用不用，这是我分内的事。”阿姨笑得很朴实。

梁宇良走出走廊，抽了根烟，在这个陌生的环境，清洁阿姨给了他一点温暖。

他百无聊赖地走去了工地，看着荒凉的空地上杂草丛生，只有一台挖机停着，孤零零懒洋洋地晒着太阳。这里还真是充满了机关单位的味道，完全不像一个房地产企业。

这肯定不是黄老板想看到的。

我这个小小的经理，在这家公司，又将何去何从？梁宇良深深地吸了口烟，随手把烟嘴一弹，烟雾形成了一道淡淡的弧线……

“随地乱丢烟头，罚款 50！”

只见齐紫萱笑盈盈地走了过来，高跟鞋“咯咯咯”地响着。

梁宇良笑了，看看表，说：“看来公司级别差异还是比较明晰的。经理以下级别的，准时到，经理 9 点半到，总秘高级些，10 点到？”

“差不多吧，副总 10 点半到，老板下午到。怎么样梁经理，第一天上岗，感觉怎么样？”

“怎么说呢？官比兵多，我觉得这里挺适合养老，没事就晒晒太阳。”

“说实话，真像那么回事。”齐紫萱走近了又把声音压低说，“这种评价，以后在公司范围内，还是少说为妙。”

“小姑娘政治觉悟还挺高。”

“没办法，你无力去改变什么，只能逐步地被稀释灵魂。”

“还好，没被蚕食肉体。”

“没句正经的！”齐紫萱小心翼翼地看了看四周，说，“怎么出来了？大太阳的不在办公室里吹空调？”

“阿姨正在打扫清洁。公司里没什么熟人，无聊，出来抽抽烟。”

“柳经理没带你熟悉熟悉环境？”

“环境熟悉了，就是没见着什么人。”

“这个点数，没什么官儿可以参见。对了，柳如云不是什么好东西，在公司，你要注意跟她保持距离。”

梁宇良自嘲道：“那我完了，公司里我现在只认识她和你，跟她要保持距离，而你又刻意保持距离，我想靠近都没辙，还真成了孤家寡人。”

“寡人你还真没资格去当。至于跟我的距离嘛，你觉得还不够近吗？”说罢她抛了个媚眼。这让梁宇良想到了“妩媚”这个词的深刻含义，有种女人总能在任何场所利用一个小小的举动让你亢奋。

“中午去我那儿吃饭吧，我下厨，算是庆祝你的正式入职！”齐紫萱话说得暧昧，但依然保持着一米的距离。

“我怎么觉得是鸿门宴？”

“不吃拉倒！”

“舍身陪佳人。”

“还有，公司里你可不单只认识我和柳经理，你还认识黄老板和袁老板，你应该多多亲近。”

“老板总是神龙见首不见尾，也没那么好亲近。”

“那就创造机会去亲近咯。你不亲近领导，难道还指望领导来亲近你？加上公司还有两个副总，工程部副总姓谢，这个是技术人员，人有点单边倒，无所谓，关键是行政部的副总——巫总，这个人跟了袁老板几十年，难兄难弟。”齐紫萱一脸认真。

“呵呵，有道理，我知道了。”梁宇良装作无所谓地笑笑。

“收起那副玩世不恭的嘴脸。这里虽然是私企，但公司文化更像机关单位，嬉皮笑脸的领导不会喜欢。好了，你继续晒太阳吧，我先回办公室了。”

热浪袭来，她的身影有些模糊。

回到办公室，阿姨打扫得很仔细，焕然一新，梁宇良连说了几声谢谢。

阿姨有点不好意思：“应该的，应该的。”

上网看了看项目的相关资料，少得可怜。只是在江海的本地论坛里，有个帖子提起过项目，也是恶评连连，说是地块空了好几年了，没有一点动工的迹象。再一想到现在自己所听到、所看到的，不由得笑了，并非公司想囤地，只不过是输在了办事效率上。

效率低下，其实归根结底是由上层人物的权力制约所引起的。权力是一块蛋糕，几个人各持一份，当然有最大份的一个，但他很难达到独裁这种绝对权力，因为兴许两块或者三块蛋糕加起来会比他的大，于是乎在决策之前，需要商讨，商讨需要过程，商讨过后就到了妥协，妥协也需要过程。这些过程很简单，三两句话然后拍板的事。但其实也很复杂，没人愿意拍板或者人人抢着拍板，这就导致了持久战。下面的人伸长了脖子等方向，等命令，不

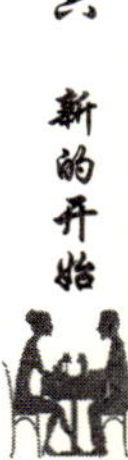

能越权也不敢越权。等待的过程越漫长,就越影响军心,也就逐渐形成了下面的工作的惰性和拖沓。真等到了命令,兴许还会出现什么变故,如站队问题导致的故意推延和不配合,私利问题导致采购、需求和成本的矛盾,责任问题导致的相互推卸,绩效问题导致的竞相邀功,等等。如此周而复始,病入膏肓,还效率个屁!

既来之则安之,梁宇良关掉了网页,开了 QQ 打起了斗地主——在这种公司里,没有弄清楚人事脉络就强出头,没弄清发展方向就找事做,肯定会死得很快。低调为人,埋头不做事方能安身立命。

玩了好一会儿,一个胖子没敲门就推门进来了,梁宇良皱了皱眉头。

"是小梁吧?"

对方看起来三十七八,体重比较实在,打扮很有乡土气息,身上还有股狐臭。梁宇良觉得可能是工程部的领导,也许就是那个谢副总?于是马上起身微笑地说:"您好,您是?"

"哦,我是你邻居,袁洲。"胖子伸出了右手。

"是袁经理啊,久仰久仰!"他的手让人感觉很油腻,像是菜市场的肥猪肉,梁宇良被他的狐臭冲了鼻,一阵眩晕——大家是平级,用"小梁"这个称呼不是很合适吧?

"怎么样?这里的环境还能适应吧?"袁洲自来熟地走近他,瞄了一眼电脑屏幕,应该是看到他的 QQ 游戏没来得及关掉,笑笑说:"哎呀,今天有事,来得晚,我那边准备了一些项目的相关资料,小梁你过来拿一下吧。"

得,冲你比我虚长七八岁的样子,我忍了!梁宇良不好发作,跟了过去。

"把门关上。"袁洲已经坐下了,但像刚想起来似的说道。

梁宇良愣了愣,还是回身把门关上了。

"坐!"他伸手指了指。

其实梁宇良并没有打算等他吩咐才坐的,这会儿让他更进一步地形成了貌似上下级的微妙关系。梁宇良心里开始犯糊涂了,从见面到跟随,再到关门和请坐,莫非,咱不是平级?他还真是我领导?

梁宇良懂点儿看相,就开始仔细研究起袁洲的脸——大鼻子,有福气,性欲强;小眼睛,精明干练;嘴唇很薄,代表他很能说,加上面颊多肉,倒也算是副不错的面相。美中不足的是,他左眉中间有一颗大痔,这个算是破相。

"哎呀……"袁洲摩挲了一下双手,微笑着说,"公司你应该有了些初步的了解,说说看,有什么想法?"

“可能还需要一段时间去适应吧，现在说想法，有点管中窥豹。”

“谦虚了。我看了你简历，原来你在中源？”

“嗯……”梁宇良点点头，有点自豪。在国内，中源的工作经历算是在房地产业的通行证。

“大公司啊，专业人才。不过……”袁洲不紧不慢地喝了口茶，润了润喉咙，“江海市虽然是个三线城市，但还是有很多特殊性的，你不是很了解这边的市场吧？”

梁宇良不卑不亢：“我在江海土生土长，也经常回来，可以说身在外地，但一直有留意这边的市场发展，当然，这只能算是纸上谈兵，没有实操过。”

“我在这边很多年了，算是见证了这个城市的发展啊……”袁洲感叹道，“每每看到我做的项目成为了城市的一道道风景线，我这心里澎湃啊，自豪啊！”

“是啊，人嘛，做出成绩的同时，最享受的就是成就感。”梁宇良感觉他正在做首长临终感言。

“小梁，我能看出来，咱们都是做事的人。营销部这边，我主导工作，你要配合好，大家都是兄弟，有钱一起赚。嗯……你明白我什么意思吧？”袁洲挤着小眼睛，低声说。

“啊？”梁宇良装傻。

“呵呵，你还年轻。公司现在很多方面都需要花钱，咱打工不会单纯指望着那份死工资，你配合好我的工作，赚了钱，有我的一份，就肯定有你的一份！”

梁宇良算是听明白了，狐臭男肯定不是他的领导，是平级，只是装大尾巴狼而已。

梁宇良饿了。

于是齐紫萱刚把门打开，他就扑上去迫不及待地乱摸乱啃，饿狗一样。

齐紫萱先是反抗，然后顺从，接着扯开了他的衬衣，最后松开了他的皮带。

“急色鬼！你把别人的内衣都扯烂了！”齐紫萱举起小拳头锤了锤他胸膛，又把头埋进了他怀里。

“爷给你买新的！”梁宇良满足地闭目养神。

闭目完毕，梁宇良不能浪费半秒参观她脸蛋和身体的时间，同时还点了

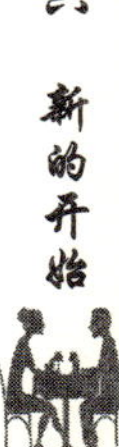

根烟。

“再点一根！”齐紫萱抢了过来，叼在嘴上。

“你也抽烟？”

“抽着玩。”齐紫萱吐了个烟圈。

“玩就算了，省着抽。”梁宇良又抢了回去，说，“我饿了。”

“我还以为喂饱你了呢！”

梁宇良揉了揉她丰满的乳房，说：“你把我掏空了。”

“人家不想动了，睡觉吧！”齐紫萱说罢就闭上了眼睛，睫毛长长的。

“那可不行，你睡吧，我给你做饭。”

“我妈说的，会做饭的男人才是好男人！”齐紫萱睁开了双眼，甜甜一笑。

“我妈说的，让我做饭的女人都是坏女人！”

“女人不坏，男人没机会！”齐紫萱伸了个懒腰，被子蒙头一盖，“厨房交给你了！”

冰箱里满满的：方便面、速冻水饺、速冻馄饨、火腿肠……都是用开水就能打造的美食。这个女人很懂生活，美女最不缺的就是饭局，外边大鱼大肉，谁回家番茄炒鸡蛋？

梁宇良选择了难度系数最高的——速冻水饺。

“还以为你有多高超的厨艺……”齐紫萱翻了个白眼。

“你这儿的油，使用日期都看不清了。”

“距离上一次炒菜得有大半年了。”

“对了，那个狐臭男在公司里是什么角色？”

“狐臭男？”齐紫萱茫然了几秒钟，笑了，“你说袁洲？你丫嘴真欠！”

“不是狐臭难道是体香？”

“没怎么跟袁洲接触过，他那模样我看了倒胃口，加上味道，保持距离那是必须的！不过，他往老板那儿跑得忒勤快，马屁精一个。”

“看出来了。”梁宇良冷笑。

“这也是一种能力啊，领导挺赏识他的。他才来半个月，袁、潘、林老板都很喜欢他。当然，除了黄老板。”

小静上岸了。

当黎伟看到床单上那一片殷红，再紧紧地拥抱着她说出那三个字的时候，她就知道自己上岸了。

还依稀地记得，她曾经刻骨铭心的第一次，也是三个字：对不起，然后玩完。

现在的黎伟，说的三个字是“我爱你”。

那就随缘吧……

看着那片让黎伟感动得流泪的血迹，小静觉得自己很可笑，笑着哭。

你爱我？

爱我什么？

爱我模样？

爱我若即若离的态度？

爱我的处女之身？

除了模样，其他都是假的。

若即若离是因为不想欺骗又想靠近的忐忑。

处女是山寨的。

模样，总会老去。

我爱你？

也许吧。

因为你能让我感觉温暖。

龙承章骂我是个婊子。

他把我当成妓女，其实也没什么两样。

也是他，制造了让妓女登堂入室的机会。

我把买卖做大了。

他后悔了，因为他虚伪。

我呢？

凌兰语辞职了，正式入驻了陈华的项目，跑市场、查数据、定方向、写方案。

杨舒莉也在如火如荼地招兵买马，进行培训。

两人相处下来，是战友，更像姐弟。杨舒莉很细腻，很会照顾人的感受，总能先你一步地想到很多问题，并且处理妥当，这让身为独生子的凌兰语感觉很舒服，就像身后永远都有一个姐姐在支持着，毫无后顾之忧。

工作上，杨舒莉还真不是盏省油的灯，一方面在招聘和培训，效率很好，另一方面，也不知道她使了什么手段，竟然还能从陈华那拿到 10 万的预付

款。天哪，一向都是乙方先垫资或者打保证金，就从来没听说过甲方会给小小的乙方预付款的，这更让凌兰语由衷地佩服。

"这是1万，你数数。"杨舒莉递给他一个信封，看他迟疑，就补充道，"兰语，我这儿还有8万，给了方玉成1万。其实原本应该跟你对半分9万的，但是现在项目刚起步，各方面的开销我想先统一管理起来，这些钱也许刚够我们开盘前的一些开销，包括工资、办公、应酬，等等，我会做个明晰的花费清单。到最后结算时，我们再细算各自的收入，你看可以吗？"

"那钱你全管着吧，这1万你也不必给我。我有什么开销拿回来给你报就是了。"凌兰语推辞着把信封递了回去。

"不行，你身上也备点钱，总有要花的时候。"杨舒莉把信封又推了回去，然后又翻了翻抽屉，拿出两盒名片，说，"你的名片印好了。副总经理兼策划总监，凌兰语！"

"呵呵！"凌兰语笑笑，"这么大顶帽子呀！"

杨舒莉又从包里拿出了个精致的名片夹递给他："还有这个。"

一看名片夹上那洁白的小花——万宝龙的，估计值上千，凌兰语不好意思收，说："姐，这我不能收。"

杨舒莉替他把一叠名片细心地放进名片夹里，不容置疑地塞进他的衬衣口袋，说："兰语，从现在开始，别人都得称呼你为凌总了，这是姐姐的一点心意，也是你应该具备的硬件。你代表了我们这个所谓的公司的形象哦！从办公用品到形象装扮，都应该达到一定层次的！还缺支笔，万宝龙的太贵，其他的姐也看不上。等项目开盘了，姐姐送一支给你！"

一切似乎都很顺利。

但问题还是出现了，方玉成总在使坏，为了私利使坏。

起因一：他一定要安插他的自己人进销售部，杨舒莉极力阻挠，这种太子党要不得，这将会非常影响全盘指挥和执行力度。

起因二：他要在一个三流专业杂志上投放20多万的广告费，凌兰语嗤之以鼻，会上直接批判这毫无效果。

结果一：杨舒莉组建的销售团队常被挑刺。

结果二：凌兰语的计划、建议还有方案受到层层阻挠，屡屡不得通过。

"操！这工作没法做了！"凌兰语把方案重重地摔在桌上，生着闷气。

"方玉成比我想象的要难对付！"杨舒莉眯着眼睛，保持着平静，"原来不是说好了给他结款额的10%吗？他想要拿20%，我拒绝，太黑了！还有，他建议的那些推广渠道，效果很差，价钱很高，可见回扣很大。我们无疑是断了他的财路。”

“姐，我是不是错了，不该反对他的？”

“你没错，项目全年推广费陈华只肯出100万，他方玉成一下子就想让20多万打水漂，我们绝不能让他这么瞎搞！不做到有的放矢、斤斤计较，推广费根本就不够花，宣传不到位，房子卖不好，亏的还是我们自己！”

“那现在怎么办？”

“他只是个打工的，虽说小鬼难缠，但我们既然进来了，合理的建议，陈华都会首肯的。以后我们不必跟方玉成汇报工作了，逐层汇报没有意义。有什么，直接找陈华。”

“这样会不会把矛盾加剧？”凌兰语有点担心。

“现在的矛盾还不够深？加剧了也无妨。”杨舒莉冷笑。

“聊什么呢？说我坏话呢？”方玉成门都没敲，直接进来了。

杨舒莉马上换了副欢喜的笑脸，起身迎了上去：“方总，来视察工作啊？”

凌兰语勉强一笑，说：“方总您好。”同时给他递了根烟。

“哟，小凌现在抽的玉溪啊，不错不错，档次提高了，还是我们这边困难啊，一直停留在云烟级别上。”方玉成皮笑肉不笑。

“别挤对小弟了！”凌兰语弓着腰，帮他点了烟。心想此人不但贪，还极度吝啬，而且极不要脸。按理说在房开混到了副总级别的，起码也得是玉溪了，也只有他这种人才抽10块的云烟，还好意思拿出来说事。

“这段时间你们也辛苦了，晚上请你们唱K！”

“方总客气了，不过我五音不全，可不敢出去丢人呀！”凌兰语推辞着。

“不给面子？”方玉成把笑脸一收。

凌兰语脸上赔着的笑容也凝住了，他有种冲动，想把对方的眼镜一巴掌拍飞。

“当然不是，舍命陪君子嘛！”杨舒莉隔在两人中间，笑得很灿烂，“早就听说方总歌唱得好，美声唱得专业水平，晚上也好学习学习。”

“嘿嘿，互相学习，互相指教！”方玉成笑得把眼睛眯成了一条线，“售楼部的那些个姑娘，也一起去吧，真是辛苦了，慰劳一下前线的女战士们。”

K局十分无趣——方玉成的个人演唱会。

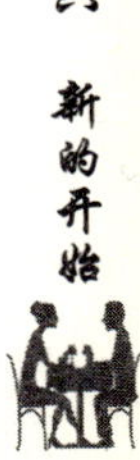

当然，穿插不断的是女生跟他合唱，这厮也能唱，从老掉牙的《夫妻双双把家还》，到很新的林峰那首《明天以后》，歌词腔调都滚瓜烂熟，声线确属专业水平，胖子中气足嘛。

每曲唱完，大伙都使劲地鼓掌，凌兰语手都拍红了。

合唱时，方玉成总是副深情款款状，牵着女方的手或者搂着女方的腰，别人也不好拒绝，强颜欢笑地配合着。凌兰语心里骂道：把我们的人当小姐使唤了！

唱了一会儿，又陆续地来了些陌生的面孔，清一色中年男。方玉成逐一介绍：这个是派出所的副所长，这个是物价局的处长，这个是城管的队长……

然后他们轮着跟杨舒莉敬酒，又轮流邀请她跳舞。看得出来，杨舒莉不是很乐意，但也都硬着头皮一一应付。

凌兰语帮她挡了不少酒，但哪是那几个酒桶的对手，喝着喝着，就把自己也喝倒了……

"凌总！凌总！快醒醒！"

凌兰语挣扎着睁开眼，只见K房早已曲终人散。

"您还行吗？"销售主管方芳关切地看着他，递过来一杯热茶。

"谢谢……"凌兰语喝了两口，清醒了点，问她，"杨总呢？"

"跟方玉成他们去夜宵了。"

"什么？"梁宇良跳了起来，"搞什么飞机！其他的女孩呢？"

"其他的都喝多了，杨总安排了车送她们先回了。原本我也要跟着她一块儿去的，她说不必了，要我留下来照顾你，务必得送你回家！"

"妈的！我个大男人的还照顾什么？杨姐出了什么事，我明天就炒你鱿鱼！"凌兰语吼道，"他们去哪夜宵？去了多久？"

"走了大半个小时了，去哪儿我不知道。"销售主管一脸的无辜。

凌兰语带着方芳风风火火地出去打了个车，满大街地找，一路上心急如焚，坐立不安，想了想又冷静了下来，给陈华拨了个电话。

"喂？凌总啊？"陈华的语气不悦，因为已经一点了，他早已睡下。

"陈总啊……"凌兰语开始装酒疯，"我们杨总不见了，方总撇下我带她去夜宵了，陈总……"说罢他冲方芳使了个眼神，把电话递给了她。

方芳还算聪明，接过电话就说："陈总，不好意思啊。今晚方总请我们唱

K,凌总喝多了,醉倒了,刚醒过来,醒过来就要找杨姐,我也实在没辙呀。”

陈华沉默了一会儿,用低沉的声音说:“我给方玉成打个电话,你们等着。”

过了一会儿,陈华来电,只有5个字:肥婆大排档。说罢就挂了。

俩人马上赶去了那里。

杨舒莉已经醉得不成人形,桌子下是一大堆东倒西歪的空啤酒瓶。

“凌总!真是麻烦你了,醉得不轻也还撑着找了过来!”方玉成冷笑。

“杨姐喝多了就发酒疯,多有得罪,我们得赶来收拾残局呀!”凌兰语赔着笑,过去拉过杨舒莉的手臂往肩膀上一扛,死沉死沉的。

杨舒莉看见凌兰语,傻笑着说:“兰语来了,好好好,喝,继续喝!”

“别闹!”凌兰语虎着脸,低声说。

“就这么走了?”方玉成横了过来,挡住了去路。

“方总,人都醉成这样了,再喝下去不好看啊。”

“她不好看,你好看。”方玉成随手拎起两瓶啤酒,说,“好事成双,凌总,给个面子,干了!”

凌兰语二话没说,接过酒瓶,一股脑儿全灌了,只觉得肚子里翻江倒海,忍住了,没吐出来。

“好,凌总,是条汉子!”方玉成笑得很狰狞,走近一步,小声说,“不错啊,找到陈总了,他老人家最讨厌的就是有人扰他清梦!兄弟,自重啊!”

凌兰语没再说话,扶着杨舒莉就上了的士,方芳一边鞠躬致歉,一边跟着上了车。

“杨总住哪儿?”凌兰语问方芳。

“我不回家!兰语,你陪我!”杨舒莉双手缠着他的脖子,勒得他生疼。

“回家!”凌兰语低头轻语。

“不回家,家里冷……司机,去酒店!”杨舒莉突然涌出了眼泪。

无奈,只能在酒店里开了个套间。

杨舒莉整整哭了一个小时,哭完了吐,吐完了哭,口齿不清地呢喃着:“没了,什么都没了……”

方芳帮她换上了浴袍,把她安置在床上,出了客厅,苦笑道:“真是被她折腾得半死。”

“兰语,兰语……”杨舒莉在房间里叫唤。

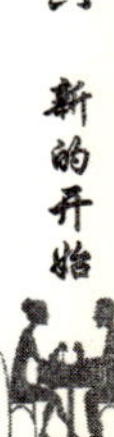

凌兰语迟疑了一下，应了声，走了进去。

杨舒莉秀发半湿，朱唇微张，踢着被子，浴袍没系好，以至于美腿轻启，酥胸半露。

凌兰语忙别过脸去，又忍不住偷偷瞧了几眼。

“陪我坐会儿。”杨舒莉挣扎着半倚在床边，眼神迷离。

凌兰语不由自主地坐了过去。

杨舒莉顺势靠在了他身旁，又是一阵梨花带雨。

凌兰语没说话，腾出了右手，拢着她哭得一耸一耸的香肩。

“兰语，你知道吗？我真的很后悔离婚，真的！”

“离婚？”凌兰语愣住了。知道她有孩子，但还真不知道她离婚了。想想也是自己太迟钝，她从来没有谈论过自己的丈夫，也从来没见她赶着回家带孩子，况且各种交际她都那样长袖善舞，也不是个婚后女人的作风。

“我太强势！”她深深地叹了口气，“其实我前夫没什么不好的，就是太懦弱，我又太要强。生活目标、人生观、价值观都不一致，最后离婚的理由就是性格不合。挺可笑的，什么性格不合嘛，就是我心太傲，恨铁不成钢，然后就亲手把自己的幸福给毁了。最后儿子归他，房子、车子归我。我拿到了物质，失去了亲情，失去了爱情。想想，我真的很可笑！”

凌兰语没说话，他知道，现在他只能充当一个倾听者，感情、婚姻、家庭这些事情你没办法去评论谁对谁错。

“不提这些破事儿了。我现在只想赚钱，赚够了就送儿子出国！”杨舒莉坐直了身子，坚决地说，“男人都不是东西！”

她一竿子打倒了一船人，凌兰语不知该如何接话，就安慰着换了个话题：“以后这些应酬，你就别去了。”

“谢谢你！”杨舒莉抓住了他的衣领，把头埋进了他的胸膛，“你知道吗？什么方玉成，什么陈华，都是王八蛋！有你在身边，我才撑得住！”

凌兰语没听懂她说这话是什么意思，只得说：“杨姐，你醉了……”

“是醉了，好久没喝得那么痛快了，也没哭得那么痛快了，现在……我心情很好！”杨舒莉笑笑，伸手抚摸着他的脸，嘴唇渐渐地递了过来。

她的长发撩人，痒痒的。凌兰语不是傻子，也不是圣人，面对此情此景，他难以自控地有了反应，身子里的酒精开始起作用，脑子一片空白。

杨舒莉一伸手，把灯关了……

看到眼前一黑，凌兰语脑海里突然像划过了一道闪电：“别……”他挣扎着，伸手又把灯打开了，坐直了身子，喘着粗气，一扭头慌慌张张地说："杨姐，你睡吧。不早了，我该回去了。"

杨舒莉从后面紧紧地环抱过来，幽幽地说："对不起，我只是想你留下，陪陪我。"

凌兰语能感觉得到她的睡袍已经脱落，胸部紧紧地贴着他的脊背，很烫。他咽了咽口水，挣脱了她的双手，决绝地站了起来，说："真得走了姐，你快睡吧。明天上午你别去公司了，我早点去坐镇就是。"

说罢，头也不敢回，疾步溜了出去，一身冷汗。

刚出房门，就跟门外的方芳打了个照面，两人都很尴尬，凌兰语抛下一句"照顾好她，我先走了"。

回去的路上，凌兰语心里多少还是有点后悔，心想：咋就这么不争气呢？送上门的美女不要白不要！妈的，换成梁宇良，早就把她掀翻了。

这时梁宇良正在家里挑灯夜战网络游戏，毫无缘由地打了好几个喷嚏，骂道：妈的，谁他妈大半夜地骂老子？

"老公……"许诺把半个身子从被子里露了出来，幽幽地说，"来吧，我比鼠标更诱人！"

"好吧，亲爱的，我来了！"梁宇良关了电脑，钻进了被窝……

一看表，3点了！"完了完了完了！"凌兰语忙拦了台车。

赶回了楼下，又远远地看到佘婷从一辆路虎上下来，开车的是个四五十岁的胖子。

凌兰语闭上双眼深深地吸了口气，低头抽了根烟，才走上楼去。

回去一开门，就看到佘婷冷笑："好啊，潇洒啊，3点多了还不回家。"

"跟房开的人喝酒，都醉了，我这酒醒了才回来。"

"房开的人？杨舒莉也在？"

凌兰语想了想，回道："在啊。"

"在就在，干吗想那么久？"佘婷逼问。

"这不是醉了吗？"

"醉了好啊，醉了才成事啊。送别人回家了吧？"

"没……"

"那就是送去开房咯？"

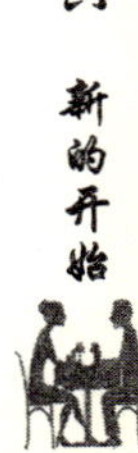

“我说你能不这么胡搅蛮缠吗？”凌兰语火了。

“我胡搅蛮缠？自己的男人深更半夜的不回家，我问问还不行了？”

“你不也是刚回来的吗？”酒精刺激着凌兰语体内的雄性激素飙升，他吼了起来，“妈的你夜夜笙歌、花天酒地，偶尔看你男人没窝在家里就不爽了是吗？”

“什么夜夜笙歌？我不就是跟些朋友在外边玩玩吗？那些朋友哪个你不认识？让你去你又总是不去！”

“今晚这个我不认识！”凌兰语还是忍不住说了出来，“档次越来越高了，上回是宝马，现在是路虎了！”

佘婷愣住了：“你跟踪我？”

凌兰语冷冷地说：“我没那么无聊。刚才在楼下看到了，我可不想碰到，眼不见为净！”

“你浑蛋！”佘婷愤怒了，“不就是新认识了个朋友，别人看太晚了才送我回来吗？”

凌兰语冷笑道：“问题是，你也太多这样的朋友了吧？而且都是异性！”

“交什么朋友是我的自由！”

凌兰语吼了起来：“你的那些个朋友，女的清一色拜金女，仗着有点姿色天天在夜场里吊高了卖价。男的不是富二代就是败家子，身上兜着点钱就看不清东南西北！”

“不许你这样说我的朋友！”

“不许我说？呵呵，事实如此嘛！你每天跟这群败类混在一起，喝酒甚至嗑药，有什么前途？”凌兰语一脸不屑。

“凌兰语！”佘婷愤怒了，走了过来，伸手指着他的鼻子开骂，“跟着你有前途？笑话！你有什么前途？心比天高，命比纸薄的，瞧这个不顺眼，看那个不解气。现在好了，你跟着杨舒莉那种狐狸精捞到项目了，也好歹当上个狗屁老板了。了不得了，牛哄哄了，说到底你不也就是屁颠屁颠地围着她狐狸尾巴转悠混口饭吃？又能有多大的能耐？”

“滚！”凌兰语伸手给了她一耳光，手掌在距离她水嫩白皙的脸蛋一厘米的距离时，他又退缩了，收力了，无奈还是打了上去，力度不大，但依然能听见“啪”的一声脆响。

佘婷没再说话，捂着脸摔门而去……

这份新的工作远比梁宇良想象的要难混。

新工作,梁宇良一开始是风风火火的,一有时间就看工地、踩市场,认识了更多的同行,也得到更多的信息和支持。在凌兰语和一些新朋友的帮助下,他还很快拟出了一份今年的市场调研报告,又做了一些对明年市场的预判,给 4 位老板各提交了一份。

报告做了上百页,从市场细分,到各个项目的定价、定位、分析等,都做得十分翔实,这份连凌兰语都要拿走一份自用参考的宝贝疙瘩,到了那几位老板手上就都成了疙瘩——没人看。

伤自尊哪!

黄老板像人间蒸发似的,一个月都见不着两次人,见着了他也没什么指示,梁宇良也不知道该如何突破。不过他倒是交代过,有什么工作可以直接找三老板——那个姓林的老板汇报。

林老板,这个眼睛虽小却又精光四射的秃顶男人,也不好打交道,梁宇良屡次跟他汇报工作提交方案,他都只是微笑着点头,不说好,也不说不好,而且总是不表态,总结到最后就是一句话:小梁,你好好干!

好好干,干什么?

现在项目还没开工,连施工证都没弄到,距离正式开盘起码还有 1 年的时间,销售能有什么工作?销售经理这个职务可以算是可有可无的。

梁宇良考虑了几天,又提交方案建议公司先招聘几个销售人员,进行前期培训。

厚厚几十页的招聘计划和销售制度,林老板只扫了几眼就说:“不急不急,项目连规划都没过,施工证也没拿到,现在的重点集中在工程上,销售方面的招聘可以先缓一缓,嗯,缓一缓……”

林老板的“缓一缓”说了两次,梁宇良就知道没戏了。问题是,作为销售经理的他,现在除了出一些计划,就只能是培训销售员了啊。缓一缓,那这个光杆司令岂不是无事可做?职场里,不怕忙,不怕斗,就怕闲,闲你就是个废人,没有价值的废人。

梁宇良也偶尔去袁叶那边串串门,要主动靠近领导嘛,可惜的是,每每找他汇报工作,他总是高高在上的感觉,连眼皮都不抬一下。会话时间一般只有几分钟,他是宁愿看报纸也不愿听梁宇良多说话,一副拒人千里的模样。

四老板,姓潘的那个,他跟袁叶不用猜都知道是一条线的人。跟他汇报

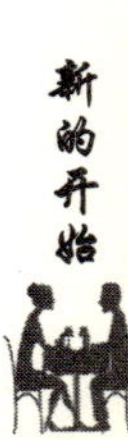

工作，倒是笑容满面、和蔼可亲，让梁宇良多少感觉到了点温暖。后来梁宇良得知，潘老板占的5%股份在前段时间就过给袁叶了，也不知道是什么缘故，所以他现在是一没股份，二没实权，在公司就是个座。每天也不知道他到公司来干吗，职场现实得很，反正已经没人再去亲近他了。不过他好像还乐得清静，每天上网看看股票，喝喝功夫茶，去袁叶那边串串门，日子挺滋润的样子。梁宇良猜，到了关键时刻，他肯定是坚决支持袁叶的，而他说的话还是有一定分量的。毕竟跟袁叶的那层关系，不看僧面看佛面嘛。

公司还有两个副总，一个是管工程的谢总，一看那副模样就知道是个老知识分子：清高、有傲气，在公司得罪人多，称呼人少，这人好打发。梁宇良常有事没事拿点工程上的问题去请教他，再递烟端茶的不时恭维几句，乐得他称兄道弟的。

另一个是管行政的巫总，这个就难打发了。此人城府极深，而且是属于媚上欺下的角色，对上是毕恭毕敬、有求必应，对下是凶神恶煞外加瞎指挥，出了问题都是别人的问题，他带头批斗，有了功劳都义不容辞地成了他的功劳，典型的老机关。因为路线问题，他对梁宇良一直都不待见，有次梁宇良外出办事打车报销被他打了回来，还骂了个狗血淋头。

总之公司里就是官比兵多。

再看狐臭男，倒是忙得不亦乐乎。房地产的营销往往都是策划先行，项目定位、VI设计、推广整合、形象包装、媒体渠道，等等，先不说袁洲做得有多么出色，起码他有事可做，风风火火地时常拿着这个报告那个计划出去找这个老板那个老板，途经梁宇良办公室时，总能带过那股浓烈的狐臭……

更可恨的是，袁洲后来竟然还绕过梁宇良，直接跟袁老板提交了营销部人员招聘计划，其中包括广告设计师一名、广告文案一名、销售接待人员2名，然后以迅雷不及掩耳之势展开招聘，人员名单都拟定好了，让袁老板一签字，就成了既定事实。

这事情他做得密不透风，等到人员到位的那天，梁宇良才知道。

作为经理，你需要有自己的团队，这是你的资源，这是你赖以生存的资本！

设计师和文案，其实都是可有可无的人员，因为公司已经把广告设计交给专业的广告公司全程代理了，根本没他们什么事儿。袁洲要招，可以理解，他需要有自己的团队嘛。

不过，销售人员，这是作为销售经理的梁宇良直辖管理的团队，理应是他的嫡系部队，袁洲也要插手进来，这就不厚道，太不厚道了！

这些人员进了公司，表面上和和气气地称呼着“梁经理”，但可想而知，实际上所有的工作汇报都只会对袁洲一个人。

袁洲这手伸得也太长了吧？销售员的招聘和管理不是应该由担任销售经理的梁宇良来负责的吗？这不是摆明了要架空梁宇良，让他当光杆司令吗？梁宇良很愤怒，怒不可遏，于是他找到袁洲理论。“袁经理，置业顾问的招聘，我这个销售经理为什么毫不知情？”

“哎呀，老弟，这事儿我也很无奈呀！”袁洲笑眯眯地说，“都是老板的关系要进来，打了招呼的，不能不用呀！”

轻描淡写的一句话就把梁宇良打发了，梁宇良还无计可施，他搬出了老板，还不知道是哪个老板，你总不能逐个老板地去抗议吧？

梁宇良强压住怒火，用低沉的声音说：“还有文案，王姐？50多岁的老女人，原来是机关单位的，现在办了离岗退养，完全没这行的经验，这人也是领导的关系进来的？”

“这个倒不是……”袁洲喝了口茶，润了润喉咙，才说：“我感觉这个女人比较听话，离岗退养了嘛，就是求份稳定，没有野心，可以在文字上帮我打打下手。”

梁宇良知道，他所谓的打下手，就是帮他的办公室搞搞清洁、倒倒茶、淋淋花、打印打印文件、拍拍马屁……

“没有野心是招聘的要求？”梁宇良冷笑。

“老弟呀，你还年轻……”袁洲倚老卖老地说，“这事儿，就这么定下来吧。”

是啊！都成既定事实了，还有什么可抗争的？梁宇良感觉异常无助。

“冷静一点！”回到自己的办公室，梁宇良逐渐松开了紧握的拳头。

林老板说过，这招聘的事儿先缓一缓，你袁洲绕过我也就罢了，现在还绕过了林老板，那么说就是越级了，越级是大罪！

林老板肯定不满，大大地不满！

既然对他不满，那起码对我梁宇良是满意的，因为我听话。

局面虽说一时半会儿很难打开，但还是能窥见一丝希望的！

梁宇良泡了壶茶，闭目养神起来。

人人都对权力着魔。

虽然公司不大，但貌似真的不缺钱，只要你到了一定的位置，手里有权，

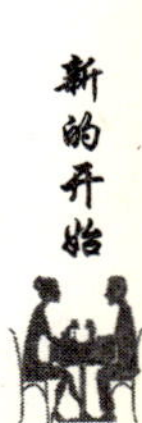

那就可以很轻易地把权力变现。公司很不规范，特别是财务，没有形成系统的监督审核制度，所以说，很多渠道能让你不明不白地黑公司的钱，这些金额远比朝九晚五的工资要可观。公司的很多开销，从工程到推广，乃至小到行政部去采购的那些纸和笔，里面都有很大的水分；还有报销，那些个副总或者工程部经理，隔三岔五地拿着几千几千的餐饮票回去报销，只要你找得到缘由，说跟这个处长那个局长有饭局，那么发票就能变成钞票……

在这种钱多人傻的公司，梁宇良手中无权，就只能眼巴巴地看着别人眼馋。不过，他心里有数，公司最大头的灰色收入无非三大块。一是工程款的回扣，这个数字非常巨大，但不关他销售经理的事；二是广告推广费用的回扣，这个嘛，袁洲现在在管，梁宇良倒也能插上点话提点建议；三是未来销售时利用销控和价差进行炒房，这是梁宇良主管的事，不过现在袁洲已经死不要脸地开始安插人员了，未来他肯定会插手，甚至想挤掉梁宇良！

梁宇良只能感叹：伪君子见得多了，像袁洲这种明刀明枪的真小人，还是头一遭遇到。

梁宇良学会了隐忍，依然每天按时上班打卡，不忙装忙地偷菜、看报、玩游戏，然后忙到别人都走光了才打卡下班，因为不想跟别人一块儿挤公车——怎么着也是个经理嘛，同级别的袁洲是有车的，虽然只是台破吉利。

该买台车了！

于是梁宇良拉着许诺去车城到处转悠。

小两口商量了半天，原本只是计划弄个10万的车子代步的，后来梁妈赞助了点钱，让看15万的。可是15万的也不满意啊，小两口不能形成统一意见，许诺注重外观内饰，梁宇良注重驾驶性能，那又怎能尽善尽美？

然后越试越贵，就看了20万的。看到了马自达的睿翼，从性能到模样，俩人都满意了。

许诺咬咬牙，说："我找我爸！"

"不太好吧？"梁宇良不想找岳父那边出钱。

"没事，爸前段时间生意挺好的，5万块也不是什么大数字。都是独生子女，爸妈的钱迟早不都得给我们？我想一步到位。"许诺对小马十分中意，左摸摸右看看的。

梁宇良也割舍不了小马，也咬了咬牙："这年头，啃老都啃得心安理得。"

许诺无所谓地耸耸肩："年轻人美好生活的基础，是上一代人省吃俭用的无私奉献。同理，等年轻人老了，也必须得为下一代人省吃俭用地无私奉献。恶性循环，父辈跟我们，上辈子肯定都是冤家，一代还一代。”

提了车当天晚上，梁宇良约俩死党出来试试。

“行啊，都开上宝马 6 系了！”龙承章敲了敲车门。

“滚，是 6 系，不过不是宝马，是马自达 6。你开个 Q7，也不至于拽得二五八万地来调侃我吧？”梁宇良小心翼翼地启动了车子。

“小样，看来还是混了不少钱回来嘛，20 多万的车不声不响地就买了。”凌兰语羡慕地说，“马力不错，我的破捷达也不知道什么时候才能下岗。”

“原本计划是弄个 10 万的车子代步的。后来我家里赞助了点，许诺家也赞助了些，算是齐三家人之力，一步到位了。嘿嘿，兄弟没本事，啃老族而已。”

凌兰语说：“这位同学请注意一下影响，我可是个有老啃不着的主儿！”

“所以说，在你伟岸身躯旁，我显得特别渺小！”梁宇良缩了缩身子。

“滚你丫的！我只能为了我的下一代能成为富二代而奋斗终生了！”

“音响不错！”龙承章调大了音量，笑了，“还听 Guns N’ Roses 的歌？你丫心态真年轻。哪儿淘的碟？”

“珍藏打口碟。现在听啥都没劲，还是摇滚好。不过许诺不喜欢，她坐车的时候，我放刘若英的。”

“我记得梁宇良以前会弹吉他？”凌兰语问。

“废话！想当年他一把破吉他，搞了多少破鞋！”龙承章说。

“玩音乐不是为了搞破鞋！”梁宇良目视前方，回忆着也憧憬着，“那时候是一种信仰。”

“让我肃然起敬！”凌兰语说，“不过当年的小愤青没了，现在就是个开着小马儿跑的小资白领。”

“别说我小资，我的梦想是当暴发户！”梁宇良向他竖起了中指，“凌总你现在大小也是个老板了呢！那边项目怎么样？”

“凑合吧。”凌兰语叹了口气，“甲方的人忒难缠。总之是困难重重吧，不过也算熬过来了，后天就开盘，我估计开盘后情况应该会比较乐观。”

“那就好那就好，开盘热卖了总能赚钱。”梁宇良说，“对了，你那少妇呢？”

“什么少妇？凌兰语这闷骚男现在档次也提升了？”龙承章没见过杨舒莉，来了兴致。

“别听他瞎说，什么少妇，就是我的合作伙伴，杨舒莉。项目是她的关系接下来的，前段时间因为回扣的事儿，双方弄得有点不愉快，甲方那个副总钱没捞够，就想着赚杨舒莉便宜咯，有次还灌醉了，差点出事。”

龙承章想了想说：“出事也许是件好事呢？你应该利用好手里的那张牌，适时地打出去！”

“阿龙你现在脑子里怎么净是些乱七八糟的东西？咱靠的是实力，怎能借美色成事？”

龙承章笑着摇摇头，没再说什么。

梁宇良坏笑着说：“我看你是舍不得吧？怎么样，跟她发展到什么程度了？不会还停留在拉拉小手的阶段吧？少妇一般都喜欢来得直接点的，闷骚男，要不我过两招给你？”

“过个屁！别再瞎说了！佘婷也为这事跟我吵架了，现在都没回家。”

龙承章愣了愣，说：“不是吧？住哪儿你知道吗？”

“不知道，都一个月了，算了，大家冷静一下吧。这段时间我也忙，项目快开盘了。”

“主动点，赶紧把人找回来，这样下去不是个事儿！”龙承章皱起了眉头，心里有了种不祥的预感。

“唉……”凌兰语苦笑，“现在的社会太物质、太浮躁。有时候想想，她佘婷跟着我这穷光蛋这么些年了，我也没给过她什么幸福。”

“幸福也未必都是物质的。”龙承章拍了拍他肩膀，安慰着。

“必须是物质的！”梁宇良咬牙切齿道，“房子、车子、票子，谁不想拥有？这还不够，拥有了马6就想马7——宝马7系。还有房子，现在我住的那小两居，以后有了孩子肯定不够住，那就得三居室。也许若干年后要照顾二老，甚至四老，那又得几房几厅？欲望是个无底洞，票子起码还能暂时填坑。”

“我一直以为你只有肉欲！”龙承章说。

“肤浅！肉欲只是欲望的一部分。”

“你现在工作怎样了？”

“凑合着干吧，清闲得脑门儿长草。公司像个养老院，喝茶、看报、偷偷菜，眼睛一闭一睁，一天就过去了。星期一数到星期五，就等周末放大假。”

龙承章说：“你们几个老总可都是市里响当当的人物呀，你要注意多维护关系。”

梁宇良苦笑道：“招我进来的黄老板神龙见首不见尾，进去了一个多月也才见过他两三面，他也不做什么明确指示。袁叶那边，包括他那一线的人，对我都不待见。我现在是个无根的浮萍、没娘的娃！”

凌兰语说：“那是时候未到，耐得住寂寞，守得住繁华。”

“所以我现在很耐啊，每天玩玩游戏打打牌，聊聊美女搭搭讪，挺好。”

龙承章说：“看来窝边草很肥沃？”

“还行吧，总秘，勾搭上了，你知道我一直无法抗拒黑丝OL。”

“妈的，总秘你也敢泡？嫌命长？”

“嘿嘿，在没当上老总前，先享受享受老总待遇嘛。”梁宇良得意地笑了。

龙承章无奈地摇摇头，说：“总有一天，你得毁在你那条孽障上！”

“对了，何雨晴还没怀上？”

龙承章支吾了一下，说：“随缘吧。”

“顺其自然吧。”凌兰语接话，没让梁宇良再问下去。他理解，男人嘛，比较忌讳这个话题。

“这段时间我也烦，跟黎伟弄到了那块地，但是很多手续都没办下来，那些相关部门一个比一个难缠，焦头烂额的。也幸好我是跟黎伟合作，别人多少也给他父亲点面子。如果不是这样，单凭我们龙家的那点关系，恐怕更恼火。”龙承章说着就想点烟。

“车内严禁吸烟！”梁宇良抢过了他的打火机。

“我的Q7里你不也抽了吗？”

“那是你的车，咱的新车里坚决抵制这种没素质的行为！”

“你个死不要脸的东西！”

说着，车子开到了海边，梁宇良开了车窗，吹着海风，突然感叹道：“想当年，我们仨，开辆破摩托车，在海边搭讪那些小女生，然后坐在海边喝椰子汁，然后兜风，然后……好像没然后了吧？”

凌兰语说：“印象中，你和龙承章有然后，我没有。”

梁宇良说：“有吗？那时候的小妞貌似好泡些？”

龙承章说：“那时候我们还小，绝对死皮赖脸，况且那时候没现在这么幸福，有台破摩托车就很了不起了，兜个风，咱长得也对得起观众，喝酒这个过程都免了，吹吹海风就能拉拉小手了。但我只是拉拉小手，貌似只有梁宇良是当晚成功开了房的。”

“夜幕下我无法看清那妞的面容，开了房后悔也来不及了，也罢，关了灯也是一个样。”

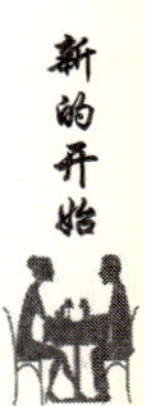

“粗俗！你的不挑食真是令人发指！”

“我现在有两种冲动！”梁宇良坐直了身子，说，“一是我们仨再到海边遛一圈，看看能不能再搭讪个把小妞，看看月亮数星星，拉拉小手谈谈心。”

凌兰语说：“这个你自己去吧，咱现在丢不起这老脸。”

“还有个冲动，就是想找人打一架。”说着，梁宇良拧了拧脖子。

龙承章说：“你真是越活越年轻了！”

“咱兄弟不也是打架打成哥们儿的吗？”

凌兰语说：“是被打成哥们儿的。你丫真他妈能害人，当年我们仨被别人十几个拿着水管追了9条街！”

“怎么能算是我害的呢？”

龙承章说：“你随地小便也就算了，还故意走到别人蹲着的地方旁边撒，尿弹中别人还没句道歉！”

“那厮不是想打汪文燕的主意吗？我泡不到的妞更轮不到他泡，那是咱兰语兄弟的菜！”梁宇良努力回忆了一下，说，“而且这只是前奏啊！后来别人两个人来找茬儿，我、你、凌兰语，有三个人，是谁牛哄哄地说了一句‘看见别人撒尿你不会躲开吗’？”

凌兰语指了指龙承章说：“他说的，确实很牛哄哄！”

龙承章不好意思地挠挠头，说：“嘿嘿，那时候不也是看着我们人多吗。”

“你跟别人玩人多，别人回过头去宿舍拉了一票人过来，还个个拿着水管，吓得我差点没再尿奔！”

“嘿嘿，龙承章搞笑，一看别人拿着武器，随手拎起了个可乐瓶，说兄弟操家伙。谁知道再一看，手里的可乐瓶是塑料瓶。”凌兰语说着就笑弯了腰。

“然后一路狂奔，背上不知道被抽了多少管，反正我第二天腰都挺不直了！”龙承章说着就揉了揉肩膀，“好像还落下了旧患，下雨天时我这肩膀就隐隐作痛。那时候，跑得最快的就是梁宇良！轻伤！”

“咱原来是校短跑队的，爆发力！谁能追得上咱！”

“时光不再啊！”龙承章仰天一叹，“我们已不再年轻！”

凌兰语也长叹：“奔三了，还没二够。”

仨兄弟又胡吹海侃了半天，因为梁宇良开车不敢喝酒，于是就没去夜宵，各回各家了。

凌兰语回到家，跟馒头四目相对，再看看冰冷的房间，突然有了种想哭的感觉。

电话响了,一看是汪文燕。

凌兰语犹豫了一下,接了。

“我回江海了,刚到。”汪文燕有点欲言又止,“这么晚了,打扰了……”

“没事,我这儿正无聊呢。”

“我……想你了。”汪文燕的声音异常地温柔。

这让凌兰语感觉很温暖,他甚至有点哽咽:“我去接你吧。”

“方便吗?”

“没什么不方便的!”凌兰语理了理思绪,话说得很坚定。

机场,他接过汪文燕的行李,再很自然地牵起了她的手,有些冰凉,于是淡淡一笑:“大热天的,手足冰凉,中医说,这是肾虚的体现。”

“一见面就没句好话!”汪文燕也很自然地挽上了他的手臂,像一对情侣。

其实,确实是一对情侣,但只是曾经,郎才女貌。

“想吃什么?”上了车,这次捷达比较争气,只打了一次火,车子就启动了。

“你带我吃什么,我就吃什么。”汪文燕笑笑。

车子开到了母校附近的大排档。

“呵呵,这么多年了,老板还没换?”汪文燕有点惊诧。

“百年老店了,镇店之宝椒盐濑尿虾,就着啤酒是越吃越有!”凌兰语说着,轻车熟路地跟老板点了几道小菜。

老板仔细打量了一下汪文燕,说:“这妹子不是兰语你以前读书时的女朋友吗?”

“呵呵,老板还记得?”汪文燕笑了。

“这么漂亮的姑娘,很难让人忘怀呀!”老板爽朗一笑。

“我知道你怎么一直都那么好生意了!”凌兰语擂了老板一拳,“净拍马屁!”

“这么多年了,这里还真是一点没变。”汪文燕饶有兴致地四处打量着。

“大排档依然是那么破烂,老板依然每晚梳着周润发的发型。不过,学校变了。原来我们一个级才 8 个班?现在 30 多个班了,大部分是高价生,重点中学变成贵族学校了。”凌兰语看了看身旁的那些中学生,感叹道,“当年我追你的时候,发誓追到你就请几个兄弟来这儿夜宵喝酒,也是我运气好,真成了事。于是一顿下来花了 100 多,是我半个月的生活费,心疼得要死。看这

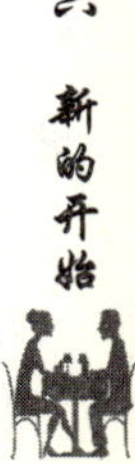

些学生，现在身上穿的、脚下踩的都是名牌了，每晚夜宵，抽烟、喝酒、泡马子，花钱如流水，比我们当年强多了。”

“生活水平提高了嘛。也幸好当年你那些兄弟都不太能喝，要不 100 多还真不够埋单。”汪文燕也逐渐回忆起了当年，“吼着不醉不归倒也都挺神气，最后全部倒下，结算时才喝了不到 20 瓶啤酒，丢人，丢人！”

“呵呵，今晚我还跟梁宇良和龙承章在感慨时光不再。”

“又去喝酒了？那我们就别再喝了，你开车不安全。”汪文燕关心道。

“没喝，梁宇良买了新车，带我们遛遛弯，所以都没喝。小样现在也混起来了，一出手就 20 多万的马自达。”

“心理不平衡？”汪文燕仿佛看穿了他的心事。

“那倒不至于……”凌兰语想了想，说，“就是心里堵得慌。眼见哥们儿都好起来了，确实打心底为他们高兴。就是自己还在原地踏步，有点小自卑了。”

“其实也没什么的。”汪文燕安慰着，“龙承章自不必说了，富二代，打生出来就上了这个烙印，所以他的先天条件比你我都优越。现在制度已经越来越规范了，你我都是平凡人，没有家底、没有关系，再想创造奇迹那也是痴人说梦了。再说到梁宇良，他好歹也在广州待了好几年，回来江海发展就算是海归派了，有更好更高的平台发展也是顺其自然的事。再说，我估计他那 20 万的车子，也不可能是他一人出的钱吧？总得啃点老吧？”

“嗯，他家里和他老婆家里都赞助了点。”

“那不就得了？”汪文燕笑笑说，“他房子的首付也是家里赞助的吧？其实你比他强，你的房子可是你自己一力承担的哦！”

“我那套是一居室，没法比。现在还空置着，没钱装修，租房住呢。”凌兰语自嘲一笑，叫来了两瓶啤酒。

“我看不是没钱装修吧？”汪文燕说，“你只是买来投资的，就没打算装修。况且，你也绝不会甘心以后就真只住这么个一居室吧？肯定有你的计划。”

“计划赶不上变化快。现在的房价比工资涨得快得多！”凌兰语低头喝了口闷酒。

“怎么，第一杯也不跟我碰碰杯？”汪文燕举起了杯子。

“哦！”凌兰语不好意思地再次举起杯子，碰了碰杯，说道，“祝大家，越来越好！”

“对了，你现在不是已经当老板了吗？听说你接了个项目，自己做代理？”

“不是我接的……怎么说呢？有个朋友通过些关系，接了个小盘的销售代理，她自己一人做不来，我去帮忙，所以有点小股份吧。”

“那多好啊，算是有了自己的事业！”汪文燕笑得很开心，“来，为了我们的凌总，干杯！”

“谢谢！”凌兰语一饮而尽，感慨万分，“算是自己的事业了。虽然忙点、累点、烦点，但收成终究是自己的，看着项目，就像看着自己的孩子。”

汪文燕低头思索了下，说：“你是一个需要成就感来充实自己的……大男孩！”

凌兰语想了想，说：“我不太喜欢这样的形容。”

“呵呵——”汪文燕眨了眨眼睛，一汪秋水，“或者说，是我希望你能一直这样。”

凌兰语不敢直视这双眼睛，忙举杯说：“人不能总活在过去。来，第三杯，为逝去的美好和今后的更美好，干杯！”

“嗯，今后总会更美好！”汪文燕又是一饮而尽，脸色逐渐地潮红，夜色之下，更显娇艳。

“看来你在外面也是经历了一些场面啊，一个女孩子家，三杯下肚，面不改色。”

“女人天生半斤酒，说出来倒多少有些无奈。那些个场面，面笑心不笑的应酬，轮番轰炸的碰杯，唱歌跳舞……众人的狂欢，是一个人的寂寞。”汪文燕脸色有些黯然。

“你做的不是外贸翻译吗？怎么还有那么多应酬？”

“有人的地方就有应酬：饭局、酒局、K 局、牌局、麻将局……人总是喜欢把自己困在各种各样的局子里，其实都是赌局。有的人付出筹码，有的人收获筹码，有输也有赢。当然，最好是双赢。”汪文燕淡淡一笑。

“女人嘛，活得简单一点会好些。”

“不许性别歧视哦！”汪文燕又叫来了两瓶酒，“你骨子里还是大男人主义。无奈现实里，你又是小男人性格。”

“对于这个形容，我再次表示抗议！”凌兰语倒满了酒，“喝！”

“我回来了。”汪文燕突然直直地看着他。

“是啊，你是回来了啊，人都坐在这儿了。”凌兰语一愣。

“我是说，我回来就不走了，留在江海了。”

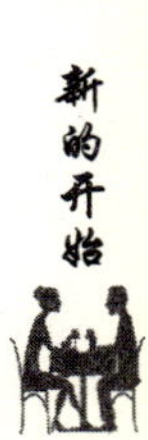

“哦……”凌兰语心里冒出的第一个念头是，关我什么事？

汪文燕看他没什么反应，气不打一处来，就说：“我在北京认识了一个男朋友，他是江海人，也在做贸易，生意做得挺大，他让我回来。”

凌兰语听完却更加淡定了，完全没有晴天霹雳的感觉，而是真诚地端起了酒杯，说：“好事啊！来，为幸福干杯！”

汪文燕突然觉得自己失落到了极点，其实她并没有什么江海的男朋友，回来是因为她在北京跟老板的事儿被老板娘撞破了，狼狈出逃而已。

这时，店老板端上了他的拿手菜——椒盐濑尿虾。

“你剥给我吃！”汪文燕缓了缓神，调皮地嘟着嘴。

凌兰语难以抗拒她这样的表情，乖乖地把一大盘濑尿虾都剥干净了。

“你真好！”汪文燕笑得很幸福，“至今为止，你是第一个，也是唯一一个愿意为我剥虾皮的男人。”

凌兰语笑笑说：“那是因为我不够出色，只配帮你剥虾皮。”

“瞎说！”汪文燕递过一只虾，塞进凌兰语的嘴里，“细心体贴的男人最可爱！”

送汪文燕回家，凌兰语帮她提着行李上了楼，送到了家门口。

家门是掩着的，听到了脚步声，汪文燕的母亲忙过来开了门，一看到凌兰语，就眉开眼笑了：“哎呀，真是麻烦你了小凌，这么晚了，还去接文燕，累了吧，快进来喝口热茶！”

凌兰语忙摆摆手，说：“不了阿姨，您看都这么晚了，文燕旅途也辛苦，我就不打扰你们了。”

汪文燕没再说什么，只是向他点点头，轻声说：“喝了酒，你慢点开车。”

“呵呵，破车，想快都快不了！”凌兰语自嘲一笑。

谁知道，还真出了事，开出去还没几百米，就被交警给逮着了。

“熄火，驾照！”交警叔叔一脸严肃，还抽了抽鼻子，说，“喝了两杯吧？”

凌兰语苦笑，没说话。

“来，吹一下！”交警递过酒精测试器。

凌兰语没得选择，只能轻轻地吹了一下。

“咦？”交警看了看测试器，皱起了眉头，“再吹一次，用力点！”

凌兰语只能又用力地吹了一口。

“奇了怪了！”交警拍了拍测试器，又命令道，“让你用力点吹！”

凌兰语也知道难逃一劫了，赌气地用力吹了几大口。

“怎么回事？你站着别动！”交警一边摆弄着测试器，一边走到他同事身旁低头说了几句。

凌兰语心想：不是这种屁事也让我碰上了吧？测试器山寨了？想着连忙掏出手机，给龙承章打了个电话说了下情况。

龙承章也不含糊，一边答应着，一边就起身，披了件衣服就出门了，还叫上了黎伟。

赶到的时候，凌兰语正在跟两个交警推推搡搡。

“怎么了兄弟？”黎伟过去隔开了双方，一脸微笑，给两个交警散了烟，交警没接。

“怎么回事？”龙承章低声问凌兰语。

“酒精测试我没问题，他们说让我到交警支队去。我没违章，凭什么拉人？”凌兰语有点激动。

隔着老远，就能闻到他的酒气，龙承章也没说什么，只是在一旁看着黎伟。

“兄弟，你们听一下电话，好吗？”黎伟拨了个电话，递了过去。

“不听，我们在执行公务！”交警一脸正色。

“接一下吧，是你们黎队长。”黎伟笑笑。

交警脸色一变，忙接过电话，听了一会儿，嗯了几声，就把电话递回给了黎伟。

黎伟一笑，接过电话，说：“三叔啊，抱歉，这么晚了还打扰您老人家。嘿嘿，行，明天请您喝早茶，谢谢了！”

黎伟的亲叔叔是市交警支队的队长。

“兄弟，既然是一场误会，测试器也证明了我兄弟没喝酒，那就这么算了吧！”黎伟又递了一次烟，这回俩交警接了。

就这么算了。黎伟轻描淡写地化解了凌兰语的牢狱之灾。

“谢谢了！”凌兰语向他点点头。

“不谢！”黎伟笑笑，“也幸好是测试器出了问题，要不然很麻烦的，现在查酒驾查得忒严。下回你得注意点。”

“那是那是，以后还真不敢了。”凌兰语抱歉着说，“这么大半夜的，真是麻烦你了，要不一块儿去吃个夜宵？”

黎伟没做声，看了看龙承章。

龙承章拍了拍凌兰语的肩膀，说：“得，看你那样子也是酒足饭饱了，就

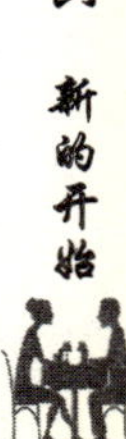

不要你请夜宵了，记在账上，改天记得还！”

“一定一定！”

“黎伟你开我车吧，兰语不能开车了，我开他车，先送他回去。”龙承章把钥匙给了黎伟。

路上，凌兰语对龙承章说：“看来黎伟家里的能量还真挺大的。现在酒驾这么严，他也能摆平。”

“呵呵，我们这种小地方，所谓的严也只不过是雷声大雨点小，加上那测试器确实没测出你的酒精超标，所以，也不过是给了黎伟一个顺水人情。黎伟家里在江海市还是有点背景的……”

“上回你跟他还有梁宇良去海南腐败了吧？也不把我捎带上！”

龙承章说：“少跟我放屁，你以为我不知道你什么性格？咱去腐败你就在一边看着，我没那么多钱请你看热闹，要看回家看A片去。”

凌兰语不服气地说：“谁说我就在一边看着？咱也是带把的主儿！”

“嘿嘿，少来了。要不一会儿我安排去桑拿，我埋单，你出力。”

“改天改天，改天你出钱我出命！”

龙承章笑了，说：“嘿嘿，就知道你是个临时阳痿的货！”

“我是怕你埋单埋到手软！听说过一夜七次郎吗？”

“听说过，那是早泄！”

把凌兰语送回家，龙承章上了Q7，给黎伟递了根烟，说：“谢谢了啊。”

“都是同学、兄弟，能帮的肯定帮，你要这么说就生分了啊！”黎伟接过烟，点上了，“还是Q7好开啊，比我那台汉兰达带劲多了！”

“喜欢要么你拿去开两天。”龙承章无所谓地说。

“呵呵，咱个规划局的小小科长，哪敢开你一两百万的车子，要注意影响嘛。”黎伟谦虚一笑，“去哪儿？”

“去桑拿？”龙承章说，“也算是逮着机会了，我老婆先睡了，兰语这事我既然已经跟老婆请了假，那么就趁这空当，咱去活动活动？”

黎伟一听乐了：“去去去，大半夜的还搞这腐败活动？在家里还没活动够？”

“家里的叫做任务，外边的才叫活动。”

黎伟坏笑：“嘿嘿，我就不去了吧。”

“屁话！我这么难得有个机会开溜出来偷欢，你还不奉陪？”其实何雨晴压根就不管龙承章在外应酬的事，精明的女人，对于做大买卖的男人总能知道什么时候该保持沉默，睁一只眼闭一只眼，权当没发生过就好了。

龙承章在应酬方面还是很有一手的。像他这样的邀请，总能让被邀请者感到他没有半点功利心，而且盛情难却不去不行，还没有半点做作和矫情。

“哥们儿现在真的是改过自新了，咱也算是有主儿的人了。”黎伟继续推辞。

“有主儿？小静？”

“是啊。”说到小静，黎伟由衷一笑。

龙承章脸色一沉，沉默了半晌，他点了根烟，说：“我在网上看到过一句话，说的是现在的年轻女孩子，已经越来越不易在这个世界找到方向了。”

“什么？”黎伟一愣，“这话说得太深奥了吧。或者说，你对那些个年轻女孩子多少还是有点偏见。”

“不算偏见吧……我感觉她们太浮躁了！她们的人生观和价值观比我们超前了太多太多，虽然说，我们并不比她们老多少。很多时候，我觉得她们很幼稚，但再往深处去想，好像是我比她们幼稚。”

“不能以点代面嘛。是不是你跟梁宇良在海南认识的那两个小女生让你产生的这种看法？”黎伟问。

龙承章苦笑，整理了一下思绪，编了瞎话，说：“不能算是偏见吧？你说吧，如果是清清白白的小女生，怎么会明知我跟梁宇良有家庭，还要死命地贴上来？其实，她们不过是为了短暂的刺激，为了吃喝玩乐。”

“有些女孩确实是这样，以前也见识过不少，不过嘛，玩玩而已，各取所需吧。”黎伟笑笑。

“嗯……反正呀，也就是你说的，各取所需吧。其实她们连真正意义上的小三都算不上，纯属瞎折腾，为了享乐，为了物质，哪有贞操啊、矜持啊什么的概念。妈的，‘贞操’这个词现在还存在吗？”龙承章尽量把那两个女孩说得一无是处，侧面提醒黎伟，物以类聚，跟她们在一块儿的小静也好不到哪去。

“你别说，还真有贞操！那……”黎伟话说到一半，就没说了。

龙承章猜到了他要说的话，看着他的一脸幸福，心里很不是滋味。黎伟不知道，这都是被人一手策划出来的所谓的贞操啊……

想了想，龙承章只得把话锋一转，转入了正题："施工许可证那边有点阻滞。"

"立项批准文件、建筑工程规划许可证、施工图纸那些不都齐备了吗？"黎伟皱起了眉头。

"那边说，我们的建设资金落实证明有点水分，还在核查，所以暂时不予办理。"

黎伟火了，说："放屁！谁家的资金落实证明经得起查？睁一只眼闭一只眼不就过了，谁不都是这么操作的？"

"这事是那个王处长在管，我开始以为可能是关系没到位，也安排人去公关了一下，谁知道这家伙油盐不进，弄得我处处碰壁满脸灰！"龙承章一脸沮丧。

"行了，我知道了。"黎伟想了想，叹了口气，"这个草包是存心找茬儿。"

"哦？"龙承章有点好奇，但没问下去。

黎伟苦笑："明争暗斗的很累，你别看着我好像有家里撑着，其实我也是一步一磕头走过来的。也罢，没事的，这人我出面去办吧。他知道这块地和我的关系，就是想让我去求他，我能摆平。"黎伟闭上了眼睛，陷入沉思。

龙承章也没再说话，心想，能摆平就好，咱现在可是箭在弦上，一天都拖不得了！

七　转折

周末，早上 8 点，梁宇良就被电话吵醒了。他揉开惺忪的双眼，看看手机来电，俨然是林老板的电话，他一个激灵就清醒了："喂？林老板。"

"小梁啊，今天休息吧？"

"是的。"

"是这样的，有个事你要去处理一下。"

"好的，没问题！"梁宇良一听就来了精神。

"我们的项目在江海北有一块广告牌，临近农村那一边，你知道吧？"

"知道的。"

关于这块广告牌，还是有些故事的——牌子地处江海市的郊区，最郊区，往来的不是农民就是耕牛，过路的汽车几分钟见不着一辆，广告效果基本可以算是忽略不计，据说是公司以前的一个副总拍脑袋去拍下来的。按照那副总的解释，市区的好牌子一般都是 50 万以上的年费，贵了，但这块便宜，才 20 万一年，而且未来开发区的发展也要延伸到这一个区域。其实，"未来"就是"还未来到"的意思，广告牌要的是现在的意向客户可以看到，可以了解，未来的发展关广告牌屁事！不过股东们也是够二的，还真信，于是大笔一挥，60 万扔进去，投放三年——钱多人傻。

这种没人看的广告牌，60 万，梁宇良猜，那个前副总起码吃了 20 万。

更可笑的是，牌子拍回来了几个月，公司却就广告画面的设计反反复复地斟酌调整，股东多老总多，一人一个看法，一人一种审美，然后广告画面却是越调整越不靠谱，拖了 4 个月，广告牌也空了 4 个月，按照投放价格 20 万一年来算，也就是 1.6 万一个月，这 4 个月合计下来 6 万多，算是打了水漂。黄老板最终忍无可忍，也不民主了，挑了个还算满意的广告画面，就此投放。

再后来过了两个月，广告投放的效果几乎为零，黄老板也察觉自己上了当，被人忽悠的滋味很难受，于是一声令下，又把那副总炒了。炒了倒是一了百了，不过项目营销方面的事就缺了主心骨，于是就再招人，公司就来了袁洲，也来了梁宇良。

凭良心讲，没有这块广告牌，就没有梁宇良今天的工作，所以说，他对这块牌子是有感情的，他还特地驱车 20 多公里去那鸟不生蛋的地方瞻仰过。看着那高高在上的广告牌，他怀着崇敬的心情，在广告牌柱上刻下了“TONY到此一游”。

TONY 谁呀？

废话，梁宇良呗！

“那块广告牌上的广告喷绘脱落了，把村里的电线给砸断了，现在附近的村民停了电，打电话来售楼处投诉，说我们再不处理就来人闹了！你赶紧去现场看一下！”林老板的语速很急，声音有点大，打断了梁宇良的思绪。

“没问题，老板！”梁宇良果断地翻身下床。

“唉……”林老板叹了口气，“大周末的，还是大清早的，一点都不让人省心！我给袁洲打电话了，他刚好回老家了来不了。这广告方面的事情，原本一直都是他在跟进的，这回可就麻烦你了小梁。”

“哦，没事，应该的，老板。我现在就去现场。”

“开车注意安全。”

这算是林老板给予梁宇良的第一句关心的话，让他感觉很温暖。

养过狗的人都知道，狗不单是需要狗粮，更需要的是，主人的赞许和关心。

“我怎么把自己当狗了？”梁宇良骂道。

“就是，原本就不是你的工作范畴，你还积极得屁颠屁颠的，还是周末呢！有没有加班费啊？”许诺看他这副模样就来气，扰人清梦。

“不要那么现实嘛。”梁宇良笑笑，“为人奉献，于己方便！”

到了现场，村民们围了上来，十多人之众，闹闹哄哄的，操着浓重的地方口音。

梁宇良满脸堆笑，发了一圈烟，说：“给大家造成了这么大的影响，实在太抱歉了。”

伸手不打笑脸人，村民们的情绪缓和了，这时候，一个大叔过来帮梁宇良点了烟，说：“领导啊，你看你们的那幅广告画，昨晚就砸了下来，把我们电线都砸断了，这可是带电的！大半夜的我们关不了电，又怕电到了路人，整整守了一夜啊！”这个人应该是个带头的。

看他淳朴的模样，和眼睛里的血丝，倒也不像说的假话，梁宇良忙连声道谢："辛苦你们了，您看吧，这广告画脱落，也算是天灾吧，这也是难以避免的事嘛。"

那位带头大叔也是直肠子，一听梁宇良这话就来气："放屁！昨晚没风没雨的好天气，哪来的天灾？你们那个广告画挂得好点、粘得好点，就不会脱落！况且，我记得这广告画才刚装上去不到一个月！这是你们安装的质量问题！别想着撇开责任！"

"才刚安装不到一个月？"梁宇良心想，起码也装了几个月了吧？

"骗你不成？"带头大叔举起手就把烟甩在了地上，然后群情汹涌。

"少安毋躁，少安毋躁……"梁宇良赔着笑，又给带头大哥点了根烟，说，"不好意思，这个安装的事情不是我具体跟进的，你们稍等一下，我打电话回公司问一下情况。"

转过身，他给袁洲打电话，谁知道打了几通那厮都不接，看着围上来的农民，梁宇良心急如焚，想了想又给齐紫萱打了通电话，碰碰运气问问到底怎么回事。

没想到，她还真知道："你说广告喷绘的事啊？这我知道啊。原本定下了设计方案，就制作了喷绘挂了上去，挂了三四个月吧。后来那个副总被炒掉了，袁洲来了，说那喷绘质量不行，要换掉重新制作再挂上，也就是这个月的事吧。"

"晕，你还真是公司里的百事通！"梁宇良乐了。

"我就八卦点。况且，袁洲那些要付款的申请，也得通过我的手去递交给袁老板签字。"

"多少钱？"

"也不多，8000 多吧！"

"还不多？一块喷绘，制作包安装，也就最多 30 块一个平方。这才多大？有 250 吗？"

"你才是二百五！这么大清早的吵醒我！你说，怎么补偿？"

"无以为报，只能肉偿！"

挂了电话，梁宇良就换了种态度，他拉着那位大叔走到一旁，轻声说："给你们带来那么大的麻烦，真是过意不去啊。你们有什么要求，我们公司尽量满足。"

"首先，必须得把电线重新拉上。"

"一定一定，这是必须的。"梁宇良狠狠地点了点头。

“其他的……”大叔挠挠头，朴实地一笑，“暂时还没想到，反正你必须得把电线重新拉上。”

梁宇良心里一叹：这里的农民还真是好应付啊，质朴憨厚。于是他说：“我看这样吧，大家在这里守了一夜，也着实辛苦了，我向公司申请一些费用，算是一点心意，给你们一些赔偿。”

大叔愣住了，估计他也没料到梁宇良这边会主动提出赔偿，当然，没人会跟钱过不去，他大嘴一咧，笑了：“兄弟啊，不，领导，这还得仰仗你帮我们多争取呀，怎么说我们也守了一整夜，况且周围的住户停电了一天，12户人家冰箱里的肉啊鸡蛋什么的都坏了。”

梁宇良一边连声说好，一边拨了林老板的号码。接通电话后，他特意没有马上说话，在人群里转了转，让话筒那边能听到这边的吵吵嚷嚷，再走到一旁，低沉着声音说：“老板，事情闹大了！”

“怎么回事？”

“这边砸断的电线差点电死人！”

“什么？”林老板的声音紧张起来。

“电线是带高压电的，脱落在地上，一定范围内能把人电死！”看自己把气氛调动得不错，梁宇良有点得意，“不过幸好村民发现得早，他们守了一夜，才没有出事。这一出事，可就是大事了！”

“那是那是！”林老板这才松了口气。

“不过现在也不好收场，影响了十几户人家，昨晚到今天都一直没电，村民野蛮呀，把我围了，我是费了九牛二虎之力才把他们的情绪稳定下来。现在他们提出两个要求……”梁宇良没有把话说完，停顿了一下。

“嗯嗯，责任在我们，合理的要求，我们尽量满足。”

“第一个要求倒也算合理，要我们马上抢修电线。”

“这个你安排我们公司工程部的找几个电工班的去弄。”

“还有一个……他们要求我们赔偿，一户1000块，有12户，那就得12000。”

林老板沉默了半晌，说：“没问题，这也是我们理亏，你给财务打电话，让他们给你提钱。”

“唉，真是无妄之灾啊，也幸好没有闹出人命，不然的话，后果不堪设想啊！”梁宇良开始火上浇油，再装作说者无意，“这广告公司也不知道是怎么干活的，昨晚也没刮风，也没下雨的，才挂上去几个月的喷绘，怎么会无端端地就掉了下来呢？你说这赔偿的12000找他们来埋单吧，他们也肯定不愿意，这百来平方的广告牌，装个喷绘也就3000来块钱。”

“不是广告公司的问题！”林老板生气了，“是那个小袁！这个月刚换的喷绘，他说之前的质量不好！之前的起码挂了3个月没事，现在呢？才挂了不到一个月就掉了！我不知道他在干吗！”

“哦？是这样吗？”梁宇良装作很惊讶的样子，没再往下讲了。冲着林老板脱口而出的愤怒，他就知道自己的目的已经达到了。

得到了领导的支持，梁宇良马上回了公司，一方面安排了电工赶赴现场抢修电线，另一方面打电话给财务。今天周末，财务不上班，梁宇良好话说尽了，财务部的人才慢悠悠地开车过来了。

每个公司的财务、出纳，都必然是老板亲信中的亲信。据说，这个出纳刘姐，是黄老板的侄女，跟了他好多年的老臣子了。所以说，作为师奶杀手的梁宇良，老早就跟她混得烂熟。

刘姐一到，看见在公司楼下迎着她的梁宇良，开了车窗，气冲冲地说：“干吗呢小梁？大周末的都不让人安生！”

梁宇良一边帮她打开车门，一边抱歉着说：“可不是？我们广告牌砸断了别人的电线，这事儿原本是袁洲负责的，打电话打不通，就落到我头上了。一大早的我就去了现场，现在等着拿钱赔偿。”

“多少钱？”

“一万二。”

“这么少？你早说呀！这么点钱至于让我回公司吗？喏——”刘姐生气了，又坐回了车子，从包里拿出了一捆钱，麻利地数了一万二，递给梁宇良，她说，“报销单你明天上班补给我就是了，懒得上办公室了。”

“好的！”梁宇良连忙点头哈腰。

“你呀！”刘姐横了他一眼，“袁洲的破事儿你帮他擦什么屁股？闲得慌？”

“都是为公司做事嘛……”梁宇良笑笑。

“袁洲就是个吃饭拉屎的东西。这种破事儿就应该让他自己处理。小梁，我可不是说你，你这人就是太好欺负了！”刘姐一副大姐大的姿态。

“还不得姐姐多多关照？”梁宇良一脸媚态。

“走了，你忙吧！”刘姐一挥手，车子一溜烟地就跑了。

看着她的车子远去，梁宇良把一万二抽出了一半，揣进了自己兜里。

这样，村民到手的也就只有6000块了，但也足以让他们眉开眼笑了。

带头大叔用力地双手紧握梁宇良的手，说："太感谢你了，领导！"

这让梁宇良有点飘飘然，感觉就像是政府领导慰问灾民似的，于是他也紧紧握住了大叔的手，动情地说："大家受累了。"

没想到，话一说完，天空竟然下起了小雨，这就更加大了抢修的难度。

梁宇良大喜——这可真是天公作美！事情如果没难度，我又怎么好意思到领导面前去大力邀功呢？

他振臂高呼："现在条件比较艰苦，希望大家一定要坚持住！我们要排除万难，争取今晚之前通电！"这时，村民给他递来了草帽，他推开了，一脸正色地说："帽子别给我，给前线的那些抢修工人！"

梁宇良又去买了好些水果，12户人家一人一大袋，逐个派发，逐个握手，再逐个问候，他重复着说："辛苦了，让大家受累了，这是我们的一点心意。"

村民差点没热泪盈眶。

"大家都散了吧，这下雨天的，活交给我们来干，你们都各自回家躲雨去吧！今晚不通电，你们拍我板子！"说完这话，梁宇良觉得自己忒有力量！

拿了钱，拿了水果，还看到领导冒雨热火朝天地干活，村民放心了。

梁宇良转过身安排了一下，交代工人完工后给他打电话，然后就开车一溜烟地跑了。活儿是工人们干的，领导得赶场子去慰问功臣。

功臣自然是齐紫萱。

"你有两个星期没上我这儿了！"一开门，齐紫萱就生气地撅起了小嘴，"今天不是有事，我看你呀，是打算一直不理睬人家了！"

确实如此，新鲜劲儿一过，梁宇良就开始有意无意地疏远这个女人了。毕竟自己成家了，玩玩可以，别玩出了感情。不是今天病急乱投医，他也不会贸然给她打电话。

"怎么会呢？"梁宇良嬉皮笑脸地关上门，迫不及待地就抱紧了她，"想死我了！"

又是一番云雨，配合着窗外的毛毛细雨……

梁宇良讲了讲今天事情的大概，当然，省略了他兜里的那6000块钱。

"你丫真是个坏种！"齐紫萱给了他一个白眼，"原本就屁大个事儿，你就这么使劲地搅浑水，人家袁洲这回可真被你给阴到了！"

"阴道？人家袁洲没阴道呀，就算有，他那么丑，送我，我也不帮他疏通。"梁宇良坏笑。

“讨厌！”齐紫萱拍了一下他的胸膛，又把脸贴了上去，喃喃地说，“真没想到，你一肚子坏水，原来我还以为你是个好人呢，斯斯文文的。”

“男人不坏，女人没机会啊！”

“这下袁洲玩完了。”

“那倒不至于……”梁宇良点了根烟，“我只是把小事化大，扩成无限大，让老板们发现袁洲一是办事不力，二是有经济问题。但是，这种小事不可能把袁洲整死，也就是吃了几千块的回扣嘛。不过我的目的已经达到了，就是给领导的心里扎刺，这只是第一根，以后还会源源不断地出现第二根、第三根……”

“我能用‘伪君子’来形容你吗？”

“这个形容比较贴切……”梁宇良深深地吸了口烟，“我也是一路滚爬摸索出来的，不是不会耍手段，只是想不想出手而已。这事不怪我，怪就怪他袁洲贪钱不计后果。还有就是，他小人在先，在部门里这么排挤我，想把我架空。他既然想玩，我就奉陪到底玩死他！”说罢，他微微地眯了眯眼睛，透着冷冷的寒光。

“我特别害怕看到你这样的眼神，让我不寒而栗！”齐紫萱埋头在他胸膛上深深一吻。

机会是留给有准备的人的。所谓的准备，可以理解为用心，或者别有用心。

梁宇良这次不单把握了机会，而且借题发挥得淋漓尽致。

从村民野蛮，到和解言欢，再到冒雨抢修，梁宇良把这么一件小事无限地放大，跟林老板作出了详细的汇报。最终结论是，虽然困难重重、举步维艰，但也正是因为他出色的调解、合理的安排，这次几乎伤及人命的特大事故，被大事化小了，并且画上了完美的句号。

过了几天，梁宇良假装漫不经心地跟林老板汇报时提道：“我们还要尽快把喷绘补上去。百把平方的喷绘，20 多块钱的制作安装，应该 3000 来块可以搞定，这事我马上去办！”

林老板稍微愣了愣，皱起了眉头，说：“这事你去负责，抓紧办！”

然后全部办下来 2800 块，3000 块不到，梁宇良什么回扣没吃，却比吃了还高兴。因为由此可见，之前袁洲弄的报价高了太多太多。

这让林老板非常满意，并向其他老板转述了。

潘老板很满意。

袁老板很满意。

黄老板……没表态。

林老板还向其他老板说了下喷绘质量的问题，当然也包括了虚高的价格。

潘老板很不满意。

黄老板很不满意。

袁老板……没表态。

袁洲是袁叶的人，他出了问题，袁叶不表态，那也是为了保护他。但梁宇良是黄老板的人，他做出了成绩，为什么黄老板不表态呢？梁宇良想，这是为了保护他，一个新来的小子，做了件这样的小事，黄老板如果表态赞赏了，那么可能会带来更大的负面效应。

另外，梁宇良还通过齐紫萱得知了一个对于他来说，最最重要的信息：袁洲与袁叶并没什么亲戚关系，只不过他跟袁叶是同村人，袁洲他爸是袁叶祖屋的邻居的亲戚的亲戚。

这也能算关系？

梁宇良这下心里有数了：想当初袁老板不招我，也许只是因为撇不开同村人的面子。现在我进来了，你仗着这所谓的关系欺负我欺负得那么爽！我不整死你！

就是这么件小事，各个老板对梁宇良的态度有了很大的改观。

先说说袁老板吧，因为这件屁大点的事，他对梁宇良赞许有加。归根结底，因为他看中了梁宇良在处理这件事上的一个小细节——自己掏钱去买水果慰问村民。对此，袁老板的评价是，这位同志处理问题的时候，考虑得很周全，处理得很人性化，很有人情味！

这也是梁宇良耍的一点小聪明，其实他买水果的目的，就是给老袁搔痒——慰问灾民怎能只有冷冰冰的一叠钞票？更应该有些慰问品，这些更饱含了公司对灾民的沉甸甸的关怀！照得灾民暖洋洋！

然后是潘老板，这位是梁宇良觉得公司里最和蔼可亲的老板了，也许是因为他现在没股份了，也不管事，所以更显得平易近人。这个突发事件的处理，他也给予了梁宇良很高的评价，加上得知后来梁宇良去重新喷绘制作的费用，仅仅是之前的三分之一，那就更是心里有数了。以后每回在公司里碰到梁宇良，他总会亲切地拍拍梁宇良的肩膀，闲聊几句，平易近人，慈眉善目，没有半点架子。

林老板自不必说，这位梁宇良的直接上级，开始逐渐地分配工作给他。无论大事小事，公事或者私事，梁宇良办得妥妥当当、兢兢业业、屁颠屁颠的。有天上班，林老板难得一见地早到，看到全公司来得最早的是梁宇良，微微一笑，扔了包软中华给他，说：“拿去抽。”

梁宇良重新打印了那套尘封已久的市场调研报告，把封面改成了彩色的，其他的只做了细微的调整就提交给了诸位老板，老板们都起码花了 5 分钟去仔细翻了翻，无一例外地竖起了大拇指：好！

梁宇良有点哭笑不得。是他侮辱了各位老板的智商，还是各位老板玩弄了他的智慧？

最高深莫测的依然是我们的黄老板，梁宇良给他提交调研报告的时候，发现自己的腿在不自觉地哆嗦。黄老板戴上眼镜抿着嘴仔细地看了几页，然后放下了，说：“嗯，我再看看。还有事吗？”

梁宇良愣了愣，他很难从老黄那一成不变的表情上琢磨到他在想什么。所以，他放弃了，有点沮丧地说：“没什么了，老板，您先忙。”说罢，有点恋恋不舍地把屁股尖尖抬了起来。

“小梁，好好干。”

说这句话的时候，老黄连眼皮都没有抬一下。

梁宇良心想：不好好干，难道坏坏干？废话！

“凡事要多跟袁老板那边沟通，我比较忙，不必大事小事都来找我，找他也是一样的。”黄老板又补了一句。

咦？怪事！这话让梁宇良摸不着边际了。

回到办公室，梁宇良静静地喝茶抽烟，看着弥漫的烟雾，品着黄老板对自己说过的那寥寥几句话，品着品着也算品出了味道——其实自己进了公司以后，被齐紫萱误导了方向。

当然，这并不是齐紫萱有意误导的，只不过她看到的加上想到的，都还是太肤浅了。

确实，公司是存在着以黄老板和袁老板为首的两个阵营。

但是，无论哪个阵营，都是向着一个目标进发的，也就是造好房子，卖好房子。

所谓的阵营，只不过是谁更亲近谁多一点，谁更听谁的话多一点。

在公司里，袁老板是老二，但是作为老大的黄老板，除了关键的大问题

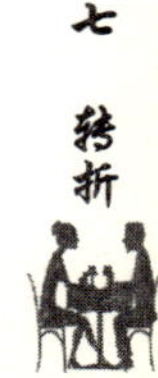

会过问，其余的小事他并不插手，一是没时间精力，二是没必要在小问题上跟袁老板起冲突。而作为老三的林老板，他的股份最小，大事轮不到拍板，小事嘛，他可以也应该去拍板，但遇上了袁老板这种事必躬亲而且无视老大的老二，那么老三的拍板权就只能沦为话语权了。

梁宇良主管的是销售工作，从人员招聘、培训、管理、制定部门制度等来说，当然，因为公司的分工不清，老板看到什么都可能会找到你，这些事其实都是细节，是小事，综合起来才能算是大事。黄老板自然没有时间去管这些，他信任你梁宇良，放手让你独当一面。但是他也在提醒你，工作一定要注意方式，这营销体里一件件的小事，袁老板事必躬亲、注重细节，归根结底林老板都没有拍板的权力，更何况是你这个小小的经理？所以，为了达到办成事办好事的目的，你必须跟袁老板搞好关系，而不是肤浅地做什么划清界限、分清阵营的傻事。

高层的事情也轮不到咱们操心，琢磨琢磨当做学习吧。慢慢熬，把握好了这次的机会，梁宇良也算是刚刚熬出点了味道。

就在梁宇良冒雨救灾的那天，凌兰语代理的项目也隆重开盘了。

虽然下着毛毛雨，但也无法阻止市民的抢铺热情。

一天下来，一直忙到晚上 10 点，卖了 67 个铺子，将近 5000 万。这让陈华笑弯了腰。

庆功宴上，陈华拿出了一箱 10 年的茅台，说："喝，今天不醉不归！"

干杯后，陈华拍了拍身旁的凌兰语，激动地说："凌总，还有杨总，我没选错人！"

这个举动让另一旁的方玉成很不满意，脸上闪过了一丝不悦。

凌兰语也十分激动，再次举杯敬陈华："陈总！谢谢你给我们这个机会！"

"大家一起发财，一起发财，来来来，吃菜吃菜！"陈华干了这杯酒，给凌兰语和杨舒莉各夹了一块虾。

"来来来，凌总，我跟你走一个！"方玉成似笑非笑，向他举起了杯子。两人坐得有点远，他没有起身，摆了个姿态。如果是凌兰语，那么他怎么的也得起身走过来才能碰杯。

凌兰语也没有客气，大笑着说："方总，干三杯！坐着喝不带劲儿，来来来，站起来喝，豪情万丈！"

然后下面的销售员就开始呐喊起哄了，方玉成抹不过面子，只能起身应付了。

杨舒莉微微皱了皱眉头，倒满了酒，起身走到了方玉成身边，说："今天，最辛苦的当属我们方总了。又要维持秩序，又要看着销控，又要推荐客户，又要把控全场。我看您中午忙得都没时间吃两口饭呢！来，我也敬您三杯，我全干了，你随意！"说罢，三杯下肚，面不改色。

方玉成算是被挽回了面子，再看对面的女人都干了，他哪会只意思一下，虽然杨舒莉在旁假意地百般阻挠，但他还是硬着头皮又连干了三杯。

"好！"杨舒莉带头鼓起掌来，然后是下面稀稀拉拉的几下掌声响应。

"来，凌总……"杨舒莉走过去帮凌兰语倒满了酒，说，"我们跟在座的其他领导逐个敬酒吧，表示一下我们对他们工作支持的谢意！"

凌兰语忙起身跟着杨舒莉，跟甲方的人员逐个敬了酒。一轮下来，又喝了十来杯。

然后酒局就乱了，杨舒莉这边的人跟甲方的人，开始混战敬酒，陈华甚至扯开了衬衣一半的扣子，拢了拢衣袖，吆喝着大口喝酒，现场好不热闹。

凌兰语稍稍有了点酒意，夹了几筷子菜，仰着头，看着天花板发呆。

"兰语……"杨舒莉拍拍他的肩膀，轻声说，"还是改不了你那轻狂劲儿啊。"

"难得一次的轻狂，那就得狂得淋漓尽致。"凌兰语点了根烟，狠狠地抽了几口，"我等这个机会等了太久，谢谢你杨姐，你给了我这个机会，让我有了演出的舞台。"

杨舒莉并没有顺着他的感性说下去，而是很认真地说："你对方玉成的态度要注意一下。开盘对于甲方来说，是个胜利。而我们的胜利是来自于甲方最终的结款！"

这句话把凌兰语点醒了，他愣了愣，抱歉一笑，说："不好意思，杨姐，我以后一定会注意的！"

"大家静一静！"方玉成酒足饭饱，起身挥挥手，做了个停止的手势，"我有点话要说。"

然后一片沉寂，两桌子人齐刷刷地看着他。

"这次的开盘卖得很好，很好，但是……"他的声音逐渐降低，"但是，我觉得，这不是一次成功的开盘！"

全场哗然。杨舒莉和凌兰语不约而同地皱起了眉头，这个方玉成又想使什么坏？

方玉成问："我们今天卖了67套铺子，然后还有很多客户交了定金要在本周内把余款付清。可以预见的是，这个星期内，我们起码能卖掉120套铺子。是不是？"

"是啊，这不是挺好的成绩吗？"大家更疑惑了。

"不是挺好，是太好了！我们一共200来套铺子，一开盘就清掉了60%以上，这证明什么？"方玉成突然加重了语气，一副痛心疾首的模样，"这证明我们的定价出错了，定得太低！我们亏了，客户赚了！"

这句话像一个重磅炸药，把下面炸开了锅，大伙都开始交头接耳起来。

凌兰语愤怒了，身子开始微微地发抖，真想马上上去给他几拳——人不可以无耻到这种境界！

杨舒莉保持着她的微笑，轻轻按住了凌兰语紧握的拳头，将拳头逐渐揉开，抚平。再看一旁的陈华，他似醉非醉地微红着脸，眯着眼睛微笑着，却不表态。

"方总的建议，我们一定会认真考虑的，但是方总，您可记得，之前在定价时，您还在担心我们的定价策略是否偏高卖不掉呢。现在好了，我们卖多了，你却又嫌我们定低了，这可太让人家委屈了。"

杨舒莉虽然年纪大了点，但毕竟也是个漂亮女人，这一发起嗲来，多少也让方玉成有些招架不住，一张胖脸成了酱紫色。

"喝酒不说公事了！"陈华起身打了圆场，给杨舒莉和方玉成各夹了一筷子菜，说，"来来来，大家多吃菜，这个星期还要打持久战，喝好，吃好，不能把身子熬坏了哦！"

酒局不欢而散……

林老板让梁宇良去了他办公室。

梁宇良还是显得很拘谨，站在办公桌前，没有马上坐下。

"你们部门那两个新来小妹是什么职位？"林老板说完话，才发现他没坐下，手一伸，"你坐。"

得到了命令，梁宇良才把自己的屁股尖尖地搁在了椅子边上。

"那两个小妹是新招回来的销售人员。"

"你招的？"

"不是……"

"谁招的？"林老板皱起了眉头，"我就奇了怪了，公司突然间多了那么多人出来。"

梁宇良一副欲言又止的表情，他心里在思索，该不该再给袁洲来一刀。

“有什么，你直说！”林老板递了根烟过来。

梁宇良忙起身接过烟，再帮老板点了烟，就在这一瞬间，他心里有了决定，说：“谁招进来的我还不知道。因为您指示过的，现在先不急招聘的事儿，我也就没去招。不过没几天工夫，我们办公室就平白多了这两个人出来，我初步了解了一下，完全没有地产销售的经验，唉……白丁难培训呀！”

现在再给袁洲一刀，这就太明显了。公司需要表面和气，领导不是要下面的干部都拧成一股绳吗？况且，谁招的人，这太好查了，没必要从自己的嘴中说出去，这样就小人了。

“嗯……我知道了。”林老板低头想了想，脸色深沉，又换了副笑容出来，“说实在的，没经验也就罢了，你看那模样，能当销售员吗？这不是影响我们项目的形象吗？”

“是是是！”梁宇良头点得跟鸡吃米似的。

“什么垃圾都往公司里塞，不像话！”

“是是是！”梁宇良继续小鸡吃米。

“这样，你拟一个招聘计划，再招几个销售员，形象好点的。”林老板下了命令。

梁宇良注意到了，林老板的命令里，关键字是“形象好”。也就是说，其他的，诸如文凭、经验、能力等都不重要。嘿嘿，这个老板有意思！

刚启动招聘，梁宇良面试了两轮，敲定了两个还行的，行政部二次面试都说不行。

我销售部的招聘，你柳经理凭什么指手画脚？况且，之前袁洲要招进来的那两个破烂货，你怎么就那么顺当地同意了？跟我通过气吗？

这样也就算了，柳经理还推荐了两个过来，说得天花乱坠，一看都是歪瓜裂枣，梁宇良看了直摇头，没有批准。

梁子就此结下。

人员招聘绝对是派系斗争的重头戏。

而梁宇良和柳经理在招聘上产生的矛盾和分歧，其实就是两个不同阵营之间的斗争。

在一个临时召开的公司大会上，袁叶没有点名，而是意味深长地说了这么一番话：“现在公司里的某些部门，无视公司的规章制度。像招聘的事宜，

原本就应该由行政部来牵头和主导，而某些人，认为自己专业，就了不得了！竟然越过了行政部想自己拍板。这简直就是无组织、无纪律！”

柳经理是袁叶那条线的人，她跟袁洲都合计着想安插自己人进销售部，作为守门员的梁宇良想告诉她：门都没有！这次会议，袁叶想把门打开，甚至警告梁宇良小朋友：不开门，你这守门员就去扫厕所吧！

再看林老板事不关己一样地面带微笑，梁宇良如坐针毡。

黄老板的面部表情很木讷，双手很随意地摆在桌子上，他坐在会议桌的一头，正面对着会议室的大门。这个位置可以很权威地告诉众人，他是这里的主人。但是，主人没有表态，甚至从他的脸上都看不出任何的表情提示。

林老板却仿佛从黄老板的木讷中读懂了些什么，他喝了口水，而且尽量地把喝水的声音弄得很大。

梁宇良认真观察过这些领导的一言一行，他们的每一个细节、每一个动作，其实都有特殊的意义，只要你细心，就能发现其不必言传的奥妙。喝水的声音，是提示大家，该轮到他发言了，如同很多人用咳嗽清嗓子来提示一样，不过，喝水比咳嗽显得没有那么唐突。

林老板说：“我也说两句吧。这段时间，工作很繁杂，各位同事身上的担子都很重。大家一定要顶住压力，项目成功，大家成功，老板发财，大家发财。不过……”他用眼神巡场一周，让每个人都感觉到他在看着自己，他细小的眼睛透着精光，让人汗毛直竖。

巡视完毕，他才缓缓地吐出了几个字：“一定要注意工作方式。”

会后，林老板对梁宇良说：“招聘的事情不能操之过急，你不能单方面地说谁 OK 谁就 OK。公司有公司的制度，应该由行政部牵头，你们配合好他们的工作，但也要把好关。”说完，林老板还拍了拍他的肩膀，手上使了点劲。

老板说话就是艺术，梁宇良琢磨了半天，才悟到他的意思：让行政部不停地招聘吧，先让他们选，选出来了再由销售部这边来挑，也就是不采纳，先耗着。

袁老板让你开门，林老板让你关门。那你是开门还是关门？

哎，上层们的权力斗争，都让下面的人当出头鸟，是福不是祸，是祸你也得顶着。

也罢，耗着吧，能耗多久就耗多久！

八　风干的泪

龙承章去医院接何雨晴。

“妈的，烦透了！庸医！现在我还没怀上！”何雨晴一上车就开始抓狂。

“顺其自然吧。”龙承章也烦了。

“顺其自然、顺其自然，你能不能不要再重复这句屁话！”何雨晴异常地狂躁，吼完了又“呜呜呜”地哭了起来，“你看看你爸、你后妈、你亲妈，最最可怕的是你奶奶，他们瞅我的那眼神，刀子似的，抽我的耳光割我的心！”

“好了好了……”龙承章安慰着，也不知道说什么好了，只能把脚下的油门踩得越来越狠。

“我头疼！”何雨晴闭上眼睛，深深地叹了口气。

“回家给你揉揉。”龙承章没太在意。

“老公……”何雨晴喃喃地说，“我真的头疼，脑子像快要炸开了一样。”

“没事的没事的……”龙承章握住她的手，紧紧握着，希望自己能给她输入力量。

回到地下停车场，龙承章看着紧闭双眼的何雨晴，心疼地说：“老婆，还头疼吗？到家了，我上去给你揉揉。”

“不行了，老公……我头疼得厉害，全身没力……”何雨晴喃喃地说，没有睁开眼睛，一时间竟陷入了昏迷的状态。

龙承章又摇了摇她，看她神志不清的样子，才察觉到不妥，忙又启动了车子，开足了马力原路折返赶去了医院。

到了医院，何雨晴已经整个瘫了下来，问她什么她也只是梦呓般地嗯几声，龙承章急出了冷汗，把她拦腰一抱，冲进了急诊室。

“脑出血！马上转到ICU！”急诊医生眉头拧成了麻花。

“开玩笑吧你！验清楚没有？”龙承章急了，“什么ICU？”

“人命关天，我没跟你开玩笑！ICU就是深切治疗部，这是脑出血，要出人命的！”医生推开龙承章，马上安排了急救车，把人拉上楼，推进了ICU。

龙承章急得团团转，心里默念着没事的没事的，只是个急诊的小医生，肯定是误诊。

他好不容易稳定了情绪，想了想，给何雨晴的妈妈打了电话，也没把话说得太严重，只是说晴晴病了，在医院，让她过来看看。

然后他打开手机，百度了一下脑出血：脑溢血，又称脑出血，它起病急骤、病情凶险、死亡率非常高，是急性脑血管病中最严重的一种，为目前中老年人致死性疾病之一。

什么脑出血？不都是老头儿老太太的病吗？何雨晴才几岁？这里的庸医真是乱放屁！

再一看到最后那句话——致死性疾病，龙承章的眼泪猛地掉了下来，只能强迫着自己不再想下去了。

这时主诊医生走了过来，龙承章忙迎上去问：“医生，没什么事吧？”

“确诊了，脑出血，现在就要手术！”

“放屁！这么年轻的姑娘，哪来的脑出血！”龙承章愤怒地吼了起来。

“这位先生请你不要激动。”护士忙过来拉住了激动的龙承章。

医生叹了口气，说：“病人的情况很危险，我们必须马上抢救，这是手术同意书，你是病人的家属吧，请你签一下。”

“我不签！”龙承章打掉了他递过来的单子，吼道，“谁没有个头疼、头晕的，你他妈的能诊出个脑出血？我要换医院！”

“请你冷静一点！”医生神色凝重，“时间就是生命！必须争分夺秒地进行抢救，这样才能控制病情发展，避免严重后果！”

龙承章脑子一片空白，颤抖着手签了字。

何雨晴被推进手术室前，龙承章紧紧地握住她的手，呼喊着她的名字，她已经神志不清。进手术室要解除她身上所有的金属饰物，当护士解除她手上的戒指时，她呢喃了一句“这是我的结婚戒指，不能摘”。

等丈母娘赶来了，龙承章才把情况一五一十地告诉了她。

丈母娘两眼一翻，当场就晕倒了。

龙承章赶忙扶住她，几个护士上来帮忙搀扶着老人坐到了一旁，又是搽药油又是捏人中。好一会儿，老人才缓过劲来，喃喃地说：“误诊了吧，我闺女还那么年轻，怎么会脑出血呢？”

龙承章抹了抹眼泪，挤出了个笑容，半跪下来，哽咽着说：“妈，别担心！医生说发现得及时，现在正在手术，不会有事的。”

老人泪流满面，仰天一叹：“闺女的爸死得早，我一把屎一把尿地把她拉扯大了，眼见着她成了你的妻子步入幸福，怎么老天爷这么不开眼呀！我闺女这么年轻，这么善良，有什么病什么痛，你全冲我来吧！”说罢一边哭，一边用头重重地撞墙，撞出了血印。

龙承章赶忙拉住丈母娘，把她搂在怀里，忍不住再次淌下了热泪：“没事的妈，有我在！”

好一会儿，龙承章才安抚了老人的情绪，起身走出走廊，一根接着一根地抽烟。他的脑海一片空白，这个时候，他觉得异常无助，原来除了妻子，他难以找到另一个真正可以依靠的人……

梁宇良和凌兰语在第二天上午才得知消息，是龙承章的弟弟龙承海打给他们的。两人马上放下了手里的工作赶了过去，在医院门口就遇上了，梁宇良问凌兰语：“怎么回事？”

凌兰语说：“真不知道怎么回事儿，龙承海话说得不太清楚，何雨晴脑出血，现在在ICU？会不会我听错了？她这么年轻，怎么会脑出血？ICU是深切治疗部的意思吗？”

“是啊！”梁宇良皱起了眉头，“反正那儿进去了，多半是出不来的了！”

“闭上你的乌鸦嘴！”凌兰语生气了。

“阿弥陀佛，有怪莫怪，小朋友不会说话！”梁宇良一边忏悔着，一边嘀咕着，“希望是我们听错了吧。”

凌兰语说：“赶紧给许诺也打个电话，让她也过来，这种场面，有个女人在，可能会好点。”

到了ICU的时候，医生刚好出来，远远看到他解下了口罩，皱着眉头，无奈地摇了摇头，跟龙承章和他丈母娘低声说了些什么。

然后何雨晴的妈妈马上跪倒在医生面前，拉住医生的腿，哭喊道：“医生，你一定要救我闺女啊！她是我的命根啊！没有她我也不想活了！”

旁人忙过去搀扶着老人，替她擦拭泪痕。

老人突然挣开了旁人，几步冲到龙承章的面前，用尽了浑身的力量，给了他一个清脆的耳光，吼道：“是你害了我闺女！你、你爸、你妈——两个妈！

还有你那个不知所谓的奶奶！一天到晚地逼着她生小孩，你们有把她当人看吗？我呸！什么狗屁的龙种！你们龙家，我们不稀罕！你知道晴晴承受着多大的压力吗？你们龙家太过分了！你们要逼死她！逼死她！”

龙承章脸色苍白，嘴唇微微地发抖，眼前一黑，身子一歪就倒下了。

梁宇良他们连忙上去，一左一右地架起了龙承章。

场面变得非常混乱。

龙承章喃喃地说：“是的，是我害了晴晴，我该死！我该死！”一边说着，一边抽起了自己的耳光。

梁宇良和凌兰语面面相觑，忙上前拉住龙承章的手，好不容易才把他稳定下来，也不知该说什么才好。

龙承章歪着脑袋，眼神空洞地看着窗外，泪水止不住地淌着，没再说什么。过了一会儿，他突然挣扎着站了起来，说：“我去看晴晴，别拦着我。”

一时间，梁宇良和凌兰语真的是不知所措，看着他走进 ICU 时的身影，背有点驼，显得万分凄凉。

梁宇良说：“走，我们出去透透气。”

走到走廊，他俩看到龙承章的弟弟龙承海也在，忙问他到底怎么回事。

“很突然！”龙承海摇摇头，叹了口气，“通俗一点说，是脑血管瘤挤破了血管导致的脑出血，虽然及时送到医院做了开颅手术，手术也算成功。但是今天早上，就刚才，医生说，现在虽然还有生命迹象，但已经脑死亡，只是呼吸机吊着命，实际上人已经不在了。”

梁宇良和凌兰语不约而同地叹了口气，四目相望，泪水还是忍不住地掉了下来。

“我哥，很多话都不跟我说，都自己撑着。良哥、兰哥，你们俩是我哥最好的朋友，很多时候，他可能更需要你们的开解和照顾，拜托你们了！”龙承海拍了拍他俩的肩膀。

“应该的，有什么需要帮忙的，你直说。现在你哥已经撑不住了，家里的、公司的，还有医院里的很多事，都要你来撑着，你可得挺住！”梁宇良他们是看着龙承海长大的，他只比龙承章小 3 岁，虽然是同父异母的弟弟，但无妨他们的兄弟之谊。

“放心吧，良哥！”龙承海点点头。

许诺赶来了，看到这样的场面，忙拉着梁宇良走到一旁，问："怎么了？"

"何雨晴……她……"梁宇良说不下去了，再次泪水决堤。

"到底怎么回事？"许诺也急出了眼泪。

"反正很严重，很有可能，活不了啦……这么年轻……"梁宇良说着说着，哭得就更大声了，紧紧地拥抱着许诺，俩人也哭成了泪人。

"别哭！"凌兰语忙走了过来，咬了咬牙，说，"现在阿龙最需要我们的支持，我们再哭哭啼啼的，他怎么撑得住？"

梁宇良稳定了一下情绪，点了根烟，说："许诺，你快去照顾好何雨晴她妈妈，老人家情绪太激动了。"

许诺抹了抹眼泪，深深地呼了口气，走到了老人的身边，老人一见是她，更是泪流满面，坐直了身子，拉过她的手，紧紧地握着，哽咽着说："诺诺，告诉阿姨，晴晴没事的。"

许诺想忍住泪水，但怎么也忍不住，一边流着泪，一边强作笑颜，安慰着说："没事的，晴晴没事的。阿姨，我是晴晴的好朋友，我们一起帮她加油！"说罢，她半跪了下来，把头埋在老人的膝盖间，无声地哭泣着。

老人轻抚着许诺的长发，目光呆滞，仿佛膝下的这位女孩子就是她那朝夕相伴、懂事、善良的闺女。

3天后。

"不可能！"龙承章愤怒地吼道，"我要安排北京的医生过来会诊！"

"签吧……"医生说，"别说北京的，就算美国的专家来了，也救不了啦！这样用呼吸器吊着，对生者和病人都是一种折磨，病人会出现全身浮肿和器官坏死等恶化现象，她的离开只是时间的问题！"

龙承章一怒，把医生的笔甩掉，吼了起来："不签！只要还有一线希望，我们就不能放弃！"

走进病房，龙承章看着躺在病床上的何雨晴，眼圈很黑，面无血色，全身浮肿，因为做手术需要剃掉了她所有的头发……她原本是一个很漂亮的女人。

4天后。

病情持续恶化。

看完了闺女，丈母娘出来的时候神情呆滞，缓缓地挪着步子，突然抬头

说："签吧，我签！"

这无疑是向自己的女儿宣判了死刑。

她老泪纵横，喃喃地说："不能再这么折磨她了，晴晴最喜欢漂亮的，晴晴是最漂亮的，她要漂漂亮亮地走，漂漂亮亮地走！"说罢，她抢过医生的笔，在同意书上签了字。

"还有，病人的丈夫……"医生看着瘫坐在一旁的龙承章。

龙承章愣住了，签字，扼杀自己的妻子，自己挚爱的亲人？刚才他拉着她的手，还能感觉到她脉搏的跳动，就这样让一切都停止？这需要多大的勇气？

龙承章选择了逃避，他用尽了全身的力气挣脱了众人的阻挠，冲上了医院的顶楼，朝天大喊："如果真有他妈的什么老天爷，我想问你，为什么？这他妈的是为什么！"说罢，他爬上了天台，看着脚下无尽的深渊，他笑了，流着泪的脸笑得面容扭曲——踏前一步，会不会就是天堂？

众人追上来，梁宇良看到龙承章爬上了天台，吓出了一身冷汗，忙说："阿龙，冷静点！"

龙承章仰天长叹。

许诺不知道从何而来的勇气，径直走了过去，轻声说："阿龙，这不是雨晴想看到的。"

龙承章愣了愣，说："活着，真累。"

"都累！"许诺淡淡一笑，"但是，我们不能只为自己活着，还有你的父母，还有雨晴的妈妈。你是个男人，你应该承担起你的责任。而且，你还有我们，还有我们这些愿意陪你一同走过困境的朋友！"

这席话也让梁宇良开始重新审视自己的枕边人。原来，许诺很坚强，并不是表面看起来的柔弱，她的内心很强大。

龙承章看着那些自己最爱的亲人和朋友关切的眼神，叹了口气，缓缓地走下天台，说："我签字。"说罢，凄然一笑，风干了泪。

火化那天，天色阴沉，阴雨绵绵。

全国各地的朋友，北京的、广州的、深圳的、重庆的……都陆续来了，龙承章很感动，因为雨晴还有很多朋友、亲人，一如既往地关心着她，爱她。

龙承章一直没有休息过，没有刷牙，没有洗脸，没有换衣服，没有吃东西，一脸憔悴，目光呆滞。也许，只有这种自虐的方式才能让他感觉好过一些。

许诺递给他一个面包，对他说：“你需要更坚强地面对未来的生活，活着就要为身边的人负责，不是吗？”

他苦笑，呆呆地看着纸钱元宝的灰烬在风中打转，说：“晴晴被推进手术室时说‘这是我的结婚戒指，不能摘’，想不到，这是她的最后一句话。”

何雨晴很安详，也很漂亮，跟睡着了一样……

设灵堂时，梁宇良看着她的安详，没有哭。

但当她的照片挂上灵堂时，梁宇良泪如泉涌。他一直告诉自己要坚强，不能再在哥们儿面前掉泪让他更伤心，不过他难以控制自己，黑白照片里的何雨晴笑得那么幸福、那么甜蜜，这么年轻、美丽的女子，怎么能说不在就不在了呢？

凌兰语给佘婷打了电话，让她过来。

这是俩人吵架一个多月后的第一次见面，佘婷在来的路上就已经哭成了泪人，一见到兰语，她就紧紧地拥抱着他，哽咽着说：“怎么会这样呢？我错了，我以前真不该跟她闹别扭的！”

“世事无常，我们更应该珍惜眼前人……”凌兰语把头深深地埋进佘婷的长发里，泪水顺着她的发梢悄然落下。

黎伟来了，带着小静。

“顶住啊兄弟，嫂子也希望你能坚强！”黎伟跟龙承章紧紧地拥抱。

龙承章难以自控地放声大哭，像孩子一般。

小静在这一刹那才发现龙承章的脆弱。也许他很现实，很市侩，很虚伪，但他对妻子的爱，是真实的、炽热的。

小静也哭了，虽然她与黑白照片里的那位美丽女子素不相识，但这让她真实深刻地感受到了何为生命，何为爱情，何为生离死别。

火化的时候，龙承章看着何雨晴被推进火炉，心想：人若化成了灰烬，灵魂是否还能一直存在？存在的话，你还会在我身边吗？想到这儿，他突然间感觉全身冰冷。江海初秋的天气还是异常闷热，但那刺骨的寒意，是晴晴为了告诉他，她一直都在吗？

龙承章晕倒了，高烧 39 度。

迷迷糊糊间，他看到了晴晴，晴晴在笑……

龙承章病好以后，开始变得寡言，眼神迷茫。

你走了，完全不顾生者的悲哀。很多时候，活下去比死去更加艰难。

看到一件好看的裙子，龙承章总会习惯性地说："晴晴，你看那裙子，穿在你身上肯定好看！"

看到什么好吃的，他总会习惯性地说："晴晴，要不晚上我和你来这试试？"

上了车，他总会习惯性地说："晴晴，拉好安全带。"

身旁路过个美女，他总会习惯性地把眼神转移到别处，因为害怕晴晴吃醋："你又看美女是吧？身边这么大个美女你还没看够？"

……

这些习惯让龙承章崩溃，于是他开始渐渐地改，很难改，但也得改。

生者总想抹掉关于死者的回忆，因为每每想起，都是凌迟般的折磨。

你不想记起，不愿记起，却不得不记起。身份证注销、死亡证办理、财产分割、产权证更名、汽车更名，等等。现实里你不得不去面对的破事儿，总是在无数次地提醒你记起。

曾经的主人房里面太多太多何雨晴的气息，在那里，龙承章脑海里无时无刻不翻滚着她的音容笑貌，这让他窒息。

于是很长的一段时间，龙承章习惯把自己反锁进客房，看着白白的天花板发呆，或者反反复复、不厌其烦地拉着二胡，轻吟那首《一起走过的日子》。

而丈母娘总是瘫坐在沙发上，眼神空洞地看着没打开的电视屏幕，一会儿哭，一会儿笑。客厅 24 小时拉着厚厚的窗帘，丈母娘痴狂地躲在黑暗中喃喃自语，让人看了心寒。

很长的一段时间里，梁宇良、许诺和凌兰语每天轮流在龙承章家里值班，照顾他们的起居饮食，也谨防他们做傻事。

有天晚上，梁宇良正睡得迷糊，突然被眼前的一道寒光惊醒，睁开双眼，只见何雨晴的妈妈狰狞、扭曲的面庞，面庞下是一把闪着寒光的尖刀。

梁宇良"啊"的一声惊叫起来。

"阿良，阿姨想死……"老人用尖刀抵住了自己的咽喉。

被惊叫声惊醒的龙承章赶忙过来，看到此情此景，竟然无比冷静，大吼道："妈，不要再这样下去了！我们要活着！晴晴要我们好好活着！"

然后两人失声痛哭，紧紧拥抱。

这把梁宇良吓傻了，虽然他能理解龙承章他们生离死别的痛苦，但他可不想一直活在死人的阴影下。

何雨晴的妈妈成了孤寡老人，晴晴是她唯一的生活上和精神上的寄托，寄托不在了，她崩溃了，疯了，都情有可原。

龙承章不一样，他不能崩溃，不能疯！他还年轻，他上有老，下有工作、事业和传宗接代的责任。虽说现在就去考虑这方面的事显得有些无情，但……

唉，找个适当的时机，跟龙承章说说吧。

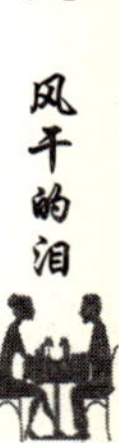

九 原来我一直都只是个笑话

“我们和好吧！”凌兰语拉着佘婷的手，不舍。

佘婷轻轻地跟他五指紧扣，叹了口气，说：“给我一段时间，冷静一下。”

“……”凌兰语无语。

佘婷只是说：“好好照顾自己。”

“你也是。”凌兰语突然觉得很无助，只能说，“人生是很化学的，你不能确定你最爱的人下一秒是否还存在，你能做到的就是珍惜他在你身边的每一分，每一秒。”

佘婷勉强一笑，松开了他的手……

陈华疯了。

处理了前期的意向客户，卖了50%的铺面，回款将近1亿，他不单回本了，还赚大了。于是，他就疯了。

大笔一挥，剩下的所有商铺涨价30%。

凌兰语和杨舒莉极力反对，但于事无补。

这也源于方玉成万恶的那一句：卖便宜了。

也许陈华眼见着项目卖得那么好，就认同了，然后他觉得按凌兰语的定价，确实是亏了，亏大了。

于是他就极端了，膨胀了，要利润最大化了。

涨价没错，问题是一次性涨价30%，这让那些观望的客户情何以堪？那些原本100万的铺面，时隔几天，变成了130万，会不会让客户感觉很受伤？

陈华的一意孤行，导致调价后的一周，销售为零。

责任还得凌兰语他们背——陈华的理由是，为什么你们不以充足的理由来说服我不能涨价那么多？

凌兰语无语，决定涨价之前，确实是开了会的，然后举手表决——甲方三个人,乙方两个人。你陈华说要涨价30%,你的下属能唱反调?于是乎三比二的票数"民主"了一把。现在出问题了,你还要找我问责?

姓甲真好!

开盘1个亿的销售额。但是,陈华用那到手的1个亿,捣鼓了周边县城的一个地块,把钱全部又砸了进去。

按照之前约定的1.5%的代理费计算,他应该付给杨舒莉他们150万,但他以各种理由进行推托,只结了20万,然后又借题发挥地批评项目开盘后出现的滞销情况。那些个无理、无赖、无聊、无耻、无中生有的所谓理由,让人感到很无奈。

拿了钱,杨舒莉给了方玉成2万,留了8万发员工工资和部分提成,剩下的10万二一添作五,给了凌兰语5万。

凌兰语拿了钱,心里很不是滋味,这点钱跟实际该得的差了太远。他叹了口气,说:"杨姐,这样,陈华交给你了。他现在天天躲在县城里捣鼓他那块地,你得辛苦点,就每天按时到他那办公室上下班,死磨赖磨也得把钱结下来,那钱掰出来都是血和汗。我嘛,驻守这里的销售现场,看看有什么办法能突破销售瓶颈,也让陈华无话可说。"

杨舒莉想了想,说:"也好,算是兵分两路吧。兰语,还是你的担子重,销售部你一个人既管策划又管销售,着实辛苦了。还有,下面的销售人员因为提成还没到位,已经开始闹别扭了,军心不定啊!"

"打工仔都这样,谁都只看着自己碗里的,很正常,希望大家都能坚持住吧。"凌兰语苦笑,"呵呵,看来还是当老板的压力大啊。不单得顾着自己碗里的,还得顾着锅里的,下面一堆人等着开饭。"

你希望大家坚持住,但是没钱发的话,大家会让你坚持不住。

销售部的士气日趋低落,一方面是因为销售的瓶颈,另一方面是因为提成没发齐。

老板难当——你当初信誓旦旦地说了大家一起发财,然后项目卖好了,该发提成了,你说没钱,谁信?虽然甲方确实没结够款,但员工管不了那么多,打工的只看眼前利益,利益就是钱,有钱你是爷,没钱你就是王八蛋!

"我说凌总,我开盘可卖了2500多万呢!按照我们约定的,个人提成0.8‰,那就是2万多!现在公司以各种理由克扣下来,我实际只得了5000,是不是太不讲道理了?"销售冠军是第一个出面闹腾的,但不是最后一个。其余的4个销售员陆续都来了。

这可把凌兰语头都整大了。

“好了,大家都冷静一下!”这个时候,销售主管方芳站了出来,帮凌兰语解了围,“我相信凌总会给我们一个交代的,他也很难,我们应该一起渡过难关!”

说着,她好声好气的,才把一个个销售人员都安抚了下去。

其实方芳也不好过,按照约定,她拿的是总提,0.25‰,也就是两万五左右。杨舒莉只暂时给她发了1万,解释了一下原因,她表示理解。

凌兰语开始有点欣赏这个年轻的主管了。一开始在主管这个位置上,她还不是很镇得住销售员,管理和手段上还是略显稚嫩,但她细心、勤奋,而且非常善解人意,渐渐地,她也能做到以德服人。

虽说远不能达到心里所想的数字,但手头上怎么着也有了5万,凌兰语决定买车,给佘婷一个惊喜!

佘婷说过,她喜欢吉利的熊猫,白色的。凌兰语挑了半天,选定了1.3排量自动挡。车买下来花了6万多,再拉去朋友的保养店里,要求把车身喷成斑点色。

取车那天,凌兰语把馒头也带上了,看到斑斑点点的熊猫,还带着俩黑眼圈,馒头激动了,围着这个跟自己长得忒像的铁皮大家伙团团转。凌兰语也激动了,这车子喷得真漂亮!太有创意了!这是江海市第一台,兴许这还是全国乃至全世界的第一台斑点熊猫!

把车开到楼下,停在角落里的阴暗处,凌兰语那个激动呀,心里琢磨着该怎么让佘婷看到这个大惊喜,是打电话上楼让她下来,还是假装若无其事地上楼去带她出来,让她眼前一亮?

正琢磨着,前面开来了一台甲壳虫,白色车身喷的是纷纷飘落的樱花,这可不是车主自己喷的,这是限量版的,全市仅两台。佘婷说过,她喜欢,但转口又说,这车这么贵,没必要,还是实在点,熊猫吧。

还是老婆善解人意,想到这,凌兰语笑了,再看那台限量版也越看越不顺眼了——有这钱,肯定不买这车,傻帽儿车。

傻帽儿车上走下来个男人,五短身材,确实长得也挺傻帽儿——圆脸、圆身材,长得其实很可爱:眯眯眼、俩酒窝、白皮肤、腮上还有点红,长得滑稽也就罢了,他还穿了套黑色的西装,白色衬衣一丝不苟的,还打着红色的小领结！请注意，是领结，不是领带！别说在江海市这种小地方，哪怕在全中国，有谁会打个领结满街跑？还是红色的，映得他的小胖圆脸白里透红，红粉菲菲！

凌兰语看他那副模样差点没笑翻掉，拿出手机想偷拍两张下来，连照片名字都想好了——傻胖配傻车。当他启动拍照功能对准那个男人的时候，佘婷走进了镜头里。

凌兰语傻了，再定睛一看，她穿着白色的晚礼服，颈上的珍珠项链显得她的皮肤很白，耳垂上的钻石耳坠一闪一闪的。她踩着一双白色的细高跟鞋，手里拿着一个蓝色的CHANEL小羊皮长包……所有的细节都是那么恰到好处地托显着她的美貌，这让人产生了错觉——她是某部韩剧里即将参加晚宴的女主角。

女主角看到那台限量版，惊呆了，愣了好久，差点喜极而泣。她拉过男主角来了个紧紧的拥抱，然后在男主角的脸上狠狠地啄了几口。

可惜的是，男主角是那个比她矮一个头的胖子，还打着滑稽的红色领结……

女主角兴高采烈地步入甲壳虫，兴奋地摆弄着这台价值不菲的限量版，当她的视线快要看到这边来的时候，凌兰语忙缩了缩身子，想躲起来。

熊猫的位置太窄，窄得他无处躲藏。

甲壳虫与熊猫擦身而过，四目相接，凌兰语措手不及，竟然不争气地躲闪着佘婷的目光，只见她只是稍稍地愣了愣，又装作没看到似的对身旁的胖子勉强一笑。

泪水模糊了双眼，只觉得对面车子上的那人十分熟悉，却又十分陌生。

车子里响起了阿杜的歌：

我躲在车里手握着香槟，
想要给你生日的惊喜，
你越走越近有两个声音，
我措手不及只得愣在那里，
我应该在车底不应该在车里，
看到你们有多甜蜜，
这样一来我也比较容易死心，给我离开的勇气……

情景剧一般，再搭配这首应景的歌曲，凌兰语下了车，看着愈走愈远的甲壳虫，再抬头看看天，老天爷却没有应景地来场晴天霹雳或者细雨霏霏。

阳光依然灿烂，生活如此黯淡。

他笑了，自嘲道："原来一直以来，我都是个笑话！"

还是个冷笑话！

凌兰语给梁宇良打了电话，说："出来，喝酒。"

"大哥，天还没黑，你就要喝酒？我这还没下班！"

"温柔乡，我现在过去，你马上来，不来咱的关系就此玩完。"凌兰语挂了电话，上车狠狠地踩起了油门，"破车，怎么跑你都追不上甲壳虫！"

温柔乡依然阴暗又温暖，依米依然短裤、拖鞋、爆炸头。

"拿瓶洋酒。"凌兰语径直往沙发里一躺，闭上了眼睛。

依米看他这副模样，也知趣地没再追问什么，拿了瓶伏特加，倒满了两杯。

"祝老板娘一天比一天更漂亮！"凌兰语举杯，也没等对方反应过来，他就一饮而尽，然后继续倒酒。

"换个大杯给你？"依米眨巴了一下她的大眼睛。

"我一直觉得梁宇良没选择跟你在一起，是他这辈子最大的损失！"凌兰语对她竖起了大拇指。

"这话要让许诺听到，得扒了你的皮！"依米笑笑，换来了大杯，又帮他满上了。

"你说感情这玩意儿，多少钱一斤？"凌兰语又是一饮而尽，辛辣的液体很烧喉咙。

"这玩意儿，估计也不便宜，得有茅台的价吧？"依米呵呵一笑。

"啥玩意儿得有茅台的价？伏特加吗？"梁宇良不知道从哪儿冒了出来。

"感情，感情得有茅台的价。现在一斤装的茅台飞天得上千吧？嘿嘿，挺贵的。"凌兰语开始傻笑，目光呆滞。

"那也得分人！"梁宇良开始一本正经起来，"有的人酒量好，一天喝二斤，那就是 2000 块一天咯。酒量差的，一天喝二两半，那就是个二百五。"

"哈哈哈哈哈哈！二百五！你这话说得有意思！来，干杯！"凌兰语笑出了眼泪。

梁宇良一看他举起的满满一大杯，眼都直了，再看他那副模样，估计又是出了什么感情问题，只得硬着头皮跟他干了一杯，然后扯开了话题。“外头停了台熊猫，喷了一身斑点狗皮，你看到了吗？忒傻了！”

“很傻吗？”凌兰语平静地问。

“非常傻！”梁宇良肯定地点点头。

“哦！”凌兰语噌的一下就站起身来，快步走了出去，随手还拎了个烟灰缸。

梁宇良他们追出去时，看到凌兰语正在砸车。

已经砸到第二面玻璃了。

“干吗呢？”梁宇良忙冲上去阻止。

“你不是说这车非常傻吗？我他妈就砸了它！”凌兰语对着车门重重地踢了一脚，车门凹了进去。

“你疯了？车主来了赔死你！”梁宇良忙抱住他，把他拖到一旁。

“我的车，爱怎么砸怎么砸！”凌兰语吼道。

“啊？”梁宇良一拍脑袋，忙连声道歉，“爷爷，我错了，这车忒帅了，比我还帅！”

“狗日的没句好话是吗？”凌兰语更火了，举起了烟灰缸。

“得，你别砸车，往我脑袋上砸！”梁宇良闭上眼睛，指了指自己的脑门。

凌兰语愣了半天，吼了一声，然后用尽全力把烟灰缸往地下一砸，满地碎片，转身就走回了温柔乡。

这可把梁宇良和依米吓坏了，这是他俩第一次看到凌兰语这么激动，也顾不上那台满目疮痍的车子了，忙跟在他后面，又不敢吱声。

“来，干杯！为破车干杯！”凌兰语给他们满上酒，举杯自饮起来。

“……”俩人面面相觑，只得硬着头皮也干了杯。

然后是久久的沉默，只能听到凌兰语喘着粗气的呼吸声。

梁宇良大着胆子试探着说：“听说你做的那个项目卖得不错？小样发财了呀，大白天的都喝起伏特加了！”

“发个毛的财！”凌兰语继续倒酒，“甲方都是王八蛋！”

“兄弟，说话注意点，咱现在可也是甲方的人了！”梁宇良说。

“来，王八蛋，走一个！”凌兰语举杯。

梁宇良哭笑不得，问：“兄弟，遇到啥不顺心的事儿了？”

“现在最不顺心的事儿就是我举了一分钟的杯，你都不跟我碰一下！”

梁宇良无奈地跟他干了杯，抹抹嘴，说：“休息一下休息一下。”

凌兰语没再理会他，看了眼依米，又举杯说道："老板娘，我大杯，你小杯，咱走一个。我祝你生意越来越红火！"

依米笑笑，拿过梁宇良的大杯子，倒满了酒，说："说到我的生意，那可不敢怠慢，必须认真对待，来，干杯！"

一瓶伏特加就这么见底了。

看凌兰语还要叫酒，依米说："试一下我刚进回来的咖啡吧？我感觉不错。"

凌兰语只得无奈地耸耸肩。

梁宇良看他情绪恢复了，就问他："吵架了？"

凌兰语愣了愣，苦笑道："嗯……"

他也只能这么回答，他总不能告诉别人，他女朋友跟人跑了吧？伤自尊。

"都这鸟样，我跟许诺不也天天吵架！"梁宇良一脸的无所谓。

"是不是结了婚，俩人的感情就可以稳定下来？"

"稳定个屁，持续波动中。"梁宇良一脸怨妇相。

"我跟佘婷玩完了。"凌兰语长长地呼出一口气——怨气。

"又闹分手？呵呵，现代的青年男女呀，婚前是有事没事闹分手，婚后是有事没事闹离婚！"

"还是有点不同的吧？"凌兰语想了想，说，"'离婚'这词，不能随意开口说出来的，谈恋爱可以过家家，婚姻可就不是儿戏了。阿良，其实我挺羡慕你的。"

梁宇良连忙打住，说："我更羡慕你，没成家，身上没压力，看到美女随便泡，爱跟谁暧昧跟谁暧昧。"

依米端来了咖啡，插嘴说："梁宇良，你是在说你的现状吧？"

"额……我那个嘛，不行，窝边草，危机四伏，现在正琢磨着怎么甩掉，然后一心一意做个好老公。"

"屁话！现在还兴浪子回头？"依米一边张罗咖啡，一边说，"兰语，尝尝这咖啡，很绵滑。"

凌兰语点点头，端起咖啡轻轻地嗅了嗅，说："嗯，不错。"

"我是认真的……"梁宇良有点深沉，"婚后的生活虽然并不尽如人意，但还是有了属于我自己的，作为一个男人的那份责任。我也玩够了、玩腻了，该洗心革面了。"

"这话说得跟真的一样！我还不了解你，一看到美女，你就管不住你那条孽障！”依米鄙夷一笑。

凌兰语气愤了:“好像现在是我出现了问题，怎么倒成了梁宇良的情感专题了？”

“说到你的那个佘婷……怎么说呢？别怪兄弟我说话直接，她不适合你。”梁宇良拍了拍凌兰语的肩膀。

凌兰语低头不语。

“好聚好散吧。”梁宇良继续说道,“她可以,你也可以,各自找到更适合自己的那一半,为对方腾出更好的一片天空。”

“8 年了!我跟她在一起 8 年了!”凌兰语伸出了 5 个手指,非常激动,“抗战都胜利了！”

梁宇良说:“也许你会觉得都在一起那么长时间了,分了可惜了。但你得想到,将来你们还要面对更长远的时间,也许是一辈子。如果是勉强一辈子都这么凑合的话,对你、对她都不公平。”

“我想和她在一起。”凌兰语不禁落下了眼泪,忙别过脸去,偷偷地拭去。

梁宇良假装没有看见,低头点了根烟,说:“问题是,她想吗？”

“我不知道……”凌兰语沉默了良久,又说,“也许,她并不想。我给不了她想要的生活,无论我如何努力,都追不上她的追求。”

“这不怪你呀。你很好,她不识货。”依米说。

凌兰语叹了口气,说:“别安慰我了,我不是超级玛丽,顶不出她要的人民币……”

“钱这么重要？”依米不屑。

“当然！”梁宇良说,“其实很多时候,很多女孩子的玩笑话都是这么说的:希望上天赐一个如意郎君——有钱、英俊、对她好……是这么说的吧？那这么一句玩笑话,也道出了时下的女人心底的择偶标准。前提必须是有钱,当然未必要富可敌国,但肯定是多多益善。如果有了更好的选择,她也许会放弃那个所谓的对她好的男人,而去选择物质。我很幸运,当初我一穷二白的时候,许诺就跟了我,开了花等待结果。但是有很多时候我都会疑惑,我不担心她对我的爱,但如果诱惑足够大的话呢？1000 万？1 亿？李嘉诚的儿子看上了她,她能不变心？”

“你这话说得偏激了。像我吧,只要那个男的不至于一穷二白,有工作或者事业,合眼缘,对我好,那就 OK 了。”依米说完这话,眼神有意无意地瞟向梁宇良,“再说,李嘉诚哪来的那么多个儿子呢？”

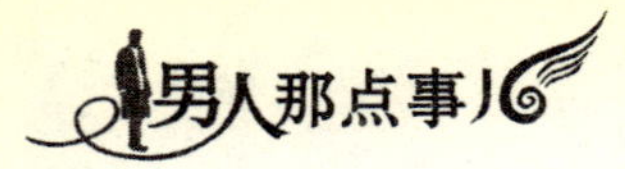

梁宇良假装没有看见。

凌兰语苦笑，说："一男人想跟你交往，一出手就送台甲壳虫给你的话呢？"

依米马上说："收了呀！先交往一段时间再说，不合适就甩了。"

"……"凌兰语无语。

依米呵呵一笑，说："玩笑话。当然，真有这么个有钱的主儿来追我，我倒也很难抉择。交往可以，结婚可能就另当别论了。"

"都是物质女！"梁宇良鄙视她。

"得，就你的许诺不物质，傻了吧唧地跟你这么多年，你要钱没钱，要啥没啥，情人倒是一大堆！"依米回了个鄙视。

"行，我闭嘴，你继续……"梁宇良无奈地耸耸肩。

"也没什么了，就是心里堵得慌，砸了车子，好像出了口恶气！"想了想，凌兰语又懊悔地跺了跺脚，"我觉得我得去看看那车子了，玻璃都碎了，哎……又得花一票钱去修车了！"

"那是，爽了一时，悔青肠子！"梁宇良嘿嘿一笑。

"还有我那烟灰缸，砸碎了你得赔。我可是从缅甸淘回来的！全市就我这儿才有！"依米补了一句。

"都是些什么人啊！"凌兰语笑了，笑得比哭还难看……

修车修了3000大洋，凌兰语后悔死了，那可是他过去一个月的工资。

接下来的几天，凌兰语都没回家，带着馒头去梁宇良家里蹭饭蹭床。

"干吗兰语不去龙承章那儿？"许诺有点不开心，她觉得有人闯入了她与梁宇良的小天地，影响了她和梁宇良的二人世界，"还有那馒头，我不是不喜欢狗狗，只是现在我们都计划要宝宝了，有狗在会有影响的！"

"将就几天吧。龙承章那儿现在不是人待的，整天关紧房门、拉着窗帘，阴暗得跟个鬼屋似的。兰语心情不好，龙承章也不好，龙承章他丈母娘更不好！仨心情不好的人混在一起，容易出事，出大事！"梁宇良好声安慰着，心想这许诺怎么这么不懂事，不就是凑合几天吗？两个人非得天天腻在一起二人世界？那得多腻？

凌兰语在给佘婷机会，给她机会回家收拾，不必碰面了俩人都尴尬。或者说，给她一个回头的机会。哪怕他自知她不会再回头了。

几天后他回家，看到房间被收拾得很干净，整套房子里原本女主人的气息全部都被抹杀了，唯一留下来的是冰箱便签纸上写着的“SORRY”。

仅此而已，5个英文字母，惜字如金。

8年的感情比不上一台甲壳虫。

感情论斤算的方式太不科学，也太不合理，应该按时间来算。凌兰语异常认真地核算过这笔感情的价钱——甲壳虫30来万，8年，也就是1年4万，再折算下来，一天的感情值109.59元。不错了，还算值钱，起码比他这8年下来的平均日薪要高。

佘婷就此从凌兰语的生活里蒸发了。

像遇见阳光的晨露……

这是诗意的说法，换种失意的说法，那就是像电线杆下被太阳暴晒的一泡狗尿。

十　杀招

“你们营销部建议在售楼中心装 3 台水机？”巫总黑着脸，质问道。

“是啊。”梁宇良一看他那脸色，心里一紧。

“有必要那么多吗？怎么摆放？”

“大堂放一台，水吧放一台，VIP 区域放一台。销售中心面积大，这也是为了方便客户……”

“那有必要一次性买 600 桶水吗？”

“什么 600 桶水？”梁宇良傻了。

“这不是你们营销部的要求吗？”巫总把一份报价单重重地扔在桌面上。

“什么？”梁宇良拿过那份报价单一看：12000 块，600 瓶桶装水，赠送 3 台水机。看罢他连忙摆摆手，说，“巫总，这事我根本不知道！”

“嗯？”巫总愣了愣，拿起了电话，“袁洲吗？马上过来一下。”

片刻，袁洲来了，露出职业的微笑，他说：“巫总，有事儿？”

“这是你递上来的采购申请，600 桶水？”

“是啊，巫总。”

“有必要那么多吗？”

“是这样的，巫总，这个牌子的水，购买 200 桶即可赠送一台水机，营销部要求买 3 台水机，也就是 600 桶水。这样的话，可以节省购买水机的成本。”袁洲继续微笑。

巫总缓和了一下情绪，说：“问题是，600 桶水你们计划喝到何年何月？”

“这个我跟梁经理沟通过的，前期的客户来访不多，不过，以后开盘了，这个桶装水的耗量还是很大的。”袁洲看了梁宇良一眼，表演得好像真有那么一回事。

梁宇良不置可否，只是皱起了眉头，怎么又把老子拖下水了？

“梁经理，这就是你的失职了！”巫总用手指重重地敲了敲桌面，“你有没有算过具体的来访量，预计实际的需求？销售中心一天能不能耗掉一桶水？就算能耗掉，那也得两年才能用完！你这是严重失职！”

“严重失职”这四个大字让梁宇良很难受，他愤怒地看着袁洲，只见他一副事不关己的模样，更是恨得直咬牙。于是梁宇良反击了：“这购买桶装水的事情，我根本就不知情！”

“怎么会不知情？梁经理，这可是白纸黑字写着的！你看，申购 3 台水机和桶装水一批。这是之前提交的申购要求吧？这事儿我们沟通过的啊。”

袁洲的这句话把梁宇良逼进了死角。其实这事情根本就没有沟通过，只是袁洲拿着填好的申购单让他签字而已。那时候梁宇良也没细看，桶装水这种小事他也没工夫去琢磨。

但是，梁宇良又不能说没有沟通过，毕竟上面的人是希望部门内和谐沟通的。他只得低下头，小声说：“这件事情我们沟通过，但我只是要求购进水机和一批水，没说要 600 桶啊！”

“你也说了句‘多多益善’呀！”袁洲冷着脸，好像这事他挺无辜。

“好了！”巫总皱起了眉头，表面看起来，这事就完全成了梁宇良的失误，加上袁洲是袁老板的人，一个派系的，他更是袒护，又问，“能不能换个牌子的水？我知道有个牌子的纯净水，才 15 块一桶，而且是 100 桶送水机的。”

“前台销售反映过，有的客户不喝纯净水，所以我才定的矿泉水。”袁洲嘿嘿一笑。

又是销售！梁宇良愤怒了，问：“哪个前台销售说的？”

“嗯……我忘了，但我记得是有人这么说过。”袁洲轻轻抬起眼皮，显得有点轻蔑。

高人哪，高人！当着你的面，把屎盆扣在你脸上，还能如此淡定自如！

巫总大声说：“真是笑话！客户还会提出这种要求？有什么水就喝什么水，来这里坐坐不过 10 来分钟的事儿，不想喝纯净水大不了不喝！”

梁宇良把头点得跟鸡吃米似的，不停地说：“那是那是，这事我一会儿去核查一下到底是谁说的，查出来了一定要做出严肃批评！”

“唉……事已至此，水机也都送来了，我看这事就这样吧！”巫总叹了口气，开始语重心长，“下不为例！梁经理，你的工作一定要细心哪！花钱你要学会斤斤计较！不要以为公司的钱不是自己的钱就大手大脚的，要做好成本控制！”

梁宇良委屈得想哭。

公司里真的没什么秘密。

上午发生的事，下午齐紫萱就知道了。知道梁宇良受了委屈，她也顾不上影响了，去了他办公室，还把门关上了。

“干吗？”一看她关门，梁宇良就皱起了眉头。实际上，齐紫萱这个总秘跟梁宇良这个销售经理，完全没有什么事情是需要关门说话的，公司里人多口杂……

“你都被那个狐臭男欺负到头上了，还在这儿优哉游哉地喝茶？”

梁宇良欣慰地笑了，起码公司里还有这么个女人在关心他，这让他感觉有些温暖，他轻声说：“小事一桩，何必在意？”

“您的肚量还真大！”齐紫萱冷笑。

“来日方长……他喜欢玩，我会陪他好好玩的！”梁宇良闭了闭眼睛，脸上露出淡淡的微笑。

“哦？”齐紫萱一愣，原来面前的这个男人一直在隐忍。也只有忍，才能让对手卸掉防备。暂时的示弱并不是退败，而是为了蓄足了劲后再次进攻！

梁宇良点了根烟，说：“桶装水的事儿，袁洲必定是吃了差价的。以此为依据来反击？没意义，600 桶水，12000 块，也就是几千块的差价。这点小钱根本整不倒他，况且，渠道不同，价格有所差别他也能说得过去，最多就是个询价失误的责任罢了。”

“你的意思是，这事就让他先这么过了？”

“是啊，这点钱没什么好追究的，不过……”梁宇良的微笑变得狰狞起来。

看梁宇良这副模样，齐紫萱倒是放心了。

梁宇良说：“对了，袁洲给了我一份售楼中心的采购清单，但是上面没做价格预算。我估计他的预算只报给了巫总，或者是袁老板，你那儿见过吗？”

“嗯，是有那么一份东西，全部物料有 100 多万的预算。昨天给我的，袁老板没来，还在我那儿。我看了看，报价好像有点水分。”

“哦？”梁宇良来了兴趣，看来总秘还是可以窥视到很多秘密的，“复制一份给我，不介意吧？”

“介意！你这是越权。”齐紫萱给了他一个白眼。

“我有知情权，也有询价权，更有维护公司利益的权利。”梁宇良微笑。

“下班给你吧。”齐紫萱想了想，叹了口气，说，“要不，那份预算我先压着，不给袁老板？”

"给他。"梁宇良玩味地笑着,"干吗不给他? 他一来就马上给他,说袁经理催着他签字,售楼中心开放在即,这些物料都急得很!"

齐紫萱又想了想,说:"你丫真坏!"

梁宇良笑笑,又一脸正经地说:"以后我这办公室,你进来最好还是别关门。"

"怎么? 怕我影响你的光辉形象?"齐紫萱一脸不屑。

"是怕影响了你的淑女形象。"梁宇良端起茶杯喝了口茶。

齐紫萱这个总秘对领导们的举止含意都揣摩透了,一看他这个动作,就猜到了他的意思,这是暗示她,谈话到此为止。她扬了扬眉毛,做了个鬼脸,起身就走了。

拿到了采购预算,不查不知道,一查吓一跳,报价的水分大得可怕。小到8个酒店式高级垃圾桶,报价1200元一个,12个水晶烟灰缸,报价600元一个,大到天花吊顶的水晶灯,报价50多万,真皮沙发5套,6万一套,大大小小林林总总地预算了160多万。

梁宇良再拿着清单里的这些物料的规格和照片,一家一家地核价后,更是吓得他直吐舌头——一模一样的垃圾桶400块,烟灰缸180,真皮沙发不到2万,最过分的是水晶灯,差不多款式和尺寸的才不过10万。

可怕!实在可怕!其实,吃点回扣也算是采购潜规则,但袁洲这好几倍的预算报价也未免太过了。

"两份清单的物料基本一样,价格怎么差别那么大? 你的报价60万,袁洲的160万? 水分这么大?"齐紫萱看到这两份报价的差距,倒吸了口凉气,恨得咬牙切齿,"揭穿他,让黄老板知道这事儿,他肯定得完蛋! 还真把老板们都当傻子了!"

"等等,让我想一想……"梁宇良轻轻地揉着太阳穴,闭上双眼,嘴边挂着一丝不易察觉的微笑。

"笑笑笑,你就知道笑!我觉得你现在忒阴险!从骨子里透出的坏劲儿隔着好几米都闻得出来!"齐紫萱急了,推了他几下。

"肯定是要揭穿,我只是在考虑揭穿的办法……"

"直接交给黄老板,让他滚蛋!"

"你的道行太浅,不知道个中的复杂……"梁宇良依然闭着眼睛,从鼻翼

里轻轻地哼出了这么一句。

“放屁，我就烦你那故作高深的模样！”

“凡事需三思而后行……”梁宇良睁开了双眼，微微一笑，“你有没有想过，这两份报价单到了黄老板那里，会产生什么后果呢？”

“能有什么后果？核查价格，该处理谁就处理谁！”齐紫萱说，“咱是为民除害，道理站在我们这边，雄赳赳气昂昂，炮轰狐臭男！轰他滚回老家去！”

“呵呵，还道理……”梁宇良笑弯了腰，“你太幼稚了，公司哪里是个讲道理的地儿？你不想想，那天袁洲给我泼屎，巫总就一点也看不出来？他是傻子吗？完全没有道理可言！而且，这些报价直接递交给黄老板，是越级汇报。这也就罢了，但这事我如果在没有授权的前提下插手进去，那就更有越权之嫌了！”

“什么越权？售楼中心的采购不关你的事吗？这原本就是你的分内事！”

“幼稚！”梁宇良沉下了脸，“我们公司里，关于采购根本就没有分内事这么一说！袁老板喜欢弄权，袁洲是他的人，而且主动争取到了售楼中心的物料采购权。我直接插手就是在挑战袁老板的威信！”

“前怕狼后怕虎！你怕袁老板？你要记住了，你是黄老板招聘进来的，你要站在黄老板这一边！”齐紫萱越说越气愤。

“我当然怕袁老板，在公司里，他对我个人具有生杀大权，甚至我离开公司以后，他同样能影响我的职业发展。江海市的房地产行业就那么巴掌大的圈子，哪个老板不是互相认识的？以他的身份地位，玩死我犹如玩死一只蚂蚁！”梁宇良很是无奈，甚至有点悲凉，“我当然是黄老板的人，但我这种小卒子又不得不左右摇摆，谁都不能得罪。”

“好吧……”齐紫萱看他这副模样，也有点无奈，说，“归根结底，这个事情，你也是在为公司节省开支，两个报价可相差100万呀！”

“这是小钱！”梁宇良苦笑道。

“小钱？”齐紫萱觉得不可思议。

“公司每个月的工程款都是几百万地烧，这点钱不是小钱是什么？”

“姑且不论钱多钱少，但只要是个人，都不至于喜欢被人这么坑吧？”

“你有想过吗？这样一出手，也许就不能回头了。关键是，你有没有站在黄老板的角度去考虑过。拿到这两份报价，他会怎么处理？冷静想想！”梁宇良叹了口气，轻轻抚过齐紫萱握紧的小拳头。

齐紫萱没有马上接话，而是低头思量了很久，才说：“确实处理不了。”

“嗯，有进步！”梁宇良欣慰地笑了，“公司的营销部有点特殊，是公司里唯一一个两个派系人员混杂的部门。袁老板在公司里的阵营不多，除了行政部，就是营销部的这半壁江山。如果黄老板就这件事对袁洲开刀，那无疑就是对袁老板的阵营不留余地地赶尽杀绝。我觉得黄老板不会把事情做得那么绝，起码现在不会。但如果两份报价摆在眼前，他无动于衷，不做处理，明知道被坑了都不吱声，这又显得他太好欺负，没人想当这种凯子。所以说，如果直接把报价递交给黄老板，就会让他陷入两难的境地。”

“冲动是魔鬼！确实如此，我还真没有你想得那么细致、深入。”齐紫萱吐了吐舌头，卖了个乖。女人嘛，在男人面前，显得傻一点，那才可爱。

这让梁宇良很得意，他说：“这步棋要看怎么走了，走好了能将他一军，走不好，估计就得惹火上身了。”

“你想怎么走？”齐紫宣显得很好奇。

“说出来就不好玩了，敬请拭目以待！”梁宇良卖了个关子，意味深长地笑了，顺手把那份报价单也撕碎了。

公司的制度规定，但凡办公物料的采购，都是归行政去管，而采购部只能负责工程方面的采购。

但其实售楼中心的物料，严格意义上来说，应该算是营销物料，但公司制度里暂时还没有这么个分类，那就麻烦了，这样就难以划分究竟是该属于谁管了。

袁洲一开始就很积极地参与售楼中心的装修工作，加上他是袁老板的人，袁老板发话让他负责去买，他就承担了这么个重任。

梁宇良清楚，袁洲之所以这么肆无忌惮地报价，是因为巫总和袁老板的支持。这两位高层过去都曾在政府机关里呼风唤雨，所以从来不计较钱，于是乎根本就没有什么价格审核，袁洲喜欢报多少就是多少。

要找到一个突破口，然后才能层层撕裂！

那么，这个突破口就从最小的物料开始吧。

梁宇良寻了个机会，到袁老板那里汇报工作。汇报完毕后，装作说者无意的样子，端起了他的烟灰缸，啧啧称奇：“老板，你这个烟灰缸真漂亮。”

“不错吧，据说是纯水晶的。”

“我前些时间跟老婆逛街也看上了，就是太贵，要 180 一个，我想买，老婆不准，嘿嘿，她不赞成我抽烟，就更不赞成我买这么贵的烟灰缸了。”

“180？”袁老板扶了扶眼镜，抬头看了眼梁宇良，又掂量了一下那个烟灰

缸，说，“这可是水晶的哦，你看看多坠手？”

“就是这个。我老早就看上了老板你这烟灰缸，看到一模一样的当然喜欢了。我老婆砍价厉害，咬死了100才肯买，卖家咬死了180，所以最后我没买成。”

“如果是一样的……”袁老板沉思道，“你去买十几个回来，售楼中心要用的。”

“这……”梁宇良露出为难的样子，“不妥吧？这是袁经理……”

袁老板把手一挥，说：“袁经理负责的工作太繁杂，你作为售楼中心的销售经理，除了培训销售人员，还要对那里的布置和采购多提意见。像烟灰缸这些事情，你既然能看到合适的，也应该出一份力。公司制度是规定了各部门的工作范畴，但是分工不分家，明白吗？”

“额……”梁宇良继续保持为难的样子。

“去开个借款申请，我给你签字，你去财务拿钱，今晚前务必买回来！”袁老板不容置疑地说。

烟灰缸买了回来，袁老板很满意，林老板也很满意。袁洲笑得很勉强，他说：“哎呀，看来那家酒店用品中心的东西还真是贵呀！”

梁宇良顺着他那话说了下去：“那家店是出了名的黑店，袁经理被宰了不出奇。像售楼中心，还有什么东西是在那里询的价？我这边也配合你去多询两家，货比三家嘛。”

袁洲只是点点头，说：“那是那是……”

“梁经理，你要和袁经理配合好，多沟通！现在项目的前期策划工作很烦琐，你要适当地分担一下他的担子。售楼中心的采购任务太紧，他是分身乏术呀！”林老板补了一句，微微一笑。

“你们要拧成一股绳，一起把售楼中心弄好！”袁老板点了点头，转身凝视着袁洲，说，“采购询价一定要细致到位，不要大大咧咧的，像小梁说的，要货比三家！”

“是的是的……”袁洲额头上渗出了冷汗。

“售楼中心是你的战场，也是你的舞台……”袁老板拍了拍梁宇良的肩膀，“从人员到物料，你都要多加用心啊！工作一定要做扎实！”

“是的！”梁宇良一听这话，马上心花怒放。就这样，他拿到了圣旨。

然后是垃圾桶、窗帘、台灯……

这些小额物品的采购，袁洲全军覆没，梁宇良的采购价仅为他报价的1/3。

当然，梁宇良也不是白干的，这些东西或多或少地也拿了点回扣，但他不贪，商家爱打赏多少就拿多少，这是行业潜规则，他从不提要求，也不虚报价格。他清楚，他是以价差打赢了袁洲的，袁洲在背后肯定也在偷偷地询价，绝不能授人把柄。

袁洲也就罢了，毕竟他的报价虚高在先，谅他也不敢造次。梁宇良怕的是另一个更关键的人物，他还没有出手——采购部经理林树全。

话说这个林树全，可是大有来头。他是林老板的亲弟弟，公司工程方面的所有采购都归他管，那可是每个月上百万的数额啊，肥得流油！售楼中心的物料采购工作，一开始他跟袁洲也打得惨烈。无奈袁洲捞到了袁老板的支持，黄老板没发话，林老板股份小，也让着袁老板，所以林树全才败下阵来。

输了并不代表他认输。梁宇良知道，他无时无刻不在盯着袁洲，盯着售楼中心的采购。

所以，那些小东西都弄完以后，有几件大件物品，包括大堂的水晶灯以及几套真皮沙发，梁宇良没敢贸贸然出手，而是卖了个天大的人情给林树全。

因为，在公司里，梁宇良需要同盟。

所谓的同盟并不是那些见面点头说你好的同事，那只是萍水之交。任何同盟都是有利益挂钩的，必须“钱”字挂帅。

“全哥，我也不拐弯抹角了，售楼中心物料的采购工作，到底是袁经理管还是你们管？”梁宇良一副愤慨的模样。

“怎么了？”林树全给他递了根烟——硬中华。

“我要提意见了，多有得罪。”梁宇良没接烟，而是拱了拱拳，脸上江湖气十足。

“你说。”林树全皱起了眉头。

“我们售楼中心大堂需要的吊顶灯、真皮沙发，至今都没有到位。老板净拍我板子，我可是冤呀！我只负责写计划，不负责采购，计划报上去一个月了，一直音讯全无。你说，老板训我，我该找谁哭去？”梁宇良深深地叹了口气。

“梁经理，你这玩笑开大了！售楼中心的物料采购可都归袁经理管的呀！”

“什么？这些都是大件物品，我看了下袁洲的报价，水晶灯要50多万，沙发几套下来也得30万！他签了字，但我哪里敢签这个字？”梁宇良一脸的为难，“几十上百万的东西，还是得你们采购部亲自出马才行！”

“这事儿不妥吧？”林树全玩味地笑笑，“袁洲签字了，就让他自己去买吧！”

“放屁！”梁宇良咬牙切齿地说，“咱一家人不说两家话，售楼中心有必要买那么贵的东西吗？我们不都得帮老板把好价格关吗？对于袁洲，我是有意见的，凭什么他什么都管？得，他现在净插手我销售部的事情也就罢了，从人员招聘，到制度建立，到薪资提成，乃至售楼中心和我们办公室的装修布置全部染指，现在好了，连这种大宗采购也归他管。全哥，我看你们采购部是太会偷懒了！”

“梁经理还是年轻气盛呀……”林树全吸了口烟，缓缓地吐了两个烟圈，“这是袁老板发了话的。”

“袁老板也发了话的，让我跟紧采购和报价！”梁宇良压低了声音说，“水晶灯和沙发，报价的水分大得可怕！”

“是吗？”林树全冷笑，“也正常。他这么积极地争取，肯定是无利不起早嘛！”

“其他的我不管了，这两项，几十万的开销，我看必须由你们采购部协同去买！”梁宇良敲了敲桌子，“做好价格把控，把成本压下去！”

林树全一听这话，喜上眉梢，说：“是是是……我们采购部一定配合好你们销售部的工作！”

袁洲基本上很少在公司，梁宇良看他办公室没人，就给他打了电话：“袁经理你好，我梁宇良。”

“我知道。”袁洲的语气很冷。

“我看了一下，因为沙发和吊灯的金额太大，咱谁去拍板都不合适，买回来了不合适也怕公司责怪。不如这样吧，我和你一起，再叫上采购部，一起去转转，人多力量大嘛！”

“我这儿很忙！”袁洲愤怒了，“你们爱谁买就谁买去，我乐得清静！”

“话可不是这么说的袁经理……”梁宇良打起了官腔，“袁老板要求我们要拧成一股绳。采购工作是需要我们多方协作去完成的。但前提是，必须由你去牵头的哦！”

“我抽不开身，这样吧，我安排文案王姐跟你们一起去。”说罢，也没等梁宇良回话，他就把电话挂了。

素质呀素质，这人也太没礼貌了……也罢，看在你被咱弄得焦头烂额的份儿上，咱原谅你。梁宇良笑了，袁洲的愤怒只能证明他已经开始阵脚大乱了。

王姐这种小职员纯属凑数的。梁宇良去到家具城，走马观花般地带着众人转了几圈，最终选定了吊灯和沙发的款式，也不问价，轻飘飘地说："我们营销部不管钱，辛苦你们采购部去砍价了，我去买包烟。"说罢，头也不回地走了。

其实，梁宇良早早就跟水晶灯和沙发的供应商打好了伏笔，10万的灯，给梁宇良的底价是15万，报价30万；2万的沙发，底价3万，报价5万。底价以上多出来的，他不管，那是属于林树全的。

没想到王姐也是个挺聪明的角色，一听梁宇良那话，就说："人有三急，林经理您先看着，我去一下洗手间。"

等梁宇良和王姐回来，林树全已经砍好了价——吊灯20万，沙发3.8万。

"30万你能砍成20万？丫的还真能砍！"梁宇良装作吃惊的样子。

"是啊是啊，沙发也是，5万砍到了3.8万，全哥不愧是采购部经理呀，讲价一流！"王姐附和着。

林树全笑得很开心，说："今天大家都辛苦了，咱们中午就一块儿吃饭吧。想吃什么，我请！"

"真的吗？我要吃海鲜哦！"王姐欣喜若狂，像这种打份闲职的小员工，一个月拿个1000多的工资，能有两个经理请吃饭，自然是受宠若惊。

各得其所，皆大欢喜，其乐融融。

唯独袁洲黯然伤神，泪往心里流。

"顺便再看看谈客椅吧，我们有个休闲区域，放几套藤椅比较合适。"梁宇良路过藤椅店，突然想起这个事。

藤椅没什么油水，三个部门一起把价格压到最低吧，这样更能体现精诚合作的团队精神嘛。

梁宇良挑了一套，也没马上付钱，只是拍了照片，询了价，最低600一套，说拿照片回去给老板看看，OK就可以来提货了，5套也就3000块。

凡事都得走个程序，水晶灯和沙发老板都选定了款式，梁宇良他们来不过是选个差不多的砍砍价。藤椅既然老板还没拍板，那么无论钱多钱少，还是事先汇报比较好。

袁老板看过梁宇良拍回去的照片，表示很满意，刚好巫总也在，怕全被销售部抢了功劳，就说："既然老板满意，那我安排袁洲去买吧，袁洲这人，细心一点。"

梁宇良无所谓，反正价格都谈好了，原本就没拿回扣，自己去买还得浪费油钱。

后来袁洲跑去看了藤椅，给梁宇良打了个电话，说："梁经理呀，我看了你选的那个藤椅，靠背的金属有棱角，很容易钩到客户的衣服哦。"

梁宇良心想，你丫真是没事找抽，客户是瞎子？硬要把衣服往角上贴？既然老板都同意了，你还唧唧歪歪个屁呀！再一想也有道理，就怕万一还真勾破了客户的衣服，又得让他找到话柄来攻击自己了。也罢，你爱咋地咋地吧。

"还是袁经理心思细密呀，我这个大老粗就没考虑到这个问题，那你再挑个合适的吧？"

"我看上了一个，很有味道，全藤的，古香古色，就是贵了点。"

"多少？"

"1000一套哦，不过真的很好看。"

"哦？1000……"梁宇良努力回忆了一下，那天确实有一套全藤的，深咖啡色，很典雅，有点东南亚风情的味道，就是他嫌贵了没有拍照。现在想想，也无所谓，没多少钱，就说，"你说的那套全藤的？我想起来了，还真是英雄所见略同，我也很喜欢那套，典雅大方，就是贵了点。不过，售楼中心的装饰也不能马虎，我觉得吧，就买5套吧，也多不了多少钱，你的眼光我绝对放心！"说完这话梁宇良觉得自己真是修炼得道了，竟然能跟这个自己恨得咬牙切齿的狐臭男惺惺相惜起来，假到家了！

下午藤椅一到货，梁宇良去验收时就傻了眼——绝对的货不对板！根本就不是他印象中那套1000的，这套一看就是次货，梁宇良连价都懒得询，估计也就三四百一套的样子。

这个袁洲想钱想疯了！货送到了，袁洲又不知道死哪去了，没准正躲在某个角落数钱呢！

梁宇良心里骂道，刚准备发火，就听到前台那几个销售人员开始窃窃私语起来："这套藤椅好难看哦……"

"难看吗？"梁宇良微笑着看着她们。

"额……经理。"她们不确定是不是梁宇良拍的板，所以一时间不知该怎么回答。

"继续说。"梁宇良继续微笑，用眼神鼓励她们不要窃窃私语了，应该大声说出来。

这两个销售员原本就不是梁宇良的人，一直没怎么把他当回事，就大着胆子提出了意见："这几套藤椅跟我们售楼中心完全不协调呀，颜色灰蒙蒙的，显得死气沉沉的。"

"不是吧？这套藤椅不便宜哦，可得上千一套呢。"梁宇良显得很委屈。

"哎呀，这么贵！梁经理你是不是被别人忽悠了呀？"销售员们唧唧喳喳起来。

梁宇良看看表，3点了，袁老板该来上班了，就挥挥手说："我回办公室，藤椅你们别动，就这么摆着，老板来了，你们马上给我打电话，马上！"他特意说了两个"马上"。

回到办公室，梁宇良泡了杯铁观音，一边躺在沙发上闭目养神，一边禁不住哼起了小曲："路边的野花呀，你不要采，不采白不采，采了也白采呀……"

茶还没凉，电话就响了起来："梁经理，袁老板来了……正在大堂发脾气呢。"

"哦？"梁宇良不由得笑了，嘴上却紧张地说，"我马上来。"

"怎么回事，小梁？这是你买的那套藤椅吗？怎么跟照片上看的完全不一样？"袁老板雷霆大发，吹着胡子，让人想起了《还珠格格》里的皇上。

"咦？怎么回事？"梁宇良挠了挠头，说，"是呀，完全不一样啊！"

"你怎么搞的？藤椅不是你去定的吗？"袁老板皱起了眉头，想了想，说，"哦，我想起来了，巫总让袁经理去提货了。你没跟着去？"

"老板，这也是我工作的疏忽，因为想着款式都订好了，只是去付款，我的培训工作又忙，抽不开身，就没跟着去。袁经理他到了那边，看了我那款藤椅，考虑到边角容易勾到客户的衣服，所以又临时换了这一套藤椅……"梁宇良一副很委屈的模样，还帮袁洲辩护着。

"什么屁话？客户是瞎子？谁家的椅子没有边角？怎么能选这种次货来？什么眼光呀他？这放在售楼中心合适吗？"袁老板一连发出了N个愤怒的问号。

梁宇良小声嘀咕道："这藤椅还不便宜呢，上千一套。"

"什么？多少？"袁老板一愣。

"好像要1000吧？"梁宇良装作战战兢兢的样子，说，"袁经理拿回来的时候我才知道要这么贵，超出我原来的预算差不多一倍。我原来定的那套是600的……"

“不像话！”袁老板一甩手，大步流星地就走上了楼。

梁宇良连忙跟上去，销售员跟在一旁轻声问道：“经理，要不要我们把这儿套藤椅先拾掇拾掇摆放整齐，这样看起来没那么碍眼。”

梁宇良看了她一眼，说：“就这么摆着，好东西要大家一起欣赏。”

10分钟后，袁洲才气喘吁吁地赶到袁老板这儿。上班时间不见人，又是一条小罪，他是撞到枪口上了。

“小袁！你这段时间的工作状态是怎么搞的？”袁老板坐在大班椅上，手指关节重重地敲了敲办公桌。

“袁老板，我主要也是考虑到梁经理选的那套藤椅，边角容易钩破客户的衣服……”袁洲面如死灰。

“你能这么细心是好事，但另选的方案你也要拿来给我们过目才行呀！你看你现在选的这套：又贵，档次又低！我都不知道你那是什么眼光！”袁老板的声音越说越大。

袁洲的脸也越来越白，没敢再说什么，只是不住地点头。

“把货退掉，还是买小梁原来选的那款，马上去办！”袁老板大手一挥。

袁洲得令后马上退出去了，跟梁宇良擦身而过的时候，他看梁宇良的眼神带有杀气。

杀气腾腾。

“小梁啊……坐！”等袁洲出去关好了门，袁老板指了指他对面的椅子。

梁宇良小心翼翼地赔着笑，把屁股尖尖地垫上了椅角。

“君子爱财，取之有道……”袁老板一边说着，一边低头在便签纸上写下了这8个字，递给他，说，“这几个字，我送给你。”

梁宇良默默地读了一遍，再看看那字体，苍劲有力，功力倒也上乘。

“售楼中心的采购工作，你要多加用心。袁经理那一边也不知道是怎么回事，出了太多太多失误！”袁老板的眉头拧成了麻花，“从选样到询价，你都要仔细、认真、负责地去一一跟进！”

“是是是！”梁宇良一连说了三个“是”。

袁老板闭目沉思了一会儿，再睁开眼时，叹了口气，说：“没什么了，你去忙你的吧……”

“老板，您可要注意身体啊，这段时间的工作太繁杂了，事事都劳您操心。”梁宇良这话说得忒真诚。

当然真诚，他是真诚地反感这种事必躬亲的领导，什么小事都要过问，下面的经理乃至副总批个假、申个款，连个拍板的权力都没有，久而久之，谁还会努力做事？不都成了老板的应声虫、跟屁虫了？

“部队时落下的老毛病……”袁老板扶了扶腰，摆摆手，“你去忙你的吧！”

回到自己的办公室，关上门，梁宇良给自己的茶杯添了点热水，用热气蒸了蒸脸，深深地嘘了口气，开始逐字逐句地分析老板刚才说过的话。

从“君子爱财，取之有道”那 8 个字，再到“失误”这个评价，已经可以看出，袁老板对袁洲的彻底失望。袁老板不是傻子，把他当傻子的人才是傻子。像他这种从底层一步步爬上来的人物，什么人的心思和把戏他看不穿？袁洲的那点小把戏，袁老板没有说穿，更不会当众问责。他的内心也许是矛盾的，一方面是要维护自己阵营的最后力量，另一方面，毕竟现在是从商了，不比以前从政时花的都是纳税人的钱，想怎么花就怎么花，从商要讲究成本控制，更要减少腐败。

为什么说是减少腐败，而不是杜绝呢？其实，老板也是人，他以前打工的时候，只要有权力，肯定会寻求权力变现的，照样吃回扣，照样赚差价。所以现在高高在上的他，并不会完全杜绝腐败，水至清则无鱼嘛。

老板可以做到睁一只眼闭一只眼，但打工的不能太过了，潜规则也是一种规则，并不是说你爱潜多深就多深。

太深了，肯定得把你淹死！

当然，这对梁宇良是天大的好事，袁洲自己把自己玩废了，亲手把售楼中心的采购工作这份肥缺拱手相让，交给了梁宇良。

梁宇良总是在想，如果当初不是袁洲没事找事地得罪人，那他也许真能顺顺当当地把售楼中心的采购全部弄完，三两个月的时间，赚个八九十万的差价，顶他多少年的工资了？

是用“人算不如天算”，还是用“聪明反被聪明误”来形容他呢？

管他呢。我梁宇良不出手是不出手，一出手就必然是杀招，整死你！

除了吊灯和沙发，剩下的那些零星的采购，林树全当然看不上，加上梁宇良之前的顺水推舟也让他得了好处，而且狠狠地打击了一下袁洲，所以他现在跟梁宇良关系处得忒好，有事没事都喜欢上梁宇良那儿抽烟喝茶。

但梁宇良可不小看那些零星的采购，这里面也大有文章可做。基本每一项物料，他都充分揣摩老板们的喜好及心理价位，力求买回来让他们满意，吃回扣让自己满意。

老板不是附庸风雅吗？那就来几个景德镇的陶瓷大花瓶，比人还高那种，3000块一个，报价过万太吓人，那就6000块，再来几个造型独特的艺术盆景盆栽，1000块一盆，报价2000块……

他怎么敢这么黑呢？忘了袁洲是怎么下来的？

这些都是艺术品，无价格可言，说的都是价值。所以，你爱报多少就多少，只要你不超过老板对价格预算的临界点。

但是有的东西，像钢琴，5万，梁宇良只拿了商家给他的3000块红包。这种东西的价格太透明了，甚至上网都能百度到规格和价格，那么就只能老老实实地报价。

不是什么钱都能赚的。

全部东西弄下来，一个月的时间，梁宇良兜进了十多万。

这可让许诺高兴疯了："哇塞！你这个月赚的钱够你两年工资了。"

"是两年多接近三年！"梁宇良一本正经地纠正道，"钱存起来，省着花。将来我们这儿开盘了，我还琢磨着内部价买套大房子。"

"得多少？"

"我想买套150平方米的四房，起码得上百万吧！"

"得，加上装修，就是我们现在存款加个零的数额……"许诺有点泄气，"你们这些房开商心可真黑，黑得连自己员工都住不起房子了！"

"面包会有的，大房子也是会有的……"梁宇良四顾了一下自己的小窝，笑笑，"都让你当初别花那么多钱来装修这套房了，你看你看，将来换了房子，这儿的装修不都白搭了！"

"这是我们的婚房嘛，每个女人都希望自己的小窝漂漂亮亮的！"许诺说。

"每个男人都希望自己的小窝能变成大窝。"梁宇良无奈地耸耸肩。

十一　我们玩完了

售楼中心的物料基本采购完毕了，梁宇良和袁洲陪同着黄老板、袁老板、林老板等一众领导，到场细细地巡视了一番。

黄老板依旧是抿着嘴不表态，不过梁宇良观察着他的神情，应该还算满意。

再看红光满面的袁老板，他倒是笑得爽朗："好！好！小梁呀，这个售楼中心，你还是花了心思的呀！能以最低的成本，打造出最好的效果！特别是这个吊灯，很豪华，很大气，配着这架钢琴，典雅，又有格调！好！"

梁宇良小心翼翼地赔着笑，不住地点头。

"还有一个月就元旦了，售楼中心在元旦期间正式开放，我们是不是应该搞个庆典活动？"袁洲在一旁插嘴说。

梁宇良顿时冷了脸，这厮还真是无孔不入，又想借着活动去捞油水？项目的工程进度并没有跟上，大搞活动吸引客户来了现场，让他们看到那破破烂烂的工地，只会产生负面影响！

"好啊！"袁老板开心地抚着钢琴，重重地在琴键上弹了几下，说，"要大搞，一定要声势浩大，一鸣惊人！"

这时，一直保持沉默的黄老板竟然接话了，他说："我看，还是先缓一缓吧……"

"怎么？"袁老板脸色僵了，有点不悦。

"工地的进度还没跟上，现在只是正负零零，搞得声势浩大，我怕客人来了看到这平地会有其他的想法。这样吧，我看还是等出了地面，三层以上再大搞。"黄老板一字一句地说。

梁宇良低头不语，脸上微微一笑，黄老板果然是想到了点子上，商人就是商人，考虑事情都是从实际出发，完全没有半点好大喜功。

袁老板没说话，只是交叉着双手，两个大拇指来回地转动着，仰头看着吊灯，好像有些失神的样子。

林老板站了出来，说："元旦的活动，我觉得还是应该搞，只不过是我们内部搞，搞个迎新年晚会。公司现在也是人强马壮了，新的一年新气象！"

袁老板恢复了常态，翻了翻眼皮，说："也好，那就我们公司内部搞个晚会吧。这钢琴在这儿也得派上用场。"

梁宇良连忙说："早就听说袁老板您歌喉了得，这下可让我们大饱耳福了。"

"呵呵，袁老板唱歌可是在市里拿过奖的呀！"黄老板笑笑，迎合一下算是缓和气氛。

"好汉不提当年勇，现在老了呀！"袁老板也笑了，"小梁，你去看看，买一套高级音响回来，特别是音箱和麦克风，必须要高级的、进口的！元旦晚会我们要用，以后，我们公司的很多活动也都能派上用场！这更能体现我们的公司文化和氛围。"

梁宇良连声说好，再看气氛逐渐融洽起来，他想了想又补了一句："袁老板，您到时一定要唱上几首，我还得为您准备个专业的钢琴师伴奏。"

"哦？"袁老板一听就来了兴致，"我活了几十年，还真没享受过钢琴伴奏的待遇哦！"

黄老板说："小梁，这是一项政治任务。你必须下个军令状，这个钢琴伴奏可不得有失哦！"

"一定不辜负领导的期望！"梁宇良拍了拍胸口，心想这回又拍准了马屁。

"还有，售楼中心的硬件你们准备好了，人员怎么还没到位？"袁老板四顾后微微皱起了眉头。

"一直都在招聘着，不过……老板，现在人不好招呀。"梁宇良不好直说已经搁浅了这事，感觉自己比窦娥还冤。心想：关于招聘，行政部正跟我这儿打得焦头烂额，双方不讨好。您不是说行政部挂帅吗？怎么今儿想起了又想拍我板子？

林老板说："我觉得吧，可以适当地降低招聘的要求嘛！学历不必要什么本科以上的吧？一个销售员，会算数、会看图、会写字，关键是会说话，这就足够了吧？还有经验方面的要求，你也要适当地降低。来我们这里是需要守盘的，少则半年，多则一年，没有房子卖就没有提成，那些有经验的销售怎么耐得住寂寞，守这么长的时间只拿那1000多的底薪？"

“那就提高底薪嘛，公司不差这点钱，关键是忠诚，不要来了晃晃又跑了！”袁老板说。

“嗯嗯嗯，我知道了。”梁宇良忙点了点头，他读出了袁老板的关键字——忠诚。

“形象一定要过关！”林老板再次提到了重点——他的关键字是形象。

黄老板说：“从招聘到培训，一定要严格，招聘条件可以适当放松，但是招聘进来以后必须培训到位，能力达标！小梁，你身上的担子越来越重了！”黄老板的关键字是——能力。

得了圣旨，梁宇良重启了招聘计划，而且把主动权牢牢地把握在了自己的手中，这可就意气风发了。他把文凭的要求略作降低，将五官端正作为招聘首选，把之前的“需具备2年以上房地产销售相关经验”改成“有相关销售经验者优先”，门槛低了，一时间来面试的还真是络绎不绝。

人虽然多，但都让他大失所望——形象都不咋样。不过想想也是，这年头，真是个美女，也不会在意你那千把两千的底薪了，项目开卖遥遥无期，这对于指望提成吃饭的销售员来说，并不值得期待。

这是个客观原因，但还有个主观原因——来面试的都是行政部筛选过后下达的名单。

第一道门槛设在行政部那里，截流了优质美女，剩下些歪瓜裂枣让他挑选。但他没辙呀，自从那次被袁老板痛批之后，他可就夹着尾巴规规矩矩做人了，哪还敢不按部就班。

有次面试，趁着林老板有空，梁宇良把他也拉上了。

后来林老板摇摇头，对梁宇良小声说：“形象和气质还是差了点。”

梁宇良解释道：“没办法，毕竟我们的项目还需要一段时间才能开盘，销售嘛，都是冲着提成来的，守盘时间太长，大多接受不了。”

“招聘的流程是怎样的？”林老板眯着他的小眼睛问道。

梁宇良回答说：“程序上是这样的，行政部发布招聘信息，然后整理和筛选，接着到我这边来进行面试，通过以后报董事会。”

“小小的置业顾问也需要董事会来批？”林老板冷笑，“按照程序走的话，柳经理这种大龄剩女又怎么会挑得出形象佳的人员？”

“哦……”梁宇良呈恍然大悟状，“我还真忘了这个关键问题。”

“我跟袁老板沟通一下……招聘的事情时间紧迫，也不分什么先后顺序了，每天你都去行政部提取信息，跟柳经理一起筛选，随招随面，招到一个是一个，别等着一批一批地来，这样太耗时间。”林老板想了想，又补了一句“以后的面试，有时间的话我也参加”。

梁宇良点了点头。

林老板说他也参加，就是全力支持梁宇良。老板亲自来面试，还需要走程序吗？

梁宇良跟柳经理传达了林老板的意思，她白眼一翻，说：“好啊，梁经理干脆这样吧，我们行政每天下班前都把新的简历全部发到你邮箱，你来筛选就是了，我也不用看了，乐得清闲。”

“全公司的简历都是你来筛选，行政部的工作担子也太重了，我这边也帮着分担一下吧。”梁宇良笑笑。

每日的简历多达几十封，看得梁宇良眼花缭乱，但其中还真不乏形象不错的，他一一圈点，两天后就敲定了10多个面试名单。

然后邀请林老板参加了这第一次由销售部自己牵头的招聘会。

拟定与会人员：林老板、梁宇良、袁洲、柳经理。

柳经理临时说有事，不能参加。

真是大忙人哪，地球缺了你都转不动了。

刚好趁此机会，梁宇良也能偷偷揣摩林老板的审美和喜好。其实每个人的审美和品位都不同。你喜欢的，老板未必喜欢，老板喜欢的，你也未必看得上。最好的办法就是，老板亲自坐镇，让你可以从个中细节里揣摩出他的喜好。

面试时基本就是袁洲在发言，洋洋洒洒的，加上体型宽厚，还真有副领导的模样。反观梁宇良，一般情况下不会说太多话，只是提几个问题，别人回答了他也不置可否。

装什么领导呢？林老板坐在这儿，你是图表现也不必这么冒头嘛。

有的人天生就有表现欲，而且是不分场合地表现。其实，在领导面前，要学会少说话、多倾听，不要喧宾夺主了。

林老板的话也不多，看了3个后，眼神开始有点黯淡，对梁宇良说：“现在想招个满意的人，还真不容易呀……”

弦外之音就是，丫的怎么就找不到美女呢？

救星来了！

“你好！”抬眼看去，是一个高挑的年轻女子，身材苗条，穿着时尚，大冷天的还穿着短裙，双腿笔直，白皙得晃眼，一进门就是扑鼻的香水味儿。

嗯，Dior的粉红魅惑。

真是魅惑！梁宇良激动了。

再一看简历，名叫容伊，90后，还有过1年的房地产销售经验，刚辞职半个月。

一看模样，再看简历，再看林老板的眼神——发亮了！此人非招不可！

袁洲看了这妞的模样也非常满意，笑得贼灿烂，开场白依然是洋洋洒洒的公司介绍和项目前景。

"你有多高？"林老板听得有点不耐烦，饶有兴致地问她。

"一米七五。"容伊笑得很自信，此妞一开口说话就雷倒了众人——声音粗犷鸭子嗓。再一看她双目无神，梁宇良就猜到此人昨晚夜蒲了。

"模特身材！"林老板摸了摸自己光光的脑袋，脑门跟眼神一样闪闪发亮。

梁宇良笑笑，说："容伊，你自我介绍一下吧。"

"你好，我叫容伊，名字很好记。财校中专毕业后开始从事房地产销售，至今刚满一年……"说着说着，梁宇良发现她竟然还咬着口香糖！

袁洲皱起了眉头，说："能先把你嘴里的口香糖吐掉吗？这是基本的面试礼仪！"

容伊拿出纸巾吐掉了口香糖，说："不好意思，昨晚没睡好，嚼口香糖提神。"

一脸的无所谓。

林老板笑了，点了根烟，又给梁宇良扔了根，再问容伊："你抽吗？提神。"

"抽，不过面试时不好意思抽。"容伊笑笑，两个小虎牙若隐若现。

梁宇良问："谈谈你辞职的原因。"

"一是尾盘了，没钱；二是上司性骚扰。"

这话把林老板逗得哈哈大笑起来。

梁宇良问："如果我们的客户或者上司，邀请你在下班的时候陪他吃饭，你会怎么办？"

容伊暧昧一笑，说："帅哥或者是大方的客户或老板，我可以考虑去，不过仅限于吃饭。"

袁洲敲了敲桌子，咳嗽了两声，说："请注意一下你的态度！"

林老板宽容地微笑，说："没事没事，我喜欢直率一点的。"

梁宇良心想也差不多了，就说："谈谈你的待遇要求。"

容伊耸耸肩，问："你们这边置业顾问的待遇是多少？"

"1800底薪，试用期3个月，1500。"

"少了点，现在你们周边的盘都是2000以上的了，最高的还有2800呢！而且你们还要守那么久的盘。"

林老板连忙说："待遇我们可以根据个人的能力进行适当的调整。"

"嗯……"容伊应该已经察觉到了林老板对自己的态度，也察觉到此人才是这次面试的关键人物，于是低头一笑，没再说话。

梁宇良说："我这个人是有一说一的，项目现状摆在你眼前，对比周边的几个盘来说，从工程进度上来看，我们可以算是最晚才能开盘的项目了。但你既然能投这边的简历，就证明了两点：一是你对我们项目未来的销售前景应该是充满信心的，多守几个月盘你也是可以接受的；二是你在其他地方应该也投了简历，不过石沉大海了。"

容伊笑笑，没说是，也没说不是。

"好了，你回去等通知吧。"袁洲对她有点不满，这妞太拽了。

容伊刚一出门，袁洲就摇了摇头，说："我说一下吧，这个容伊不行，别的不说，你看她的态度就很有问题，看样子昨晚不知道疯到了几点，来了这儿哈欠连天，还吃着口香糖！面试都这样，何况去接待客户呢？"

看林老板没接话，梁宇良就说："典型的90后，喜欢夜蒲，大方，开得起玩笑，自认自己天下无敌，对工作无所谓，对现状永远不满，对物质追求无穷无尽。"

"嗯……"林老板赞许地点点头。

"她还很年轻，我们可以宽容一点。我觉得吧，她其实是一个好苗子，销售员就必须会玩会花，不会玩她怎么站在时代的前沿？不会花钱又哪来赚钱的动力……"

袁洲又粗暴地打断了他的话，声音很大，说："问题是这种人又怎么管理呢？"

梁宇良愣了愣，冷冷地抛出一句话："难管理也是我在管理，这人我要了！"

林老板圆了场："你是销售的负责人，用什么人你说了算。当然，人出了问题，也找你算账！"说罢，他重重地拍了拍梁宇良的肩膀。

"下一个！"袁洲一看林老板这态度，脸一黑，随手拿起了简历，"沐若溪！"

"这个……长得老相。"林老板看了看简历上的照片,"1985 年的,照片上跟 1975 年的差不多……"

"你好!"

梁宇良眼睛都直了。

如果说,容伊是个青春靓女的话,那么这个沐若溪就是个性感少妇了!

眼睛不算大,但眼神迷蒙,皮肤不算白,但光泽很好,个头不高,但身材比例很好。

重要的还是打扮,上身一件黑色 V 领 T 恤,乳沟不算明显,但脖子和锁骨异常销魂,配着毛毛披肩,下身是紧身的牛仔裤勾勒着曼妙的长腿。

最关键的是,她架着一副眼镜!

这副眼镜非常神奇,让她整个人马上就具备了 OL 或者教师的气质,一时间她便化身成了办公室女神!

3 个男人不约而同地咽了咽口水。

"您好,我叫沐若溪,来自湖南长沙……"她点头微微一笑。

一笑众生倒,再一听这声音,喃喃细语,透着暖意。

梁宇良醉了。

再一看林老板,他老人家呆了。

沐若溪介绍完毕后,闷场了足足一分钟。

因为 3 个男人都不知道该说什么好了。

"请问……"沐若溪的神情略带羞涩。

"哦……"梁宇良这才回过神,问她,"你原来是幼师?为什么想选择房地产销售这个行业呢?"

"我想挑战自己,我比较喜欢销售这个行业。"

"长沙也发展得不错呀,毕竟是省会城市。"

"我是随老公一起过来的,我老公在江海市的部队。"

林老板点了点头,说:"哦,随军,那你丈夫的级别也不低了哦。"

"还行吧。"沐若溪淡淡地微笑。

梁宇良问:"你能听懂江海市这边的方言吗?粤语。"

沐若溪点点头,说:"能听懂一点,我会继续努力的!"

"客户大部分都是讲粤语的,你又怎么跟他们沟通?"

"听到我讲普通话,一般的客户都会改为普通话跟我交流的。江海市的人还是比较友好的,素质也很高,不欺负外地人,就像你们三位一样,不都是跟我用普通话交流的吗？”

“如果客户不会讲普通话，或者他就是不愿意讲，你会怎么办？”

“寻求同事的帮助。”

“同事帮助你，成交了，那么那套房子的业绩归你还是归她？”

“归她。因为我确实无法促成交易，功劳是同事的，业绩自然也是她的了。”

“那你不是很吃亏？我们是轮班制接待客户的，那么多个置业顾问，每天可能也就轮上几组客户，机会不多。”

“我们是一个团队，业绩当然重要，更重要的是团队精神和协作。”

“嗯……”3个男人不约而同地点了点头，表示非常满意。

其实梁宇良是知道的，沐若溪这话是说得好听，真到了那时候，置业顾问可就没什么团队精神了，能不抢单就算不错了，还能有让单这回事？

让梁宇良满意的是，她的反应速度和得体的回答。

“好，你回去等通知吧。”林老板想了想又补充道，“3天之内给你答复，这3天你就不要再到别的地方去面试了。”

这话的意思够明白的了，傻子都能听得懂。

“下一个，蒋黎黎。”梁宇良拿起了简历，照片上的她形象不错。

人一进来，梁宇良大跌眼镜——哦，他没戴眼镜，应该说是大失所望。

有种技术叫做PS，化腐朽为神奇。

真人比上镜丑太多太多太多太多了。

塌鼻子、歪嘴巴、一脸雀斑，衣着打扮很具乡村气息。也就身材不错，有一米六五的个子吧，胸大得吓人，反光质地的开领衬衣被撑得挤挤的，让人很担心那小小的扣子啥时候会不负重荷地爆开……

梁宇良发现林老板的眼睛直勾勾地盯着对方的乳沟。

这道深邃的沟同时也证明了一点——胸大无脑。

蒋黎黎的反应有点迟钝，口才不佳，普通话里带着粤语，粤语里带着乡音。

梁宇良皱起了眉头。

但他同时发现林老板眉开眼笑，还兴致勃勃地问起了蒋黎黎工作之余的爱好。

“我喜欢打羽毛球。”蒋黎黎腼腆地笑了，挺朴实。

梁宇良马上联想到她挥动球拍时那雄伟山脉的剧烈震动。

“哦？那有空我们切磋几把？”林老板摩挲着双掌。

得，这个林老板也看上了。

没辙，个人品位各有不同。梁宇良心想：这妞也许比较适合中年以上男子的审美。不过嘛，感觉这蒋黎黎比较朴实，天分是肯定没有的，就看勤不勤奋了，凑合着让她先进来吧。

又看了几个，都不怎么样，林老板打起了哈欠。

“下一个，吴迪迪。”

一看来人那模样瘦瘦小小的，而且长得也不咋样，林老板皱起了眉头，说：“你们先看着，我有事先走了。”

这让梁宇良有点惋惜。

因为这人是梁宇良在简历里淘出的金子——

“吴迪迪，重点高中，学生会主席，班干部，但是高中毕业后，我看你就直接工作了，二手房销售？在重点高中读书，还担任过班干部，那应该是成绩优异的，为什么不读大学？能告诉我原因吗？”梁宇良选简历时就注意到了这个问题，很好奇。

“我的户籍在海南，一直没有迁回到江海市，所以我不能在江海市参加高考，回海南的话，他们又不承认我在江海市的高中经历，我需要再在海南读 3 年高中才能报考。我考虑了很久，决定不读了。”吴迪迪笑笑，这是一张稚嫩未脱的脸，眼神清澈得让人心疼。

“可惜了……”梁宇良由衷地摇摇头。

“其实也没什么的。”吴迪迪依然笑得灿烂，“4 年的大学，也许换回来的只不过是一块敲门砖。那我用这 4 年的时间在社会努力和实践，一边赚钱一边学习，也许收获的会更多。再说，现在我的收入，比我大学毕业了两年的表姐要高，高得多。当然，我也比她累，累得多！”

“呵呵，你还挺乐观。”

“哭是一天，笑也是一天，况且我现在还是从事着二手房销售，一般接触几十上百个客户才能成交一单，如果悲观的话，我早就得上吊自杀了。”

“你的业绩如何？”

“进入中介公司后，前 3 个月基本都是倒数第一、第二，后来，半年这样吧，到现在，每个月都是销售冠军！”吴迪迪一脸的自信。

“平均算下来，你今年的月收入多少？”

“大概六七千这样吧。”

“不错,比我高,呵呵。”

“经理谦虚了。”

“那为什么要选择跳槽呢?”

“我没有做过一手房的销售,我还年轻,想为自己谋求一个更高的平台。”

“更高?你的职业规划是什么?”

“呵呵,其实也没有什么太远大的规划。只不过,不想当将军的士兵不是好士兵!”

“好,等通知吧。”梁宇良说,“3 天之内给你答复,3 天之内也希望你不要再去投别的公司简历了。”

“这个不行,形象太差!”袁洲说。

“形象是一方面,但你忽略了 3 点——心态,勤奋,还有上进心!这个小女孩的内心比你我都要强大。原本无忧无虑、成绩优异的高中生,就因为那些狗屁的高考政策,弄得大学都读不了,换你,你会怎样?”梁宇良说着说着就有点激动了,再想想有点不妥,就缓了缓情绪,说:“OK,她挺过来了,而且过得比很多大学生要好。为什么过得好?因为勤奋!销售,特别是二手房销售,偶尔的销冠可以说是运气,但连续一年的销冠,那完全就只有勤奋才能做到!她不比一般的销售员,她有冲劲,这是最难能可贵的。”

“行行行……”袁洲摆摆手,“我不跟你说了,反正人是你用。”

其实梁宇良看到林老板的态度,也知道他对这个吴迪迪肯定是不满意的,确实是形象不行。但整个销售团队不可能全都是花瓶吧?

黑猫白猫,抓得到老鼠的才算好猫。

美女丑女,卖得掉房子的才算好的销售。

招聘得还算顺利,包括容伊、沐若溪、蒋黎黎、吴迪迪在内,梁宇良一共确定了 7 个人选。

林老板拍了拍梁宇良的肩膀,说:“好,这次招聘的效果远比之前的好。以后的面试我就不来了,你把好关就是!”

这是领导对你的充分信任,也说明了他觉得你跟他的品位相投。

林老板想了想又补充道:“还有,人员一到位,你就要马上开始着手培训了!元旦售楼中心正式开放,不容有失!”

可惜名单到了行政部走流程时,柳经理就阴阳怪气地说:“梁经理,我不知道你们销售人员招聘是不是参照了夜总会的标准，怎么净挑些没气质的？文凭也不行。”

这个未婚的老女人应该是极度嫉恨美女，她看上的都是些比歪瓜裂枣还歪瓜裂枣的货色。

梁宇良很想问她：亲爱的 aunt 柳，所谓的气质是像您这样的吗？

但他只是淡淡地说了句“这些都是林老板一起面试通过的”。

柳经理立马哑巴，想了想又说：“关键还有一点——除了那个容伊，其他的都没经验！”

“没经验这点倒是不担心，距离实际开盘还有起码大半年时间，就算是头猪，我都有信心把她调教成精英。”梁宇良自信满满，又说道，“对了，之前招的那两个老销售员，我这边看了看，试用期过了没？”

“早转正了呀。袁洲给她们的转正报告签的字，你不知道？”柳经理说。

“公司现在的销售经理是谁？袁洲吗？”梁宇良冷下脸。

“哦……”柳经理干笑两声，“不都是营销部的吗？我还以为他跟你沟通过的呢！”

“没有！”梁宇良想了想说，“那两个销售员，能力和形象都让老板很不满意，原来我们没有人手，也就凑合着用吧，现在人员基本可以到位了，我建议，那两个就都清退吧。”

“哎呀，梁经理！你这可就让我难做了！”柳经理夸张地睁大眼睛，“转正的员工，签了合同，我们辞退可是要赔偿的呀！”

“这不是我考虑的问题！”梁宇良冷冷地说，说完转身走了。

“梁宇良！你也太过分了！在我眼皮子底下尽想招些美女！”齐紫萱终于还是吃醋了，在依米温柔乡的阴暗角落里，旁若无人地大吵大闹起来。

“注意影响，注意影响！这都是领导的要求啊。”梁宇良压低了声音。他皱起了眉头——总是选择在这里跟齐紫萱吃饭，主要是因为这边隐蔽阴暗，可以避人耳目，梁宇良一是不想让许诺或者她的那些朋友同事看到，二是不想让公司的同事看到讲闲话。

“狗屁的领导要求！哪个领导让你净招美女的？你摆明了是公器私用！”

“看看看，不懂了吧你？”梁宇良故作高深地笑笑。

“懂什么懂？”

“知道为什么净招美女吗？”

“为了满足你的兽欲。”齐紫萱给了他一个标准的白眼。

“为了满足领导的需求。”

“能不能别什么都往领导身上推？黄老板和袁老板，我做他们秘书这么久了，也没见他们有什么色心呀！”

“那也许是你无法让他们产生色心！”

“放屁！”齐紫萱怒了，“我告诉你梁宇良，别以为我没人要了，你看林老板看我那眼神，恨不得把我生吞掉！”

“这不就得了？老林也是老板啊，他好色呀。”

“他只是最小的一个股东！忽略不计！”

“但他是我的直属上司，是我真正意义上的BOSS！”

“他只是小BOSS！”

“你错了，BOSS不单单是老板的意思，BOSS还是及物动词。Mr.Lin liked to boss the beautiful girl about，意思是林先生喜欢对漂亮女孩发号施令。你要知道，林老板是直接对我发号施令的BOSS！反正，我现在首先要对林老板负责，对他负责就是对公司负责。他要形象好的，我就招形象好的。再说，也不全是呀，你看那个最年轻的小妹妹——吴迪迪，她就长得不咋地，我有我选人的标准。”

“反正男人没有一个好东西！”齐紫萱气鼓鼓地开始切牛排，刀叉切得牛排“咯咯”作响。

“美女都是为BOSS而招的。你放一百个心，我不会跟她们搭上什么关系的。像我们这种要制度没制度，要规则没规则的公司，招些美女来，咱也不往什么潜规则之类的地方去想，其实也就是为了满足BOSS的日常应酬需要，外边那么多酒局饭局，他总得有些个美女带出去招摇一下吧。还有黄老板、袁老板他们，难道他们不喜欢美女喜欢丑女？就算他们不好色，美女总也是养眼的嘛，他们每天上下班看到这群养眼的美女，也总会如沐春风嘛，那便会自然而然地提升对我这个美女帮主的好感了呀。像以前袁洲招的那两个，一脸怨妇相，老板们看见她们都掉胃口，又怎么提高工作效率？”梁宇良振振有词。

“我告诉你，梁宇良！”齐紫萱举起刀子，指着他，恶狠狠地说道，“你要敢跟她们之间谁勾搭上了，被我发现，我让你好看！”

“嘿嘿，不敢不敢。”

“梁宇良，你看这样好吗？”齐紫萱神秘兮兮地把头凑了过来。

“怎么？”

“你把我招进销售部吧？总秘就是打杂，又穷又累。销售员的提成很可观吧？”

梁宇良皱起了眉头，说：“小齐同志，你不是总秘，是总助，是俗话说的二号首长。你看公司上上下下，除了老板，谁不是对你点头哈腰的？哪怕是林老板、巫总他们，对你也是慈眉善目的。你放着这么高的职务不干，去做个最底层的销售员？”

“有钱才是爷，没钱你啥都不是。况且，有你罩着，我销售员也总有一天会变成销售主管的嘛！”齐紫萱大大咧咧地说。

梁宇良能看得出来，这副大大咧咧的模样是她刻意装出来的。从她对公司各方面细节面面俱到的有心留意，到她对公司人脉关系的细腻把握，再从她这次装作说者无意的申请调职，完全可以看得出来，齐紫萱不是个简单的女人。梁宇良前段时间确实是被她的大号胸罩蒙了双眼，但现在归于平静的他，可不是那么好糊弄的了。

“看看再说吧，这事儿是行政部主管，况且我上面还有林老板签字同意才行的嘛。”说罢，梁宇良埋头吃起了牛扒。

“梁宇良，你行！”齐紫萱气呼呼地扔下刀叉，起身就走了。

梁宇良开始有点心烦了，他后悔自己招惹这种窝边草。

胡乱吃了几口牛扒，梁宇良点了根烟，看着阴暗的角落发呆。

“心里有事儿？”依米飘了过来，浓厚的烟熏妆，像夜里的鬼魅。

“你现在的打扮越来越非主流了。”

“脸蛋是我的，我爱怎么打扮怎么打扮。”依米点了根烟。

“我后悔了。”梁宇良趴在桌子上，深深地叹了口气。

“后悔什么？”

“我不该跟那个女人上床。”

“为什么？”

“因为她是窝边草，她随时可能影响我的家庭，影响我的事业。这两个都是我人生中最重要的生命线，影响到哪一个都能把我毁灭。”

“上床应该抛开一切现实的东西和想法，包括婚姻，想上就上。”依米笑笑。

“这是你，没几个像你这么洒脱的人。话说，你也不年轻了吧，该骗个男人结婚了！”

“怎么骗？”

“看到哪个兜里丰满的未婚或者离婚人士，你就委身一下，生米煮成熟饭就万事大吉了嘛。当然，你的造型得换一下，别老踩着个拖鞋、化着烟熏装非主流，没几个男人好这口的。”梁宇良开始语重心长。

“这年头，生米煮成熟饭已经没有用了，就算变成了爆米花，该跑的还是会跑的。”

“嗯，那倒也是……”梁宇良皱了皱眉头，“不过我骨子里还是个很传统的男人。”

“得，你所谓的传统就是婚姻维持稳，婚外放纵。”

“行行行，我错了，姐姐！”梁宇良举手投降，“我原本以为，那个齐紫萱明知我已婚还要送上门来，她应该是知道游戏规则的。其实是我太天真了，所谓的游戏规则是我自己想出来的，违反了规则，齐紫萱并不会受到惩罚，而我这个规则制定者，却将万劫不复。”

“好了，还没到那一步呢，至于这么多愁善感的吗？你跟那个小女孩逐渐地淡化关系就是了。你也不是什么大富大贵之人，摊凉了激情，她再仔细想想琢磨琢磨，其实也就那么一回事。别人也犯不着在你身上白搭青春了不是？”依米一边安慰着，一边轻轻抚了抚梁宇良的手背。

“知道我原来是怎么评价你的小手的吗？”梁宇良缩了缩手，说，“化骨绵掌。”

“什么意思？”

“男人被你一摸，骨头都酥了！”

“你这浑球，老是装着副玩世不恭的模样，其实，我觉得你内心忒深沉。”依米低头想了想，又肯定地点了点头，“嗯，比很多男人都深沉。”

“倒不是深沉，就是心里总觉得压力挺大，特别是婚后，对物质上和事业上的追求变得更为急功近利，像权力和位置，嘴上说着不屑，心里却充满向往。”

“怎么？现在混到高层了？”

“差得远了，只不过刚刚开了个好头。”梁宇良苦笑。

依米饶有兴致地问：“说说你为什么结婚，爱情？责任？”

“都有吧，我跟许诺有过很多刻骨铭心的片段，割舍不掉，然后就顺理成章了。一直以来，我有过很多女人，但能在情感上驾驭我的，她是第一个，至今为止，也是最后一个。”

“婚姻不应该是驾驭和被驾驭吧？虽然我没有结婚，但依我的理解，婚姻应该是理解、容忍、支持的综合体，有爱情当然更好，没爱情也无妨。”

“无爱婚姻？那样幸福？”

“你看看傍晚相偎散步的那些老头儿老太，很多就是当年盲婚哑嫁的，没有爱情，但是白头到老、相濡以沫、彼此扶持，难道他们不幸福？”

“……”梁宇良无言以对。

有一天梁宇良没开车，把车给许诺去办事了，下班后许诺来接他。

就这一次，差点没出事，出大事！

也不知道齐紫萱是有心还是无意，以往她对梁宇良的那台马6总是视而不见，下班后从车旁路过看都不看一眼。这回，许诺刚把车子开到梁宇良的公司，她就走到车边，敲了敲车窗，车窗一摇下，映入许诺眼帘的首先是齐紫萱俯身抛出来的两个硕大的半球，然后是一股似曾相识的香水味，这让许诺愣住了。

“咦？这不是梁经理的车子吗？”齐紫萱有点惊诧。

“是的，我是他爱人，来接他下班的，有事吗？”许诺淡淡地说。

“哦，不好意思，我是你爱人的同事，碰巧我今天要去亲戚家吃饭，就在你们家附近，还想坐个顺风车呢。”齐紫萱盈盈一笑。

“是吗？那你上车吧！”许诺开了车锁，像没事人一样笑笑。

“谢谢！”齐紫萱笑笑上了车。

“梁经理还没下班？”许诺看了看表，过了下班时间5分钟了。

“梁经理可敬业了，一般都是比别人晚点下班。”

“你是他部门的？”许诺心想，这么个妖精样，应该是个销售员，好你个梁宇良，手底下专门养着群花花草草，怪不得老爱加班！

“哦，我跟他不是一个部门的，我是总经办的。”齐紫萱没说自己是总秘，再一看窗外，很兴奋地说，“你看，梁经理来了！”

许诺拉长了脸，心想他来了你兴奋个什么劲儿？

梁宇良看到这两个女人坐在了一起，当时脑袋上好像划过了闪电——晴天霹雳。

我咋就这么苦呀我！

梁宇良只得装成没事人一样跟齐紫萱打了个招呼，说：“齐秘书，蹭车？你也住我们那片儿？”

“你是知道的呀，我住在解放路那边，离你们那儿远着呢，我今天去走亲戚，在你们那片儿，就厚着脸皮蹭车坐咯。”齐紫萱笑得很无邪很无邪。

梁宇良看她就好像看到了魔鬼，只得点头勉强一笑。

一路上，许诺把车开得很快，喇叭按得贼欢。

“梁经理，您爱人长得真漂亮。是我的话，就肯定没心思在外头拈花惹草了！”齐紫萱突然蹦出了这么一句。

梁宇良差点没被吓得尿裤子，只得嘿嘿一笑，算是勉强带过。

“哎呀，现在都是明日黄花了。你说吧，结婚后的这些日子，老公练得成熟稳重，老婆熬成了黄脸婆。我们家宇良呀，婚前是个浪子，婚后也管不住自己。你说一个男人吧，长得也算一表人才，经理当着，小车开着，这外头有多少花花草草的想要飞蛾扑火呀？真是一刻钟都不让人省心！”

“行了行了……”梁宇良嗅到了点火药味。

“别让我发现你在外头有什么猫腻！”许诺突然冷冷地说。

杀气值太高，吓得连齐紫萱都闭了嘴。

“说吧，那漂亮妞跟你啥关系？”目送着下车远去的齐紫萱，许诺收起了笑容，一拧钥匙，把车子熄了火，一副誓不罢休的模样。

“什么关系？同事关系呀！”梁宇良很无辜的样子。

“真纯洁！”许诺冷笑。

“真是同事关系！清清白白！”梁宇良继续无辜。

“她身上那阵狐狸味儿，我记得在你西装上闻到过！”

“神经过敏了吧你！你不是不知道，我也一直有用香水的习惯！”梁宇良把无辜转化成了愤怒，这个时候只有愤怒才能掩饰自己的心虚。

“你那股味儿，我不用鼻子都能闻得到！但是偶尔，我也能从你那股味儿里嗅出点别的味道！”许诺瞪大了眼睛，逼视梁宇良。

梁宇良长长地吁了口气，说：“我跟她在公司抬头不见低头见，蹭上点味道再正常不过了吧？我是做销售的，现在你就这样，以后我手底下的团队组建起来，下面都是些花花草草的，那咱的日子还要不要过？”

“……”许诺沉默。

“你爱咋想就咋想吧，反正我跟她没事儿！你也不想想，她是谁？总秘！老总的小蜜！我能跟她扯上什么关系？不想活了？”

许诺想了想，撅撅嘴说：“我告诉你！你是结了婚的人了，该做什么不该做什么你心里有数！”

梁宇良算是逃过一劫，但是大难不死，后患无穷。这事儿算是个导火线，许诺开始不断地翻查梁宇良的手机通讯记录和 QQ 聊天记录。万幸的是，梁宇良的保密工作还算是到位，手机没留下什么痕迹，QQ 根本不会拿来打情骂俏。

但疑神疑鬼是总免不了的了，梁宇良一下子就失去了自由，也许是做贼心虚，总感觉到哪儿都仿佛有双眼睛在盯着他。

趁着老板都出差了，梁宇良去了总经办，那里就齐紫萱一个人守着门，相对来说那儿是最安全的。

“你玩什么花样？”梁宇良低声质问齐紫萱。

“没玩什么呀，顺风车都不让坐了？你看你老婆就挺大方的！”齐紫萱一脸的得意。

“我告诉你，齐紫萱！”梁宇良下定了决心，“我们玩完了！”

“我们是在玩吗？”齐紫萱突然很认真地说。

“难道不是？”

“既然是在玩，那你又何必那么认真？”齐紫萱突然冷笑。

“我认真？”梁宇良一愣，说，“是的，我很认真，我对我的家庭认真，我对我的老婆认真！”

“认真你招惹我干吗？”

这让梁宇良一时语塞。

“我想 GO ON！”

梁宇良决绝地说：“NO！不可能！”

齐紫萱眼角突然渗出了泪水：“玩完了也好，其实也没什么好玩的！”

梁宇良转身就走，想了想，又回过头往齐紫萱包里塞了把钱——5000 块。这个月他刚发的工资，全给她了，多的也没有。这事儿就权当买卖处理了吧。

十二　失踪

杨舒莉失踪了。

凌兰语已经 3 个星期没有见到她了。

开始的时候还能打通她的电话,她只是一个劲地说结不到款。

直到一个星期前,凌兰语再问她的时候,她很不耐烦地说了几句就挂了。

接着凌兰语连续几天没敢打她的电话。

然后再打,就是关机。

连续关机 4 天了。

凌兰语给陈华打了个电话,陈华告诉他,款已经结给杨舒莉了,4 天前,80 万。

凌兰语急了,接下来的两天,每 10 分钟给杨舒莉去一个电话,依然关机。

他找遍了所有认识杨舒莉的人,都是一个答案——不知道。

凌兰语疯了。

短短一个月的时间,佘婷、杨舒莉这两个女人相继在他的生活中蒸发掉了。

这两个女人,在现阶段是除了他老妈以外最最重要的女人。

一个是亲密爱人,一个是合作伙伴。

亲密爱人跟钱跑了,合作伙伴卷钱跑了。

文艺一点的说法是,佘婷把凌兰语的情感生活弄得支离破碎,杨舒莉则把他的现实生活打得粉碎,碎得连渣子都不给他留下!

陈华那破项目已经完全卖不动了。

底下的那些销售员开始造反,怨声载道、纪律懒散……没钱谁给你干活?

方玉成也死皮赖脸地找凌兰语要账。什么账?回扣呀,当初不是承诺了有10%的提点给他吗?

凌兰语很无奈,说:“我现在还找不到杨舒莉呢!”

“那我管不着,找不着她我找你。”

“你是我见过最不要脸的东西了。”凌兰语横了他一眼,冷冷地说,“滚!”

“好啊,凌兰语,丑话说在前头,那8万块你想赖掉可没那么容易!我把话放在这儿了!”方玉成依然趾高气扬。

凌兰语随手抓起了桌面上的水杯就向他扔了过去。

然后俩人扭打在一起。

过程很精彩,凌兰语把心底的那些郁闷发泄得淋漓尽致。

被人拉开后,方玉成说了句狠话:“这事没完!”

凌兰语冷笑道:“来吧,等你!”

到洗手间去洗了把脸,照照镜子,发现脸颊被方玉成抽了一下,嘴角有点血迹。

得,这回凌总成脸肿了。

“凌总呀……你也是我见过的第一个跟开发商动手的代理行了……”陈华给凌兰语递了根烟。

“抱歉陈总,我冲动了。”说罢,凌兰语叹了口气。

“打得好啊!方玉成这人嘛,太嚣张,气焰太盛,是该教训教训!”陈华依然微笑。

凌兰语一愣,不知道他葫芦里卖的什么药。

“项目现在卖不动了,你这个脑袋瓜转得快,还是得多支招呀!”说到项目,陈华一脸的阴郁。

凌兰语心里一笑,早说过不能这么涨价,现在好了吧,问的多买的少了吧?活该!想了想,他说:“陈总,现在杨舒莉失踪了,你也是知道的。我这边军心不定,我该拿的也没拿到……”

“我可是白纸黑字地结了款的哦,加上开盘那时候给你们的20万,我可一共给了你们100万。现在杨舒莉失踪了,这事可不赖我。”

“我知道,这事算我倒霉吧……不过,事实上,你们该给我们结算的金额不止100万吧?开盘期间一个亿的销售额,加上这段时间陆陆续续的散卖也有个千把万的,那起码还有50万的款项……”

陈华手一挥,说:“凌总,你可别忘了,项目可是有3000多万是内部关系

客户买的呀,这部分你们也好意思去拿提成?”

“内部关系客户的合同也要我们签呀，他们到场也是我们负责接待呀。再说了,没有我们的精心策划,他们没看到开盘时的那火暴劲儿,能一股脑儿地都抢着买吗?”

“凌总,他们抢着买的最重要的原因是,我给他们打的折吧?”陈华淡淡地抛出了一句。

“那我就更冤了我！就是因为陈总您在,他们才能用最便宜的价格,买了位置最好的铺面。这些铺面如果留着,留到今天,就算是现在这个价格,也许还大受欢迎呢。这是您的损失,也是我的损失呀！你给铺面打折,也就是给我们的提成打了折，我都毫无怨言了，现在你说一毛不给，那我找谁哭去呀我?”凌兰语一副杨白劳的表情。

陈华成了周扒皮。

陈华又点了根烟,低头沉思了会儿,再抬起头时,他闭着眼睛,说:“内部客户的提成打个 6 折,30 万。”

“这……”凌兰语露出很为难的样子,其实他心里乐呵着呢。

当初杨舒莉就是欺负陈华的不懂和心急，才没把内部客户的提成约定写在合同里,想蒙混过关。但陈华也不是那么好忽悠的,开盘卖好了他就觉察出了问题,于是在这个款项上没有让步,也想赖账。

“好了,凌总,这算是大家各让一步吧。”陈华做了个打住的手势,说,“关于内部客户的提成,业内都一直在纠缠着该不该提,提的话,又该提多少。开发商自然不希望提点，因为这些内部客户的业绩可以说不需要代理商作出任何努力就可以得到,等于是白送。而你们,自然希望提点,因为毕竟还是付出了劳动,从接待到签约不都得人力、物力吗?我们就相互理解吧。不过……”

“还有不过?”凌兰语一听就急了,说来说去还想赖账?

“呵呵,现在公司账上没钱。”陈华憨憨地一笑,跷起了二郎腿。

“开玩笑吧,陈总。”凌兰语赔着笑,“项目卖了上亿,这几十万不过是零头。”

“真没钱了,公司又弄了别的项目,都调出去了。”

拆东墙补西墙,开发商一贯的作风。凌兰语没再说话,只是仰了仰头。

“这个月我要 2000 万。”陈华终于转入了正题,“达到 2000 万,那么这 30 万,加上 2000 万的提点 30 万,一共是 60 万,我一分不少的,该给多少是多少！”

凌兰语眼睛一亮，随之又暗了下来："陈总，你这个任务是不可能完成的任务。"

"那只能说是我看走了眼，我一直很欣赏你，也正是因为欣赏，我才把项目交给你，才觉得一切皆有可能。"陈华冷不丁地蹦了句广告语，"可以允许你适当地降价。"

凌兰语心想：屁话，你要信我的话，当初就不可能不听我的劝阻，硬是要这么加价了！现在这个局面，神仙都不知道该咋办了！

想到这，他只得无奈地苦笑："降价促销是走不通的了，房地产都是买涨不买跌的……我再想想吧。争取 1000 万。"

"必须 2000 万！"陈华拍了拍他的肩膀，说，"我对你有信心！"

人走了，可以不带走一丝云彩。

但问题是你还活着，你就必须做出选择，是选择生不如死，还是选择好好活着。龙承章选择了后者，他活着，必须得对身边的人和事负责。

他回到了公司，重新接手了原来的工作，3 个多月过去了，公司里一大堆破事等着处理。最头疼的是，施工证还是没办下来。

龙承章连续跑了好几天规划局，焦头烂额四处碰壁，王处长一直不肯见他。关键不巧的是，黎伟这几天都在北京出差，也没个准信，只是说让他等等，再等等。

工作得做，丈母娘也得照顾。问题是丈母娘他是实在照顾不来。

有一天，龙承章和梁宇良、许诺他们陪丈母娘看电视，刚好放到一个挺搞笑的段子，龙承章笑了。这是他在何雨晴走了以后第一次笑，淡淡一笑。

这一笑让梁宇良和许诺看到了，他们也放心了，龙承章终于笑了，不再板着个脸老想着那些不开心的事儿了。

这一笑也让丈母娘看到了，她马上就哭了起来，在她的世界里，不允许别人笑，别人必须陪着她无尽地悲伤。

这让龙承章很无奈。

回想这段时间，每天回家对于他来说，都是场噩梦。

他原本想用高压的工作来麻醉自己，让自己可以稍微忘却那刻骨铭心的痛。无奈，一踏进家门，总会看到阴暗的客厅里，丈母娘在以泪洗面。丈母娘不止一次地自残，或者在地上打滚痛哭，等等。这一系列的行径，就是在不断地提醒龙承章，你必须悲伤，必须疯狂，必须撕心裂肺。

这日子没法过了。龙承章觉得再这么下去,肯定会崩溃。

“我想搬出去。”龙承章说,“自己住。”

“那怎么行?现在你就是阿姨的精神支柱!”许诺说,“你要理解她呀,阿姨这么大年纪了,好不容易把女儿拉扯大,现在她什么都没有了,能不每天都胡思乱想吗?”

“那谁理解我?”龙承章叹了口气,“活着的人还要活着,好好活着……我不想再去想起那些不快乐,我还想过回一个正常人该过的正常生活!”

“你真自私!”许诺说。

“是吧……”龙承章叹了口气,“我自私。”

说罢,他哭了,像个孩子。

梁宇良瞪了一眼许诺,拍了拍龙承章的肩膀,没说什么。

回去的路上,许诺生着闷气,一声不吭的。

梁宇良也生气了:“我说你怎么说话的?没看到龙承章的难受劲儿吗?”

“我说的是实话,龙承章真自私!”许诺冷冷地说。

“家家都有本难念的经……”梁宇良说,“他有权利去选择活着的方式。活着,他就要走出这段阴影,自己住就是他迈出的第一步。我能看得出来,这一步他迈得异常艰难。”

“那就不管他人死活了?”许诺越说越激动,“阿姨怎么办?这么孤苦伶仃的!”

“那能怎么样?像阿姨那样永远活在阴影里?”

“要带着阿姨一起走出阴影呀!”

“怎么带?每天回到那个阴森黑暗的房子,陪她一起又哭又闹?谁能承受得起这样的压力?话是说得容易!阿姨对生活已经没了任何盼头,龙承章不一样!他还年轻,他迟早还要重新组建自己的家庭,搬出去也是迟早的事儿。况且,他只是搬出去住,又不是不管她了。生活费照给,也会经常回去看她。”

“有钱就了不起了?”

“说得现实点吧……”梁宇良叹了口气,“换成个家境一般的男人,承不承担得起那每个月1000多的赡养费都是问题。龙承章该做的已经做到了,而且做好了。”

“呵呵,男人都这么自私。”许诺冷笑。

“跟你说不通。”梁宇良只能放弃,看到前面的车开得贼慢,路窄想超又超不掉,就狠狠地直按喇叭。

许诺说:"有啥气别往车子上撒。"

梁宇良没说话,逮着了个机会,超了那车,又缓下了车速,用车头慢慢一点一点地逼着那车靠着反方向的那个车道减速,然后随手把车上的半听可乐往窗外一扔,可乐"啪"的一下打在那车的前窗上。

"傻帽儿车!"梁宇良再猛一脚油门,只给那车留下了一溜儿青烟。

"你疯了?"许诺吓了一大跳,又不停地回头看看那车有没追上来,"有病呀!太危险了!那车追上来怎么办?"

梁宇良面无表情地说:"追得上再说!"

龙承章给黎伟打了个电话:"兄弟,还在北京呢?施工证的事情现在很头疼呀!"

黎伟不紧不慢地说:"你别慌呀,上网看看本地论坛,有个置顶的帖子,现在很火。"

龙承章纳闷儿了:"现在我哪还有什么心思去上网看帖子?"

"你看看就知道了,包你满意!"黎伟卖了个关子。

龙承章忙打开电脑,进了本地论坛,只见那儿标红置顶了一个帖子——《某市某单位公仆酒店群交照片曝光》。

进去看了看,是很多张照片,一群裸体的男女在行着苟且之事,地点应该是个豪华酒店的套房里,三点都上了马赛克,但相关男女的脸部没有处理,看得出来,这批照片是偷拍的,虽然照片有些模糊,但也可以依稀地看到他们的样貌。

咦?有个男的看起来很眼熟……

龙承章心里一惊,再拖下来看了看回帖,果真如此,有几个回帖已经指名道姓地说出了照片中有谁谁谁,是什么单位的,其中,就包括了那个王处长!

龙承章笑了,给黎伟拨了电话,说:"丫的也太绝了!"

"话可别乱说哦!"黎伟嘿嘿一笑,"国家干部去腐败,让人偷拍后公之于世,这叫天网恢恢啊……咱不过是个看热闹的酱油男而已。"

"呵呵。"龙承章也笑了,心想怪不得这段时间黎伟说去北京了,原来是有计划地去避嫌。

黎伟说:"过几天,等这事儿炒熟了,我再回来。到时候,你来局里,施工证的事情应该问题不大了。"

挂了电话,龙承章算是放下了心中大石,这个黎伟,不出手则已,出手就是狠招，看来那个王处长以后的仕途也得画上句号了。

龙承章要搬出去自己住，并不是说到就能做到的，他受到了所有人的阻挠。丈母娘那边的亲戚，无一不说他冷血，什么晴晴尸骨未寒，什么老人缺乏照顾，等等。包括凌兰语、梁宇良他们，都表示难以理解。

终于，有一天他再也忍受不住，爆发了，吼道："这日子没法过了！"

声音震得天花板都嗡嗡作响，众人都被镇住了，丈母娘一看他那模样也知道无法挽留，就哭着在地上打滚。

龙承章咬咬牙，拖着行李箱就迈出了家门。

下了楼，他没有再回头，只是大口大口地呼吸着空气，仿佛要告诉自己，你还活着。

微风吹过，感觉脸上有点凉，一摸，原来是被风干了的泪痕。

让梁宇良没有料到的是，龙承章搬出去住这事儿，竟然会导致许诺跟自己大吵一架。

许诺说："龙承章不是个好东西，你以后少跟他来往！"

梁宇良纳闷儿："这是什么道理嘛？"

许诺一撅嘴，说："没道理可言！反正你跟他在一起，我就不开心！他现在已经被我划入了黑名单！"

梁宇良哭笑不得："我跟他认识多少年了？以前他也没少帮咱们吧，怎么你这人说翻脸就翻脸呢？"

"我不管，他不是好东西，我讨厌他！"

"他龙承章搬不搬出来，那是别人的家事，咱管不着吧？犯得着自个儿院内失火吗？"梁宇良想不通。

"是的，我管不着。你喜欢跟他混是吗？那你就去找他吧！你要他还是要我？"许诺生气了。

"能不这么胡搅蛮缠吗？"梁宇良觉得她有点不可理喻。

"好，我胡搅蛮缠！总有一天，我们这个家会被你的这些个兄弟弄得家不成家！"许诺气冲冲地走进房间，"轰"的一下把房门关上了。

这是什么跟什么呀？梁宇良觉得自己忒委屈了。凭什么在家里，你就一定得是女王，你说什么我都得听从？

爱咋地咋地吧，咱也乐得清静！

梁宇良拨通了凌兰语的电话，说："喂，在哪儿呢？跑车？得，别跑了，我把你买断了，今晚你就服侍我得了。没什么，跟老婆吵架，妈的，活得太没尊严了！"

"啥事儿啊？把你赶出家门了？"凌兰语给梁宇良开了门，馒头围着这个深夜来访的客人团团转。

"没事儿，屁大点事儿，小事化大，没事找事！"梁宇良拍了拍馒头的脑袋瓜子。

凌兰语问他："离家出走？"

梁宇良耸耸肩，说："走啥，都结婚的人了，哪还能在外过夜，来你这蹭点酒喝，晚点再回去。又是冷战，不知道战斗到何时方能终止。"

凌兰语说："你和许诺一吵架就是冷战。我不一样，我跟佘婷嘛，一吵架就是她一个人闹，我沉默。"

梁宇良嘿嘿一笑，说："最后一般都是女性胜利。"

"吵架就是为了一方的妥协。我不断地妥协，能忍则忍，然后退无可退……"凌兰语叹了口气，目光呆滞。

"得，别在那儿多愁善感的了，我觉得你现在这样挺好，爱跟谁暧昧跟谁暧昧……"梁宇良四下看了看房子，说，"我看你这儿还成，两房一厅，多余的那个房间，你就多布置一张床，以后咱兄弟离家出走也好有个下脚的地儿。"

"你的那些花儿不都有窝吗？过来跟我个男人凑什么热闹？"

"咱现在洗心革面了，忒有公德心，绝不乱摘花儿了。"

"狗改得了吃屎？"

"兄弟，你是不知道呀！许诺现在有点神经质，啥事儿都对我疑神疑鬼的，咱是挥刀斩情丝，藕断丝都不让连了！就公司那小蜜，现在已经完全没了肉体上的纠葛了。你是有所不知呀，这窝边草确实不好吃，有毒！"

"你要早有这觉悟就好咯！"凌兰语开了瓶红酒。

"能不那么矫情吗？"梁宇良说，"俩大老爷们儿喝啥葡萄糖？"

"这儿就只有红酒了，其他的酒基本都不喝，每天晚上我就喝点红酒，好睡觉。"凌兰语拿出了一对水晶红酒杯，满上了。

梁宇良想起，那套红酒杯是凌兰语跟佘婷买下这房子入住时，他跟许诺送的。想到这儿，他突然感慨万分，又不好在凌兰语面前表露出来，就低头点了根烟。

"其实我倒是挺羡慕你的，婚了，解决了人生大事，老婆孩子热炕头。"凌兰语给他递过了酒杯。

“羡慕啥呀？围城！”梁宇良叹了口气，“瞎折腾！烦！累！”

“男人啊男人，别嫌女人烦，等到她有一天去烦别人了，你就乐呵了，是不是？”凌兰语也叹了口气，呆呆地看着杯中的红酒，“好好珍惜你有的……”

梁宇良看他这副模样，就知道他又想起佘婷了，就换了个话题：“对了，你那半老徐娘跑路了，啥音讯都没了吗？”

“什么半老徐娘？”凌兰语愣了愣，说，“你是说杨舒莉？”

“嗯，就那老娘们儿，害得我兄弟你鸡毛鸭血的！”梁宇良说得愤慨。

“哎……遇人不淑呀，就这么蒸发了。我看，估计是卷了钱去了别的地儿……”

“报警找找看？”梁宇良说，“准能找到！”

“我跟她没有签任何的合同，甚至连协议都没有……怎么报警？”凌兰语叹了口气，“也怪我，太傻、太信任朋友。也许，她并没有把我当做朋友。”

“你跟她睡了没？”梁宇良5句不离性话题。

“你脑子里除了这些东西还能有点别的什么吗？”

“得，纯洁男，没睡就更亏了！”

凌兰语想了想，感叹道：“其实，能有这次机会这个平台，我都已经很满足了，起码能证明自己的一点价值。我们年轻、有思想，但我们的思想往往总会被别人忽略，郁郁不得志的感觉很不好，数着日子看自己一天一天地颓废下去那是慢性自杀。走过这段日子，我很充实，也很满足，当然，钱很重要，但我起码没有亏本，就算是一种免费的实习，也算是不赚钱买经验教训吧……”

梁宇良瘪瘪嘴说：“你还真看得开！”

“还有，几十万，我还不觉得这点钱能使一个人出卖自己的人格。反正换了我，我做不出来！”

“兄弟，几十万呢！就咱这破打工的，得花个十年八年才能混得到吧？”梁宇良掰着指头算了算，“起码5年。”

“眼光放远点，咱不止值这个价！”凌兰语突然自信一笑。

“得，承你贵言！为伟大的人格干杯！”梁宇良举杯。

“我这儿碰到了点难题，你做销售的，脑子活，给支支招！”凌兰语想起了陈华的销售任务，就把项目的情况和遇到的难题都跟梁宇良说了说。

梁宇良眼珠子咕噜一转，计上心来：“现在你们涨价了，那么一楼的独立门面，好点位置的，单价不得 4.5 万每平方米呀？”

“是呀，销售就是销售，算盘总是打得那么快！”凌兰语笑了。

“据我了解，全市最好地段的临街铺面，每平方米的租金最多也就是 200 元，你那盘的地段还肯定达不到这个数。咱现在就按照每平方米 150 元的租金来算，年租金算它 1800 元？”

凌兰语算了算，说：“嗯，差不多。其实还很难达到……”

梁宇良拿过计算器噼里啪啦地按了起来：“那么 1800 除以 45000，回报率 4%。而且照你的说法，其实还很难达到。我们再按照住宅的回报率来计算一下，老城区 70 平方米带装修的小两房，大概 50 万，如果租出去，租金是 1500—1800 元，除掉空置的时间，就算它每年收租 18000 元，那么说，回报率等于 18000 除以 50 万，就是 3.6%。虽然说看起来略低于你那商铺，但不能忽略的是，住宅投资的风险要远低于商铺投资！”

“是呢，客户都不是傻子，这种售价，综合租金回报来算，根本就不值呀！”

梁宇良没再说话，而是抽着烟不停地喝酒。好一会儿，他一拍脑袋说：“你给客户画个饼呀，告诉他们，这个商铺的回报率有 8%，甚至更高！”

“大哥，你说多少就多少的吗？”凌兰语苦笑，觉得他在异想天开。

“比如说，某某大型商家强势入驻你们项目，整租你的项目，按照售价的 8%来支付每年的租金，而且一租就是 10 年。然后，这个饼不就画成了吗？这样一来，回报率就真实存在了呀，单纯收租 10 年，客户就能拿回 80%的投资金额，加上铺面不断地升值，他们还拥有 30 年的产权，继续租也是赚，转手卖也是赚呀！”

“得，真有这么个商家，那确实可以鼓舞观望客户的置业信心。问题是，去哪儿找这么个傻子商家？”

“皮包公司呀！”梁宇良往嘴里扔了颗花生，洋洋得意起来。

“你是说……”凌兰语一愣，马上就明白了他的意思，“这算是商业诈骗吗？”

“顶多算是忽悠罢了。”梁宇良想了想，说，“看皮包公司怎么去签署这个租赁合同。先预交 1 年租金给甲方，然后规定甲乙方必须维持租赁关系 10 年，违约者罚款多少多少。但皮包公司就是甲方自己找人成立的，违约金不过是他左手交给了右手，这不违法吧？”

“丫的真是个人才！”凌兰语一听来了劲，又想了想，说，“我还想到了个下招！即买即返 5 年租金，按照 8%的回报率来算，那就是 40%，加上商业贷款的 50%，实际上，客户仅需首付 10%!那么 100 万的铺面，10 万就能搞定！”

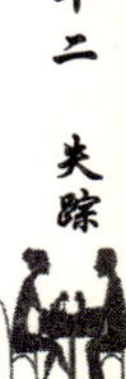

“丫的更是个人才！”梁宇良嘿嘿一笑。

“你先睡吧，我赶方案，吃干的还是喝稀的，就看这方案了！”凌兰语突然变得异常亢奋，噌的一下就弹了起来，疾步走去电脑旁。

“得！还让哥们儿独自喝闷酒了！”梁宇良无奈地把馒头抱了过来，就着花生米喝着红酒。喝到凌晨3点，空了两瓶，看凌兰语还在挑灯夜战，想了想，还是硬着头皮打道回府了。

回到家，客厅亮着暖暖的灯。梁宇良轻手轻脚地换了鞋，走近卧室，发现门开了，他做贼一样地摸上床，搂上许诺的腰。

也不知道许诺睡着了没有，只是轻轻地握住了梁宇良的手……

“8%的年回报率？首付一成？”陈华推了推眼镜，看了看那份营销策略，又看了看凌兰语。面前的这位小伙子，眼睛里布满了血丝，看得出来他为了这个方案通宵达旦绞尽了脑汁。

“嗯！”凌兰语自信满满，十分亢奋，“单价不变，首付降低。”

“怎么降？”陈华听得有点晕乎。

凌兰语铺开了一张白纸，开始在上面做算数：“打个比方，100万的房子，按照我们原本的销售策略，商业贷款最多按揭一半，也就是首付需要50万。现在，价格不变，我们可以制定包租政策，在某大型商家签约确定租金标准的前提下，设定8%的年回报率，然后即买即返5年的租金，也就是总价的40%，再加上商业贷款的50%，实际客户仅需首付10万！10万即可拥有价值100万的铺面！”

“嗯……”陈华闭目想了想，久久才说，“也就是说，一个原本我可以收100万的铺，现在，实际上我只能拿到首付的10万，加上套出了银行的50%，也就是50万，一共是60万？”

“远远不止呀，陈总！”凌兰语说，“你是在客户买铺的同时就返还了他5年的租金。在这5年期间，商铺的租金收益是完全属于你的呀。”

“呵呵，数字游戏！”陈华笑了，“实际上，这个盘卖掉以后，能否正常经营都是个问题，我还指望去收那5年的租金？这个是未知数，可以忽略不计。”

凌兰语无奈地苦笑：“陈总，您的算盘打得太精了，你要这么算，我就真的没辙了！”

“开了个好头，但我觉得，还不够……”陈华想想，说，“你先试行一下，不过，在原有的价格基础上再涨价30%。”

凌兰语一听差点没晕过去:“什么,还涨价?”

“是呀,涨价 30%,也就是 100 万的铺子卖 130 万!”陈华也拿起笔在纸上算起了公式,“130 万,首付 1 成加银行的 5 成,我实收 6 成,那就是 78 万。嗯,这个数字我可以接受。”说罢,他脸上露出满意的笑容。

凌兰语可笑不出来了,他差点没哭出来:“陈总,您这可是在火上浇油啊!客户可不是傻子呀!”

“客户都傻。”陈华嘿嘿一笑,好像世界上就只有他聪明似的,“买涨不买跌,这话是你说的。”

“陈总,允许我再无力地挣扎一下!”凌兰语看他那副自负的模样,就知道这事又无法挽救了,说,“要涨价,你要在新的价格表上签字,同时,我也签字及写上我的个人意见。卖不掉,不是我的责任,该我们收的钱,你可不能赖!”

“凌总,你看你看,怎么说话的你?”陈华挤了挤他狡猾的小眼睛,说,“咱可是一伙的!”

凌兰语彻底地无语了。

“去吧,你马上去改好价格,然后按照这个返租政策去落实。还有,我这再配合上两期广告轰炸轰炸,让那些观望的客户看看,再等下去,铺子只会越来越贵!”陈华大手一挥。

“陈总,还有个事儿。”凌兰语看大势已去,只得硬着头皮争取一下了,“我这士气低落,需要来点刺激……”

陈华一愣,转了转眼珠子,说:“刺激?你开会动员呀!这么个帅小伙,还忽悠不了那几个小妹妹?”

“现在的妹妹没那么好忽悠了……销售嘛,都是看钱的。没钱,什么都不灵,您看,多少还是先结点款过来吧!”凌兰语摆出了副苦瓜脸。

“这……”陈华一副为难的样子,又装作痛下决心的样子,说,“先给你 10 万,我这实在是没钱了呀!”

也好……凌兰语松了口气,够把前面拖欠的员工提成发了。

让凌兰语出乎意料的是,客户还真是傻子。

原本冷清的售楼处,因为这次涨价和新的销售政策,挤得水泄不通。

广告语是这么写的——首付 10 万,坐拥百万鎏金铺王!

广告画面是金色的项目坐落在金山上,天上还纷纷飘落着人民币、英

镑、美金,等等。

这广告是陈华通宵想出来的,通俗易懂,直观赤裸。

凌兰语觉得这种广告很没文化,而且很庸俗。

无奈,钱多人傻的大多没啥文化,他们蜂拥而来,像买白菜一样地疯抢商铺。

这个情景让凌兰语想起了他跟佘婷去香港时,看到 GUCCI 等名店外排着长龙等待的那清一色说着国语的人们,出来时都是大包小包,好像不要钱似的。

因为他们的存在,香港人不再鄙视大陆客,笑容可掬的,一听来人讲着国语,就屁颠屁颠地操着蹩脚的国语上去嘘寒问暖:“里吼,请闷有舍么阔以围里耗劳的吗?(备注:你好,请问有什么可以为你效劳的吗?)”

于是凌兰语跟佘婷到了香港都不敢讲粤语,说了粤语,别人把你当成了香港人,那就不受重视了,加上你穿得寒碜,一看不是跑堂的就是打杂的,必遭白眼冷落。

在补发提成和人潮涌涌的影响下,销售员又跟打了鸡血似的积极起来。销售情况突飞猛进,一星期卖了 30 多个铺,回款 1500 多万,让陈华笑弯了腰。

“怎么样?凌老弟,我说涨价没问题吧?”陈华洋洋得意地拍了拍凌兰语的肩膀。

“那是那是,还是陈总有远见!”凌兰语琢磨着他这句话,貌似这次热销全是他陈华的功劳,没自己啥事儿了,就补了一句“不过还是得数字游戏玩得好”。

“忘不了你的!”陈华继续笑继续笑,并且亲自给凌兰语满上了一玻璃杯的白酒,“来,走一个!”

凌兰语也不含糊,豁出去了,一仰脖子干了。

“好!”陈华脸上飘起了红霞,大声说,“这个月卖到 2000 万以上!凌总,有我赚的,就有你的一份!”

凌兰语问:“您没醉吧?”

陈华嗤的一声笑了:“这点小酒怎么可能放倒我?”

“得!不是醉话!”凌兰语摇了摇手里的手机,说,“录了音的,证据!”

陈华一愣,哈哈大笑起来:“跑不了你的!来,喝酒!”

一听这话,凌兰语心花怒放,连连敬酒。菜还没上完,他就灌了三大杯,一杯3两，一共9两，筷子都没动，就扑通一下把脸搁在桌子上醉倒了……

其实醉了的感觉很好，朦胧之中，凌兰语看到了佘婷，然后他可以借着酒劲拥抱着她，在她怀里拼命地哭，撕心裂肺地哭，嘶哑着嗓子……

凌兰语感觉一双温暖的手正在抚着自己的脸，艰难地睁开双眼。

“醒了？”

是女声。

凌兰语循声望去，失望了，不是佘婷，是方芳。

他闭上眼睛，突然又想起了什么，忙伸手摸了摸自己的裤子……还好，穿着西裤，皮带没解，理论上，没有干过坏事。

方芳笑了：“贞操意识还挺强！”

凌兰语被她说得有点不好意思，四顾看了看，问：“这是哪儿？”

“酒店。”

“你跟我开房？”

“是我帮你开房……”方芳纠正道。

凌兰语看了看，是个标准二人房，他身旁还有一张床，有睡过的痕迹，就问：“你睡那儿？”

“不睡那睡哪儿？”

“那是那是……”凌兰语原想说睡我被窝里，想想还是算了。

方芳说：“你醉了的时候跟现在不大一样。”

“让你笑话了，酒后失态了！”凌兰语有点不好意思。

“抱着我不停地哭喊着别的女人的名字，算是个笑话吗？”方芳突然很严肃地说。

凌兰语愣住了，努力回想却又想不起什么，难道说，醉梦中的佘婷就是眼前的方芳？

“好了好了，别想歪了。我理解你的心情，让你白赚点便宜了！”方芳刮了刮他的鼻子，转身离去。

凌兰语看着她轻轻地关上房门，还冲自己做了个鬼脸，心里就纳闷儿了：赚了她什么便宜？抱一抱？亲一亲？还是……

希望还是没有了，凌兰语猛地打了个冷战，再想想方芳的那个鬼脸，其实这丫头片子长得也还行……

十三　被套牢的幸福

“我想请问一下在座的各位，你们为什么要选择售楼人员这个职业？”第一堂正式的培训课程，梁宇良向新人们首先提出了这个问题。

新人们面面相觑，没人回答。

梁宇良皱起了眉头：“一个合格的销售人员，首先应该具备的就是自信，要勇于表现自己，才能更好地体现产品优势！”

“我想更好地锻炼自己！”蒋黎黎第一个举手。

“我喜欢销售这个职业，很具挑战性。”沐若溪说。

“我从事二手房销售已经很久了，我想学习更规范、更全面的专业知识。”吴迪迪说。

容伊说：“我要赚钱！”

听到容伊说完，梁宇良欣赏地向她点了点头，说：“学习、挑战、发展、平台等，都只是为了一个目的——赚钱！赚更多的钱！我喜欢你们直白一点，甚至赤裸裸地提出你们的目的和要求！赚钱不可耻，赚不到钱很可怜！”

新人们呵呵呵地笑了起来。

“当然，赚钱就必须具备赚钱的能力……”梁宇良点开了PPT，喝了口茶，润了润喉咙，“优秀的售楼人员应该具备的专业素质包括以下几点。第一，必备的专业知识，你必须是这个行业的专家，这样你才有资格向别人推荐你的产品。第二，正确的售楼心态，诚信是根本，不是靠花言巧语或欺骗来实现成交的，多一些换位思考。第三，个人的仪容仪表以及潜在的高素质。专业的形象及彬彬有礼的举止会为你赢得良好的第一印象，有助于消除客户的戒备心理和彼此的距离感。第四，具有和客户进行良好沟通的能力、亲和力，先让客户认同你、接受你，成为你的朋友，这样客户才会更好地接受你所推荐的产品。第五，学会和同事很好地相处，我们是一个团队……”

这个时候，袁老板和巫总走了过来，梁宇良忙迎了过去。

袁老板摆摆手，说:“继续，继续！”

梁宇良点点头，然后对新人们说:“大家欢迎袁老板过来指导工作！”

新人们还算醒事儿，齐刷刷地起立，鼓起掌来。

袁老板等了5秒钟才示意大家停止，说:“哎呀，我是来学习的，大家快快坐下吧！”

听到这话，蒋黎黎第一个坐下去了，若无其事的，其他的人站着都没动，梁宇良皱起了眉头——怎么这么没脑！

容伊忙走了过来，请袁老板和巫总坐下，这个姑娘最醒事儿。

等袁老板和巫总坐好了，其他的新人才陆陆续续地坐了下去。梁宇良面带微笑，向袁老板点点头，说:“那我就继续了……”

袁老板时不时会插话说上两句，主要谈的还是公司文化——其实，梁宇良觉得，公司没文化。所谓的公司文化就是，老板说什么，你听什么，老板要求什么，你做什么。

巫总则提出了一个要求:礼仪方面的培训必须严格、专业，梁宇良讲得太过笼统、肤浅，要有专业的酒店培训人员来这里指导培训。

“是的是的!”梁宇良一脸严肃地不住点头，说，“巫总的这个建议提得非常好，在礼仪方面，确实应有专业的培训人员，包括坐姿、站姿、走路、谈吐、礼节、举手投足，等等。这个非常重要，售楼人员的形象直接影响公司的形象！”

巫总满意地点点头。

梁宇良又补充道:“在着装方面，统一工装是必须的，我还有一个建议，就是女性售楼人员应该统一把头发束起来。”

袁老板沉思了一下，点点头说:“这个建议提得好，就像人家空姐那样，都是束头发的？”

“是的！”梁宇良说，“这样看起来更庄重一些。”

老板走了以后，下面怨声载道，姑娘们纷纷抗议，说束起头发来太显老，很难看。

梁宇良听她们七嘴八舌地议论完后，只说了一句话:“明天开始执行。”

梁宇良现在备受领导重用。再看他把袁洲招的两个销售员辞退得干净利落，营销部里原来的那两个袁洲的直接下属也坐不住了，纷纷像墙头草一样倒向了梁宇良这一边。

特别是那个文案——王姐。

袁洲曾经对此人作出过评价:没野心,安分守己。

梁宇良笑了,像这种在机关单位待了几十年的老女人,怎么可能是个简单角色?

“梁经理,我想跟你汇报一个事情!”王姐进了办公室,没有坐下来,神秘兮兮地小声说。

“嗯……”梁宇良点了根烟,说,“坐吧。”

“有个事情我真的很烦!”王姐装作欲言又止。

“你说。”梁宇良装了副饶有兴致的模样。

“我们工地的围墙广告包装,袁经理作出了预算,但是……”王姐顿了顿才说,“我看了下,数额大得吓人,要3万多!”

“哦……”梁宇良什么都没说。

王姐急了:“而且最要紧的是,经办人那里他要我签字!我只是个打杂的,这几万块我可担不起责任呀!”

“那是,这个事嘛,你确实没有签字的权力。”梁宇良点点头。

“但是袁经理是我的主管领导呀,他逼我签字,我该怎么办?”王姐很无助。

这个无助不是装出来的。她的嗅觉很灵敏,袁洲肯定是因为出了经济问题,所以花钱的地方他都不敢出来经办。这个数额肯定是有水分的,她签字可能还能蒙混过关。不过如果将来出了问题,那就肯定是追究她这个经办人的责任。

没人愿意干这种吃力不讨好的活儿。

所以她找了梁宇良,这个她曾经轻视甚至无视,现在却蒸蒸日上的销售经理。况且,售楼处的采购,梁宇良一出手就把不可一世的袁经理整得服服帖帖的,独揽采购大权,从这件事就可以看出他绝非黄毛小子。

梁宇良笑笑,说:“我跟袁经理所分管的具体事务各有不同,这个广告包装的事儿,我还确实不能干涉。公司有公司的规定嘛,我也相信袁经理的为人,他一向很关照你们的……”

“梁经理,我就跟您直说了吧……”王姐叹了口气。

梁宇良分明听出了,她把原本对他的称呼从“你”变成了“您”,这让他很爽,于是他用眼神鼓励王姐继续说下去。

“怎么说呢?进公司的时候,我就一直埋头工作,因为并不懂行,再看您也这么忙,所以不太敢打扰您跟您沟通。袁经理是我的主管领导,他的风格很强势,甚至喜欢喧宾夺主。不过,很多工作都是雷声大雨点小,最后不了了之,不像您……”

“我？”梁宇良依然面无表情,“我怎样？”

“您低调,您不喜欢争风头,但并不代表您没有能力！袁经理总是跟我说,您压根没干过这行。我当然不信,再一看您一出手,像售楼部装修、销售人员招聘培训,都是漂漂亮亮地轻松完成。不是因为我年纪大了,我还真想在您手下做个售楼员呢！”王姐这话说得很诚恳。

这话一半是打了袁洲的小报告,一半是恭维了梁宇良。

当然,恭维话谁都喜欢听。于是,梁宇良板着的脸逐渐放松了,并且带了一丝笑意:“王姐要当售楼人员,也肯定是把好手！”

“我这种老太婆就不出去影响公司形象了！”王姐喜上眉梢。

“你说的那个事儿,我还真的不方便去干涉……”梁宇良端起茶杯,慢条斯理地喝了口茶才说,“不过,我建议这个预算报告,你可以拿给袁老板,说出你的苦衷,毕竟你是真的无权签字的嘛……”

“袁老板?”王姐吓了一跳,手里的报告跌落在地上,飘到了梁宇良的脚边。

“正常的工作汇报嘛！”梁宇良弯腰捡起了报告,略过一眼,递还给王姐,“公司有公司的制度。你、我、他都必须根据制度走。我过问,坏了制度,你签字,坏了制度,袁经理让你签字,也坏了制度。”

“嗯……”王姐想了想,下定了决心地点了点头,“我知道了！”

“你看看,这句话写得挺有才的！”梁宇良指了指他在网上看到的一句话,让王姐看——

人生最重要的不是所处的位置,而是所朝的方向。同样是个B,你一路向北就成了NB,撞破南墙不回头,那就只能是个SB！

不知道王姐去袁老板那边是怎么哭诉的,反正袁洲那份预算是黄了。

后来袁洲把王姐叫到办公室里,吼得整栋楼都震了震,梁宇良在隔壁办公室乐得一天都合不拢嘴。

王姐带着泪痕,一转身就进了梁宇良办公室,恶狠狠地说:“梁经理,以后我就是您的人了！”

这话差点没把梁宇良吓倒——您这老泪纵横地说你是我的人,也太容易让人产生歧义了吧！

凌兰语心里堵得慌,给龙承章打了电话,让他一起出来吃个饭。

龙承章推说太忙，没去。

其实他已经忙完了。他不想见人，不想说话，只想回家自个儿下面条吃。

连续3天吃面条了。

奇怪的是，无肉不欢的他竟然没有半点饿意。

惯例，面条之后是花生米送二锅头，同时看郭德纲傻笑。

两瓶下肚，OK，醉了，拉两首二胡，可以睡了。

梦里依然是何雨晴，你在天堂好吗？

凌兰语只得约了梁宇良。

点了菜，凌兰语就迫不及待地发泄起心中的郁闷："我觉得我现在忒损了点，完全就是个助纣为虐的忽悠大王。看着挺多老头儿老太拿着自己的棺材本扔进这个投资项目，憧憬着那些被我描画出来的所谓的美好前景，我就会萌生出异常强烈的罪恶感！"

"这是你的工作，你的工作就是帮老板卖房子。卖得好是你本事，卖得不好你啥都不是！"梁宇良安慰说，"相比之下你真幸福，你知道吗？我现在完全没了灵魂，完全就一走狗。每到工作需要决策的时候，首先想到的并不是怎样才能更好地卖掉房子，而是怎样才能让老板满意，哪怕我自己并不满意，甚至非常反感……"

凌兰语说："不过我去看过你那售楼处，装饰得确实够恶俗的，一看就是暴发户的品位！鄙视！"

梁宇良给他翻了个白眼，说："想成为暴发户的首要条件就是，具备暴发户的品位！你现在身上还是脱不掉那可耻的小资调调，这是异常危险的！活该你大半辈子白领！"

"话说，你还在跟许诺冷战？"凌兰语问。

"是呀，回到家我跟她就各干各的，她占领客厅看韩剧，我占领书房玩游戏。"梁宇良无奈地摇摇头，"睡觉时也是背对背，她像小学生一样用被子做了条三八线。"

"嘿嘿，小两口真搞笑！"凌兰语笑了，"你要主动认错呀！"

"我没错怎么认？"

"认孙子呗！"

"再这么惯下去，我就孙子一辈子了。"

"难道你结婚时没计划要孙子一辈子？"

"……"

"……"

"去喝花酒吧！闷得慌！"梁宇良提议。

凌兰语摇了摇头，说："我对小姐没兴趣。"

"花钱消遣，事后挥手，一干二净两清白，多好的事儿呀，效率高！"

"你跟小姐亲嘴吗？"

"不亲。"

"不亲嘴有意思？"

"没意思吗？"

"有意思吗？"

梁宇良想了想，说："好像确实没啥意思。那你给介绍点有意思的？"

"没！"

梁宇良一本正经地说："兄弟，你单身了！应该储备一个团的后备军了！要不，我约一下汪文燕？"

"滚！你要对她还有意思，你就上，别捎带着我！"

"我是这种人吗？我不为你着急吗我？你跟汪文燕不是郎情妾意吗？趁着她现在也是感情空窗，加把劲儿今年春节就能摆酒了，要不明年我 31 了，按照习俗，红白喜事我都不能参与，你就捞不着我那为你存了好几年的红包钱了！"

"少贫了！我跟汪文燕没啥可能的了！你手底下不是有好几个销售员吗？说得花容月貌似的，拖出来遛遛？"

"我还敢跟同事玩这个？那小蜜的事儿我还嫌死得不够难看？再说，我在公司的形象那可是人模狗样的，销售员看到我都得吓得腿哆嗦，咱可不能一夜之间就把这长期经营下来的魔鬼形象给毁于一旦。"

凌兰语来了兴趣，问道："小蜜没再联系了？"

"没再联系了，下班以后各是各的，永不交错的平行线！"梁宇良话刚说完，电话就来了，一看，正是齐紫萱。

真是说曹操曹操就到了。梁宇良想了想，还是接了。

"来陪陪我……"齐紫萱的语气极致温柔，并且带点哀怨。

梁宇良很不争气地心里一软，然后保持沉默。

"不方便吗？"齐紫萱问。

"嗯……"梁宇良努力让心肠硬下来。

“……”齐紫萱没再说什么，电话挂了。

“我又把今晚的幸福生活扼杀在摇篮里了！”梁宇良有点懊悔。

凌兰语点点头说：“嗯，看出来了，刚才你的欲望都差点从鼻孔里冒出来了。”

“出去喝酒！”梁宇良火了。

凌兰语也闷得慌，脑海里忽然晃过了方芳的身影，那个转身一笑的可爱鬼脸，就说：“我约个女生出来，你别吓着人家！”

“一个不行，得俩！要不我杵在那儿干吗？电灯杆？杀风景呀！”

“行，我让她带个女孩子过来，嗯……”凌兰语想了想，说，“必须是丑的，我得对许诺负责，管好你，也管好你那条孽障！”

苏荷。

方芳带了个朋友应约了。

如凌兰语所料的，她带来的朋友姿色平平。

他知道，方芳喜欢他，人总是自私的，既然跟心上人约会，又怎能带着一个对自己有威胁的朋友在场呢？

梁宇良其实也没什么关系。苏荷里有大把的美女，他不想泡，只不过想找个异性喝酒，仅仅是喝酒而已，不会因为别人长得不行就冷落了。他热情地吆喝着招呼别人喝酒、玩骰子。

一大帅哥热情洋溢地陪酒，这个女生又何尝受过这种礼遇，自然是一脸笑颜。于是乎 4 个人打成了一片，开怀畅饮。

不一会儿，一瓶洋酒就喝完了。凌兰语觉得还不够，扬扬手，叫来了服务生。就在这扬手的一瞬间，他看到不远处的卡座上，那个熟悉而又陌生的身影……

佘婷。

她也正在看向凌兰语这边。

两人隔着摇曳的灯光和疯狂的人群，远远地对视，呆若木鸡。

凌兰语感觉自己眼前一黑，聚光灯直直地洒在佘婷和他的身上，宛如戏剧里的男女主角。

可惜，是悲剧。

凌兰语看到了佘婷身旁的那个矮胖子，他仰起头闭上眼苦笑了一下，对着服务生大声吼道：“伏特加，两瓶！”

一旁的方芳看到他神情有异，再一看那远处与他对视的女子，心里也猜到了几分，就挽上了凌兰语，说：“凌总，今晚不醉不归！”

凌兰语借着酒意和愤怒，一把就搂上了方芳，在她耳边轻轻说："醉了也不归！"

"怎么了？"王忠兴扶着佘婷的腰际，体贴地问她。

"没什么……"佘婷低头勉强一笑，眼眶竟然湿润了。

一共开了4瓶伏特加，凌兰语喝了两瓶，在厕所里吐了一小时，耳边嗡嗡嗡地尽是轰鸣的音乐。

梁宇良也不好过，喝了一瓶多点，倒是没吐，只是后来喝着喝着就神志不清了，趴在桌子上一动不动。

也不知道方芳的那个朋友是什么时候离开的，反正这俩兄弟睁开双眼的时候都3点多了，他们正趴在苏荷外的等候桌椅上。

凌兰语抬头的那一刹那有点迷糊，竟然问了一句"佘婷呢"。

"死了！"梁宇良接话，然后继续趴着睡。

"走了走了，俩醉鬼！冷死我了！"方芳一手搀扶着一个，费了吃奶的劲儿才把他们弄上的士。

方芳把俩人送到凌兰语家里，发现了那只斑点狗的敌意，它冲着方芳不停地低声吼着，随时准备扑上来咬人。

这是一条忠心护主的狗，无奈，它不知道它的女主人已经离它而去。

"妈的别叫！你老妈跟人跑了！"凌兰语一巴掌打在馒头身上。

这是馒头第一次挨打，还是重重的一巴掌，这让它疑惑，让它害怕，更让它愤怒，于是它躲窝里，喉咙里冲着方芳发出低沉的"呜呜"声。

"你走吧……"凌兰语无奈地耸耸肩，表示无能为力。

梁宇良看着他，再看看方芳，说："貌似这个房子暂时还不欢迎你。"

方芳苦笑，说："看来你们都酒醒了，好吧，我走了。"

出门时，方芳对梁宇良说："照顾好他，看得出来，他很不开心。"

"人财两空，能开心的话那就是傻子了。"梁宇良笑笑。

月底，项目销售破了2000万，凌兰语如愿以偿地拿到了属于他的钱。

50万，陈华给得非常爽快。

其实精确来算，应该是52万多，凌兰语没多计较，笑纳了。

这笔钱对于他来说，是笔巨款，他这辈子都没赚过这么多钱。

他有股冲动，想直接拿着支票去银行把现金全提出来，回家一张一张地数，数一天一夜，数累了就抱着钱睡觉。

幼稚！就是台宝马钱，还只是530，乞丐版。

该干吗还得干吗。

方玉成在结款当天就跟条狗似的找过来讨钱了。

嗯，还不如狗，他没馒头长得漂亮。

“凌总，我们陈总可是信用人呀，这个月前后一共给了你60万吧？他可是一分不差的呀……”方玉成皮笑肉不笑，把脸上的皱纹都挤出了深深的沟壑，让凌兰语想到了沙皮狗，又想到一个成语：欲壑难填。

“该给你多少？”凌兰语笑笑。

“我跟杨舒莉说好了的，10%……”方玉成有点底气不足，毕竟，杨舒莉已经跑路了，这么追讨回扣已经算是不厚道的了，加上口说无凭，对方也可以无理由地赖账。

凌兰语说：“她说的，你是不是该找她要去？”

“凌总，现在钱可都是结到你手上去了呀，我怎么找得到她？”方玉成死皮赖脸地说。

“方总……”凌兰语顿了顿，仰头一叹，“都在这行里混，无论之前、现在还是将来，我都希望我们是朋友，而不是敌人。行有行规，是你的，我不赖。这个项目能接得下来，有你的功劳，我不会忘记，更无法抹杀。不过我跟杨舒莉是有言在先的，赚的亏的，我跟她都是一人一半。现在事已至此，无论她人还会不会再出现，这样吧，我给你3万，剩下的另一半，你找杨舒莉要，你觉得怎么样？”

方玉成想了想，对凌兰语竖起了大拇指，他说：“凌总，你是真有大将风范！以前多有得罪，以后有什么需要帮忙的，你尽管开口！”

凌兰语给方玉成扔了根烟，说：“你如果能碰上杨舒莉，告诉她一声，我凌兰语在她身上学了很多东西。钱，咱都不计较了，但不能为了这点小钱，把‘朋友’两个字给侮辱了！”

给员工发了工资提成，还剩30万。

给父母寄了5万。

还有10多万的房贷，申请了提前还贷，咱要永远摆脱房奴了！

把破捷达卖了，一万六。说实话还真有点不舍，但是必须要在熊猫和捷达之间作出个抉择，考虑到熊猫喷成了斑点的模样，拉黑车的生意可以明显地提高，最终还是割了爱。

算算手头上还有8万的样子，凌兰语作出了一个重大的决定——撤场，不跟陈华混那个破项目了。

凌兰语可没什么急流勇退的高尚情操，他只是觉得那个项目就像个定时炸弹，这么忽悠下去准出事，该退出你就得退出了，做人做事得见好就收。

方芳问："不做这个项目，你是找到了新项目还是找了新工作？"

凌兰语说："都没找。"

"也没赚多少呀你？不怕手停口停？"

"没事儿，我有熊猫，专业拉黑车，一个月三两千还是轻轻松松的！"凌兰语笑笑，"给自己放个悠长假期。咱不能总为钱活着。"

"你去哪儿？"方芳问他。

"还不知道，先回老家看看父母，然后开着我的小熊猫去浪迹天涯。"凌兰语憧憬着。

"我要跟你在一起。"

"我去哪儿你就去哪儿？"

"嗯！"方芳把头点得异常坚定，像是赶赴法场。

一看她那表情，凌兰语就知道自己又被套牢了。

被套牢也许是一种幸福。

凌兰语的老家在市周边的县城，农村。

方芳打小就是城里人，来到了农村异常的兴奋，看到猪圈或者耕牛都会惊叹。

"现在很少有耕牛了，以前老多了……小时候家里穷，6岁前都不穿鞋。有次走着走着没注意，一脚踩进了牛粪里，还是热的，这股暖意常留我心，现在都无法磨灭。"凌兰语说这话的时候目视远方，脸上露出淡淡的微笑。

"呵呵，真好玩！"方芳很自然地挽上了他的手臂。

"骨子里我还是个农民呀，进了城，脚上的牛粪都还没清干净，现在叫什么来着？凤凰男？"凌兰语问。

"嗯，凤凰男！梁宇良跟我说，你们是中学同学，他说你一直是班上的才子。"

"才子也是被逼出来的。我从农村出来，一穷二白，相信知识改变命运。出了校门才发现，知识微不足道。"

“那可不能这么说，起码你现在，大小也是个老板呢！”

“嗯，刚歇业的老板，无业游民，回家连地都没得种的农民！”

凌兰语家里除了自住地，已经没田可种了。父母是老实巴交的农民，靠着征地政策每个月村里发下来的那些小钱，过得还算滋润。

农民所谓的滋润的含义异常简单：顿顿有肉有酒。

儿子回家了，饭菜自然更丰盛，饭桌上张罗着鸡鸭鱼肉，还有自家酿制的土酒。

“这是……”老妈看着方芳一愣。

“我朋友，方芳，这是我妈，这是我爸，这是我姐、姐夫。”凌兰语开始逐个介绍。

“哦哦，朋友，朋友……”老妈开始念叨着这两个字，眼神里带点疑惑，儿子以前那个带点傲气的女朋友佘婷呢？想着想着，她还是不放心，就拉着凌兰语走到一旁问他：“那个婷婷呢？”

“分了。”凌兰语一脸的无所谓。

“分了？”老妈急了，“怎么回事？你们在一起好久了呀！”

“婷婷屁股小，不好生养，妈你看这个不错吧，屁股大又圆，包好生养！”凌兰语开起了玩笑。

“去去去！”老妈被他逗得直乐，不过想想也好，那个婷婷呀，一看就是娇生惯养的小公主，还有点儿看不起儿子来自农村。其实吧，城里有啥了不起的？住个鸟笼那么点大的房子，吃住贵得吓人。在农村，家家户户独门独院，前庭后院还能拾掇些蔬菜水果，不喷农药，纯天然绿色食品！

再好好打量了一下这个方芳，有点胖胖的，笑得也甜，不错，不错，只要儿子喜欢，老妈当然是越看越喜欢，并且热情地张罗着给她夹菜。

老爸一看老妈那热情劲儿，就咳嗽了两声，跟凌兰语走了杯酒，说：“你也老大不小了，该把那事儿给办了！”

“不急不急！”凌兰语埋头吃饭。

老爸吹起了胡子：“怎么能不急？你看邻居家的定语，你小学同学，他大儿子五年级，小儿子都会打酱油了！”

凌兰语嘿嘿一笑，没接话。

姐姐也给方芳夹了块鸡腿，说：“咱家就兰语一个男娃儿，爸妈都急着抱孙子呀！”

方芳羞红了脸。

这顿饭下来，方芳看出了他父母和姐姐对自己还是满意的，这让她庆幸，对于凌兰语的那句不急，她倒是没太在意。刚失恋没多久，能这么快恢复过来吗？长情的男人才值得托付终身！

饭后，他俩牵着手去散步。

“我有个问题！”方芳欲言又止，“不问心里堵得慌。”

“说吧，有话直说！”

“你爸妈都是农民？”

“是呀，怎么？看不起？”凌兰语皱起了眉头。

“不是不是！”方芳摇摇头，又问，“文化程度高不高？”

“农民能有啥文化？我爸小学毕业，我妈小学没毕业。”

“你名字谁起的？”

“我爸呀！”

“那就奇了怪了，我一直觉得你这名字很好听，好像起得挺有文化的，真是你爸起的？”

“哈哈哈……”凌兰语笑了，“我是语字辈，我爸识字不多，这兰字嘛，也简单，带点点女人味。按照我们农村里的说法，起名字带点女人味的男娃好带好养。”

“原来是这样呀！我以前还想着你是书香世家呢！”方芳笑了。

“嘿嘿，看走眼了吧，其实是个满脚牛粪的乡下娃儿！”凌兰语体贴地说，“夜里黑，小心别踩着牛粪。”

“踩着了也好呀，那就走了牛屎运了。我也感受一下那股能常留心中的暖意。”方芳笑得很灿烂，一蹦一跳的，欢快得像只蝴蝶。

“大半夜的，讲个鬼故事来应应景吧。”凌兰语提议。

“别讲！我怕！”方芳缩了缩身子。

“也没什么，就是我小时候的事儿。”

“说吧说吧！”方芳一听是关于他小时候的，又来了兴致，虽然有点怕。

“我很小的时候，估计也就是六七岁的样子吧，那时候家里的田还在，爷爷也还在，他老人家晚上要到瓜棚里守夜。有天晚上，我调皮，被老爸抽了屁股，哭着闹着就跑出来找爷爷。”

“你那么小，爸妈也放心让你自己大半夜地跑出来？”

“这是农村，一个村子的，谁家孩子不是这么放养？你别打岔呀……”凌兰语想了想，继续说，“瓜地挺远的，伸手不见五指，途中我还得路过一片墓地……”

“呀！”方芳吓得闭上了眼睛，“别说了，别说了！”

“然后我看到了鬼火，飘来飘去，飘来飘去。那时候的我就联想起了村里的那些个传说……”凌兰语说到这就没说了。

“然后呢？”方芳等了半天没反应，就急了。

“然后我就跑呀跑，跑呀跑，跑到爷爷的瓜棚那儿去了……”

“然后呢？”

“然后就在爷爷那睡觉……”

“然后呢？”

“没然后了，就一觉睡到大天亮，阳光依然灿烂！”凌兰语笑了。

“去！什么鬼故事！”方芳笑了，突然，她止住了脚步，目视着前方愣住了，又抓紧了凌兰语的手臂，颤声说，“那是……那是鬼火吗？”

凌兰语一看，乐了，说：“什么鬼火，萤火虫！”

“啊？萤火虫？”方芳瞪大了双眼，看着那漆黑中摇曳的一闪一闪的光亮。

“现在少了，以前一到晚上，到处都是……”凌兰语走了过去，随手一抓，再慢慢摊开掌心，只见里面是一个小飞虫，随着腹部的蠕动，一颤一颤地发亮。

“真好玩真好玩！”方芳开心地鼓起掌来。

“你拿个小袋子装起来，我再捉几只，晚上放你房间里让你玩个够。”

“晚安！”凌兰语把萤火虫放进了方芳的房间后就止步了。

方芳有点失望。

躺在床上，看着房间里成双成对的萤火虫飞舞着，像一道道划过夜空的流星，她又恢复了好心情，不管怎么说，这也算是个好的开始吧？祝好梦……

在农村的那几天，日子缓缓。

睡到自然醒，起床就帮着老妈拾掇拾掇前院的菜地，中午跟老爸喝点儿小酒，下午在院里晒着太阳，听着田间的蛙声，看看书，然后小眯一会儿。

到了晚上，就去会会光屁股长大的玩伴，都是当爸的人了，村里大男人主义盛行，男人做工、打牌、喝酒，女人带小孩、做饭，好生让他感慨。想想自己当初跟余婷在一起的那段日子，确实过得太不男人了，再看看身边的这个好像是突然之间就闯入他生活的女人……

方芳是一个让人很舒服的女孩子。

她有着小女生的天真和可爱，又有着成熟女人该有的体贴和善解人意。她从来没有提要求，只是喜欢静静地跟在你身边，静静地看你的闹腾或者沉默。

能不打扰你闹腾或者沉默的女人，是好女人！

凌兰语只能说，他有点儿喜欢她了，但肯定不是爱。

随缘吧，找个爱自己的女人，让自己活得自在点。

原计划在老家再待上两天就起程去西藏的，那是凌兰语梦里膜拜的地方。

龙承章给他打来了电话，让他帮忙。

所谓的帮忙其实也是送钱给他花。那地块搞定了施工证，工地开工大吉，那么项目的广告设计和策划销售就得着手准备了。龙承章的意思是想打包全给凌兰语做，用他的话来说，谁做不是做，关键要信得过。

凌兰语想都没想就答应了，一是撇不开兄弟的信任，二是确实也有钱赚。

“哎，还想去西藏洗净自己的灵魂呢！”凌兰语叹了口气，“还是逃不过一个钱字，俗人，还是俗人一个。”

方芳安慰说：“现在西藏那边也没以前那么淳朴了，到处都是市场经济。”

当天凌兰语就带着方芳开车回了江海，也就是1个多小时的车程。到了市里，天刚黑，龙承章安排了饭局，黎伟、梁宇良都在。

酒过三巡，兄弟间也不客套了，直入主题。

龙承章说：“项目拖了段时间，现在总算是落实了。昨天正式开工，工地周边围了围墙，先开发两栋21层的高层，争取明年10月份起到2/3，开盘预售。当然，这只是计划，我跟黎伟对于开发和销售，完全是外行，兰语和宇良，你们是内行，觉得怎样？”

梁宇良仰头闭目算了算，说：“时间有点紧，当然只要资金跟得上，还是能赶出来的。”

“盖房子我是专家，卖房子我不行，这就全拜托兰语你了！”龙承章拍了拍凌兰语的肩膀，手上使了点劲儿。

梁宇良说：“咋地？把我忽略不计了？”

“你是跟着黄大老板和袁大老板混的红人，这点小业务你也看不上。”龙承章打了个哈哈。

梁宇良摆摆手说：“去去去，臭打工的一个。不过我也确实忙不过来，这活还是兰语来干比较合适。到了后期销售阶段，要帮忙的话，凌总你可别忘了请我……兼职。”

凌兰语说：“我这儿庙小，请不起你这菩萨。”

“那个合作的方式……”黎伟对他说，“兰语，我问过阿龙，你之前做的那个项目是全程销售代理？具体的提成点是多少？”

“这个……”凌兰语想了想，说，“1.5%。”

“1个亿就是150万……”黎伟低头算了算，说，“呵呵，兰语，咱是亲兄弟明算账。我觉得，这是不是高了点？”

凌兰语心想，自己现在连公司都没成立，就算成立了，也不过是个不名一文的小公司，报出这个价，确实是欺负人外行了。想当日这个提成点也是因为陈华不懂，加上杨舒莉三寸不烂之舌才忽悠过去的，今天都是自家兄弟，就不忽悠了。

于是他说：“哦，那个项目是商业项目，难度大自然提成高。你们的这个项目嘛，就友情价1%吧。这个不高，市里的业内收费是1.2%—1.5%。”

“嗯……”黎伟点点头，说，“但我觉得吧，因为这个项目并不是追求利润最大化，只是想短期内走量回笼资金，销售团队我们想自己组建，让你和你的团队担任顾问，包括广告设计这一块。”

这话说到了点子上，看得出来他也问过其他业内的朋友，不请代理只请顾问，可以节省下很大的一笔费用。

凌兰语接话说：“如果是以顾问的形式合作，也可以。那我这边的工作主要在于，项目关于营销策划思路的顾问和建议，包括可行性报告、定位和一些计划。团队嘛，会有相关的策划和销售管理人员驻场。至于广告设计这一块，其实我不是很想做，一是基本没什么钱可赚，二是因为每个人的审美和品位不同，很难做得出让所有人都满意的广告。”

龙承章笑笑说：“不做也得做呀！我这儿就指望你了！再说，审美和品位我跟你差不多！”

黎伟有了种被排除在外的感觉，这让他有点不舒服。原本谈的就是正事，怎么龙承章就这么儿戏地一带而过了？他面露不悦，又马上勉强地跟着大家一起笑了起来，他对凌兰语说：“好了，我和阿龙都觉得非你莫属了。你给报个价，包括广告设计，月费大概该收多少？友情价哦！”

凌兰语一愣，他还真没算过该收多少，兄弟间这么直接地谈钱，真让他一时间不知所措。

这时候方芳接话了，她说：“一般来说，关于广告设计月费，我们市里的公司是3—5万，省城大的公司得10万；还有营销顾问，营销顾问的费用大概在6—8万，那些大的代理公司，要价高的要10多万呢。”

“这么贵？”

“不贵了，黎总！这都是业内的标准了，从广告设计人员，到核心的策划和销售人员，工资标准还是很高的，算下来也没什么钱赚。”方芳笑吟吟地说，“顾问项目原本就算是代理行的鸡肋，省城的大公司看不上，市里的那些公司水平又都不入流。也就只有我们凌总，能力你们都是认可的了，加上你们都是哥们儿，他一定会亲力亲为地把项目跟好的！”

这姑娘在关键时刻的出手还真替凌兰语解了围。哥们儿之间谈钱伤感情，不过不谈以后更伤感情。

“呵呵，兰语，你这还真是强将底下无弱兵呀！”龙承章笑了。其实按照方芳的说法，顾问和设计月费加起来能控制在10万左右，这正是他的心理价位，于是就轻轻拍了拍桌子，说：“那就10万吧，顾问和广告设计全包。生意归生意，我赚钱，你也赚钱，大家一起赚钱！”

黎伟一看龙承章这个态度，也就不太好再表态了。

事后，黎伟跟龙承章又坐了下来谈这个顾问的事宜。

“每个月10万的顾问费，我觉得是否真有必要？公司现在资金很紧。”黎伟忧心忡忡。

“从前期的策划，到后期的销售环节，其实都是房地产开发重要的部分。房子盖得再好，卖不掉，它就什么都不是。”龙承章沏了壶茶。

“我不是不认可凌兰语的能力，我只是认为，你这样来算一笔账吧……”说着，黎伟拿出了纸和笔，“按照凌兰语的能力，15万年薪，OK了吧？再来个友情价，20万年薪？足够！销售主管，就那个方芳，10万OK？设计师、策划师、文案3个加起来，年薪15万？那么这个团队我们自己组建的话，年薪也不过最多50万。你承包给凌兰语，那就是120万，多了70万。这个差价我难以接受。”

“账是这样算，没有错。不过，你想想，几十万不过是一套房钱……”龙承章点了根烟，说，“打工的和老板，对于一个项目的理解、看法、责任心和技术支持，是完全不同的。凌兰语之前一直是个默默无闻的打工仔，为何这短短的半年时间，就能让人刮目相看？因为是那个陈华给了他机会，给了他平台。对于一个人来说，金钱是一种刺激，平台也是一种刺激。如果当时陈华是花了20万的年薪来请他，我看他未必能创造出今日的成绩。因为再高的年薪请回来，他也不过是个打工的，打工仔是没有风险没有压力的，旱涝保收，最大的风险不过是被炒鱿鱼，安逸得让人无法绞尽脑汁、用尽全力。老板则不一样，你有了机会，也有了更多金钱的刺激，于是你就要全局考虑问题，时刻为项目着想，生死存亡都与项目息息相关，那你就无法安逸，得为项目卖命。”

“嗯……好像还真有点道理。”黎伟想了想，又换了种说法，“但你看梁宇良，他好像也挺有兴趣的。他这个人吧，脑子比较活。据说陈华那个项目的后期营销策略，其实是他想出来的点子，凌兰语只不过是付诸执行。”

这样说其实是为了曲线救国，黎伟他还是不同意让凌兰语来做这个顾问。推出梁宇良，是因为他深知梁不会辞职，只会答应做兼职，那么在成本上可以省下一大笔。你龙承章不是要卖人情账吗？那梁宇良跟凌兰语都是兄弟，你卖谁不都一样？

龙承章摇摇头，说：“梁宇良这个人吧，我认可他的能力。其实他原来在广州混得就比凌兰语好，国内知名代理行的项目经理，手底下几个大项目，操作得也不错，从专业水平上来说是过硬的、优秀的。但现在呢？进了袁老板的公司，半年的时间就磨成了典型的旱涝保收分子，喝茶、看报、拍马屁，干过啥正事儿没有？他可以帮朋友拍脑袋想些点子不错，但他肯定不能把点子执行到位、实现落地，他的心思呀，都放在钻营人际、巴结领导上去了。这种人，你请他回来，他会服侍得老板很爽、很安逸，但他能对项目作出多大贡献，能帮老板赚多少钱？我看未必。”龙承章笑笑。

黎伟也笑了：“嘿嘿，那倒是，梁宇良现在是越来越有机关工作人员的味道了。”

“所以我根本没考虑过让他过来帮忙。当然，他跟着黄老板、袁老板这两位市里的风云人物，前途不可限量，把他弄来了对于他来说是自毁前程，对于我们来说是成本浪费。”

“你呀……”黎伟挥挥手指了指龙承章，也没再说什么。

其实黎伟心里还是不大乐意，但这种小事，不至于跟龙承章起冲突，毕竟自己只是小股东。

有句话说得很玩味——求同存异，按照黎伟的理解，其实就是面和心不合。但大家都是为了共同的目标，只不过是各有各的出发点和想法，每个人都是觉得自己就是对的，为了求同就必须有人妥协。既然都是为了赚钱而发力，也没必要在小事上制造不团结了。

赚钱，以和为贵，万事，皆以和为贵。

“这是老爸的朋友，欢迎一下！”凌兰语给馒头介绍方芳。

"HI 馒头,你好！"方芳友好地向馒头招了招手。

馒头不再像上次那样充满敌意,但是眼神还是有点疑惑:原来的女主人呢?

凌兰语蹲在馒头身边，一边轻轻地抚摸着它的小脑袋瓜子，一边轻声说:"该换个活法了……"

馒头把头埋在两个爪子中间,耷拉着耳朵,也不知道听进去了没有。

客厅里,凌兰语和方芳相对无言,方芳打开了电视,看《非诚勿扰》。

方芳说:"假,这妞长着这么漂亮的一副脸蛋,还用得着相亲?"

凌兰语说:"也许她是在享受招蜂引蝶的过程。"

方芳说:"假,这男人有钱到这种境界,还至于上台去挑这些大龄剩女?"

凌兰语说:"没准是为他的企业顺便做做宣传。"

方芳说:"一看这男人有钱,女嘉宾的眼睛全都贼亮贼亮的！再一了解那男的有点大男人主义,又都把灯给灭了。哪来这样又有钱又体贴的十全十美的人?真十全十美还轮得上你?"

"女人嘛,不都想找个灰太狼吗?"

"女人总羡慕红太狼有那么爱她的灰太狼,却忘记了灰太狼没抓到羊的这几年,红太狼对他的不离不弃。"

"嗯……"这话让凌兰语想到了佘婷,红太狼在灰太狼没抓到羊的那几年不离不弃了,但她最终还是为了羊把灰太狼一脚踹开。狼还是希望能吃羊的,所谓的爱最终还是抵不过羊的诱惑。

方芳突然转过头来看着凌兰语,认真地说:"我觉得你可以上去。"

"多累呀！"凌兰语跷起了二郎腿,"我上去的话,到了最后环节,得自己跑上去灭掉 N 盏灯,累也就罢了,多伤人家女孩子自尊心呀！"

"臭美！"方芳扑哧一笑。

然后继续闷场。

凌兰语觉得自己很不争气,刚才应该换个回答的方式或许会好点,比如说:"我不是有你了吗?还上去干吗?"或者说:"在我心里,她们都是浮云,你才是我的优乐美。"

问题是,我喜欢她吗?

有点儿喜欢,但不算是爱。

别人现在就在你屋里,坐在你面前等你,你还不敢主动点?上吧,像个男人一样地战斗！

他咽了咽口水，偷偷看了眼方芳——皮肤很白，婴儿肥的圆脸蛋，齐眉的刘海显得她很可爱。她不算苗条，紧身毛衣穿在她身上显得很丰满，有种肉肉的感觉。

特别是胸前的肉……

下流！凌兰语自我批评起来。

孤男寡女共处一室，不想这方面的事儿，想什么？想人生、想理想？咱不都成年人吗？

想到这，凌兰语鼓起了勇气，走过去坐到了方芳身边。

方芳很自然地依着他，把头埋进他怀里。

他很自然地把嘴封了上去。

两条寂寞的舌头就此纠缠，难分难舍。

方芳把手穿过了凌兰语的衬衣，抚摸着他的胸膛，游走过他的背脊，一阵阵冰凉的感觉袭来，跟唇上的炽热形成强烈的反差。

冰火两重天。

隔着毛衣掠过她的腰，再游上她跌宕起伏的胸怀，触碰到坚挺的峰顶——无法一手把握！

《非诚勿扰》里的男嘉宾牵手成功，与女嘉宾十指紧扣双双离场，背景音乐响起："爱你你是我的朱丽叶，我愿意变成你的梁山伯……"

凌兰语把方芳拦腰抱起，走进卧室……

龙承章从规划局出来，心情不错。根据凌兰语的建议做出的产品规划，让规划局里的领导都大声说好。

当然，说好是一回事，要顺利通过就得意思意思那是另一回事。

约好了晚上去吃饭、唱K。为了注意影响，龙承章先走，订好了房点好了菜候着就是了。

龙承章给黎伟打了电话说了下，黎伟说，再叫上凌兰语吧，人少了不热闹。

龙承章想想也是，又叫上了凌兰语，凌兰语答应了。

饭局中，酒菜还没上来的时候，多少有点尴尬，黎伟就开了个头，给大家讲了一个笑话。

大家哈哈大笑。龙承章其实听过这段子，但他笑得比谁都欢。

既然开了头，气氛就融洽了起来。

然而整个饭局下来，对于凌兰语来说，非常无趣，一直无趣！他就是个陪衬，甚至陪衬都不如。

整个饭局，凌兰语跟那位处长大人的对话仅此一句——

处长大人说："年轻有为，年轻有为。"

他回了句"久仰久仰，以后处长多多关照"。

剩下的对话就是："处长，来，敬您一杯。"

11点时，处长就要告辞了，大家百般挽留，他还是执意要走。

哥几个踮着脚目送领导的车子离开，然后一起蹲在路边吹了吹风。

"好像有点多了，不开车了吧？"黎伟说。

"我也多了……"龙承章吹了风，感觉有点晕。

"我还行。"凌兰语站了起来，他是配角，喝得自然最少。

走回去吧。

走得有点晃，龙承章一路哼起了张学友的《烦恼歌》。

过分思考，庸人自扰，别庸人自扰。

一切轻于鸿毛，才能消灭烦恼。

一起呼叫，什么都不要。

要一起呼叫，没有烦恼……

黎伟接了个电话，说："小静过来接我们，我们挨边等等她吧！"

3个人找了个台阶，一块儿坐下，拥着取暖。

"有烟吗？"黎伟摸了摸全身，"我的抽完了。"

"我也没了。"龙承章也摸了摸。

"我这……"凌兰语翻出了包皱巴巴的玉溪，一看只有一支了。

"得，轮着抽。"龙承章给凌兰语点了烟。

"到你了。"凌兰语抽了两口，递给龙承章。

"到你了。"龙承章抽了两口，递给黎伟。

"到你了。"黎伟抽了两口，递给凌兰语。

轮了两圈，抽到了烟屁股，小静来了。

回到家，单人床，龙承章又喝了瓶二锅头，才迷迷糊糊地睡去。

十四　元旦晚会

“快元旦了，这回袁老板说要在售楼处搞年会，还要在饭堂吃年饭，太搞笑了吧！这么大个房开，至于这么省吗？再说，细算下来并不省呀，买套音响回来不便宜吧？够去夜总会腐败多少回了？”袁洲跟梁宇良发起了牢骚。

这段时间，这位公司里可有可无的废人，看着梁宇良愈发地春风得意，就经常来他这儿闲聊、发牢骚、八卦各种小道消息以期拉近关系。

死不要脸的垃圾。

其实，垃圾就是垃圾，媚态只是表象，梁宇良知道袁洲在背地里没少损他的。以前嘛，就说他梁宇良整天无所事事、游手好闲，不知道公司养着这么个废人干吗。现在换了个说法，说他梁宇良不干正事，只会钻营，整天围着领导屁股后头转悠，马屁精一个。

对于废人到处传播的这种废话，梁宇良一笑而过。

曾经，袁洲一边拍着领导马屁，一边逐步把梁宇良架空，使梁宇良成了废人；现在，梁宇良起来了，自然会让袁洲成为废人，而且还要整得他连站的地儿都没有！

梁宇良说：“领导喜欢嘛，我们就好好执行咯。”

这句话说得滴水不漏，没有半点埋怨的意思。

袁洲一愣，干笑了两声，说：“那是那是！”

然后梁宇良把袁洲的那句话复制了一下，再添油加醋地跟公司的其他人说，袁经理对在销售中心办年会有很大意见，然后公司人云亦云的，自然也开始怨声载道起来。

这些话传到了袁老板耳里，当然气得吹起了胡子，找来梁宇良问话。

“是有的同事好像不想在公司里办年会……”梁宇良声音小得连自己都听不见。

“为什么？”

"这个……"梁宇良一副不敢说的样子。

"说！"袁老板重重地敲了敲桌子。

"袁经理说……这是您的一时兴起，花钱买套音响回来，也用不了多少次，还不如用那钱去夜总会唱歌，能唱好几回呢。"梁宇良说得吞吞吐吐。

"他脑子里都是什么乱七八糟的东西！"袁老板再次重重地敲了敲桌子，"在售楼中心开年会，体现的是我们的公司文化！那是乌烟瘴气的夜总会可比的吗？"

"那是那是……"梁宇良说，"我也觉得在公司里办年会是最好的了。首先，这里是我们将来销售的战场，在这里举办年会的意义非常重大！更能体现公司文化。其次，这样可以让我们公司的员工更多地交流和沟通，就好像一个大家庭似的紧密团结。最后，音响安装后，每逢节日，我们都可以组织活动，热热闹闹地办联欢晚会，怎么都比去夜总会这些地方要强得多！"

"嗯！"袁老板点点头，说，"小梁，音响的采购你要把好关，一定要选好的，特别是音箱和麦克风的音质！还有，跟行政部沟通一下发个文，各个部门都要征集表演节目。元旦时我们的售楼中心开放，然后晚上就举办联欢会，全民同乐！"

梁宇良再次狠狠地给袁洲捅了一刀。

梁宇良是个很记仇的人，他只要一想起袁洲在他初来乍到时的排挤，就马上恨得咬牙切齿！

其实梁宇良心里也是认可袁洲的说法的，售楼中心弄一套音响下来，那得10来万吧？10来万够公司安排在最好的夜总会办好几次年会了，档次也上去了。

不过，他更理解袁老板的想法。

袁老板是个上了层次的领导，当官当到那个份儿上了，就会异常注重形象和影响——他们很少去那些金碧辉煌、歌舞升平的夜总会，哪怕他喜欢唱歌跳舞，也会选择去机关单位里的卡拉OK厅，一本正经地高歌革命。其实，看看身边的很多机关单位的娱乐设施，就能大致地猜到主管领导的业余爱好。如果卡拉OK异常热闹，那说明主管领导喜欢唱歌跳舞；如果棋牌室异常热闹，那说明主管领导喜欢象棋或者拖拉机；如果乒乓球室异常热闹，那说明主管领导喜欢拍几板子……

再说，当官的不都喜欢与民同乐吗？

领导喜欢，下属就要办事。办好事！

齐紫萱拿了份音响报价单过来递给梁宇良，说："袁老板让我拿给你的，说让你看看，没问题就尽快去采购。他说，这个事情很重要，要你尽快采购回来！"

"怎么回事？"梁宇良一愣，看了看报价，20万，但没有经办人的签名，就问，"音响谁给的报价？"

"巫总。"齐紫萱面无表情地说。

"巫总？"梁宇良陷入沉思，这事情巫总怎么这么积极地去办？也想凑上来吃点回扣？也不像呀，巫总当年捞了不少，现在跟着袁老板混得风生水起的，更不会在意这点小钱呀！

看他百思不得其解的模样，齐紫萱还是忍不住提醒了一句："袁洲跟巫总的关系不错……"

一语惊醒梦中人！梁宇良马上会意地笑了，对齐紫萱感激一笑，说："谢谢！"

齐紫萱没再说什么，转身走了。

袁洲还真是想钱想疯了，一方面对售楼部搞晚会的事情抱怨连连，另一方面转过身就去弄了音响设施的报价单。他当然不敢再贸贸然地去找袁老板了，而是直接递给了巫总，辗转到了袁老板手中。袁老板不明就里，看了报价也基本同意了，幸好他老人家还记得梁宇良，要不又得让袁洲得逞了！

这可把梁宇良气疯了，这真是只苍蝇，一嗅到鸡蛋有缝了他又冒出来了！

梁宇良恶狠狠地自言自语道："逮着机会你就想发家致富？我要让你回到解放前！"

转过身，他就跟林老板汇报了一下袁洲的报价，一副为难的样子说："袁老板比较关心音响的音质和效果，所以说并不太在意钱。我觉得吧，毕竟我们不是专业的，也不是经常使用，是不是选便宜点的好些呢？"

林老板闭上眼睛，抿着嘴，睁开眼睛时，他稍稍皱了皱眉，小声说："你马上去看音响，现在就去！10万以内把这个事情解决了！"

林老板当然知道这报价的水分大，加上他作为一个商人，当然不会希望公司的钱白砸进这种仅为迎合某个股东个人喜好，又没有任何经济效益的项目里。

梁宇良找了龙承章一块儿去看音响，龙承章家里也弄了套好点的，算是略懂。然后俩人在音响店里挑了半天，一套算下来才4万多一点。

梁宇良皱起了眉头，对龙承章小声说："便宜了点吧？"

"你还真成款爷了！还有买东西嫌便宜的？"

"不是……"梁宇良考虑了一下，说，"这些都是国产的吧？"

"你那儿又不是专业地儿，国产的绰绰有余了。"

"现在不是钱的问题，换全进口的。我们老袁就好这口，我不能出半点差错！"梁宇良的表情很凝重。

林老板要省钱，袁老板要效果。梁宇良也相信国产的几万块就能应付过去了，但这事还真是不容有失。国人都迷信进口货，那就全进口咯。

行，选了差不多的，全进口货，价格翻了一番——8万。

"OK，就这套！"梁宇良面露喜色，跟老板轻声说，"我要开10万的发票哦。"

"我没请你来我那儿上班，太明智了！丫的坏心眼太多，整一个腐败分子！"龙承章感慨万千。

"真到了你那儿，你就高薪养廉吧，嘿嘿。哥中午请吃饭，地方随你挑！"梁宇良笑得比阳光还灿烂。

拿着报价单递给林老板，他只看了最后的总报价是10万，就说："去财务预支款，马上买回来。"

"这……"梁宇良极度为难。

林老板皱起了眉头，说："马上去办呀，我给你签字就是！"

"好的……"梁宇良只能唯唯诺诺地出去了。

这回梁宇良可进退两难了。袁老板说好了是行政部和营销部一起去办这事儿的，现在他不知会行政部，也不知会袁老板，就直接拿钱去买，袁老板会不会对他很有想法？

林老板想先斩后奏，那是拿梁宇良当枪使唤呀！

再说，去财务申请10万的预支款，虽说林老板签字了，但还得要袁老板签字才能生效呀，怎么办？

思前想后，梁宇良都觉得不妥。金钱就是魔鬼，也怪自己财迷心窍、邀功

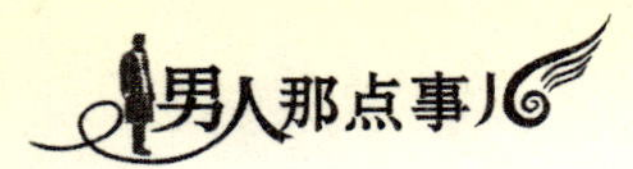

心急，这下可把自己玩惨了！

林老板得罪不起，但袁老板更得罪不起！

梁宇良想到这儿，还是硬着头皮拿着报价单去了袁老板办公室。

刚好，齐紫萱还不在，梁宇良也没多想，直接敲了门就进去了。

一进门，梁宇良傻了眼——袁老板在，巫总在，关键问题是，林老板也在！

没那么倒霉吧！

林老板眼睛里透出了一把刀——杀人的刀。

“我完了我！”梁宇良呆若木鸡。

“怎么了小梁？”袁老板给了他一个亲切的微笑，三人的目光都同时集中在梁宇良他手里那张报价单上了。

“额……”梁宇良踌躇着，不知道该怎么回答，腿一边哆嗦，一边不由自主地走了过去。

林老板先发制人：“手上拿着什么东西？我看看。”

梁宇良支吾着说：“就是……就是售楼中心音响的一份报价，我刚去看回来。”

林老板眼中的精光更利了，一手拿过报价，装模作样地看了看，就说：“这事比较急，你马上去财务预支款。”

“怎么回事？”巫总的声音很大，“怎么就预支款了？公司还有没有程序可走了？行政部呢？你跟他们商量过没有？这是商量出来的结论？还是你自己拿过来的？”

梁宇良被吓出了冷汗，小声说：“我跟袁经理商量过的，他之前也提交过一份报价，我这边是刚好问到个朋友懂行，才刚去看了看配的报价单。”

巫总还要发飙，袁老板咳嗽了一声，拿过报价单细细一看，说：“10万……”

“这么便宜？这质量行不行？”巫总接过报价单，表情很凝重。

梁宇良想了想，结结巴巴地回答道：“这次……我是带了个比较专业的朋友一道去配的。毕竟……我们不是专业用来唱K的，所以10万的已经非常不错了……”

然后是短暂的沉寂，但是这个沉寂对于梁宇良来说是漫长的，窒息得他透不过气。袁老板这么重视年会的事，现在经巫总这么一搅和，就好像说得梁宇良轻视领导指示了，那跟袁洲那厮还有什么区别？

“我觉得吧……”袁老板打破了沉寂，“10万这个报价就可以了，我们嘛，也确实不是专业的歌舞厅，只要音箱和麦克风的效果可以，我觉得就行了。”

梁宇良偷偷看了看他说这话时的表情，似乎没有不悦。这可是天佑我也，袁老板还没糊涂到要让公司为自己的喜好多买10万块的单的份儿上，他清楚现在花出去的每一分每一毛都是自家的钱，都是直接跟自己未来的收益紧密挂钩的。

林老板接话说：“嗯，效果一定要好，小梁你要把好关！”

巫总再次强调麦克风和音箱，反复地体现其重要性，这是一项政治任务！

然后林老板和袁老板依次在报价单上签字批款，梁宇良才唯唯诺诺地出去了。出去时，一抹额头，满是凉飕飕的冷汗，脚微微一软，差点没跌倒，他深深地吁了口气。

“伴君如伴虎……”

齐紫萱不知道什么时候又坐在了她的秘书位置上，看着梁宇良的失态。

这是她的有感而发，是对梁宇良的提醒，还是对他的讥讽？

梁宇良不知道，只是对她笑笑，没说什么，大步流星地出去了。

“听说售楼中心的音响要10万多一套呢！”

“不是吧？那么贵？”

“他们原来报的还是20万呢！应该是老板不同意才换的。”

“我觉得吧，都不是好东西！”

“哼哼，这里面的水分还真是大得吓人，嘘……”

音响买回来后，公司就开始流传这样的流言。

人云亦云，三人成虎。口水的力量真可怕！

在这种公司里，你做事会被人议论，不做事同样要被人议论，梁宇良奉行一个准则——只需要在乎别人当面对你的态度，不必在意别人背后对你的议论！

当然，袁洲经历了此事后，基本上每天都难得来一趟公司了：闲人，来了公司也是浪费公司水电。他跟梁宇良碰面的时候连招呼都不打了，估计已经把梁宇良恨到了骨头里。

不过，梁宇良依然大方地向他点头微笑，这是胜利者的姿态！

元旦晚会的筹备工作由行政部柳经理挂帅，她对梁宇良说：“元旦晚会的主持人，梁经理你上吧？”

阴谋！

梁宇良心里冒出这两个字，于是说：“不妥吧柳经理，我觉得你挺适合的呀。”

“那可不敢当！”柳经理阴阳怪气地说，“你现在是公司领导的大红人，销售中心又是你的地盘，主场你怎能不上？”

“你看，你这话说得……”梁宇良也笑了，“都是为公司做事，打份工嘛。革命是块砖，哪里需要往哪搬！”

“元旦晚会需要你呀，这个帅小伙子，你不上谁上？”

“不妥不妥，我在公司的资历低。”

“资历低不要紧，能力高就是了！”

梁宇良继续推辞：“真不行。”

“就这么定了吧，袁老板说了，你们各部门可都要听从我们行政部的统一安排和调配的哦，配合一下，带个好头。各部门都还要出节目呢，你一推辞，不都跟风推辞了吗？”柳经理搬出了袁老板。

“好吧！”梁宇良无奈地耸耸肩，“听从组织安排，我可是从来都没当过主持人，效果不好你可别怪罪！”

“我哪敢怪罪你呀……”柳经理笑笑，话锋一转，“那就齐紫萱跟你搭档吧。”

“什么？”梁宇良一愣。

柳经理笑得暧昧，笑得诡异：“她点名要你的，说非你莫属！”

梁宇良眼前一黑，差点没晕倒。

各部门都报了节目，梁宇良要求销售员们必须准备一套劲舞。

“就《NO BODY》吧，你们跟行政申请点费用，买或者租一套服装，布少一点的。”

怨声载道。

“好了好了，赶紧去吧，公司民工多、美女少，你们也满足一下我们公司里狼群们的需要！”梁宇良开了开玩笑，做了个不容置疑的手势。

年轻姑娘们不出卖点色相，怎么引起关注？引起领导关注了，梁宇良这个当头儿的才能风光！

随后几天，有节目的每天中午都在销售中心排练，热热闹闹的。

齐紫萱备好了台词，跟梁宇良人手一份。

梁宇良照着台词读，有一句读一句，心不在焉地应付着。

“这是排练，你可以认真一点吗？”齐紫萱一本正经地说。

“我不认真吗？”

“要投入感情，要互动，要沟通！”齐紫萱旁若无人地靠近他、面对他，再双手扶上了他的双臂，说，“看着我！”

梁宇良哪里敢看，只感觉到周边无数双火辣辣的眼睛正盯着看，脸噌的一下全红了。

销售员们不明就里，看到经理这副模样就调戏上了：“哟，梁经理还脸红了。胆子放大点，你们主持人之间一定要好好沟通，好好交流……”

齐紫萱说：“梁经理，谁是你最珍贵的人？”

“……”梁宇良没接话。

“看台词！”齐紫萱命令道。

看了看台词，上面写的是，是我老婆吧？

梁宇良说：“当然是我老婆了。”

齐紫萱微微皱起了眉头：“新的一年即将来到，你有什么话想对你最珍贵的人说吗？”

台词上写的是，老夫老妻了，也没啥好说的了。

梁宇良改了，说：“老婆，我爱你！”

“好肉麻呀！”销售员开始起哄。

齐紫萱盯着梁宇良看了足足半分钟，才说：“下面，请大家欣赏，由工程部为大家献上的情歌对唱——《你最珍贵》！掌声有请！”

齐紫萱那直勾勾的眼神，幽怨得让梁宇良心里发毛。

女人真可怕！

元旦战前准备紧锣密鼓地进行着。梁宇良加班加点地培训销售员，从礼仪形象到沙盘讲解，从行业知识到销售技巧，从待客流程到工作制度……新人其实并不难带，因为她们有学习的欲望，有欲望就会勤奋。

当然，也有例外——容伊。

仗着自己有点儿经验，加上点小聪明，培训时极不认真，态度懒散。于是每一次考核笔试，都是排名最后。不过，在沙盘讲解和销售技巧上，她的口才了得，又总能拿到最高分。

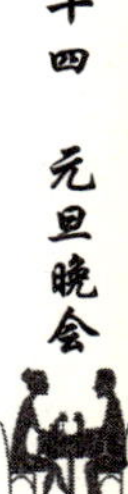

真是让人又爱又恨！

齐紫萱每天都要梁宇良对台词，他也只能以一副公事公办的态度应付着。

对于他来说，这个过去式就好像一颗定时炸弹，让他胆战心惊。

忙碌的日子让梁宇良感觉很充实，同时又感觉压力重重。时间过得飞快，元旦到了。

这一天很冷，梁宇良只穿了套西装，而且特意打了领带，粉红色的，吉庆。

再看各位老板，他就知道这样的穿着是正确的——4位老板不约而同地都打了领带。

更巧的是，全公司上上下下那么多人，都不约而同地没打领带，除了梁宇良。

这下真正是脱颖而出了！

老板找了风水师看了时辰，早上8点58分，售楼中心正式开业剪彩！

鞭炮齐鸣，掌声四起。

4位老板满面春风地并排走着，后面跟着行政部巫总和工程部谢总，然后是梁宇良和袁洲，接着是销售部的姑娘们，再往后就是各部门的人员。

剪彩后，要进门前，梁宇良注意到一个小细节，就是老板们很刻意地不再并排走了，有了先后次序，林老板走在最后，虽然潘老板在公司里没有股份了，但因为他的年龄大，对于林老板来说，他是前辈，更是长辈，所以林老板跟在了他身后。再看黄老板，他很刻意地走在袁老板的身后，在进门前的一瞬间，袁老板才像刚想起来似的，做了个请的姿势，说："黄老板，你先进门。"

黄老板客气地笑笑，拥着袁老板一同踏入了售楼中心的大门。

梁宇良目测了一下，可以说是几乎同时踏入，跟彩排过似的。

然后就到了销售人员的模拟接待客户，客户就是各位老板。

梁宇良开始调度人手——

"容伊，你跟着黄老板。"

"沐若溪，你跟着袁老板。"

"吴迪迪，你跟着潘老板。"

"蒋黎黎，你跟着林老板。"

"其余的接待公司的同事！"

安排哪个人一对一地跟着哪个老板，是经过梁宇良深思熟虑的。

容伊的口才最好，专业素质最高，安排给黄老板最合适，黄老板注重的是能力。

沐若溪的气质最好，声音轻柔，适合安排给袁老板，袁老板注重的是形象。

吴迪迪最勤奋，而且年纪最小，适合安排给潘老板，潘老板平易近人，对年轻人不会过于苛刻。

至于蒋黎黎，额……胸最大，跟着林老板没错！

姑娘们没有让他失望，表现不错，统一工装，统一说辞，像模像样的沙盘讲解，让几位老板非常满意。

真让人长脸！

梁宇良中午自己掏钱请销售部的姑娘们吃饭。

饭店里，一拖七，羡煞旁人。

“不错，今天表现不错！”梁宇良起身向大家举杯，“以茶代酒，辛苦在座的各位同事了！”

“都是经理带得好。”几乎是异口同声。

“吃菜吃菜！”梁宇良先给吴迪迪夹的菜。

吴迪迪有些感动，说：“谢谢梁经理。”

能听得出来，她不单是为梁宇良夹菜的行为道谢。这群销售员里，她的年龄最小，文凭最低，个子最瘦小，而且长得最不好看，销售员都喜欢和她亲近，其实主要原因还是她的乐于助人，加上模样长得并不能给对方造成威胁，这些她自己都是知道的。模样是天生的，这个无法改变，所以吴迪迪异常的勤奋。她感激梁宇良，因为是梁宇良给了她机会，加上今天潘老板的和蔼可亲，更让她感觉温暖。

整个饭局下来，梁宇良唯独没有给容伊夹菜——故意的。

容伊是这个销售团队里人缘最差的一个，这个姑娘仗着自己有点经验，加上模样漂亮，所以有点嚣张，很自以为是，梁宇良要让她摊凉一下。

梁宇良反复强调：销售团队必须要拧成一股绳，团结一致，Team work！

其实他心里并不是这么想的。因为团队真的团结一致了，那就不好管理了，会失控——团队里互相包庇，齐心瞒上，将会直接导致纪律松散，甚至整个团队集体反你，把你架空，未来开盘阶段还要防止层出不穷的

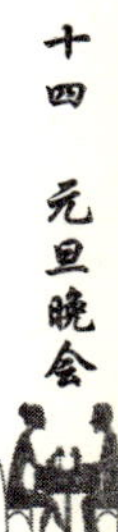

协作炒房……

年会在饭堂吃饭。

原本以为，公司的老板和副总也就是6位，经理也只是6位，自己应该能跟老板同桌。谁知道公司还邀请了几个相关部门的领导来，跟老板们和副总们坐到那个单独的饭堂房间里去了。

在元旦这个特殊的日子里，还能把相关部门的领导请来饭堂吃饭？看来公司的老板们面子还真是够大的。

菜其实做得不错，有鱼翅、有鲍鱼、有虾、有蟹。

酒也是好酒，茅台飞天，不过仅限每桌一瓶。

“公司壮大了啊！”袁老板带领众位老板到各桌去敬酒，他深有感触地说，“上一年的今天，我们的年会只有3桌人，今年，我们有6桌人！在此，我祝在座各位，祝公司，祝我们的项目——仁海春天花园，越来越好！”

“好！”全场举杯，一饮而尽。

这时候，梁宇良注意到，黄老板还真像以前齐紫萱所说的，跟在袁老板身后，就像个负责倒酒的跟班。

除了老板那一桌，梁宇良这一桌子无疑是全公司最受瞩目的了——美女如云嘛。各部门的男同胞不约而同地过来敬酒，礼貌上先敬的当然是梁宇良。

喝了好几杯，隔壁桌的齐紫萱就坐不住了，忙过来挡驾：“今晚梁经理还要跟我主持节目呢，你们别灌他了！”

“今天梁经理打着的领带还是粉红色的哟，你们看？齐秘书穿着礼服站在他身边，像不像举行婚礼呀！”这时候有人起哄，然后全场哗然，“哟，齐秘书还替夫君挡酒来着。”

当然，这都是玩笑话。不过，这个玩笑让梁宇良实在是笑不出来。

齐紫萱笑而不答。

“要死呀？总秘的玩笑你们也敢开？一会儿老板出来收拾你们！”梁宇良掩饰着不自然，又干了一杯。

“别敬了别敬了，我代经理喝！”说这话的是容伊，她学乖了。其实她比谁都敏感，所以她从中午经理对她的态度就马上反应过来了，自己并不太招经理喜欢。

梁宇良欣然一笑。

然后又是全场轰动，袁洲酸溜溜地说："哎呀，我们梁大经理还真是有女人缘，美女都集中到他身旁替他挡酒了，羡慕嫉妒恨呀！"

梁宇良忙说："这话说得太影响团结了，来，销售部的姑娘们，我们大家一起敬袁经理一杯！新年快乐！"

"2012元旦联欢晚会，现在开始！"

"下面，有请公司的黄老板为大家致辞，掌声有请！"

黄老板有点不好意思，一脸憨笑，上台致辞，手里拿着演讲稿，足足两页，照读了起来。估计他之前没怎么看词，加上说话结巴，而且国语发音不标准，所以说得断断续续，一句一停。

"这词写得太官腔，不会是你给老板备的吧？"梁宇良忍不住小声问齐紫萱。

"当然不是，我之前写了一份，100多个字，没这么多废话，到了行政部就被批评了，柳经理说写得太不严肃，业余水平，然后她亲自操刀写了这份官样文章。"齐紫萱生气地撅起了小嘴，再突然一想，这好像是梁宇良这些日子来第一次主动跟自己说话，就喜上了眉梢。

"柳经理原来在行政单位里待过吧？"

"没有，估计是跟着袁老板久了，无师自通。"

"嗯，悟性不错。"梁宇良点了点头。

黄老板哼唧了老半天终于把演讲稿读完了，已是满头大汗，全场掌声响起。梁宇良忙上台迎送他下台，接着说："感谢黄老板热情洋溢的祝福，我们一定不会辜负他的殷切希望，努力将今年的工作做得越来越好！下面有请袁老板为我们带来一首独唱歌曲——《春天的故事》！掌声有请！"

这时，梁宇良早早安排好的高级钢琴师，穿着一袭白色的晚装，轻轻地奏起了伴奏音乐。

袁老板红光满面，一发声就是专业美声——

1979年，那是一个春天，
有一位老人在中国的南海边画了一个圈。
……

一曲唱毕，全场掌声轰鸣："好！"

袁老板眉开眼笑:“谢谢大家!呵呵,这也是我第一次由钢琴伴奏演唱歌曲,人老了,有些忘词,大家多多包涵!这是公司第一次举办的年会,意义重大!这证明了我们的公司已经走上了正轨。遥想4年前刚拿到地块时,公司的年会,只是在喜来登开了个房间,两桌子人还坐不满。今天……”他老人家环顾全场,深有感触,“公司已是人才济济,向着共同的目标齐头并进……”

袁老板颇具领导风范,演讲不用稿也是洋洋洒洒。

“老板再来一首!”看到袁老板发言完毕,梁宇良带头起了哄。

“再来一首!”销售部的姑娘们也算机灵,马上跟着她们的经理一齐呼唤。

应群众的要求,袁老板又来了一首《掌声响起来》。

梁宇良拿出早早备好的一束鲜花,递给沐若溪,使了个眼色,说:“给老板献花!”

“不是吧?怪不好意思的……”沐若溪有点犹豫。

“我献吧!”容伊抢过鲜花。

这是个千载难逢的机会,给领导献花就能马上给领导留下深刻的印象,有什么好扭捏的?

梁宇良目测了一下袁老板的高度,再一瞅容伊的高跟鞋,沉着声音说:“不行,小沐,还是你上!这是命令!”说罢从容伊手里拿过花,再次递给沐若溪。

鲜花被拿走的那一瞬间,容伊的眼神投过来,像把尖刀。

梁宇良没有理会,而是轻轻地推了一把沐若溪。

沐若溪把花献给袁老板时,他老人家笑得比花儿还灿烂。

老板唱开心了,后面安排的员工表演就完全忽略不计了。之后袁老板又唱了两首,有点不舍这个舞台,却又不得不离开了,这时梁宇良又灵机一动,说:“袁老板暂时还不准下台,应群众要求,有请公司的黄老板、林老板、潘老板,与您合唱一首歌曲。”

袁老板继续笑得红光满面,其余的老板依次上台,黄老板一个貌似漫不经心的目光扫了过来,梁宇良能从那一瞬间感觉到,那是赞许。

晚会被老板们的合唱,以及加插进来的嘉宾领导独唱,足足拖延了一个半小时。这一点让梁宇良心里一叹:原来,无论是在卡拉OK,还是所谓的联欢晚会,根本就不存在什么表演次序。正如在卡拉OK里,公司员工点的歌曲总是被老板老总们随意地插来插去,员工们还不能反对,不能抗拒,还得极力迎合、掌声鼓励。晚会上，原本安排得挤挤的节目在老板的眼中完全不值一提，他们随性唱歌，无论唱得好还是不好，都能获得最热烈的掌声，这个舞台体现的不单单是表演欲，更多的是权力的欲望。

终于到了群众表演环节，梁宇良手掌都拍红了，群众也难掩厌倦的神色。

"下面有请销售部的美女们，为大家带来劲歌辣舞——《NO BODY》！掌声有请！"

说实话，跳得很糟糕，可以说惨不忍睹。

没办法，排练时间那么短，能有这样的水平算不错了。

但这种水平并不影响现场的气氛，尖叫声此起彼伏，口哨声四起。关键是因为咱姑娘长得水灵，加上穿得少——租的空姐服，当然还是缩水版的空姐服，裙子短得刚能挡住屁股，胸口开得能看到内衣，加上统一的黑色丝袜，惹得现场的色狼们叫得一个比一个欢。梁宇良笑了，色狼大多来自工程部，这些泥腿子，看见美女就双眼贼亮，也不顾及领导在场。

这样也好，联欢晚会，梁宇良可不想弄得跟政府会议一样严肃。

安排美女热舞第一个出场确实是明智之举，一下子就使原本被老板嘉宾们的个人演唱折磨得不行的群众又打上了鸡血。接下来的表演还算不错，梁宇良这才发现，公司里还真是人才济济，吉他、二胡，甚至琵琶、魔术都有人表演——牛！

"下面有请我们销售部的90后小美女容伊，为大家献上一首独唱歌曲——《套马杆》！"

音乐声响起，容伊落落大方地步上舞台——

给我一片蓝天，
一轮初升的太阳。
给我一片绿草，
绵延向远方。
给我一只雄鹰，
一个威武的汉子。
给我一个套马杆，
攥在他手上。
给我一片白云，

一朵洁白的想象。
给我一阵清风，
吹开百花香。
给我一次邂逅，
在青青的牧场。
给我一个眼神，
热辣滚烫。
套马的汉子你威武雄壮，
飞驰的骏马像疾风一样。
一望无际的原野随你去流浪，
你的心海和大地一样宽广。
套马的汉子你在我心上，
我愿融化在你宽阔的胸膛。
一望无际的原野随你去流浪，
所有的日子像你一样晴朗。
……

梁宇良只能用“震撼”两字来形容自己的感觉，这是真正的专业水准！关键还有她选的这首歌曲，一是对上了中老年老板们的口味，二是旋律豪迈奔放。一时间，灯光下的她竟然顾盼生辉，微笑倾城！

“我把这首歌献给在座的各位，祝福大家可以像草原的雄鹰一样，展翅飞翔，像奔驰的骏马一样，威武雄壮！”说这话的时候，容伊的目光流连在黄老板的身上，脉脉含情。

梁宇良吃醋了。所谓的吃醋并不是因为梁宇良真的喜欢容伊，而是……怎么说呢，男人都对美女有好感，都希望美女看上的是自己，而不是别人——狭隘！

“再来一首！”黄老板向她点点头，笑的幅度有点大，看起来心情不错。

容伊微微一笑，说：“既然是黄老板给我下达的任务，那么恭敬不如从命。不过，我想邀请您来跟我合唱，大家说好不好？”

“好！”掌声轰鸣。

其实大部分男同胞的心里都是酸溜溜的——美女总是向钱看！

黄老板欣然接受：“那就来一首《相思风雨中》吧！”

这下轮到大部分女同胞的心里不好受了——这狐狸精仗着有点姿色，刚进公司就跟一把手套磁，黄老板千万要顶住诱惑呀！

其实黄老板的歌还是唱得不错的，跟容伊配合得也还行，不过他刻意地跟容伊保持了一点距离，梁宇良目测了一下——1.2米。

美国心理学硕士邓肯说过，1.2米是人与人之间的安全距离！

“情歌对唱怎么能距离这么远？大家说，是不是应该牵手对唱？”齐紫萱冷不丁冒出了这句话。

胆子真大！梁宇良是万万不敢跟老板开这种玩笑的，他被吓出了一身冷汗。

黄老板微笑着，很有风度地做了个请的姿势，容伊没有半点迟疑，把小手放在了黄老板宽厚的掌心中。

这一次对唱，加上上午的沙盘讲解，让容伊在黄老板心中留下了深刻的印象。

只是印象而已，不是烙印。

碰巧的是，接下来的两个节目又都是对唱歌曲，在黄老板和容伊的带头下，接下来的对唱也都牵起手来了。

“听了这么多首情意绵绵的对唱歌曲，我也心痒起来。我很荣幸能成为今晚晚会的主持人，但我也很遗憾，今晚我不能高歌一曲。”齐紫萱上台时，由衷地说了这么一句。

咦？梁宇良看了看台词，原来并没有这么一句呀？怎么接？

台下起哄道：“齐秘书也来一首，跟梁经理来首《夫妻双双把家还》！”

“夫妻双双把家还我可不敢，不过，我还真想邀请梁经理陪我对唱一曲《广岛之恋》，大家说好不好？”

“好！”

梁宇良的脑子轰的一下就炸开了，只得说：“我唱歌不行……”

“男人不能说不行！”齐紫萱大方地牵起了梁宇良的手。

你早就该拒绝我，
不该放任我的追求。
给我渴望的故事，
留下丢不掉的名字。
时间难倒回，

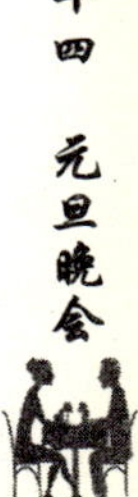

空间易破碎。
二十四小时的爱情，
是我一生难忘的美丽回忆。
越过道德的边境，
我们走过爱的禁区。
享受幸福的错觉，
误解了快乐的意义。
是谁太勇敢，
说喜欢离别。
只要今天不要明天眼睁睁看着，
爱从指缝中溜走还说再见。
不够时间好好来爱你，
早该停止风流的游戏。
愿被你抛弃就算了解而分离，
不愿爱的没有答案结局。
不够时间好好来恨你，
终于明白恨人不容易。
爱恨消失前用手温暖我的脸，
为我证明我曾真心爱过你。

梁宇良发现，齐紫萱的眼中分明闪烁着泪光……

晚会结束后，梁宇良安排着销售员们忙活了好久善后清洁工作，又在电脑上处理了一些文件，才最后一个踏出公司。

突然发现自己心里竟然堵得慌，眼睛里总会掠过齐紫萱那迷蒙的目光。

过去式了，想啥呢想？

梁宇良打开了天窗，繁星点点。

咦？那个身影？

齐紫萱。只见她独自一人慢慢地踱着步子，一边仰望星空，一边轻轻地掠了掠长发——凄美。

梁宇良踌躇了一下，还是开了过去按了喇叭。

齐紫萱看到他，止住了步子，淡淡一笑，没说话。

梁宇良看着她，竟然有些心疼，于是说："上车吧，外头挺冷。"

齐紫萱点点头，上了车。

然后两人一路无言。

这一路，梁宇良感觉很漫长，很漫长。

终于还是到了，居民楼下的灯火有些昏黄。

停好了车，继续沉默。

看着她的脸，梁宇良想给她一个温暖的拥抱。

但一出手，却只是按开了车门锁。

车门"咔"的一下解锁，这是他无声的逐客令。

"谢谢！"齐紫萱淡淡一笑，头也不回地下车了。

梁宇良坐在车里，听着那高跟鞋"咯咯咯咯"的声音渐行渐远，数着楼梯的感应灯光一层一层地亮起来，直到4楼，又等到灯光一层一层地灭掉，才启动了车子。

这时他才发现，在副驾座位上多了个信封，打开来看看——5000块钱。

这是梁宇良之前给齐紫萱的钱。

他把两人的关系定义为了买卖，但她没有。

梁宇良突然感觉有点心疼，回家的路上，双眼渐渐被一路的灯火迷惑……

十五　活着

“妈，我先回去了。”龙承章说。

月底了，龙承章去了趟丈母娘那儿，拿生活费给她。聊了几句，丈母娘又是唏嘘感慨，又是泪流满面，这又触动了龙承章的神经，于是他不得不提前告辞了。

“不在这里吃饭？”丈母娘满心的期待化为乌有。

龙承章有些不忍，躲开她的目光，说：“不了，我爸让我今晚回去吃。”

“你已经一个月没在这儿吃饭了……”丈母娘一脸黯然。

龙承章咬咬牙，当没听见似的，扭头就走。

“我要的不是这些冷冰冰的钱！”丈母娘把钱全都甩在龙承章身上，吼道，“我还活着，生不如死！我只是希望你能多点来我这里，看看我，说说话！这个要求很过分吗？我现在什么都没有了，只有看到你，我才能想起晴晴，才能稍微好过一点，一点点！”

龙承章无语，他何尝不是因为看到丈母娘而想起了晴晴？他深深地吸了口气，忍住眼泪，却没有回头：“妈，别这样，好好照顾自己，我会常回来看你的……”

这里他是不敢再多待一秒钟了，在这个充满了回忆的屋子里，多待一秒他都会心碎。加上丈母娘的歇斯底里，更让他的悲伤无法自抑。

晴晴，对不起，你能原谅我的自私吗？

“又要钱？”后妈瞪大了眼睛，然后委屈地说，“承海那边刚结到的工程款，还没捂热乎，你又要提走了……”说罢，她看了眼龙爸。

龙爸翻看着报纸，一动不动的，没有发表任何意见。

“300万是吗？”后妈继续唠叨，“真是金山银山，都不够你拿去填那个无底洞呀，我都说了，这个项目的风险太大……”

龙爸依然无动于衷。其实他老人家心里清楚，后妈都是说给他听的。一个家，两个儿子，两份事业，现在是拆了东墙补西墙，白花花的银子花出去，什么时候能找回来却又是个未知数。他也心急如焚，但他是一家之主，全家人都看着他，他不能急，不能乱，他要淡定，哪怕只是装出来的……

"拿到了施工证，以后的工作就好走了，还算是顺利吧……"龙承章硬着头皮说着。每每说到钱，他都头大，没办法，后妈管钱，每回他要资金，都像个摊开手要钱的败家子，这让他很难受。

项目开卖就好办了，咬咬牙坚持住！龙承章给自己打气。

"事情都过去半年了，你是不是该再找一个了？"奶奶突然说。

龙承章的头轰的一下就炸开了。

说到了这儿，龙爸才开了口，他说："你看你弟弟承海，都快生了，你是这家里的大哥呀……"

"奶奶老了，能活一天是一天，就是想着有生之年，能抱曾孙子呀……"奶奶叹了口气。

"我暂时还接受不了……"龙承章轻声说，突然泪就涌了出来。

他知道，奶奶和爸爸都是老封建了，满脑子都是抱孙子，也丝毫没有顾及到他刚刚失去妻子的沉重心情。他想骂人，但他骂不出口，这些是他的至亲，生他养他的至亲。

人走茶凉也就罢了，最怕的是，人走了，茶杯都不留。

胡乱扒了几口饭，龙承章逃跑似的离开，一上车就直接开往陵园，一路急速地按着喇叭，一路抹着泪。

这就是龙承章的两个家，都是他想回又不敢回的家。

抱着何雨晴的墓碑，看着上面那张熟悉的黑白照片，龙承章号啕大哭："你怎么就这么狠心把我一个人留在世上！"

温柔乡。

梁宇良发现自己搁在这儿已经无法自拔了。

凌兰语也是。

他俩越来越钟情这里，有事儿没事儿都跑这儿跟依米厮混。

所谓的厮混只不过是嘴上不着边际地胡扯，没有肉体关系，没有感情纠纷，没有半点暧昧。

异性相吸并不一定要上床，也不需要爱情，可以是赤裸裸的友情，如同梁宇良跟龙承章或者凌兰语之间，依米只不过是个没带把儿的哥们儿。

当然，还因为依米泡出的咖啡很棒，而且收的是友情价。

“那一天，我看着齐紫萱的背影，再低头看到那5000块钱，那感觉……我说不出来。”梁宇良感叹着。

“感觉是你被她嫖了？”凌兰语说。

“滚！”

“温存缠绵、你侬我侬、恋恋不舍，最后含恨而去。”依米说了一串成语。

“我好像没不舍，最后也没含恨。”梁宇良解释着。

“说的不是你，是她！”依米白了他一眼。

“好像祸惹大了？”凌兰语幸灾乐祸。

“很大！头大！”梁宇良把头埋进了桌子底下。

“说点带劲儿的——前些天有个中文特棒的老外泡我！”依米有点自豪。

“重口味呀！”梁宇良猛地一抬头，说道。

“你就不能正常点儿？”依米给了他一个白眼。

“我问个正常点儿的问题，老外是不是都挺有钱？”凌兰语说。

依米说：“有钱个屁！中学里的外教而已，搁在他自个儿的国家，应该是个三等公民，来中国装来着。”

“那是那是，来中国也就罢了，现在沦落到江海这种三线城市当一外教，估计除了懂点中国话和英文，别的啥都不懂。”凌兰语点点头。

“怎么不懂呀，别人长得高大白净，不懂泡妞，只懂被妞泡，飞蛾扑火似的，他还是一团熊熊烈火！”梁宇良说。

凌兰语感叹道：“那是，咱这星星之火，原本想可以燎原，谁知道飞蛾扑过来，也就只能被灭掉！”

“扯远了，我跟你们说，这鬼子特逗！”依米说，“他说他中文特别棒，我就出了道题让他猜，你们也顺便听听看怎样，中文八级考试！”

“得，洗耳恭听！”

“小兰说：你妹的，老娘这个月的大姨妈还没来，急死姐了，太坑爹了！请问……”

“等等，小兰？男的女的？”凌兰语问。

“女的。”

“女的不叫小兰好吗？我还以为你叫我来着。”

“废话！那叫小红吧。哎，你别打岔呀！请问，由这句话可以看出，谁最着急？A.小红，B.小红的妹妹，C.小红的大姨妈，D.小红的老娘，E.小红的姐姐，F.小红她爹，G.小红的男朋友小白。”

“小红咯！”凌兰语说。

依米笑笑没说话，看着梁宇良。

“小白。”梁宇良说。

“点解？”凌兰语挠挠头。

“不是小白着急，哪来的后面那么多事儿？”梁宇良笑了。

凌兰语想了想，也笑了，问：“你那老外选什么？”

“傻帽儿，选的小红她姐。”依米也笑，“他说：‘你不是说了吗？急死姐了！’”

“哈哈哈哈哈！”哄堂大笑。

“然后呢？”

“然后我让他再学3年。他很虚心地点点头，说：‘师傅，3年后，华山见！’”

“老外还看金庸？”

“不看小说，看电视，李亚鹏版的。”

“你就不能正经点儿交个男朋友？”梁宇良看着依米，一脸的关切。

“像我这样的现在没啥市场了。”依米耸耸肩。

“现在流行啥？”

“不知道。反正我也没啥演戏的天分，什么矜持呀、天真呀、可爱呀、委婉呀、动人呀、娇嫩呀，等等，我都装不出来。别人都装处，我只好装经验丰富。”依米想了想，说，“然后吓跑了半车子男人。”

“还有半车子男人呢？”

“比我经验还丰富，于是我又打退堂鼓了！”依米想想，说，“要么，您二位把我收了吧……算了，梁宇良已婚的咱不考虑，这太不团结了。凌兰语，您看看我还凑合吧？”

“嘿嘿，高攀不起！”凌兰语低头抿了抿咖啡。

“降妖除魔，任重道远，小伙子加把劲应该还是能登峰的！”梁宇良拍了拍他的肩膀，问，“我说你不是刚跟你那个……方芳好上吗？怎么有事没事你还来这儿厮混？不会吃着碗里的还想着锅里的吧？”

“不知道，我觉得我跟方芳好像，感觉不太搭调。”凌兰语皱起了眉头。

“睡了没？”

凌兰语点点头。

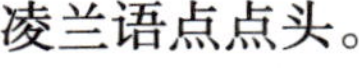

“得，又糟蹋了一水灵灵的好姑娘。”梁宇良乐了，“那你可得负责任了咯！”

“上床是一种行为，说到底就是活塞运动促进新陈代谢，干吗把一种运动扯到婚姻上去呢？婚姻这种东西，到现在，太多太多的人掺杂了许多杂质进去，什么房子啊、车子啊、票子啊，功利了，咱撇开功利的不讲。说到上床，很多男人为了跟女人上床而承诺，然后女人为了男人的承诺而上床，这都什么跟什么呀，不能因为上了床，或者为了上床而婚姻。”依米一板一眼地说。

“精辟！”梁宇良瞪大了眼睛，像看到了外星人，“我一直没发现你有这么高的文学造诣！”

“是人生经历！”

“还真是经验丰富了！这不是装的，这绝对的由内而外，不显自露！”

“过奖！”依米拱拱手，饶有兴致地问凌兰语，“我觉得，你应该还是没有把那个谁放下吧？”

“谁？”凌兰语一愣，“你说佘婷？”

“对呀，前女友嘛。”

“不知道，放不下也得放下了，路还得走嘛。”凌兰语苦笑。

“那我觉得方芳就太悲催了。”依米说，“我觉得她真的不错，适合居家过日子。虽然我没见过佘婷，不过据你兄弟的评价，好像不怎么样。”

凌兰语没接话，陷入沉思。

“对了，有个正事儿……”梁宇良收起了笑脸，一本正经的。

“你说。”凌兰语打起了精神。

“你那儿，跟龙承章那边的工作，进展得怎么样了？”

凌兰语说：“还行吧，项目定位和产品规划都做出来了，他跟黎伟和我开会都定了调子，施工证拿了，不过又快过年了，工地快放假了，也就基本没啥事儿了。我把方芳安排在项目上驻场，有事她知会一声就是。”

“怪不得每天都跑这来喝咖啡来着。”依米说。

梁宇良想了想，说：“我们的项目也算是上马了。这么说吧，你看过我们项目的广告设计没有？”

“扫过两眼。”

“感觉怎么样？”

“不怎么样。”

“那就对了！”梁宇良一拍大腿，“广告公司已经跟我们项目合作一年了，现在快到续签的时候了。我觉得吧,该换换新口味了。”

“你的意思是……”凌兰语眼睛一亮。

“你能做得来吗?”

“废话,推广这一块,在江海市,我也没瞅着谁比我强!”凌兰语口气有点大。

“你收多少?”

凌兰语有点犯难,想了想,说:“月费4万?”

“低了!”梁宇良皱起了眉头,“小伙子真没追求!”

“4万是我收的,你报多少我管不着!”凌兰语说。

“嘿嘿,上道了!”梁宇良笑了,“我报6万吧。这活儿,我看使使劲儿能不能给你揽下来。不过私归私,对公你可得做得漂漂亮亮的!一是我不能被人家说了闲话,二是你推广做好了,我项目好卖了,我的提成才能多拿点!”

“你不是管销售的吗?策划那块你也说得上话?”凌兰语问他。

“以前我说不上话,现在我要让人说不上话!”梁宇良冷笑。

事情的起因是这样的——

某天,袁洲又神秘兮兮地钻进梁宇良的办公室,带来一阵狐臭之余,还带来了一条小道消息:“梁经理,据说我们公司的广告设计公司,合同快到期了。”

据梁宇良后来查实,这条小道消息是真实可靠的。

梁宇良不动声色,一边埋头于案头的文件,一边轻轻地从鼻翼里哼了一声。

袁洲有点不爽他的态度,心想这厮现在咋跟原来刚进公司时完全不一样了,小人得志呀小人得志!他咽了咽口水,又说:“你觉得原来的那些个广告设计,水平怎么样?”

“还行呀!”梁宇良一抬头,跟他四目相接,读懂了他眼神里的失望劲儿。心里一笑:不就是想让我说不行吗?我偏不说了,怎么着?

“我觉得吧,也就是一般吧,而且还很贵!”袁洲神秘兮兮地说,“你知道月费是多少钱吗?”

“多少?”梁宇良装作饶有兴致的样子。

“8万!一年下来将近100万!”袁洲激动得瞪大了眼睛,其实瞪大了的效果也就是让人发现他的眼睛好像不是闭着的。

“差不多吧。我在广州时,广告公司的月费基本都是10万以上的。”梁宇良面无表情地抛出了这么一句,意思是,8万的月费有什么值得大惊小怪的?

“问题是你那是广州,广州的广告公司水平高!我们这儿……太一般了,

完全没有什么创意。”袁洲回头看了看门有没有关上，确定了以后又说，“我告诉你，这个公司是以前那个副总定下来的，也不知道他吃了多少回扣！唉……让人痛心呀！”

梁宇良没接话，微笑着看他表演。

看到梁宇良的无动于衷，袁洲更激动了，口水唾沫直接喷到了梁宇良的手上：“不能再这样下去了！我们需要突破！广告就应该突破！创意无限，有创意的广告，才能给项目带来灵魂！”

这让梁宇良恶心得毛骨悚然。当然，他没有表现出来，只是得体地把手藏在桌子下面，用纸巾轻轻地擦干净，然后说：“袁经理说得是。一个项目的成败吧，我觉得最最重要的，就是你们策划推广方面的工作。”

“别别别！策划销售不分家！”袁洲挤着他的小眼睛，眼里透着光，又压低了声音说，“我这儿吧，本着对公司、对项目负责的态度，觉得应该要给项目换一个广告公司了。也唯有突破，才能打破这死气沉沉的僵局，用最好的创意，带来更多的市场客户！”

“好！”梁宇良呈鼓掌状，当然，巴掌没拍响。然后，他一言不发地看着袁洲，表情在告诉对方：有我什么事儿？

袁洲只能继续说：“我们虽说分管的具体事务不同，但都是营销部的，这个口径是不是应该一致呢？”

“那是当然！”梁宇良轻轻拍了拍桌子，“我们原本就是拧成了一股的绳子！”

官腔呀官腔，梁宇良说得跟真的似的。

“那，我们部门给上面出个建议，建议建议？”袁洲商量着说。

“你写呀。”梁宇良职业地微笑着，“公司规定了的，咱各有分工，推广方面的工作，我这个主管销售的经理可不能越权。”

袁洲拉下了脸，梁宇良兜着圈子说了堆废话，到最后还是那德行——不关他事！

得出绝招了！

袁洲把声音继续压低了说：“梁经理，我这有个朋友是开广告公司的。他跟我沟通过，这事能成的话，在私人方面，他们会给我们 3 万。我这边琢磨着，这钱……我们平分吧？”

“嗯……”梁宇良点点头。

袁洲心花怒放，看来谁都逃不脱金钱的诱惑。

“我知道了。”梁宇良继续点头，并且补了一句。

袁洲又一愣，你知道了，那么说这事儿你是同意了，还是不同意？还是仅仅表达了你知道了？

梁宇良就是想要这种模棱两可的效果："袁经理，我觉得这个事情呢，应该分两步走。第一步，理清之前广告公司的合作关系，到底是合作下去还是停止合同？确定了以后，再想第二步。这第一步，我这边不方便去说话，毕竟分管工作不同嘛，你说是吗？"

"那是那是。"

"第一步走稳了，再谈第二步。第二步的工作，需要我配合的，我尽力配合，只要是对公司有利的，我肯定会极力争取。我们打工的不都得为老板负责吗？"梁宇良点了根烟。

烟雾萦绕着这位年轻的小伙子，让袁洲看不透他的表情，更摸不清他的态度。不过他说的也对，先把第一步走稳了再说吧。反正，没有钱搞不定的人，这种一朝得志的小屁孩，就让他先装大尾巴狼吧，以后找准机会再好好收拾他！

想到这，袁洲说："行！两兄弟一块儿赚钱！反正我的心意你是知道的，有我的一份，就少不了你的那一份！"

梁宇良夸张地笑了，说："谢谢兄弟了！"

看着袁洲出门时那猥琐的身影，梁宇良冷笑：把别人都当傻子的人，就是最大的傻子。

广告公司能谈下来，那就是一年几十上百万的合作费用，回扣会是他嘴里所说的区区 3 万？还对半分，还那慷慨样！

真把咱当叫花子了！笑话！

这策划部的工作，袁洲为什么找到梁宇良寻求联盟？归根结底，是因为他自知已经不复重用，不被信任，这种事老板肯定得过问营销部的另一个人——梁宇良。梁宇良虽说没有拍板权，但他可以做出善意的建议，只要梁宇良一使坏，他袁洲就肯定没戏。

梁宇良当然不会傻到跟这种人穿一条裤子，他的野心更大。他怂恿着袁洲走出那第一步，是为了让袁洲能把之前的广告公司挤走，扫清障碍，然后到了第二步，选什么公司，就没他袁洲什么事儿了，梁宇良自个儿又不是没资源。

最好还能借着此事，让袁洲在公司的时日进入倒计时！

"你丫真是个坏种！"凌兰语听他说完笑了，"现在那个傻帽儿帮你扫清

障碍了？”

“嘿嘿，是吧。这厮嘛，无利不起早，有利叫得比谁都欢。具体怎么叫的我不清楚，反正吧，老板找我了，问了下我对广告设计方面的感觉。”

“你怎么说？”

“我婉转地告诉他老人家，之前的广告公司不行。”

“然后呢？”

“然后老板眉头深锁，说，好的，我知道了。”

“然后？”

“没然后了。”

“他也没让你找广告公司呀！”

“炖汤要文火。现在火候不够，皇帝不急你太监急啥？”梁宇良仰头看着昏暗的灯火，说，“快过年了，以不变应万变……”

“别装深沉行吗？小屁孩子一个！”依米对他作出了深刻的评价，并且拨了拨他额前的头发。

门外，角落里，寒风中，许诺痴痴地看着那台属于她和他的马自达，抬手看了看表，她已经这么站了两个小时了。

她并不是有意要跟踪他的，她只是去银行办公事时，无意间路过了这里，然后看到了这台熟悉的车子。他不是说在上班吗？在这里上班？在温柔乡上班？在这个他前女友的温柔乡里上班？

温柔乡里面很温暖吧？

她很冷，她有股冲动，想冲进去看看她的老公到底在里面干什么。其实能干什么呢？又不是酒店开房，不过是在个灯光比较幽暗的咖啡馆里相对而坐，拉拉小手，搂搂小腰。会亲嘴吗？或者店里有暗房？

嗯，也许真有暗房，冲着这么个煽情的暧昧的店名，应该有的！

许诺哭了，寒风中微微地发抖，无助地、无声地哭泣。

走吧，许诺不敢再等下去，也许等到的是一对相拥告别的身影，何必给自己找不自在呢？

想到这儿，许诺扭头就走。

“咦？”刚出门，梁宇良看到了许诺远去的背影，“好像是许诺！”

“是吗？”凌兰语顺着方向也瞧了瞧，说，“不是吧？现在是上班时间，许诺哪有你这么清闲！”

“是吧……”梁宇良没再多想，拍了拍凌兰语的肩膀，“兄弟，我跟你说的那事儿不能急。我只是先问问你，看你有没有意思。到时候真要上场时，你闪亮登场就是了。我们项目吧，也算是个大项目，加上老板都是有头有脸的人，你要真能把活儿接下来的话，无论是经济效益还是品牌效益，那都是可观的。以后发达了别忘了小弟我就是了！”

“兄弟间别讲这些屁话！”凌兰语挥挥手，“拜了！我车停在停车场，一会儿还得去龙承章那儿逛逛。关键是黎伟，他一到工地没见着我就心慌。”

走到停车场上了车，只见前面停着的那台黄色QQ离自己的车子太近，凌兰语就往后退了退，可惜后面的车离得也近，进退两难。无奈，就多前后挪几次吧。

正在挪着，QQ的车主来了，是个漂亮姑娘，戴着大墨镜，大冷天的还穿着热裤，修长的双腿白得有点晃眼，估计25岁上下的模样。

凌兰语开了车窗，说：“美女，麻烦你把车子稍微往前开一点吧。”

美女没搭理他，只是“啪”的一下把车门关上了，然后启动了车子。

什么素质？凌兰语心里骂道。再看那台QQ屁股上贴着的图标倒也搞笑：长大以后变Q7。

车位还是太窄，那QQ也被夹着没啥空隙，而且貌似是新手上路，看她手忙脚乱地前后挪了几下，最终还是轻轻地蹭上了凌兰语的车子。

好心情一下子就全没了，下车看了看，只是轻轻碰了碰，QQ掉了点漆，自己的车子倒是啥事都没，他就对那美女说：“没啥事，我就不追究了。我赶时间，要不我帮你把车倒出去？”

“哼！我更赶时间！”美女气鼓鼓地又上了车。

真让人哭笑不得。

更让人哭笑不得的是，那美女竟然加大油门倒了车，“啪”的一下重重地用车屁股撞上了凌兰语的车头。

QQ屁股惨不忍睹，熊猫前杠也凹了进去。

“干吗呢你？”凌兰语火了。

“看你那了不起的样子，不就是台熊猫吗？牛啥？我让你赶时间！反正都是保险赔！”美女一脸的得意，然后摘掉了墨镜冲凌兰语皱了皱小鼻子。姑娘的眼睛特别大，水汪汪的，配合着小巧的鼻子、微翘的小嘴，倒是副讨人喜欢的瓜子脸蛋。

美女就是好。美女脑子单边，头发长见识短，间歇性失调，等等，无论她说了什么话，做了什么事，都是可爱的，惹人喜欢的。

男人犯贱，看到美女，看到美女做出的任何匪夷所思的事情，都只能一笑而过。

凌兰语心想，如果面前的是个男人，他早一脚飞过去了。

无奈，凌兰语依着车子，点了根烟。

打了电话给保险，美女开始若无其事地研究起车子的伤势，又研究了一下凌兰语的熊猫，说："哥们，你这车子喷得有点傻。"

凌兰语苦笑道："傻吗？我觉得挺好。"

美女叹了口气，说："不过你的还好，你看我那屁股都烂成这样了，你那儿才蹭了点皮。"

这话差点没让凌兰语一口烟呛死："美女，你这话说得太容易让人产生歧义……"

美女愣了愣，气得脸色发青："臭流氓！

凌兰语耸耸肩，没说话。

"保险来了，是我们各承担一半的责任吗？"美女又说。

"你倒的车，还是故意的，关我屁事呀！"凌兰语一愣——见过单边的，他就没见过这么单边的美女。凌兰语看了看她的胸部，貌似也不算大呀，称不上胸大无脑吧？

美女察觉了他的视线有变，忙一捂胸："流氓！眼神往哪儿瞅呢？"

"你觉得有啥看头的？咱又不是修机场的！"凌兰语一扬头。

保险来了，拍照登记，凌兰语瞄了眼美女的资料——于月。

名字不错，模样不错，就是脾气有点儿怪。

"你们凌总还有什么业务这么繁忙？回回来都是你这个小妹妹来打发我，怎么回事？"

刚走近工地的办公室，凌兰语就听到了这么一句话，是黎伟的声音。

"凌总去附近调研项目了，黎总，您有事吗？"方芳不卑不亢的声音。

凌兰语止住了脚步，站在门外，没露面，也不吱声。

"我们是看在你们凌总的能力上才建立的合作关系。现在好了，三天两头的不见人，让我怎么放心得下？"黎伟的声音有点大。

"方经理在，就不能让你放心了吗？"听到这儿，凌兰语才走了进去，揽上黎伟的肩膀，开起了玩笑，“敢情你还好男色，只对我来电？”

黎伟看凌兰语来了，就换了种态度，笑笑说：“兄弟呀，你不在，我不安心呀！

“安一万个心！领导，不要小看我们的方经理，绝对是独当一面的人才！”凌兰语皱起了眉头，对方芳使唤道，“还不给黎总沏茶？”

“哼哼！”黎伟笑得有点不屑，在他眼里，这个黄毛小丫头算不上人才。

坐下来喝了两口热茶，黎伟眯着眼睛，轻轻拍了拍凌兰语的大腿，说：“兄弟，现在手头上还有别的项目？”

“没呀！现在就是你们这个项目都够我喝一壶的了！”凌兰语说。

“当然，你有了别的项目也是应该的。”黎伟给他发了根烟，说，“你的能力强，公司应该也必须壮大嘛。多接了别的项目，兄弟我也是打心底高兴！”

凌兰语微微皱起了眉头，这话说得，不信我来着？于是凝住了笑容，说：“这话说得实在。毕竟现在我有了公司，下面也要养人，未来也要发展，立足于你这个标杆项目那是必须的，拓展工作也要到位。要不干完了你这儿，我喝西北风不要紧，你看我下面的人可就不干了哟！”

“哈哈哈哈！”黎伟大笑，“那是那是，现在有别的项目在接洽了？”

“暂时没，先得把你们的项目理顺了再说。”凌兰语说。

这时候，龙承章探了进来：“哟，俩兄弟喝上了！不够意思，喝茶不给我备着杯！”

黎伟笑笑，说：“你这个大忙人，每天都不见人影，我吧，衙门里的闲人一个，没事找事来这儿转转。”

“没事常来，好烟好茶备着！”凌兰语说。

闲聊了会儿，黎伟拍了拍龙承章的肩膀，说：“有个事儿，走，我跟你出去说说。”

凌兰语笑笑，低头喝着茶，装作没听到。

龙承章随黎伟出去了，点了根烟，说：“啥事儿？”

“没多大事儿……”黎伟顿了顿，说，“小静学校那儿要实习了。她是会计专业的，我琢磨着，过年后，是不是在项目里给她安排个闲差，也算是学一份经验吧。”

龙承章笑笑说：“好啊！我这儿财务正好缺人，让她过年后过来吧，我这儿的财务王姐年纪也大了，经验虽然丰富，不过有的时候还真缺个人帮忙。”

“那这事儿……就这么定了？”黎伟觉得龙承章爽快得有点不可思议。

黎伟先说小静是会计专业的，又特意说要安排个闲差，是不想让龙承章过于敏感。财务这一块是公司的命脉，可以看得到公司的所有开支和收入。

“定了呀，嫂子愿意下放来工地吃苦，咱肯定欢迎！”龙承章豪爽地笑着，“还以为多大个事儿，把我拉出来吹着西北风，冷死了！”

龙承章心里十分不痛快，只是没表露出来。

黎伟想安插小静进财务的意图再明显不过了。现在这个时候，他又只能妥协，不能因此起了矛盾。既然只能妥协，那就妥协得爽快一点。

合伙做生意就是不容易呀。人都是为己的，为己就不得不怀疑自己的搭档。

黎伟是在以己度人吗？以己度人是指用自己的心思去猜度别人。他这么安插人，是猜度龙承章，另一方面，能不能证明他自己也没什么好心思呢？

再说，小静也不是个简单的角色。看黎伟对她的千依百顺，龙承章心里满是愧疚，也不知道她的到来又会产生什么化学反应。

星期二，按照一三五许诺父母家，二四六梁宇良家的吃饭规律，今天回梁宇良爸妈家吃。

许诺黑着脸，夹了点菜，一言不发地端着饭碗到客厅吃去了。

“怎么回事，又闹别扭？”老妈皱起了眉头，这媳妇太娇气。也罢，都是独生子女，都有脾气，她这个当妈的心里当然希望许诺能让着点儿子，但嘴里却开始教训起了梁宇良，“我说，你就不能让着点她？”

“我都不知道是怎么回事！”梁宇良也蒙了，心想好像今天我没怎么惹她生气吧？一路就摆着张臭脸，欠你多少钱似的。

回去的时候，许诺依然鼓着腮帮一言不发。梁宇良把车子靠在一边，说：“干吗呢你？”

许诺别过脸去，不说话。

梁宇良看她还是那态度，火了：“有什么事你也不说！回家吃饭还摆张臭脸给我爸妈看，你就不能懂事点？有事没事你都给我发那大小姐的脾气，有完没完了你？”

“好，我不懂事，我大小姐脾气！”许诺拉开车门，下了车，重重地关了门，掉头就走。

梁宇良赶忙下车追她，一把拉住她的手，说：“发脾气也总得告诉我为什么吧！”

“不为什么！看见你就烦！”许诺甩开了他的手，“我想一个人静静！”

“……”梁宇良止住了脚步，没再追上去。

毛病！回到车上，梁宇良想了半天还是百思不得其解，今天是什么日子？她生日？结婚纪念日？相见纪念日？相恋纪念日？她老爸老妈生日？等等等等日子梁宇良算了算都没到时候，那咱犯了啥事？

“难道是她发现了我跟齐紫萱的那点事儿了？不对呀，这事她要发现了不得翻了天？”梁宇良清楚许诺的性格，应该不是现在这种反应。

不想了！好像是许诺的大姨妈来了吧。梁宇良感叹道：“如果说男人是用下半身思考的动物，那么女人就是月经决定心情的动物！”

算了，今晚还是乖乖回家吧，哪儿都别去了。

谁知道在家里上网玩游戏玩到了凌晨12点，许诺还没回来。怪事！她从来不会这么晚不回的。梁宇良打她电话，关机。

这下梁宇良急了，怎么关机？是出事了还是生气了关机？

梁宇良不知道，又给许诺的几个闺密打了电话，口径一致是不知道。不过，有个闺密说不知道的同时，还补了一句，没什么事的，你别担心。

这话让他猜到了许诺应该在闺密那儿了。

想破了脑门都想不到许诺为啥不回家，为什么？点解？WHY？

不想了，睡觉！

早上醒来的时候，梁宇良习惯性地一摸床边——没人，空荡荡的！

“还没回来？”梁宇良揉了揉眼睛，一看时间，10点了！迟到了！

梁宇良已经习惯许诺每天早上调好闹钟叫他起床，这下可糟糕了！

忙起身随便洗漱了一下，出门到了停车场，车子不见了！

这可把梁宇良吓死了，赶忙冲到保安亭那儿发脾气——怎么看的车？

“梁先生，不要着急，今早我看到你太太回来把车开走了。”有个保安眯着眼睛笑着说。

他眼神里透着的是嘲笑。

这让梁宇良很没面子，只能硬着头皮笑了笑，一拍脑袋说：“哎呀，我都忘了呢，老婆今天要用车，你看我这记性！”

这也太无理取闹了吧？回来也不叫我起床上班，还偷偷把车子开走了！

梁宇良忙打了她电话，还是关机。

这下梁宇良可真的发火了，无理取闹！

十六　剪不断理还乱

汪文燕总是有事没事地给凌兰语发短信。内容无外乎一些无关痛痒的小事，或者一些小笑话。这让凌兰语很纳闷儿。他原本就巨讨厌发短信，有什么不能电话里说吗？咱也不缺那几毛钱。

这不，短信又来了："兰语，你觉得什么是安全感？"

凌兰语想了想，回："这个嘛我觉得是个贬义词，起码，我自认为我长得还不算太有安全感。"

"呵呵，除了模样，我觉得你真的挺有安全感的。"

凌兰语皱起了眉头：不是说你有了个男朋友吗？还一天到晚地跟我发这种短信，酸不酸？

想着，他就放下了手机，不回了。

这时候方芳走进了办公室，对他说："凌总，有个客人要见你。"

"谁？"

"不知道，挺漂亮的一美女。"方芳笑笑。

"啊？美女？"凌兰语也不知道是谁，忙说，"那请她进来吧。"

来人一进门，凌兰语就笑了："嫂子啊，快快请坐。"

"别这么叫我吧，我跟黎伟还没结婚呢！"

是小静，Burberry 经典格纹大衣优雅得体，配搭着细腰带，让她迷人的曲线不被厚实的大衣所埋没，化着淡妆，举手投足之间透着淡淡的香水味道。

"这个是黎伟的女朋友，小静，这位是我这边的销售经理，方芳。"凌兰语介绍了一下，吩咐说，"方芳，去给小静倒杯茶。"

小静说："客气了，兰语，以后我们可就是同事了。而且，你是老总，我嘛，只是个小小的财务人员。"

"同事？"凌兰语一愣。

小静笑笑，说："呵呵，我来这个项目实习，在财务那边打打下手，今天第一天上班,来拜个码头。”

“哦……那可就得多多关照了,财神爷呀!”凌兰语哈哈一笑。

小静忙摆摆手说:“你可千万别这么说,黎伟也得指望着你们这些兄弟的帮忙。”

“互相帮忙,大家赚钱。”凌兰语想了想,说,“黎伟呢?他没陪你来?”

“唉!”小静叹了口气,“他大忙人一个,我这第一天上班,他都不送我来。”

“忙好,忙才有钱赚!”凌兰语打了个哈哈,心想,这个小静被黎伟弄进项目,可绝不是她所说的实习那么简单!

这时候方芳端了两杯茶进来,说:“兰总,又来了个客人,也是个美女。”

凌兰语糊涂了,再一看,傻了眼,是汪文燕,忙起身说:“你怎么来了?”

“不欢迎?”汪文燕披着一袭米色的大衣,下面穿着黑色短皮裤,黑丝袜搭着长筒靴,虽然很显腿型,但颇有点风尘味道,加上妆化得有点浓,眼线上挑,使她的眼睛看起来有点妖气。

她无视方芳,而是扫了眼小静,眼神有点凌厉,她问道:“是不是打扰了?”

“额……”凌兰语一时间不知所措。

“呵呵,那凌总,你来了客人,我就不打扰了。今后的工作,还请多关照。”小静说罢也起了身,向汪文燕点了点头,让出了位置。

方芳看出了汪文燕对小静的敌意,马上就猜出了这个女人跟凌兰语的关系非比寻常,就瞪了她一眼,然后挽起了小静的手,跟她说说笑笑地走了出去。

“不欢迎?”汪文燕看着凌兰语。

“哦,快快请坐,喝口茶。”凌兰语自嘲一笑,“茶具还没买上,工地里也没太多讲究,粗茶,你就将就将就吧。”

汪文燕轻轻地抿了口茶,说:“怎么不回我的短信了?”

“呵呵,你看,我这不正忙吗?”凌兰语嘿嘿一笑。

“抽不出点时间应酬我?”

“……”凌兰语微微皱起了眉头,怎么这话说得怪怪的?

汪文燕也意识到自己的话说得有点过了,就呵呵一笑:“我呀,这回可是专程来拜访你的。”

“有事?”

“这是我的名片。”汪文燕双手递过了一张玫红色的名片。

“锦添公关活动公司？名字不错，锦上添花！”凌兰语一看名片，“总经理？”

“呵呵，我刚开的活动公司，这不，上门来拉业务了！”

“哦，主要是帮企业和项目做剪彩之类的公关推广活动？”

“是呀，当然，大型的酒会、车展甚至高峰论坛、明星代言，我这边也有一些资源。都是老同学了，你可得多多关照呀！”

凌兰语笑了：“呵呵，项目不是我的，我不过是为龙承章老板服务的，这些事情他说了算。”

“我找过他了，他说，关于推广活动的事情，你凌兰语说了算。”汪文燕眨巴了一下她的大眼睛。

“这……”凌兰语点了根烟，心里有些不爽，原来是先找了龙承章，龙承章又把这事推到他身上了，于是说：“项目现在还没到那一步……”

汪文燕打断了他的话：“我也没说我们现在就开始合作嘛。只不过，未来你们真需要做活动的时候，知会我一声，我这儿还是有一些资源的。”

“那是当然，那是当然！”凌兰语连忙点点头。

“唉……”汪文燕突然有些忧郁，喃喃地说，“生意不好做……”

“万事开头难嘛！”凌兰语安慰道。

“你会帮我的哦！”汪文燕直直地看着他。

“老同学嘛！能帮一定帮！”凌兰语躲过她灼灼的目光，打了个哈哈，“怎么现在想到做这个生意了？你男朋友呢？什么时候结婚？”

“分了。”汪文燕淡淡一笑，其实这个所谓的男朋友是莫须有的。在她看来，凌兰语已经成为了一个蒸蒸日上的潜力股，无奈，她已经无法感觉到当初他对她的炽热。

“要求高是好事，你会幸福的。”凌兰语衷心地祝福。

“没人要了……”汪文燕还是不死心，看着他的眼神有点暧昧，“你还要我吗？”

“我？”凌兰语一愣，笑了，“配不上你。跟了我没幸福，只有不幸。”

“呵呵！”

汪文燕也只能笑笑，这是她主动扼杀的感情，她没有权利要求一个男人为她终生守候。

下班回去的路上，方芳一路无语。

“怎么了？”凌兰语抚过她的手。

“今天那女的是谁？”

好奇杀死猫。

凌兰语心里考虑了一下，坦白跟不坦白的结果，然后坦白了：“我的第一任女友。”

“哦，原来是初恋情人！”方芳的小嘴翘上了天。

这就是坦白的结果。

不过，不坦白的结果可能更严重，因为这个汪文燕今天都能找上门来，注定往后的日子她将阴魂不散，这样的话，被方芳发觉那是迟早的事儿了，到时候可能就更悲催了。

“牛年马月的事儿了……”凌兰语笑笑。

“牛年马月她还来找你？”

“爱情不在友情在嘛……”话一出口，凌兰语就后悔了，他说到了“爱情”两个字。

果然，方芳沉下了脸，幽怨地说：“我跟你有没有爱情在？”

“有！”凌兰语肯定地点点头，但心里却在纳闷儿，他跟她之间真有爱情在吗？

“她很漂亮！”方芳有点自卑地照了照镜子，说，“而且她都没正眼看我一下。在她眼里，我连对手都算不上！”

“你已经把她打败了！”凌兰语握住她的手，稍微用了点力。

“是吗？”方芳目视前方，眼神里全是彷徨，“对于你来说，初恋是刻骨铭心的吗？”

“……”凌兰语想说是，因为这个初恋差点改变了他的整个人生轨迹，他曾经想放弃江海大学的入学资格，到北京去读成教自考的学院。

唯一能阻止他的依然是汪文燕，她说：“为了我，不值得。”

凌兰语深情款款地说：“值得！”

“傻瓜……”她别过脸，说，“对不起，我已经不爱你了。”

然后凌兰语的世界支离破碎。

然后老天爷作美，适时地来了一场倾盆大雨。

“看来真的是刻骨铭心的爱……”方芳看他陷入回忆里久久没有回应，深深地叹了口气。

“额……” 凌兰语勉强笑笑,“都过去的事儿了，我们没必要就此讨论了。”

“哦? ”方芳看着前方,突然说道,“那也许,我们应该讨论讨论眼前的问题了。”

凌兰语也看到了,自家楼下停着一台 MINI,旁边是馒头,它跟佘婷玩得正欢。

“我认得她,佘婷,你的前任女友。”方芳冷冷地说。

凌兰语不可思议地看着她。

“没什么,看过你们的照片。”方芳叹了口气,“你下车吧,我就不下了。”

凌兰语下了车,站在车旁手足无措。

馒头看到老爸回来了,吐着舌头摆着尾巴飞奔过来,佘婷向他投射了一个很温馨的笑容。

这个笑容让他眩晕。

凌兰语这一下才意识到,他并不爱方芳,那个汪文燕在他心里也没占用多少空间,他的硬盘里几乎被佘婷塞得满满的。

“回来了? ”佘婷徐徐地向他走了过来,扫了一眼车里的方芳,然后理了理他的衣领,说,“看你这邋遢模样! ”

车子里的方芳眼睛里喷出两道火，在意念中把对面的那个女人焚烧得骨灰都没剩下。但她没下车,甚至不敢下车,因为她感觉得到,那个对手的气场——很大!

凌兰语挡开了她的手,咬了咬牙,说:“你怎么还有家里的钥匙? ”

“今天我整理东西的时候,发现我这儿还多一把备用钥匙,所以,我给你送回来了,顺便看看馒头,看看你。”

“看完了? ”凌兰语冷冷地说。对于“备用”这个词,凌兰语异常的反感,在你眼里,我也只能是个备用的吧?

佘婷一看他这个态度,稍稍有点吃惊,再看了一眼他车里的那位女生,淡淡地说:“新女友? ”

“你管不着! ”凌兰语说。

这句话让方芳听到了,泪水刷的一下就全流了出来。原来一直以来,为之默默付出都换不来一个被承认为女友的权利。

“看来我来得不是时候。”佘婷苦笑,摸了摸馒头的脑袋就上车走了。

“凌兰语! ”方芳下了车,冷冷地看着他。

“我不知道她还有我这儿的钥匙！”凌兰语连忙解释。

“问题不在这里！”方芳吼道，泪流满面，“我不该闯进你的世界，因为里面我根本就无法立足！我犯贱！我应该离开！”

说罢，她扭头就走。

凌兰语呆呆地站在那儿，看着她一边抹泪，一边远去的背影，傻了。

馒头也傻了，看着两任女主人的离去，它愣在一旁。

“傻瓜！”凌兰语摸了摸它的脑袋，说，“老妈已经走了，只不过是偶尔回来看看，咱们的日子缺了她也得照样过。不过，好像你的新老妈也不愿跟我们过了。”

天哪，今天是什么日子呀！

“咋了？不用上班？你车呢？”梁宇良一上车，龙承章就问他。

“吃完午饭再去吧，反正都这么晚了。车子被老婆没收了！”梁宇良耸耸肩。他没跟龙承章说许诺已经失踪3天了，老婆离家出走可不是什么光彩的事儿。

梁宇良每天晚上都失眠，第二天老是爬不起来准点上班。话说人也奇怪，许诺在的时候，梁宇良总嫌两个人挤在一起睡太热，对方翻身时也多少会有点影响。现在好了，2米的大床就他一个人睡，爱怎么翻来覆去就怎么翻来覆去，但翻来覆去一晚上都是失眠！

“还玩这么一出？”龙承章笑了。

梁宇良苦笑道：“我们家是男卑女尊嘛。”

“又吵架了？”

“没吵架，她跟我赌气。但悲催的是，我连她赌气的原因都没找到。”梁宇良哭丧着脸。

“小三被发觉了？”龙承章问。

“应该不是，如果是的话，早翻天了。况且，现在我都跟小三算是撇清关系了。”

“撇得清？”

“撇不清也得撇清。”梁宇良肯定地说，“不能再玩火了！”

“据说你们售楼部现在招了不少人？窝边草肥美，你管好了下边，也要管好嘴巴。你那张嘴……”龙承章笑了笑，“挺哄女孩子开心的。再说你现在有车有房，青年才俊的小经理，条件不错。”

“有车有房还有老婆。”梁宇良补充道。

“很多女人对于有老婆是可以忽略不计的。”

“那是对你。你Q7,你暴发户。我是什么?每个月几千块工资,还房贷、养车、养老婆,挤不出几毛钱的小男人一个。”梁宇良自嘲道,“也不知道有些女人是什么脑子,有车很牛吗?话说我在广州没车开时,不用养车不用加油,每个月起码多出2000块,2000块呀!够带美眉喝几次小酒、开几次房了!现在我这车子开得确实潇洒,其实兜里尽是毛票,真要把妹还真没钱投资!”

“还毛票?谦虚了吧!过于谦虚就是虚伪咯!”这时候,龙承章的电话响了,接听,是奶奶。

奶奶磨磨唧唧了10分钟,综合来就一个意思:是时候续弦了。

“我都说让你别逼我了!”龙承章重重地把手机拍在方向盘上,屏幕都被拍裂了。

一旁坐着的梁宇良被吓得声都不敢出了。

过了一会儿,龙承章缓了缓神,按了按手机,发现已经被拍坏:“破烂货!宇良,借你手机用用。”

“轻点……”梁宇良递过手机的手有点发抖。

“奶奶……”龙承章拨通了电话,努力把自己的语气调整得温和,“我的事你就不要再操心了,也别再给我搞什么相亲了。我想要的时候,自然会有的,这事随缘吧。”

然后电话那头唠叨了好久好久,龙承章也只得一脸倦容地应付着。

挂了电话,他深深地叹了口气。

梁宇良拿回了手机,心里也算是松了口气,试探着问:“你奶奶……要你相亲?”

“是啊,老人家嘛,急这事也正常。总想着自己没几天活头了,要在有生之年看到我结婚生子……”龙承章说,“但这事急得来吗?我是个人,不是动物,我不可能这么快就放下晴晴。”

“这个……”梁宇良心想,如果不是你龙承章的奶奶,我早要骂娘了,何雨晴才刚走多久?

“快过年了,我想跟你商量个事儿。”

“啥事?”

“我不想在家过年……”龙承章把车子停在一边,掏出烟,给梁宇良发了一支。

"点解？"

"现在我是哪个家都不想回了……丈母娘那儿，每次回去都那么的撕心裂肺。我爸那儿，奶奶又絮叨着让我续弦。我自个那儿吧，孤零零一个人，面对四面墙，太冷清……"龙承章长长地吐了一口烟。

梁宇良点点头，表示理解。

"续弦……"龙承章想了想，说，"记得我跟何雨晴结婚的时候，别人的红包都是写着恭贺新婚、早生贵子的俗套话，凌兰语的红包祝语写得有点意思，琴瑟和鸣。"

"啥？禽兽和鸣？"梁宇良听岔了。

龙承章无奈地苦笑，说："琴瑟，古时候一般以琴瑟来比喻夫妻，琴瑟和鸣就是祝我们夫妇感情融洽和谐。"

"哦……"梁宇良重重地点了点头，"没文化，真可怕！"

"这断了的弦，有这么容易再续上吗？"龙承章闭上了眼睛。

看他又开始深沉了，梁宇良心里直发毛，忙问："不是说跟我商量事儿吗？说，啥事呀！"

"哦，一时感慨起来……"龙承章睁开眼睛，问，"你去过丽江吗？"

"去过。"

"那儿怎么样？"

"不错。"

"怎么个不错法？"

"风景不错，古镇客栈、古街小巷、玉龙雪山都挺漂亮的，在那儿蹲点总能遇到个把对眼的。"

"对眼了又怎样？"

"对眼了就郎情妾意该干吗干吗去。"

"艳遇天堂？"

"嗯，可以这么说。"梁宇良努力回忆了一下，说，"丽江的空气里弥漫的全都是暧昧，太多太多单身的去那里猎艳了。男的猎女的，女的猎男的。"

龙承章笑了："女的猎男的？女的也这么凶猛？"

"女的不能猎艳？谁的规定？女的也有追求快乐的权利！"梁宇良一说到这儿就来劲了，"一般的观光游客咱就不算了，就只说那些去丽江住一星期以上的大部分女性，这些女性一般都是有点文化、有点钱、有点小资调调的，而且一般都没嫁出去。她们在丽江，无论是在客栈阳台上晒着太阳，还是在那些放着许巍或者小野丽莎的歌曲的咖啡屋、茶馆看小说，其实都是一种伪装，伪装她们正在等待和期待。”

“等待期待啥？”

“等待期待被人泡。”

“有意思……”龙承章想了想，又说，“有道理！”

“她们守株待兔般地寻寻觅觅，就是为了那种所谓的他乡遇知己的缘分，当然，她们嘴里说的所谓的知己看似比较文艺和纯洁，其实，没脱光了看清楚验下货，又哪来的知己知彼？”

“没有一些纯粹在那儿放松心情、享受休闲的人？”

“有，可以说大部分人到那儿的目的原本如此。但是，人类是很复杂的，内心总是浮躁的。你的原意是在那儿只想一个人晒晒太阳，但当你发现了身边还有过得去的异性时，你会想着跟她一起晒晒月光。”

“你去那儿的时候跟谁晒的月光？”

“我老婆……”梁宇良摇摇头，“因为她的存在，我只能心如止水。”

龙承章说：“春节时我想去丽江，散散心。”

“也好，放松一下心情。”梁宇良想了想，问，“但是，你丈母娘她一个人……”

龙承章说：“她要开始逐渐习惯一个人了。各有各的生活，她要适应，我也要适应。”

梁宇良一时间觉得身边的这位兄弟有点狠，换成自己，梁宇良是不会这样的，起码在组建新家庭之前，他是不可能抛下丈母娘一人过年的。

“你去吗？”龙承章问。

“我怎么去？有家有口的人了。”梁宇良笑笑，再一想自己好像说错话了，龙承章曾经也是个有家有口的人。

龙承章倒是没有太在意，只是说：“那我就只身上路了，去找个艳遇。”

“嘿嘿，丽江的艳遇200%的不负责任，开心就好，以后各归各路。我是去不了咯……”说完这话，梁宇良的脑海里突然闪过了何雨晴的脸，暗自心生愧疚起来，又一想，艳遇而已，只要你不付出感情，那就不算是背叛了吧？况且，何雨晴已经走了，生活还需要继续。

也许，跨过了这道坎，他就能好起来了吧……

喝过早茶才12点，龙承章顺道去梁宇良的项目看了看。

当他的那台Q7开到售楼处门口的时候，梁宇良看到大部分置业顾问的眼睛亮了起来，贼亮！

“经理你好！这是你朋友？”容伊第一个站起来迎宾。

梁宇良点点头，笑了，看来Q7的威力还是比较大的，现实呀现实！

“是来看房子的吗？就让我来介绍一下吧！”容伊继续毛遂自荐。

梁宇良没说话，扭头看了看身旁的龙承章。

“好啊，先介绍一下你自己。”龙承章一下子来了兴趣。

“呵呵，您好先生，我叫容伊，是这里的置业顾问，现在由我来为您简单介绍一下我们的项目吧。”容伊穿了高跟鞋，站在龙承章身边，看起来比他高了一点，有点不协调。

龙承章一路听着她讲解，一路点头，没说话。直到容伊介绍到一个95平方米的两居室的时候，他才说：“你们这个户型……95平方米做成两房，浪费了吧。100个平方都可以做成紧凑型的三居室。两房的话，80平方米左右就OK了，有点浪费。”

“其实，您可以把入户花园改成一个茶室或者书房的，您看这里……”容伊给出了建议。

龙承章笑笑，说：“入户花园临着厨房，厨房是依靠这里采光通风的。如果改成书房的话，就影响了厨房的正常使用。”

“并不是全部都做成茶室，我建议您可以把入户花园分为三部分，第一部分是入户区，摆放鞋柜，第二部分是茶室，第三部分是生活阳台，生活阳台可以解决厨房和茶室的采光和通风。”

龙承章摇摇头说：“10个平方左右的入户花园，照你这样设计的话，三个区域的面积都极小，吃力不讨好。这一个入户花园，说的是销售时只记半面积，实际上，却是面积浪费！”

容伊哑巴了，求助的目光投向梁宇良。

“实际上，你说对了……”梁宇良苦笑，“但95个平方的户型，也确实可以给你隔出一个5平方米的茶室，这样就成了三居室，还双阳台，十分紧凑，还是比较实用的。”

龙承章看着那个户型，想了想，微笑着说：“好了，谢谢了美女。以后要买房的话，我第一个找你。”

“方便留个联系方式吗？我们项目有什么新的进展以及活动，我会及时通知您的。”容伊笑得很甜，不容拒绝。

不容拒绝就不拒绝吧，龙承章留了电话。

“装修得真土！”坐在VIP区的真皮沙发上，龙承章四处打量了一下售楼

处，给梁宇良发了根烟。

“不抽！工作区域。”梁宇良摆摆手，“老板喜欢，我就喜欢。”

“刚才我问的那个户型，我想问问你真实的想法。”龙承章自顾地点了烟，问他。

“这个户型确实有问题，也只能按照容伊所说的去给客户建议，不过客户都并不感冒，预订情况很糟糕。我的想法是，干脆跟工程部沟通一下，直接改成那样，把95平方米做成三房，这样起码看起来或听起来还不错，虽说实际上那个茶室并不实用……”

“我看了下图纸，改成那样，工程上应该没问题。不过……”龙承章笑了，“梁宇良，别怪我说话直接，我发现你退步了。”

“什么退步了？”梁宇良一愣，没听懂。

“这个户型的问题其实非常好处理，你呀……其实以你的水平，早就应该完美解决，却又一叶障目了！”

“一叶障目？”梁宇良更纳闷儿了。

“袁叶障目了！”龙承章认真地说，“你是一门子心思都花在迎合老板身上了。这个户型，你总是想着把它改大，两房变三房，却没有想过，把它改小，两房变一房！”

“两房变一房？”梁宇良摸了摸脑袋，再细细看着图纸，一拍大腿，“一语惊醒梦中人！95平方米的两房，一刀切，变成两个一房一厅！”

“是呀，你们项目原本一房一厅的产品就少，而且很紧俏，这样一改，不就解决了问题户型，又打造了热销户型吗？而且这户型也太好改了，直接中间切断，排水排烟全都没有问题。”龙承章笑了，“一目了然的事情……你呀，真的把吃饭的家伙都给扔了呀！”

梁宇良叹了口气，说：“心思都放在迎合老板身上了，哪里还有以前那么敏锐的专业触觉，废了废了……”

“逆水行舟，不进则退。江海是个小地方，这个行业的人才确实远远不如广州那样专业。你曾经是专业的，但你被这边的公司文化和氛围潜移默化地影响了，你忘了或者说忽略了你的长处，而是去卖命地恶补你的短处……”龙承章压低了声音说，“你曾经的短处就是溜须拍马、见风使舵，现在你的短处算是学有所成了。”

梁宇良深深地叹了口气，闭上了双眼，仰着头，久久才说了一句“人在江湖，身不由己呀”。

龙承章走后，梁宇良马上撰写了户型修改方案，然后兴致勃勃地找到了工程部的副总。

副总推了推老花镜，连声说好。

工程这边应该没什么问题了，梁宇良又风风火火地找到了林老板，林老板看了看，微笑着连连点头，突然又愣了愣，沉思了一会儿，说："这样改确实是不错，不过……"

"怎么了领导？"梁宇良一脸媚笑。

"没什么了。"林老板又笑了笑，说，"你拿去给袁老板也看看吧。"

梁宇良找到了袁老板那里，前台的齐紫萱抬眼看了他一下，提醒他说："袁老板心情不太好，没什么事你还是别找他了。"

"这……"梁宇良踌躇了一下，心想咱这可算是大事了，这可是最滞销的户型，一共有60套那么多，每套算70万，照这么合理解决掉的话，那就等于帮老板解决了4000多万的难题！再说，现在工程进度如火如荼的，再晚的话，过了转换层可就真的想改都改不了啦。

想到这，他冲齐紫萱笑笑，说："谢谢了，不过，我这事儿没准能让袁老板心情变好。"说着他就敲了敲门，轻轻地推门进去了。

"老板……"梁宇良探个脑袋，只见袁老板眉头深锁。

袁老板抬眼看了他一眼，眉头舒展开来，在鼻翼里轻轻地哼了一声："小梁啊，有事？"

"老板，是这样的……"梁宇良疾步走了过去，把户型调整方案在他面前轻轻展开，说，"一栋、二栋的A1户型，原本是95平方米的那个两房，有点尴尬，客户看了都觉得设计不合理，拿来做两房面积太大了，改成三房又不好改……"

"嗯……"袁老板戴上了老花镜，看了看，说，"是啊，之前就存在这个问题了，现在这个户型的预订情况怎么样？"

"至今还是无人问津……" 梁宇良苦笑，"现在我们的内部客户诚意登记，可以不用交订金就预订房源，在这样的前提下，还是没有人预订。可以预见，未来这个户型应该是很难走的了。所以说，我这边建议，把这个95平方米的两房改成两个一房一厅，已经跟工程部沟通过了，在技术上是没问题的，并不影响排水排烟，而且采光和通风都能顾全。"

"改成两个一房一厅？"袁老板扶了扶眼镜，细细看了看建议调整的方

案，说，“改成这样的理由呢？”

“一是我们项目的一房一厅户型太少，原本只有60套，但预订登记客户都登记了将近200个，证明小户型还是受到市场青睐的。二是这个95平方米的户型原本的朝向不太好，正西，自住客户对此很抗拒。作为两居室，它的面积过大又无法引起投资客的兴趣。但如果改成一居室，大部分都是投资客购买，这样的话，朝向不佳这个问题就不会对销售产生太大影响，毕竟买来多为投资出租用的……”

“出租用的话，你有没有考虑过，这样会让我们这个社区变得品流复杂？”袁老板打断了他的说话，声音有点大，“我们是一个高尚社区，品质楼盘。你有没有考虑过其他住户的想法？我们项目附近有两个大型夜总会，那么说，这种一室一厅的户型，被人买下来后出租，将要面对的主要租户就是夜总会的小姐！这会产生多恶劣的影响？”

“是的是的！”梁宇良抹了抹额头的细汗。

“小梁啊……看问题要全面，不要一拍脑袋就觉得万事大吉。有思想是好事，不过……”袁老板加重了语气，“凡事更要三思而后行！”

“是的是的！”梁宇良的声音比蚊子还小，“这个方案，我考虑得还是不够周全，再拿回去研究研究。”

“等等……”袁老板摸了摸鼻子，低沉着声音问道，“这个方案，林老板看过吗？”

“……”梁宇良愣了两秒钟。

这两秒钟，他脑子里呈现了两个答案：看过，没看过。

说看过，那就是说林老板没有发现问题，说没看过，那就是说你梁宇良在越级汇报。

梁宇良迅速整理了一下，说：“因为我拿给他的时候，刚好他要出门，所以匆匆看了一眼，就说拿给您过目一下。”

“嗯，我知道了。”袁老板说罢，就随手拿起桌子上的一份文件，眯着眼睛看了起来。

梁宇良读懂了，这是逐客令，他未必是在忙，只是没空再应酬自己了。

梁宇良逃跑似的走出办公室，小脸煞白。

“看来你让袁老板的心情更糟糕了！”齐紫萱笑得有点幸灾乐祸。

梁宇良挤出了个苦笑，说：“今天老板好像真的心情不太好。”

“黄老板今天去他办公室以后，就这样了。”齐紫萱小声说道。

“哦？”梁宇良心想，看来是两个老板起了矛盾，就问道：“怎么回事？”

“怎么回事我不知道，反正我入职以来，袁老板今天第一次冲我发了脾气，原因是我忘了给他的盆栽浇水……”齐紫萱吐了吐舌头，“怪吓人的！”

梁宇良想想，对她感激地一笑，说：“谢谢了。”转身就走。

齐紫萱看着他的背影，脸上的笑容凝住了，显得有点幽怨。

所谓的出租户，多多少少肯定会对将来的住户产生一定影响的，这点也是正常的。但一切应以销售为基本目的，开发商只管盖房子卖房子，还管得着将来谁住这儿？袁老板这次的批评有点小题大做了吧，是不是他纯粹只为了发发脾气？

梁宇良连续点了 3 根烟，呆呆地看着方案。

不像……工作上的事情，袁老板是有一说一的，他不会为了发脾气而否定梁宇良。难道是因为派系？也不是吧，从售楼中心的装修装饰再到晚会的主持，他老人家不都是对梁宇良赞许有加的吗？怎么这脸是说变就变的呢？

三思而后行……梁宇良琢磨着这句话，一不小心把烟头掉落在方案上，烫出了一个小窟窿，“糟糕！”梁宇良忙拿掉烟头，拍了拍上面的烟灰，“嘿嘿，把 3 号户型烧了个洞。四房两厅烧成了三房……”

咦？3 号户型？

梁宇良脑海里突然闪过了一道光——3 号户型的 27、28、29 楼，不都是袁老板预订了，准备打通做成复式房子用来自住的吗？还有另外一栋的 3 号户型，巫总也订了两套，也要用来做复式的！

糊涂呀！糊涂！

袁老板就是他嘴里所说的被品流复杂的租户影响的住户！巫总也是！

完蛋！

这个方案，早一点拿来倒也没什么，这样只不过是说你梁宇良做事不够谨慎细心，凡事只为销售。但你偏偏在袁老板刚跟黄老板闹矛盾的时候跳了出来，那你让袁老板怎么去想你？你这算不算是及时划清界限的小人行径？

回想起袁老板最后问起的林老板看没看过方案，再一想想林老板欲言又止的那句“不过……”他就知道，其实林老板早已看出了这个方案将对袁老板造成的影响，但他没说出来，而是指示梁宇良提交上去，这不是把他当枪使了？

冷静！冷静！被人利用起码证明了，你还有利用的价值。你一个小小的

经理,能被老板当枪使,那是你莫大的荣幸!

也罢,别想着两边都讨好,这在外人看来你就是摇摆不定的角色,那么你就注定要灭亡。这次下来,你就铁了心地跟着黄老板和林老板混吧!

干吗凡事都要想得那么复杂?咱做人简单点不行吗?

梁宇良觉得自己的脑袋都要炸开了!

梁宇良冥思苦想了一下午,被丈母娘打来的电话打断了思路:“阿良,诺诺说她今天不回来吃饭了,你还回吗?”

“啊?”梁宇良一愣,想了想,说,“我也不回了,我晚上要加班。”

“你们这些小年轻呀,也真是的,回不回来也应该提前给个电话嘛,饭我都煮了……”

“呵呵,对不起啊妈。”

“你跟诺诺是不是又吵架了?”

“……”

“我就知道!诺诺就是那脾气,你得多让着她一点,要不,我帮你说说她去?”

“别,妈,我们的事你不用操心了,我会处理好的!”

挂了电话,梁宇良心想这下好了,双方的父母都知道咱吵架了。小两口闹点别扭也别让家长们操心呀!这个许诺太不懂事了!

看了看手表才发现,早就下班了,于是他拖着疲惫的步子走出公司。给许诺打了电话,继续关机。又给龙承章和凌兰语打了电话,刚好这俩人要一块儿应酬些领导,没空理他。

倒霉孩子!

开发区没有什么的士会路过,他只能选择步行一公里去路口等公交车。一路上,寒风袭来,他打了个冷战,拢了拢肩膀,梁宇良突然觉得很无助,于是大声地叫喊:“啊——”一种致命的孤独感涌上心头,让他感觉仿佛置身于一个孤岛,拼命地呼喊,却没有半点回应。

“没事瞎嚷嚷什么?”

梁宇良扭头一看,是齐紫萱。

她开着一台白色的小绵羊机车,戴着一顶白色机车帽,拢着两个棉花状的小耳套,很可爱的模样。

梁宇良哭了。

“不哭不哭，我们都是好孩子！”齐紫萱忙停好车子，伸出双手，罩在梁宇良的脸上，很温暖。

梁宇良勉强一笑，说：“沙子进眼了。”

“今天没开车？”

“车子拿去保养了。”梁宇良编了句瞎话。

“行，那我就允许你蹭我的车子坐坐吧！”

“这……”梁宇良有点犹豫，又四下地看了看。

“别跟做贼似的，不就搭个顺风车吗？”齐紫萱跨上了车子，“你开还是我开？”

梁宇良想了想，说：“我开吧。”

已经很多年没有开过这种交通工具了，得有六七年了吧？好像工作后就没开过了，读大学那会儿，回家就会借朋友的摩托车载着许诺去海边兜风，当然，是无照驾驶，偶尔酒后。

那时候做人好像很简单，最大的梦想就是毕业以后能做个白领，每天穿得人模狗样的，每月领两三千工资，再买一台摩托车去上下班，那得多方便、多拉风呀！小日子滋润呀！

现在自己拥有的已经远远超过了当初的梦想，但怎么还是觉得不够幸福呢？

齐紫萱把机车帽套在他头上，双手轻轻地搂上了他的腰际，小脸紧紧地贴着他的背脊，发梢轻轻地拂过他的耳朵，感觉痒痒的。

梁宇良醉了。

但他没有醉倒，很安分地把车开到了公交车站就停了下来，他说：“好了，谢谢你的顺风车，我在这儿等公交就是了。”

齐紫萱搂着他的手却更紧了：“陪我吃饭。”

“好吧。”梁宇良投降，“吃什么？”

一是他现在实在找不到吃饭的地儿，二是他也需要一点温暖。

“吃火锅吧，大冷天的！”齐紫萱其实想让梁宇良去她那儿，但没敢说出口，她想，梁宇良已经不敢再跟她发生点什么了，她不想再被拒绝。

“能吃辣吗？”

“一点点。”

“那就重庆老字号吧。”梁宇良启动了车子，呼了口白气，“真冷！”

齐紫萱把自己脖子上的围巾绕到了梁宇良的胸前，打了个结，又打了一

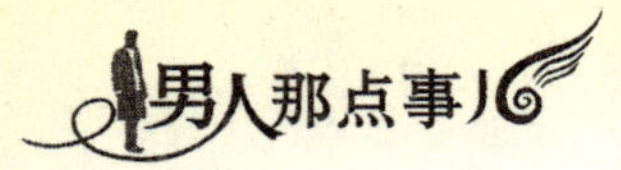

个结，打成了死结。

这样就能把两个人绑在一起了吗？

“小心烫！”梁宇良给齐紫萱夹了块肥牛。

“我不吃牛肉的！”齐紫萱委屈地撅起了小嘴。

“额……”梁宇良有点尴尬地把牛肉夹了出来，说，“不好意思！”

“没事，你多吃点，我知道你喜欢吃辣的，最爱的就是肥牛！”齐紫萱在火锅里捞了好几块肥牛夹到梁宇良的碗里。

这更让梁宇良无地自容。

“喝点小酒吧！”齐紫萱提议。

“好啊，吃火锅得喝酒才痛快！”梁宇良笑了，“那就来点啤的？”

几杯下肚，齐紫萱的小脸透出了淡淡的红晕。

“好看！”梁宇良看着她的脸说。

“好看你就天天看！”齐紫萱扬了扬头。

“这么好看的姑娘……是时候找个好婆家了！”

“你很想我嫁掉？”齐紫萱的目光咄咄逼人。

“想！”梁宇良深深地吁了口气，“这也是每个人的人生必须要走的一条路。”

“找不到喜欢的人嫁掉，我宁愿不嫁！”

“呵呵！”梁宇良苦笑，“人一辈子可以喜欢很多人，但只能选择一个。你现在喜欢的未必是最好的，未必是正确的，也未必是最喜欢的。将来你能遇到更好的，更喜欢的。”

“但在没遇到之前，我不想放弃！”齐紫萱幽怨地说。

梁宇良不知道该怎么说了，只得换了个话题：“黄老板今天跟袁老板是不是起了什么冲突？”

齐紫萱冷笑道：“世界上的一切问题，都能用‘关你屁事’和‘关我屁事’来回答。”

梁宇良沉默，低头点了根烟。

“好吧，看你那挠心挠肺的模样……”齐紫萱还是忍不住说了，“好像是施工方有问题，黄老板要换掉，袁老板反对。”

“哦……”梁宇良恍然大悟，“施工方好像是袁老板的亲戚。”

“是的，只是个挂靠了省建一公司的小施工队，根本就没有这么大的实力，单是挖土方就出了 N 多问题，难以想象以后的工作还怎么推进。黄老板的意思是，做好了地基，就可以让他们走人了。袁老板的意思是，双方是存在一些工作上的分歧，但沟通磨合过后，肯定会走顺的，这个时候再换施工队，影响不好。"

"嗯……"梁宇良点点头，"各有各的道理。"

"所以就争执不下了。"

"正常，现在来说，工程是项目的头等大事。"梁宇良心想，你老黄终于还是忍不住要跳了，我还以为你没脾气的呢。这就对了嘛，大老板就该有大老板的模样，每天那么中庸低调的也不是个事儿。

"所以我今天特意提醒你了，别去踩地雷，你不听，活该你找骂！"齐紫萱幸灾乐祸地笑了。

"塞翁失马，焉知非福……"梁宇良一仰头，干了一杯。

"回吧！"梁宇良拢了拢手，哈了口白气，"我就不用你送了，这儿好打车。"

齐紫萱淡淡一笑，问他："如果有一天，你突然看不见我了，你会想我吗？"

这可把梁宇良的冷汗都吓飙了："什么？"

"呵呵，看把你吓的！"齐紫萱骑上了机车，说，"如果有一天，我们不是同事了，也许我去了别的城市，那样你就不能看到我了，你会想我吗？"

梁宇良沉默，他心想：希望这一天快快到来。

"会吗？"齐紫萱打破沙锅问到底。

"会！"梁宇良权衡了一下，狠狠地点了点头。

"谢谢！"齐紫萱的眼睛湿润了，忙扭过头去，启动了车子，"走了，再见！"

"老板，这是我对一、二栋 A1 户型的一些调整建议。"

一大早，梁宇良守候在售楼部，一看到黄老板的座驾开来，忙迎了过去，帮他开了门，然后把户型调整方案递交了。

"A1 户型？这个事情我听林老板说了下，具体方案还没看到……"黄老板微笑，一边走，一边看着方案。

梁宇良跟着他一路汇报："A1 户型原来是 95 平方米左右的两房，面积偏大，朝向不好，所以预订情况不佳。之前我们的想法是改为三房，将入户花园

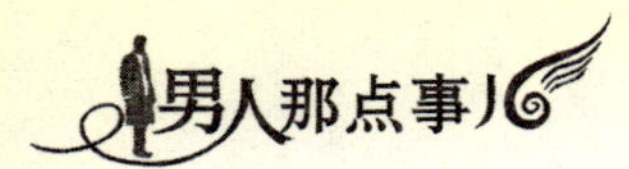

尽量隔出一个房间作为茶室，但改出来的效果也不太好。我这边的建议，是不是可以换个思路，把 A1 直接改成两个一房一厅？”

“林老板看了没？”黄老板问。

“看了……”梁宇良想说他不太同意，不过话到了嘴边又生生地咽了下去。

快上楼的时候，黄老板说：“你去拿一份预订情况登记表给我。”

“好的。”梁宇良得令，忙转身下楼去了。

再上楼的时候，他路过袁老板办公室的窗户边，才醒悟到：我不是每周都给老板们一份最新的登记表吗？黄老板让我下楼去拿的目的，是不是为了不让袁老板看到我一大早地就堵着他一起去研究这个事儿呢？

对，应该是这样的，黄老板是在保护我！

想到这儿，梁宇良有点感动。毕竟，他只是个小卒子，黄老板能这么细心地关照他，而且还不露痕迹，不像林老板，老拿卒子当枪使。

“袁老板在接见客人……”齐紫萱看到梁宇良，提醒道。

梁宇良指了指右边，黄老板的办公室，轻轻敲了敲门，走了进去。

“我看了下，怎么有两个方案？”黄老板手一指，示意梁宇良坐下。

“是这样的，老板。”梁宇良坐了半个屁股，身子前倾，“方案一，是一、二栋的 A1 户型全部改掉；方案二，是部分改掉，建议将一、二栋 20 层以下的 A1 户型改掉，而 20 层以上的维持不变。”

“方案二的理由？”黄老板微微一笑，仿佛读懂了梁宇良这个方案的根源。

梁宇良说道：“因为我们项目一期，还是比较缺两房两厅的户型的，这个 95 平方米的户型虽然不好销，但也能算是舒适的两居室，也还是能吸引一定的客户关注的。丰富的户型产品，可以满足各类客户的需求。还有，一房一厅基本可以算是纯投资性住房，对景观没有过多要求，按照高层住宅越高越贵的普遍定价，投资客户肯定更喜欢投资层数低的，因为越低越便宜，直接导致楼层越高的小户型就越难卖。所以我建议 20 层以上的还是做大户型的比较好。”

这台词梁宇良练了一晚上。其实，他这样的调整，是为了满足住在 27 楼的袁老板的需求，你不是嫌品流复杂吗？你不是不屑与层次低的人共用电梯吗？那么 OK，我尽量保证与你比较接近的住户，也就是 20 层以上的住户，都是住大户型的，有钱有身份的。

“不错……”黄老板抿着嘴，拿着方案二又细细地看了看，说，“这样的调整在工程上有没有问题？”

梁宇良点点头：“不会影响主体结构和外立面，管道和通风采光都没有问题。”

黄老板拿出中华，给梁宇良扔了一根。

梁宇良忙起身帮老板点烟，他摆摆手，自顾地点上了，说：“坐，我这儿不要太拘谨。”

梁宇良赔着笑坐下了，保持着身子前倾的姿势，没敢点烟。

“你不抽烟？”黄老板问。

“抽，抽……”梁宇良忙叼起了烟，点火的右手有点颤抖。

“小梁，你进公司有多久了？”

“半年了吧？”

“成长得很快……”黄老板微笑着鼓励道，“每个老板对你的评价都不错。”

“谢谢老板！”梁宇良心花怒放。

“你休年假了没？”

梁宇良半张着嘴巴，不知所措，心里打了个大大的问号。这黄老板的思维也太跳跃了，还就真不明白他提出这个问题的含义！

“印象中你还没休吧？你要是休了，而我不知道，那我可就要找行政部问责了。经理级别的年假，必须有各个股东的签字同意才能生效。”黄老板说这话的时候面无表情。

“还没休呢老板，这段时间工作比较紧张，我都忘了这回事了。”梁宇良如实回答，不知道黄老板葫芦里卖的什么药。

“快过年了，也没什么事情要忙的了。赶紧安排休假吧，经理级别是5天，算上周末，7天，呵呵，你安排好工作，也刚好能休到年三十。”

安排好工作？这5个字无疑是晴天霹雳——您这是让我休假还是让我永久休假？

看梁宇良哭丧着脸，黄老板突然意识到自己的讲话可能让人产生歧义了，忙哈哈一笑：“小梁呀，放开一点！我的意思是，你的年假不休可就吃亏了哦，这是公司制度规定的员工福利，而且当年不休明年不得补休，你应该赶紧趁着节前休了，要注意劳逸结合嘛！”

梁宇良吓得面无血色，这才缓和了点，低声说：“没事的，老板，我能撑住的。”

“让你休你就休！”黄老板拉下了脸，沉声说，“累坏了身子，怎么帮我打江山？”

梁宇良猛地一抬头，与黄老板四目相接，只见他的目光中满是欣赏和鼓励，这才放宽了心，于是才放松地笑了笑：“休假其实也没什么地儿去，估计就是享受享受每天睡懒觉的生活。”

黄老板从抽屉里拿出一个信封，递给梁宇良，说：“年终奖，提前发给你吧。好好找个地儿休息一下，跟老婆一起去放松放松。你呀，总是太紧张！”

“呵呵！”梁宇良起身接过信封，一捏，里面应该是一万块的样子，他笑了，“老婆可没有我这里这么好的老板，她可没有这么长的假。”

“那就找个情人去！”黄老板开起了玩笑，又说，“公司在这个项目上暂时还没有收益，所以说，年终奖就是意思一下，慰劳大家。希望你们可以再接再厉，努力把本职工作做好！”

“一定，一定！”梁宇良狠狠地点了点头。

黄老板像刚想起什么似的，说：“对了，你觉得现在跟我们合作的广告公司……怎么样？”

梁宇良扫了一眼他的表情——没表情，一时间又不知该说什么好了。

“我想听真话！”黄老板很严肃。

梁宇良整理了一下语言，说：“在设计上，还没有吃透我们这个项目，推广定位很模糊，甚至偏离了我们的核心卖点。”

黄老板说：“你去找几家广告公司来看看。”

“好的！”梁宇良极力压抑着内心的澎湃，轻轻地点了点头。

黄老板又说：“这事不急，过完年再说吧，大家都想过个好年……”

从黄老板那儿出来，梁宇良的心情很好，脚下生风，恨不得当场就来段探戈。

“什么好事？满面春风的样子？”齐紫萱问。

“嘘——”梁宇良把食指竖在嘴前，轻声说，“皇帝点灯，得君宠幸，生理心理都舒畅了，吃嘛嘛香！”

齐紫萱笑了：“就会瞎说！”

梁宇良一转身就走了。

齐紫萱看着他的背影，话到了嘴边，却始终无法说出口——她已经递交了辞职报告。

回到办公室,梁宇良的第一件事就是数钱。

俗呀,俗人!

全都是新钱，所以数量就跟刚才梁宇良估算的有了差别——一共 180 张红票,一万八!

正如黄老板所说,公司在这个项目上至今为止还没有产生效益,能发这个数字的年终奖,已经非常地难得了!

梁宇良由衷地一笑,远比他想象的要多得多! 他原以为最多就是个双薪而已。

“休年假……”梁宇良点了根烟,又开始琢磨起黄老板的用意,应该不是想炒我吧? 但只是简单地让我休假吗? 也不对劲呀!

这个调整方案,黄老板是满意的,我那个方案二的用意,他老人家肯定是看出来了,只不过没有点破。黄老板对我的那句评价:成长很快,应该是说我现在成熟了,凡事都会把细节考虑进去了。

站在黄老板的角度去看待这个户型修改,他是肯定乐意的,因为这样能创造更好的经济价值。如果无可避免地影响到了袁老板的个人利益,那么他就需要一个影响最小的方案。

梁宇良为他提供了这份方案。

先君之忧而忧嘛。

那么说来,黄老板建议休年假,是不是暗示你梁宇良该躲开几天避避风头呢?

梁宇良一拍大腿:没错,就是这个意思!

你是这个方案的源头! 老板之间的矛盾,你夹在中间可能会死得很惨! 到了关键时刻,难保老板不会做出弃车保帅的决定。所以说,现在你梁宇良休假,躲掉风头,有啥事老板之间商量协调,没必要伤到那些小的。

额,不对,应该是弃卒保车,如果项目算是一盘棋,你梁宇良充其量不过是一卒子,这方案最多也算是个车而已。

梁宇良突然觉得黄老板的身影异常的伟岸——大树底下好乘凉!

再想到广告公司的事情,梁宇良就打电话给凌兰语说了下。

“好事啊! 我这边马上准备。”凌兰语兴奋地说。

“不急,老板说春节以后再看,我就是先跟你打声招呼,让你心里有个底。”梁宇良想了想,问,“龙承章那边不会有什么意见吧?”

“我开公司不是只为他一家服务的,他理解。不过,黎伟那边有点麻烦。”

"一开始,我就感觉得到,他并不希望你介入。"

"我也知道,他觉得不需要代理公司,自己也能随便卖,总想着把钱全都自己赚光。这段时间,我这边的工作他还净在挑刺呢,呵呵。"

"再说吧,八字还没一撇的事儿。"

"你现在还真沉得住气。"凌兰语十分佩服。

梁宇良说:"在公司文化的熏陶下,我现在特沉得住气,能自己把自己憋死!"

许诺已经5天没回家了,杳无音讯。

无理取闹!

这直接导致梁宇良连续失眠了5天,第6天干脆就开始申请休年假了,一直休到春节后,以后每天爱几点睡就几点睡,爱几点起就几点起,睡到自然醒!

起来以后,也不想出门,宅在家里,泡碗面吃掉,然后看会儿电视,看会儿杂志,再打开电脑玩会儿游戏。

梁宇良郁闷的时候,喜欢玩三国无双,选吕布,最高难度修罗版,一夫当关万夫莫开,杀得畅快淋漓……

快打通关的时候,门响了,有人开门进来。

梁宇良一看表,5点半,是许诺偷偷回来了吧?

果不其然,许诺以为梁宇良去上班了,没这么早回家,所以就想回来拿几件衣裳。

两人对视了一秒钟,然后同时扭过头去,各干各的。

房间里依然安静,只有梁宇良噼里啪啦的键盘敲击声。

卫生间响起了淅沥沥的花洒声,许诺进去洗澡了。

梁宇良纳闷儿——别告诉我,你这几天都没洗澡啊,睡天桥底下去了?

管她呢,爱咋地咋地,咱继续厮杀!

这时候,客厅里许诺的电话响了,有短信进来。

梁宇良从没有看许诺手机的习惯,因为他觉得每个人都有自己的隐私,只要他信任她,那就没必要查来查去的。但许诺老会翻查他的手机,这让他很头大,保密工作任重道远。

过了一会儿,又有条短信进来了,许诺还在洗澡,没听到。

梁宇良有点好奇,他猜,应该是许诺的那些个闺密发来的,指不定又出什么馊主意来教她调教老公呢。

知己知彼，百战不殆！

梁宇良决定深入敌后。于是轻手轻脚地走到客厅，偷看了短信。

果不其然，还真是她的某位闺密发来的——晾他几天，憋死他！

这位闺密真是用心歹毒呀！知道现在法律规定不能使用家庭冷暴力的吗？

再往下看——没事的，你在我这儿住吧，没什么不方便的，就是我这热水器坏了。

哦，怪不得先跑回来洗澡了。

梁宇良笑笑，再往下翻，想看看能不能找到啥线索。因为至今为止，梁宇良还不知道自己到底做错了什么事，导致老婆大人要用冷静一下的冷暴力处理。

"我爱你！"

看到这一条短信的时候，梁宇良一愣：我多久没给她发过这三个字了。

再一看，短信来源俨然不是自己的手机号码。

他瞪大了眼睛，打开了那条短信，里面实实在在的就是这三个字，发信人是个陌生的号码。

梁宇良突然之间感觉天旋地转。

卫生间的水声停了。

一时间梁宇良的记忆力飙升，只再看了一眼，就把那个号码背了下来——化成灰他也能背出来！然后，他把手机物归原位，冷静地走回房间，继续钻研他的三国无双。

许诺洗完澡出来，换好了衣服，刚准备出门，梁宇良走了过去，拦住她，冷冷地说："这个家，该离开的不是你，是我！"

说罢，他拉开门，头也不回地就走了。

许诺还没反应过来，梁宇良就不见了身影，她只得呆呆地站在那儿，默默地关上了房门。

漫无目的地走在大街上，梁宇良觉得心里堵得慌。

给移动公司的一个朋友打了个电话，让他帮忙查查那个陌生号码的机主是谁。

等待的过程是漫长的。他看着天空渐渐变黑，看着华灯初上，看着下班放学的人流车流穿行,看着饭店食肆人声鼎沸,看着双双对对牵手散步的情侣,直到他看到大海。

原来他已经步行了好几公里,走到了海边。

朋友回了电话,说是个广州的号码,机主是男性,叫李国平。

这名字梁宇良认识,是许诺的大学同学,也是梁宇良当年的竞争对手,最终,梁宇良胜出,抱得美人归。

败者黯然伤神,据说为此徒步西藏一个月。

不过,徒步一个月并没有洗净他的灵魂,帝国主义亡我之心不死,妄图改变策略,从阵地战转为地下战。

关键问题是,许诺被策反了吗?

什么世道,一个有丈夫的女人,手机里竟然会有别的男人给她发来的三个字——我爱你!

可笑!

一个巴掌拍不响,如果他俩没事,他敢发这三个字过来吗?你会轻易地发这三个字给别的女人吗?起码梁宇良不会,除了许诺,别的女人,上了床的没上床的,都没有资格收到这三个沉甸甸的字。

梁宇良多久没有跟许诺说过我爱你了?貌似很久了。对于这三个字,他一直很吝啬。

长久的爱情只能是转变成了亲情的爱情。每天一句我爱你,并不能使你和她的爱情保持新鲜。这三个字的分量太重,说多了就会愈发地变轻,变得毫无意义。

我跟许诺的爱情,过期了吗?

"放你妈的屁!"梁宇良对着海的那边吼道,海的那边是广州吗?

不是,广州没有海。

无视周遭奇异的目光,梁宇良独自苦笑:报应啊,报应,只许州官放火,不许百姓点灯?你梁宇良也不是什么好东西,你也背叛过你的婚姻,而且不止一次。你自认为不付出感情就万事大吉,那么请问,许诺如果像你这样,你能接受吗?

不能!

自私的男人!

梁宇良发现自己的双目被泪水模糊了,忙仰起了头,不让泪水滑落——自己曾经是那么信任许诺,就连这所谓的冷静一下,也都是只在自己的身上寻找原因，老在想是不是我做错了什么呀？没想到，原来这所谓的冷静一下，也许是许诺想冷静地去思考一段时间，到底哪一个男人才是“我爱你”的？

原来爱情和婚姻都是一样的不可靠！

想起了那条短信的时间，正是6天前！梁宇良突然警觉起来——那天后，许诺就离家出走了，去哪儿了？全都在闺密那儿？还是去了广州？或者那男人从广州过来了？

不会这么可怕吧？

梁宇良不敢再想象下去，他用外套蒙住了头，眼前一片漆黑……

再睁开双眼时，他拉扯好了衣服，才发现自己今天穿的外套是绿色的，套住了头，那不就成了……绿帽子？

梁宇良一根接一根地抽着烟，脑子里乱七八糟的。入夜了，很冷，他突然有了寒意，才发现自己穿得很少，又发现了自己的无家可归——总不能去爸妈那儿跟两老哭诉吧？

凌兰语那儿有了方芳，自己是去不了啦，梁宇良只能给龙承章打了电话。“阿龙，在哪儿？”

“在家看电视。”龙承章懒懒的声音。

“我上你那儿凑合两天吧。”

“……”

“……”

“不是许诺离家出走吗？”

“现在换我了。”

“来吧。”

“能来接我吗？我在海边。”

“……”

“可怜可怜我这个无助的男人吧。”梁宇良带着哭腔。

“打车。”

“我现在想死，站在海边看着大海就想轻生，兄弟，拉我一把！”

“那就跳吧！”龙承章说罢，电话就挂了。

“兄弟呀，这就是兄弟，危难之际没有伸出友谊的双手，反而给了我两脚！”梁宇良感叹，然后他拦了台的士。

看着窗外的大海，他挥挥手说：“再见！”

“又吵架了？”龙承章问。

梁宇良垂着脑袋走了进来，说：“没啥，冷静一段时间。”

这时，龙承章才发现梁宇良手里拎着一大袋啤酒，乐了：“带酒你不带夜宵？”

“没胃口吃，只有胃口喝。”梁宇良摊在沙发上，拉开了一听啤酒。

“准备冷静多久？”龙承章过去坐下了，也开了听酒。

“也许……”梁宇良眼睁睁地看着天花板，“无限期。”

“放屁！别有事没事地整这些酸事！小两口该怎么过就怎么过，磨合一下就好了，别跟小孩子过家家似的，幼稚！”

“你成熟！”梁宇良白了他一眼，然后深深地叹了口气。

龙承章也不知道说啥好了，低头喝酒。

梁宇良突然坐直了身子，问他：“你啥时候去丽江？”

“后天，开车去。”

“我也去！”梁宇良一拍大腿，下定了决心，“我也要去寻找艳遇！”

龙承章说：“狗屎，我是去散心的！”

“我三陪，跟你一同散心！”

“不必！”龙承章拒绝了。

“你不是需要一个导游吗？而且还是个陪你说话、睡觉、吃饭、喝酒，然后你看到美女还能帮你上去搭讪的导游！”

“搭讪？”龙承章一愣。

“丽江嘛，总得弄个艳遇才不枉此行。咱读书那会儿，满大街地搭讪女生，不都是我打头炮的？”

“是的，关键问题是，最后开房的头炮也是你来打！”龙承章说。

“这次我只负责搭讪，我不开炮。我去丽江，也只是想散心……”梁宇良的脸色突然黯淡下来。

“到了再说吧……”龙承章眯了眯眼睛，懒懒地靠在沙发上，说，“你去也行，路费你包了，油费我出。”

“什么人哪！”梁宇良怒了，“吃住你包？”

“吃住你选一个，我请吃，你就请住。”龙承章没睁开眼睛。

“你是龙总，我是什么？小梁经理！你这么大个老板，还忍心我个臭打工的出钱？”

“滚！”龙承章点了根烟，“这一路上，咱就是搭伙的了，嘿嘿！”

梁宇良算了算成本，说："行，那我包住吧，声明一下，只能是小客栈啊，贵的咱住不起！"然后就开始做起了路线计划。

"你慢慢做着，我睡觉去了。"龙承章伸了伸懒腰。

梁宇良自个儿待在客厅里，喝着喝着，他就醉了。

没有歇斯底里的悲伤，因为，他的内心深处，依然是坚信许诺的忠诚。

也许，这只是个误会吧。

也许，这只是李国平一相情愿的单相思。

也许……

梁宇良迷迷糊糊地为那条短信编起了各种理由。

第二天，梁宇良就回公司提交了休假申请。

林老板问他："去哪儿玩？"

梁宇良回答说："丽江吧！"

"哦？"林老板笑了，"跟小情人去？"

"呵呵，跟个朋友去，男的。去那里再找小情人。"

"小伙子长得帅，去哪儿都找得到美女相伴！"林老板爽快地签了字，说，"我不行了，又老又胖，小姑娘都看不上了。"

"老板谦虚了，像您这种成熟稳重型的，才是真正的老少通杀！"梁宇良拍了个马屁。

"哈哈哈哈！"林老板对此非常享用，说，"你下面的那些个妹妹，要交接好工作。你不在的时候，可不能乱了套。"

"那是那是！"梁宇良点点头。

"袁洲那边……"林老板突然严肃了起来，说，"你要注意一下，这个人私心太重。不要让他插手到你销售部的工作里，知道吗？建议你在销售团队里选一个人出来，暂时先代你统一管理一下团队，这也是一种锻炼。"

梁宇良的神色马上凝重起来："知道了老板！"

主管的人选，梁宇良心里有数，就是沐若溪。

这个女人比较沉稳，气场压得住，而且老板们对她也比较满意。

重要的是，这个女人野心不大，出来工作只算是打发时间赚点钱。因为她已有了个军官丈夫，不会轻易跟老板们发生点什么，也不会把金钱和权力看得太重。

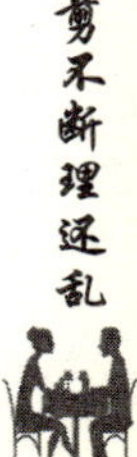

这些姑娘里，梁宇良最不放心的就是容伊。这个女人年纪不大，但心思很多，总想着走捷径。作为销售经理，梁宇良在利用手底下的这群姑娘来博取领导的好感，但这群漂亮姑娘也都是双刃剑，最怕的就是某个女人跟老板扯上不清不楚的关系。那样的话，她能凭借这层关系青云直上，甚至将梁宇良取而代之。

宣布了沐若溪代管销售团队的决定后，梁宇良看到了容伊脸上蒙了一层淡淡的灰色。

会后，梁宇良叫吴迪迪来办公室单独聊了会儿。

其实，吴迪迪的工作表现才是最让梁宇良欣赏的，她的悟性和勤奋使她的进步飞速，手头上积累的意向客户资源也是团队里最多的。

但是，她太年轻，很多销售员不服她，她难以管理团队，加上形象不行，老板们对她印象并不深刻。所以说，主管的位置梁宇良没有交给她。

“小吴，之前这段时间的培训和工作，你很努力，进步很快，这让我感到很欣慰，我没选错人！”梁宇良说，“辛苦了！”

“应该的！谢谢经理！”吴迪迪微笑着点点头。

看得出来，她其实也很想争取这个代理主管的位置，笑得有点勉强。

梁宇良心里感叹：上天是不公平的。样貌对于一个女人来说，真的非常非常重要。你没有样貌，那你也许就得付出更多更多的努力，甚至到最后都还只是徒劳无功。

“我不在的这段时间里，有什么状况，你要及时跟我汇报。关于团队管理的，关于老板们的，关于……”梁宇良顿了顿，说，“袁洲经理的，要注意细节！”

吴迪迪愣了愣，点点头，说：“嗯，我知道了。”

梁宇良点到为止，没有再说什么了。

十七　丽江

“我也去！”得知梁宇良将要和龙承章一路同行去丽江，凌兰语作出了这个决定，“我爱过的人走了，我现在爱的人也走了。我要离开这个伤心地，寻找属于自己的另一片天地！”

梁宇良问他：“你爱过谁？你现在爱谁？”

“我爱过佘婷，她走了。我现在好像已经爱上了方芳，但是她也走了。”凌兰语长叹。

“汪文燕呢？我一直以为你爱的是她。”梁宇良坏笑。

“你要是对她真那么念念不忘，就赶紧去找她。我现在对她毫无感觉！不过……”凌兰语想了想，说，“她现在有点吃回头草的迹象了。”

“拉倒吧你！小子别以为自己走了桃花运！小心烂桃花！”梁宇良笑了笑，“根据我纵横情场多年的宝贵经验来看，汪文燕这个女人，很难把握，比佘婷还厉害，我劝你还是少招惹！”

凌兰语狠狠地点了点头。

“什么是好像已经爱上了方芳？”梁宇良问，“爱就是爱，不爱就是不爱。不带这么混淆视听的！”

“我自己都不知道……”凌兰语深深地叹了口气。

“方芳的离开只不过是发点小脾气，她还是希望你再找她的。你这一走，就等于对她的自动弃权。”龙承章说，“我觉得方芳是个好姑娘，适合过日子，别的什么都是浮云。”

梁宇良争论道：“娶个你不爱的人就是过日子吗？谬论！别听他的！”

“别人也没说不爱呀！”龙承章说。

凌兰语仰起头，看了看天空：“我心里还存着一些关于佘婷的回忆，我想到丽江，把这些不该保存的东西，都洗清楚洗干净了！然后再想一想，我爱不爱方芳。”

“佘婷是你最深、最重、最刻骨铭心、最撕心裂肺的打击！你确实需要到丽江去，借此遗忘不该记得的，同时让你更懂得珍惜你所拥有的。”龙承章拍了拍他的肩膀。

“别那么快就下定论！”梁宇良说，“如果不爱，就不要继续勉强在一起，那是一种犯罪，是对你和她的不负责任！不要以为你收了她，她就幸福了。跟了你，那是不幸的开始，然后是绵绵无期的不幸，不幸到你盖棺定论了还是不幸！”

凌兰语无语，矛盾纠结着。

“我说出了我的建议，兰语你自己看着办吧。”龙承章说，“不过你也去丽江，那我的项目就这么拉倒了？”

“别给了钱就让人做牛做马的！”凌兰语抗议，“快过年了，工地还有个屁事呀！你可别跟黎伟一样，要求我最好 12 个小时坐班，剩下 12 个小时还得时刻准备着！”

“正有此意！”龙承章嘿嘿一笑。

“有方芳在，没事的！”凌兰语说。

“你看你看，都闹别扭了，别人还帮你站好最后一班岗！多好的女孩子呀！”梁宇良又恢复了他那玩世不恭的态度，“哥到了丽江，帮你把个妹妹，借此遗忘佘婷，遗忘方芳，放爱一条生路！出发吧，向着艳遇的起点！”

“希望也是终点！”凌兰语叹了口气，“对了，我走了谁来照顾馒头？”

“方芳呀！”梁宇良理所当然地说。

“你丫真是个渣滓！”凌兰语擂了他一拳。

“放工地上拴着吧，顺便帮我守门。”龙承章说。

“问题是方芳也在工地上。”凌兰语皱起了眉头。

“我只有一个工地吗？”龙承章拍了拍胸膛。

“SO GOOD！”梁宇良说，“那么我们得开始讨论讨论，路费谁出，住宿谁出，吃喝谁出的问题了！”

3 个人，3 件行囊，一台 Q7，一路向西！

途经南宁、昆明，横跨广东、广西、云南三省，2000 多公里。

三个男人——他们觉得自己可以称为硬汉了，轮流开车，一路超速，不眠不休，甚至不下车尿尿（充分利用空矿泉水瓶的另一种功能），于上午 9 点发车，直至次日傍晚 7 点，到达目的地——丽江！

“这是玉龙雪山！”梁宇良指着那遥远圣洁的山峰说。

“牛！”龙承章为之一振，打了鸡血似的踩足了油门。

“淡定，淡定！”梁宇良尽量控制自己的情绪，不能过于激动。

不错，丽江，这个让他魂牵梦绕的地方。

这里有纯净湛蓝的天空，这里有随遇而安的白云，这里有潺潺曲径的流水，这里有远离俗世的生活，这里一切的一切，无不是这3个男人所向往的。

当然，这里还有成功率很高的艳遇……

人的每一次旅行，都在期待一场艳遇。

——黑塞《可见的乌托邦》

“先停车吃饭。”梁宇良指挥着龙承章，把车停到了古城附近。

“都快到了，不进古镇吃？”凌兰语遥望近在咫尺的大研古镇，夜色下异常妖娆。

“古镇里都是忽悠外地人的东西——难吃，又贵。”梁宇良指了指一处不起眼的排档，说，“这里是吃清真牦牛肉的，到这儿吃的一般都是本地人，好吃，不贵。”

“牛！”龙承章一进店便感叹，店里都是小圆桌，座位都是小圆墩，白墙上挂着各式各样的牛角，还有蓑衣和稻草。

“这里的牛鞭不错。反正，牛身上的几乎都有。”梁宇良轻车熟路地找了个角落的位置，招呼老板拿过菜单，点了几样菜，其中就有牛鞭。

“这玩意儿，吃了太上火！”上菜的时候，凌兰语试了口，说，“不过，味道真的不错！”

“上火就去古镇的酒吧里淘个下火的。”梁宇良说，嘴里一刻没停住地胡吃海喝。

龙承章纳闷儿：“喝那么多干吗？一会儿不是还要到古镇里喝吗？”

“这酒便宜，先灌个半醉，一会儿进了古镇，酒贵死，省着喝。”梁宇良帮两人把杯子满上了。

“你丫太有才了！”凌兰语说，“这里的空气让人呼吸顺畅。”

“别矫情，这里的人到了我们那儿，站在海边，也会尖叫着空气清新。”梁宇良想了想，说，“旅游就是从自个儿活腻的地儿，跑到别人活腻的地儿，劳民伤财。”

龙承章说：“真没情趣！”

梁宇良白了他一眼:“大哥,我们仨臭男人在一块,有情趣不就出问题了吗?”

夜里进了大研古镇。两个字:浮躁!

这与梁宇良4年前所走到的丽江相比……物是人非。

满是卖假货的商店,外地人赶走了这里淳朴的本地人,落地生根,开店忽悠外地人……“一米阳光”开了数个分店,迪吧慢摇开到了小桥流水边,震耳欲聋的音乐轰炸着耳膜,喧哗浮躁,人声鼎沸,空气中弥漫着廉价的暧昧。

梁宇良很失望,这里现在太商业了!

原本只是希望找个心灵的栖息地,让自己可以沉淀一下……谁知道这里到处弥漫着一种不安分的因素,俨然一个找寻刺激、放纵自己的浮躁地!

“这跟我们那儿的酒吧,似乎已经没有多大区别了。”走过这些喧闹的地方,凌兰语说。

“有区别,更贵些!”梁宇良说。

“没意思。”凌兰语不屑,“我们晚上住哪儿?有没有清静地儿?”

“算了,我们去束河吧,据说那里没有被开发得太严重。”梁宇良无奈。

“那就马上换个地儿吧!”仨人异口同声。

于是上车,开到了束河古镇,找了家客栈,小四方街,田园风光的庭院,前庭后院,只有10多个房间,有小桥流水和果园花园,二楼还有阳台——晒太阳。

客栈有只大笨狗,很安静,有很多书……

男人们对视,不约而同地点了点头:“我看行!”

洗了澡,仨人的兴奋劲还没缓过来,虽然路途辛苦,虽然有点儿失望,但又毫无睡意。

“失望了,太浮躁!远比4年前可怕!”梁宇良叹了口气,有点沮丧。

“还是很漂亮的地方,值得一来!”龙承章说。

“不值得再来了,因为再来,会把心里封存的那份美好摧毁掉的!”梁宇良说。

凌兰语看了看庭院,觉得也算是值了,感叹道:“商业化是社会发展的必然,浮躁,归根结底是太多太多的人来这里寻求艳遇,那些喧闹的酒吧,只不过是顺应市场经济的意识形态。”

梁宇良说:“其实在丽江,所谓的艳遇只是一种缘分,顺其自然或者共同取暖……无奈现在的人太讲效率，总期待着在酒吧找到一夜情，性欲战胜了情感。当然，每个人的生活方式不一样……我更趋于找个水边的小店喝点咖啡。刚看到一地儿不错，明天我去那儿晒晒太阳。”

“艳遇来了！”凌兰语直勾勾地看着窗外。

“怎么了？”另外俩男人马上拥了过去望向窗外，不由得看痴了——

月光下，一位女子正在庭院漫步。一袭民族风的长裙，披着白色羊毛坎肩，长发飘飘。

男人们醉了。

“这一看，就是个落寞的身影，宛如月下仙子。”凌兰语喃喃地说。

“就这身段，肯定是美女，必须的！”龙承章说。

“对面的女孩看过来。”梁宇良小声说，他急切想看到仙子的正面。

不负众望，那名女子仿佛感应到身后窗边的呼唤，回眸一笑……

女子一回头，吓死几头牛。

梁宇良沮丧地说：“我不该看到她的脸，今晚噩梦连连！”

“早点洗洗睡！”龙承章上了床。

“谁说丽江是男人与狗的天堂？”凌兰语问。

“书里说的，纯属忽悠！”梁宇良跟他挤一张床。

醒来的时候，已是午后。

在客栈里点了几个小菜，味道一般，价格不贵。

这时候，昨晚的仙子下凡了，微笑着跟老板打招呼，用的是英文。

“啊你哟哇塞哟！”梁宇良冲她打招呼，他猜，这个是韩国人。因为据说韩国人整形前长得都不怎么样。

还真被他蒙中了，那女孩子一听他打招呼，就来了精神：“啊你哟哇塞哟！”

然后走过来噼里啪啦地说了一堆韩文，男人们面面相觑，哑口无言。

“I am Chinese.We are Chinese.”凌兰语傻笑着说。

“你们好！我叫金善珠，我是韩国人，我会一点点的中文！”韩国女生很大方。

男人们连忙自我介绍了一下，半中文半英文的。

凌兰语英文好，跟金善珠开始了英语交流，梁宇良听不懂，龙承章也听不懂，埋头扒饭。

梁宇良在龙承章耳边小声嘀咕道："这副模样的女人，凌兰语也这么能聊，佩服佩服，真不挑食！"

"不是你起的头吗？"龙承章说。

"我那是表示咱中国人的热情！"梁宇良说，顺便跟老板打了声招呼，指了指龙承章，说，"这位韩国美女的午饭钱，算在这位客官身上。"

龙承章说："算在我们房费里，这厮埋单！"

"谢谢！"金善珠向他俩鞠躬致谢。

玩笑话成真了。

幸好，那金善珠很挑食，只点了两个菜，50 多块。

"怎么不邀请你那珠珠结伴同游？"梁宇良看金善珠走远了，一边跟她说了声 BYE，一边问凌兰语。

凌兰语说："摄影爱好者，要步行去雪山脚下。咱可没那脚力劲儿。也没啥好沟通的，别人层次比较高，不跟我们一路。"

"名字起得不错，善良的猪。"龙承章沉吟，又抬头看着凌兰语问道，"你没提醒她，旅游景点的人，赚钱的手段忒不善良，让她一定要注意吗？"

"善良的单词我忘了。"凌兰语说。

"去哪儿？"梁宇良抹抹嘴问道。

龙承章说："你安排呀，这地儿你熟。"

"玉龙雪山？我们去朝圣！"

"我喜欢远距离仰视那里。"凌兰语说。

"那租辆自行车？"

龙承章说："改天吧，我还挺累，咱先去大研古镇踩踩点、逛逛，风光很不错。"

凌兰语说："关键是最好能勾搭到几个妹妹，一起去骑自行车。"

梁宇良说："自行车泡妞也许过时了点。不过咱有 Q7 在，什么妹都好把！"

一月的丽江，有点寒意，不过依然阳光明媚，三个吊儿郎当的男人，叼着烟在阳光的沐浴下，踱着悠悠的步子，走在古镇的石板路上。

大研古镇很漂亮，但除了阳光，其他都收费。

逛累了，梁宇良买了顶毡帽，其他人啥都没买，然后选了家清净点的咖啡店,男人们坐下了。

龙承章品着咖啡发呆。

凌兰语看书。

梁宇良叼着烟看来来往往的人流。

“你们知道吗？纳西词语里,帅哥怎么说？”

“不知道。”

“弱智。”

“你才弱智！”

“我是说,这边的说法是,帅哥就称之为弱智。”

“……”

“那美女怎么说？”龙承章问。

“版纳。”

凌兰语说:“那么说,我们现在是仨弱智,在伸长着脖子等版纳？”

三个咖啡杯碰到了一起,开怀大笑。

“美女多！”梁宇良用三个字总结了今天的守望。

“凑合吧,天高气爽的,人看起来都清秀一点。”凌兰语说。

“我今晚估计睡不着了……”龙承章说,“我干掉了三杯咖啡。”

“没事,你自个儿埋单,随便喝！”梁宇良说,“就在这儿凑合吃一顿吧。看菜单不贵,味道嘛,别太多要求,果腹即可。”

吃完了饭,开始漫无目的地溜达。

入夜的古镇,是名妖娆的女子。

在丽江,时间是用来漫无目的地浪费的——这是一种享受。

放慢脚步，轻轻踏着被河水及雨水冲刷得斑斓异彩、鉴可照人的石板路,享受这阡陌的清流,享受这沉香的月夜。千年古镇,千年古风,浑然一体,相得益彰。

在一家酒吧门前,他们看到一句话:如果你爱一个人,就带她去丽江,因为那里是天堂;如果没有人爱你,就陪自己去丽江;如果没有艳遇,就只有孤独地面对上帝吧。

“找个美女搭讪搭讪？”凌兰语开始摩拳擦掌。

“随便！”梁宇良无所谓。

龙承章没说话,只是点了点头。

男人们尾随了三拨儿美女，都没有鼓起勇气上去搭讪。

“好吧！”梁宇良无奈地耸耸肩，“就让我这个唯一的已婚人士，帮你们开个好头吧！再看到一拨儿美女，我就上去搭讪，帮你们搭讪。”

“说得真纯洁，帮我们搭讪！搭到了你就自个儿享用了！”凌兰语鄙视他。

“呵呵！”梁宇良笑笑，“说实话，我还真没那个兴致。”

他说的确实是实话。对于他来说，所谓的艳遇毫无意义，因为他心里装着事，还装着那三个字的短信。

这时，来了一拨儿美女，确切地说，是4个。

“上吧！”龙承章推了把梁宇良。

“额……”梁宇良临阵又缩了头，“人数过于庞大，敌我双方实力悬殊。”

“你丫就是个孬种！”

“再看下一拨儿，下一拨儿，我一定帮你们搞定！”梁宇良咬咬牙。

又瞎逛了会儿，凌兰语眼睛一亮：“就那儿！快看！”

梁宇良看了过去，两个女子正并肩走着说笑，仔细一看条子不错，面容嘛，算不上大美女，也就是有点儿姿色，于是下定了决心，说：“确定？”

“确定！”其他俩人异口同声。

“那我上了！”梁宇良呈赴汤蹈火状，脚下却没动，“别拉着我！”

“赶紧上！”凌兰语狠狠地推了他一把。

梁宇良上前几步，跟在那两个美女屁股后面踌躇了半天，又折返回来了。

“没用的东西！”龙承章骂道。

梁宇良连忙解释：“我听她们在商量去哪儿吃饭，所以我决定继续尾随，在饭店里下手！”说罢，他还做了个挥刀的动作。

“也行，那就跟着吧。”

尾随了数十分钟，美女边走边停，其中一个似乎发现了被跟，跟另一个窃窃私语了一下，然后俩人偷偷地笑了笑，又装作没发现似的继续走着。

“貌似暴露了，她们在带我们转圈圈！”龙承章有点累了，“烦不烦呀！我都转迷路了！”

“别着急，你看她们笑得多暧昧！”梁宇良安慰他，“在古镇里迷路是一种幸福！”

“滚！等等——”凌兰语突然止住脚步，说，“她们好像选定饭店了。”

那是一个小桥流水边的小饭店，装饰古朴。

“不错，一边吃饭，还能一边听着潺潺水声。”龙承章说。

"你要是喜欢，在厕所里吃，水声更大！"梁宇良白了他一眼，"可耻的小资调调。"

"你丫真坏风景！"凌兰语又推了他一把，"上吧，赶紧的！我们在桥上等你！"

梁宇良理了理衣裳和头发，走了过去，露出了职业的微笑。

"先生您好，请问……"服务员问。

梁宇良没说话，而是指了指美女的方向。

美女看了过来，目光很淡定。

"你好，打扰一下……"梁宇良心里在滴汗，尽量让自己笑得灿烂。

"有事吗？"美女 A 问道。

近距离观摩，美女 A 姿色上乘，笑起来很甜，有两个小酒窝，嘴角还有颗小痣；美女 B 姿色平平，小眼睛，上了假睫毛。

"其实……"梁宇良不好意思地挠挠头，说，"不关我的事。你们看那边，桥上是不是有两个傻帽儿，在寒风中屹立，凝望着你们的这个方向？"

俩美女眯着眼睛看了看，说："看不清楚。"

"看不清楚不要紧，我让他们过来，让你们看看清楚？"

"什么意思？"美女 B 笑了。

梁宇良呵呵一笑："其实吧，我们仨刚才剪刀石头布，我输了，就得当这个传声筒，上来跟你们搭讪。然后告诉你们，他们想跟你们交个朋友。"

俩美女面面相觑，闷场半分钟。

"你们……"美女 A 想了想，调皮地眨了眨眼睛，"你们吃饭了吗？"

"没吃！"梁宇良马上编了个瞎话。

美女 A 没再说话，而是指了指她们对面的空位，善意地笑了。

梁宇良冲桥上的二傻吹了声口哨。

哨声穿过弄堂，越过溪流——荡气回肠！

然后男人们排排坐，又点了些饭菜，吃饱了撑着。

气氛有点尴尬，梁宇良只得自来熟地继续说话。

一个合格的房地产销售人员，首先必须学会的就是与陌生人说话。

梁宇良不是销售人员。他是销售经理，三寸不烂之舌都是经他调教出来的，搭讪——小问题。

哄女孩子开心——更是小问题。

而且他内心坦荡荡：他对艳遇不感兴趣，权当是交两个新朋友而已。目的纯洁将导致你毫无顾忌地发挥到极致。

不到10分钟，笑场连连，其余两个男人由衷地敬佩加景仰。

美女A叫程可颐，美女B叫任妍，都来自浙江，是在上海工作的小白领。

“都说江南出美女，我觉得其实不然！”梁宇良故作深沉。

“为什么？”两个美女皱起了眉头。

“说美女太肤浅。应该说江南出佳人，美貌与气质并重！”梁宇良看着对面的两个美女，眼神真诚得像是在观赏艺术品。

“呵呵——”两个美女笑得花枝乱颤。

“我们来自不同的地方，揣着不同的心情，用着不同的方式，有着不同的憧憬。归根结底，无外乎一个‘缘’字。”梁宇良举杯，“虽然这个字现在用滥了、用俗了，但我觉得我们还是不能免俗——为缘分干杯！”

5个杯子轻轻碰撞，声音很清脆。

“其实我不想那么早就离开，唉……爸妈催我回去了。要不然，我会再留几天，甚至就在这儿过年！”任妍说。

“我还想让你多陪我几天呢！”程可颐抱怨地说，“我大后天才走。你走了，我就一人了！”

男人们眼睛一亮——该走的走了，留下好看的姑娘没人爱！

吃过饭，梁宇良提议去喝酒。

任妍第一个举双手赞成——她看上梁宇良了。

这么个谈笑风生的帅小伙，很难不让人生爱。

程可颐倒是对他没兴趣，心想这就是个小屁孩，她看上了龙承章。

最重要的是，这个一言不发的忧郁男子，在埋单时，顺手从兜里掏出的那把车钥匙，是奥迪的。

还有他手腕上的伯爵表。

程可颐是个物质的女人。

找了个不大不小，人不多不少的演艺吧坐下，中心舞台的吉他歌手唱着许巍的歌曲。

卖花的小姑娘迅速走了过来。

梁宇良马上给了她10块钱，说：“花我不要，钱你收下！谢谢！”

小姑娘还是留下了一支玫瑰，说：“桌上有花好一点，不然一晚上都有人缠着你买花！”

“一朵花儿，我们可两个美女哦！”任妍拿过那朵已经凋零的玫瑰说道。

“那就再买一朵吧。”一直一言不发的龙承章掏了钱，又买了支玫瑰，假装很随意地递给了程可颐。

“谢谢！”程可颐点点头。

“照张相吧！”梁宇良掏出了手机。

任妍倚在他肩膀上，对着镜头，拿着花儿，甜甜一笑。

拍好了照片，任妍把弄着梁宇良的手机，问：“问你个问题，如果你碰上了车祸，临死前，是给你老婆打电话，还是给你老妈打电话？”

“那我得先把手机里关于你的一切一切删除掉。”梁宇良坏坏一笑，把手机拿了回来。

“你好坏！”任妍挥动着她的小粉拳。

“我来丽江，就是想找一个中国移动都找不到的地方，静静地发呆。”程可颐看着酒吧里陆续的来人，人头涌涌。

梁宇良嗤地一笑：“这地儿我知道，我那小区的地下车库，中国移动绝对没信号！”

“杀风景！”任妍白了他一眼，同时又坐近了一些。

梁宇良说：“我这人很实在，没什么小资调调。”

“这是品位的问题！”程可颐说。

“小资可耻！”梁宇良说，“我的目标是向我的暴发户老板学习，每天在我们那儿最好的五星酒店，门口处有他专用的停车位，进去所有的服务员都能认出他，然后坐在西餐厅外边的茶座喝白开水——10 块一杯，不过，他喝的话，免费。”

“俗！”程可颐鄙视他。

“我就喜欢那种俗，有实力的俗！”梁宇良呈憧憬状，“白开水，以及免费的那种姿态！”

“聊点别的吧？”凌兰语闻到了火药味，及时打断。其实，他知道梁宇良最受不了小资调调。

“你怎么老是不说话？”程可颐看着龙承章微微一笑。

“啊？”龙承章一愣，不知所措起来。

“我觉得……你是个有故事的人。”程可颐直勾勾地看着他，仿佛要看穿他的心脏。

“谁能没点故事呢？”龙承章苦笑。

“我想去香格里拉，可惜，你明天就走了！”程可颐叹了口气，看着任妍。

她这是在暗示。

“你还有我们！”梁宇良拍了拍胸膛。

任妍吃醋了。

表面上，她跟程可颐情如姐妹。实际上，一直以来，她都好像是程可颐的陪衬，衬托红花的绿叶。

梁宇良很会照顾人的情绪，一看她默不做声，就马上说：“小任同学，明天我送你去机场吧，我很想单独跟你待会儿，这里狼太多，不安全！”

“去去去！就会吹牛！”任妍喜上眉梢，她当然希望梁宇良单独送她。

“吹牛是小狗！”梁宇良对龙承章说，“明天借我 Q7 一用。我带姑娘环城一圈，然后送上飞机，临别附赠吻别一个！湿吻！”

“谁要你吻别了！”任妍羞红了脸。

在对待异性这一点上，其实，女性远不如男性大方。

梁宇良是在牺牲小我，完成大我。他决定牺牲自己，亲自出马搞定任妍，换来同伴们顺利勾搭程可颐。

在梁宇良说到“Q7”这两个字的时候，凌兰语发现程可颐的眼睛一亮，贼亮！

聊了大半个晚上，酒倒是没喝多少。看得出来，程可颐她们还是对男人们心存戒备。

“差不多了吧，我们送你们回去？”梁宇良看出了她们的戒备，觉得今晚铁定没戏了。

她们就住在大研古镇里的客栈，走了十几分钟就到了。

“晚安！”梁宇良没有不舍。

“晚安！明天中午 12 点，你们记得要来请我们吃饭哦！”任妍不舍。她有点懊悔，自己没有多喝几杯，醉了也许就能鼓起勇气……

两个女人一同被追求，她们之间总会有诸多顾虑的，于是只能矜持。

“晚安！”龙承章最后看了一眼程可颐，说，“夜里风大，注意保暖。”

“晚安！”程可颐看着龙承章，说了声“谢谢”。

“晚安！”凌兰语扫了一眼程可颐和龙承章。

“明天你还真送那任妍回去？长得不咋样呀！”上了车，凌兰语问。

梁宇良苦笑道："咱没有不纯目的，也就是认识个新朋友。再说，也为你们争取一个单独相见的机会，为你们扫清障碍！"

"我们？"凌兰语一愣，笑了，"我只当认识个美女朋友，没有不纯目的，龙承章上。"

"不是吧？不是你先看上的吗？"龙承章问。

"呵呵，三个大男人一块儿逛着你不嫌烦？总得来点美女点缀的嘛，我是真没那个想法！"凌兰语说。

"我就算了吧……"龙承章想了想，说，"我也是凑凑热闹。"

梁宇良说："你们的心态不健康，应该像我这样……不一定真要发生些什么。再说，就算是发生了什么，也不过是丽江的艳遇。来了，遇到，走了，解散，仅此而已！你们不是嚷嚷着要来这寻找艳遇的吗？怎么又临阵脱逃了？"那两个男人只能选择沉默。

回到客栈，龙承章用花洒不停地淋着脸庞，心里很纠结。

晴晴是无法替代的。我来这里只是想散散心，找一段不负责任的艳遇，仅此而已。

仅此而已吗？

听着洗手间哗哗哗的水声，凌兰语悄声对梁宇良说："你觉得龙承章是什么想法？"

"我怎么知道他什么意思？"

"我觉得他好像看上了程可颐！"

梁宇良叹了口气："人走了，活着的人还得继续。"

"我有点难以接受。"凌兰语若有所思，"这种伤痛真的需要很长很长的一段时间才能恢复。"

梁宇良问："作为朋友，你是希望他花很长的时间去恢复，还是很短的时间？"

凌兰语想了想才说："站在朋友的角度，我当然希望很短的时间。"

"那不就得了。"梁宇良躺下了，又想起了自己，叹了口气，"每个人的故事都不一样，感情很脆弱，感情经不起考验，感情是这世界上最没谱的东西！"

"问题是，何雨晴也是我的朋友！"凌兰语皱起了眉头。

"一个走了的朋友……"梁宇良喃喃地说，突然感觉眼睛有点湿。

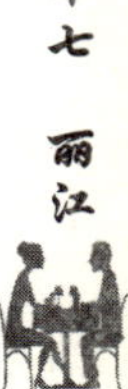

“我们怎么办？”凌兰语问。

“凉拌！该怎么办就怎么办。眼不见为净，不阻挠，也不推波助澜。他龙承章爱怎么办是他的事，咱别掺和就是了！”梁宇良闭上了眼睛。

第二天，男人们如约请了女人们吃饭。

“走了！”任妍拉着程可颐的双手，依依不舍。

程可颐嘻嘻一笑，说：“我去香格里拉，一定帮你照好多好多的照片！”

任妍看了眼她身后的龙承章，跟她咬起了耳朵：“那个男人不错！”

程可颐则看了眼梁宇良，说：“这个男人也不错！”

梁宇良如约带着任妍，开着Q7绕城一圈，然后把车开到了雪山脚下。

在朦胧如纱的薄雾里，玉龙雪山就像一条尚未睡醒的巨龙，静静地卧在那里。风裹着寒意袭来，似巨龙的呼吸，沁人肺腑，真切逼人，让人不由得打了一个冷战……

任妍双手合十，虔诚地膜拜。

阳光晒在她不施粉黛的脸上，映得五光十色。

“我觉得你不化妆比化妆好看！”梁宇良由衷一句。

“是吗？”任妍深情地看着梁宇良说，“我想让你看到最真实的我！”

俩人顺理成章地相拥，以吻封缄。

任妍的舌头微甜，有点委婉，很温暖缠绵。

梁宇良觉得过往30年来，以貌取人的态度是可耻的。

长吻了好久，任妍理智地挣脱，羞红了脸，看了看手表，说：“再亲下去，就赶不上飞机了。”

“嘿嘿，我打个飞机，送你去！”梁宇良坏坏一笑，拦腰抱起了她。

当然，没下文了，梁宇良也是理智的，他把任妍抱上了车，刮了刮她的鼻子，启动了车子，一路飙车，到了机场的时候，时间刚刚好。

“不吻别了，我怕你临时退票！”梁宇良帮任妍理了理头发。

“谢谢！”任妍踮起脚尖，在梁宇良的额头上轻轻地吻了吻，说，“再见！”

转身离去，谁都没有为谁回头。

谁也没有为谁存下手机号。

这是异地相逢的一段缘分，你不需要负责，只需要偶尔缅怀，然后会心一笑。

凌兰语觉得自己是个十足的电灯泡。

龙承章跟程可颐并肩走着，看看这儿看看那儿，逛了老半天都不嫌累，偶尔四目相望，那是含羞带涩。

眼不见为净，凌兰语决定撤，然后推说累了，要回客栈继续睡了。

程可颐说："要不我去你们那儿参观参观？"

龙承章点点头。

凌兰语知道大势已去，马上给梁宇良发了短信：风流完了速回，老窝快被敌军端掉了！

梁宇良回了两个字：路上！

他们步行回到客栈，刚好跟停好了车子的梁宇良打了个照面。

"把任妍安全送往机场了吗？"程可颐问。

"十分安全！"梁宇良把钥匙扔给了龙承章。

"我倒是觉得，跟你在一起，太不安全了，我很不放心！"程可颐说这话时，很自然地挽上了龙承章的手臂。

龙承章没拒绝。

梁宇良当没看到，说："这年头，男人并非绝对的不稳定因素，女人才是！"

程可颐呵呵一笑，没说什么。她知道他话里的意思。

"我睡了啊，你们慢慢缠绵！"凌兰语上了楼。

"我也睡，兰语哥哥等等我！"梁宇良嗲声嗲气地跟了上去，把在场的人恶心了个半死。

龙承章和程可颐站在客栈的庭院里，有点尴尬。

"晒晒太阳？"龙承章提议。

程可颐点点头。

龙承章的话很少，程可颐觉得他是矛盾的，一方面对她有渴望，一方面又在逃避着什么。

"能说说你的故事吗？"程可颐问他。

"我的故事并不动听……"龙承章点了根烟，苦笑。

"那你不介意我说说我的故事吧？"程可颐笑了。

"好啊！"龙承章来了兴趣。

程可颐其实已婚，跟丈夫吵架后，选择离开，躲到丽江，准备躲完春节。

“为什么吵架？”龙承章很淡定。

“他不上进，我恨铁不成钢。”程可颐说，“他跟我同年，1988 年的。”

龙承章笑笑，没说话。他心想，样貌谈吐比年龄成熟的女人都不简单，而且还是上海女人。

“我跟他大学时认识，那时候他家里没出事，挺有钱，对我穷追猛打的，我们就好上了。”程可颐淡淡一笑，“最拉风的是，我生日那天，他在学校里，为我放了好多好多的焰火。”

“呵呵，女人喜欢这种风花雪月。”龙承章说。

“不是的！”程可颐摇摇头，“我没有被焰火感动，而是为他放焰火被学校记了大过而感动。那是一种不顾一切的爱！”

“嗯，小伙子不错！”龙承章点点头。

“回归现实，特别是结婚以后，我才发现跟他在一起很累。”程可颐捋了捋长发。

“公子哥脾气你受不了？”

程可颐摇摇头，苦笑。

“他家里出事了？”

“是的，算是家道中落吧。他变得一无所有，然后依然沉迷于网络游戏和各类的酒局。他忘了自己现在的身份不再是过去的公子哥了。”

“不上班？”

“上着，一个月几千块工资，闲职一个，没前途！”程可颐说这话时有点不屑。

“你的收入很高？”龙承章问。

“还行吧，我是室内设计师，活多的时候两三万，少也有一万多。”

“很不错了呀！比我高！”龙承章笑笑，表示理解，男女收入不成正比的时候，最容易引发家庭矛盾，男卑女尊的滋味不好受。

“我跟他吵了无数次，我实在受不了每天看到他那窝囊样了！所以，我来丽江散散心。”

龙承章说：“丽江确实是个散心的好地方。这里很美，很适合发呆，静静的，逃避现实。”

“说说你吧。”程可颐说，“你也结婚了吧？”

龙承章点点头，说：“她走了……”

程可颐有点惊诧，忙说：“对不起……”

“活着，挺累！”

龙承章突然觉得自己找到了倾诉的对象。梁宇良、凌兰语，还有其他的那些亲人、朋友、哥们儿，他从来没有跟他们倾诉过。他害怕让人看到他的脆弱，他坚强地假装坚强。

回忆起过往的种种，就像决堤的洪水，止不住地倾诉，止不住地落泪……

阁楼上，梁宇良看着楼下的俩人，对凌兰语说：“龙承章哭了。”

“嗯，我看到了。”凌兰语点点头，“哭了好，再坚强，他也是个人，人总需要宣泄。在你我面前，龙承章不会也不敢掉泪，他需要一个陌生人，听他喋喋不休，看他泪流满面。”

梁宇良想到了许诺，他也想哭，不过忍住了。

“我们明天去香格里拉吧。”龙承章吃饭时提议。

“好啊！”程可颐鼓掌响应。

梁宇良和凌兰语面面相觑，异口同声地说：“你和她去吧。”

“一起去吧！”程可颐有点不好意思。

虚伪！

梁宇良说：“不去了，没意思！我跟凌兰语今晚去大研古镇找妹妹，你俩别跟着。”

“好啊！”凌兰语鼓掌响应。

“就把他俩留在客栈？”凌兰语有点不放心，一步一回头。

“成年人了，龙承章的事儿我们管不着了，我们关注我们自己的幸福吧！”梁宇良说，“今晚咱也认识认识新朋友。”

“然后？”

“然后邀请她来我们客栈，在庭院里陪我发呆。”

“纯洁！”凌兰语对他竖起了大拇指，“话说你送那个谁去机场，发生了点什么？”

“什么都没发生，我们很纯洁！”梁宇良郑重其事地说，“她叫任妍！”

到了大研古镇，沿着小桥流水走了一圈，感觉今夜的美女明显比昨天的少。

“咋办？估计美女昨天都被狼兜走了！”凌兰语恨恨地说。

“不美的，咱凑合着用用行吗？”梁宇良指了指远处的一位女子，“碰上熟人了！”

凌兰语一看，是那个韩国女生。

“打声招呼？”梁宇良问。

“不会吧，邻居你也忍心下手？”

“邻居倒是无所谓，只不过这模样我下不了手。”梁宇良看了看四周，无奈地耸耸肩，“我只是想找个人聊天，最好是异性，模样不重要。”

说罢，他就径直走了过去：“啊你哟哇塞哟！”

“你好！”金善珠看到是他，很惊喜，鞠了个躬，“啊你哟哇塞哟！”

“能听懂中文？”

“一点点！”

“我今晚请你喝啤酒？How about a drink？”梁宇良用他蹩脚的英文问。

“My great pleasure！”金善珠很开心地说。

梁宇良陪着傻笑了一下，一扭头，问凌兰语：“什么意思？”

“非常乐意！”凌兰语皱了皱眉头。

“真是只善良的猪，不知道这儿有很多很多不善良的人吗？”梁宇良小声说，“敢这么随意地跟陌生男子喝酒？”

“没事，她那模样也不会招惹到不善良的男人。”凌兰语说。

金善珠说：“我还有一个朋友。你们欢迎吗？”

“好啊好啊！人多热闹！”梁宇良笑笑，心想这回又是只什么猪？

漂亮的猪——迎着金善珠热情召唤的方向，他俩看到一高挑美女疾步走来，白色的宽松T恤衫，修身的牛仔裤，腿显得很修长。

可惜美女充满敌意，一过来就把金善珠拉到身后护着，然后用纯正的中文说：“你们想干什么？”

“中国人？”梁宇良问。

“是的，骗钱骗色的走开！”美女正气凛然。

“等等……”凌兰语定睛一看，说，“你……我怎么看着有点眼熟？”

“你这招太过时了！”美女杏目一瞪，看了看凌兰语，也纳闷儿起来，“好像真有那么点眼熟。”

“于月？”凌兰语笑了。

“你怎么知道我的名字？”美女一惊，身子往后挪了两步。

“你开的QQ，把我熊猫撞了。”凌兰语摇了摇头。

“哦！是你呀！”于月也笑了，露出的牙齿在月光下像一粒粒的珍珠。

“不打不相识！来！我们干一杯！”于月的性格比男人还豪爽。

丽江的啤酒杯大得可怕，一杯能装大半瓶。

啤酒的名字让人浮想连连——风花雪月。

“你不会开着你的QQ来的吧？”凌兰语问她。

“当然不是！车子都让你撞废了，你赔！”于月白了他一眼。

“谁撞的谁呀！”凌兰语觉得自己冤到家了。

“我不管！你罚酒一杯，快点喝，快点喝！”

经不住她的软磨硬泡，凌兰语又喝了一大杯。

于月又问：“你跟金善珠是怎么认识的？”

“一个客栈的邻居，打声招呼认识的。”凌兰语说，“你跟她又是怎么认识的？”

“我去宜昌旅游的时候认识的，她很喜欢中国，然后我们相约来丽江。她先来了几天，我今天刚到。”

“金善珠同学，你的中文是于月老师教你的吗？”梁宇良一本正经地问。

“是呀！”金善珠点点头。

“怪不得那么烂！”梁宇良笑了，“以后还是我来教你吧！”

“为什么来丽江？”于月问凌兰语。

“寻找艳遇。”凌兰语笑笑，说，“现在遇到了，还是老熟人！”

于月笑着说：“艳遇只是美艳的相遇，你遇到了我，当然美艳！”

凌兰语壮着胆子说：“你遇到了我，也不赖嘛。允许我感叹一句，茫茫人海中你只遇见了我，地球那么大，几十亿人，我们相遇在几十亿分之一的缘分里。”

“你读书那会儿是不是写情书特别厉害？”于月问。

“是的，包揽了几个死党的情书撰写，而且还收稿费。”凌兰语有点自豪。

“怪不得说话都那么酸！”于月冲他做了个鬼脸。

凌兰语嘿嘿一笑，问：“你为什么来丽江？”

“我倦了，就告诉自己，需要一场旅行。”于月伸了个懒腰。

“就这么简单？”

“就这么简单！我就是觉得工作太累，所以辞职，然后为自己放假。”

“小姑娘，还装什么洒脱？”凌兰语笑笑，“原来是什么工作？”

“银行，合同工，看不到希望，没多少钱，压力重重，累得半死！索性不干了，休息一段时间，琢磨着自己做点小买卖，开个网店。”

“卖什么？”

“待定。”

凌兰语无语。

于月淡淡一笑，说：“不必事事都有计划吧？当理想变成现实的房子、车子、票子以及诸如此类的种种物质享受时，多数人已经不知道自己真正要的是什么。我自己也在一日更胜一日地焦虑着关于生活的未来的一切。俗世里的迷离、欲望让生活和理想正在南辕北辙地行走、交错、远离。这很可怕！”

凌兰语陷入了沉思。

入夜的丽江，不能无酒，不能无歌。

“哑嗦哑嗦，哑哑嗦——”陶醉在楼下两岸对歌的欢声笑语里，于月用她清澈辽阔的女高音首先加入了那一浪盖过一浪的歌声中，然后大家情不自禁地应和着她的领唱。酒不知不觉地喝了一瓶又一瓶，众人的心情也飞出了这二楼酒吧的木窗。楼下的流水作证，对岸的歌友共鸣，一轮明月当空，所有愁肠不再。

凌兰语发现，这位活泼奔放的女子，月夜下，美得让人窒息。

“你住哪儿？”凌兰语已经醉了，于月扶着他，她没醉。

男人们各怀心事，把酒当了水喝。女人多少还是有点矜持和防备，所以没醉。

“废话！我跟善珠一起住！”

夜里的丽江非常冷。凌兰语突然挣扎着把外套脱了下来，套在于月身上。

带着体温，还有淡淡的古龙香水味道，这让于月感觉温暖。

“我要跟你一起住！”酒壮人胆，凌兰语冒出了这么一句。

“再这么闹我不管你了！”于月又气又羞。

“男女搭配，干活不累……”凌兰语指了指同样醉歪了被金善珠扶着的梁宇良，喃喃地说，“你看，他们不是搭配得好好的吗？”

“你醉了！”于月把他塞进了的士。

“到家了！你们几号房？”于月扶着凌兰语，感觉自己的骨架都要散了。

凌兰语眼皮都没抬,话也不说,就是随便用手指了指楼上。

“醉成这副模样了?”龙承章一开门,马上帮着把凌兰语和梁宇良抬上了床。

“服务员,来瓶伊利纯牛奶!”凌兰语举举手,呢喃着。

“我要特仑苏!不是所有的牛奶都叫特仑苏!”梁宇良一边响应着,一边抱着凌兰语,还顺手把被子盖上了。

于月扑哧一下就笑了:“醉鬼!”

龙承章哭笑不得。

金善珠对龙承章说:“中国的男人喜欢把自己的故事喝进酒里。”

“是心事吧?”龙承章淡淡一笑,“一醉解千愁。”

金善珠一愣,于月就给她解释道:“喝酒喝醉了,才能忘记不愉快的事情。”

“哦……”金善珠似懂非懂地点了点头。

回到房间。

“阿良说,我太善良,这世界上,特别是在某些国家,有很多坏人。”金善珠问于月,“他们是好人吧?”

“是吧?”于月也想了想,说,“一般情况下,坏的男人会在自己喝醉之前,先灌醉女生。他们俩不坏,反而有点儿傻!”

金善珠突然有点害羞地说:“阿良长得真好看!”

于月一愣,笑了:“是挺帅的。你对他有意思?”

“他结婚了。”金善珠有点沮丧,“我感觉,他把我当成了妹妹!”

于月的年龄比金善珠大一些,所以就故作老成地摸了摸她的头发,说:“你还真想搞个异国恋?你来丽江,是看风景的。”

“你跟凌兰语好像聊得很开心。”金善珠问。

“呵呵!”于月淡淡一笑,“我怎么感觉,在丽江,人就能很轻易地喜欢上一个人。也许是因为,这里空气里总是弥漫着轻佻的暧昧。”

“嗯!”金善珠似懂非懂地点了点头。

第二天起床,已经大中午了,凌兰语脑子涨得眩晕。他眯着眼睛,踢开了身旁像死猪一样趴着的梁宇良,看到了身旁的床位已空。

“龙承章呢？”凌兰语马上坐直了身子，一看表，中午一点多了。

“死了……”梁宇良继续睡。

“妈的，龙承章不见了！”凌兰语连忙拿出手机，只见一条短信：我跟程可颐去香格里拉，后天回来。

“还真抛下我们俩去香格里拉了！”凌兰语怒了。

“什么？香格里拉？”梁宇良揉了揉眼睛。

“昨晚我们回来时，龙承章在吗？”凌兰语努力回忆，回忆不起来。

“金善珠她们送我们回来的吧？龙承章……我醉了，没看到他在不在。”梁宇良也坐了起来，点了根烟。

凌兰语从他嘴里拿过烟，自顾地吸了一大口，说：“还真没印象了，难道说昨晚这里就被敌人攻破了阵地？”

“我看像！”梁宇良点了点头，又燃了根烟。

“可怜的是，我俩的阵地竟然没有被人攻破！”凌兰语仔细回想昨晚发生过什么，好像还真没发生过什么。

梁宇良说：“幸好！我可不想被韩国人攻破阵地！”

“兄弟！”凌兰语凑近了梁宇良，低声说，“帮个忙。”

“让我帮忙把金善珠收了，让你方便收掉于月？”梁宇良一看他翘屁股就知道他想放什么屁。

“知己！人生能有几个知己！”凌兰语嘿嘿一笑。

“没门！龙承章已经牺牲了我一次。我现在还没原地满血复活！”梁宇良白了他一眼。

凌兰语说：“吃喝我包！”

梁宇良想了想，摇摇头说：“龙承章原本还在彷徨着，现在嘛，有了那个什么程可颐，估计他就确定不回去过年了。所以说，咱们回家的路费……”

“我也包了！”凌兰语咬咬牙。

“飞机票哦！”梁宇良乐了。

“你丫真是个坏种！”凌兰语咬牙切齿。

“你想泡于月？”

“不是，不过跟她一起，总比跟你在一起感觉舒服一点。咱远道而来，总不能留下什么遗憾吧？”凌兰语笑笑，“你不是说了吗？旅途的艳遇无罪。”

梁宇良料事如神，金善珠她们果然中午等着他们一块儿吃饭。

"妹妹，欧爸(韩文：哥哥的意思)一会儿带你私奔，好吗？"梁宇良开始实施调虎离山的计划。

"私奔？"金善珠一脸迷茫，没听懂。

"只有我和你两个人，去一个没有别人的地方！"梁宇良尽量把这个词解释得通俗易懂。

"嗯！"金善珠点点头，羞红了脸。

出门后到了古镇，趁着凌兰语和于月含蓄地低着头并肩走在前面的时候，梁宇良拉着金善珠的手，轻声说："走！"

两人走进了一条岔路，然后轻快地飞奔起来。

金善珠就这么被梁宇良牵引着，感觉他的手宽厚有力。渐渐地，她在这水迹斑斑的石板路上迷失了方向，心里一遍遍地默念着那个难懂的中文词——私奔。

"就这儿吧？我们进去坐会儿。"梁宇良止住了脚步，淘到了一个很阴暗的小酒吧，心想这下你们可找不到我了吧！

金善珠点点头，没有说话。

梁宇良的电话响了起来，一看，是吴迪迪。

吴迪迪基本每天都会给他打电话，汇报当天的工作。

全都在梁宇良的预料之中，沐若溪基本可以服众，除了容伊，她经常捣乱，无组织无纪律。

袁洲满脑子坏东西，趁着梁宇良休假，妄想染指销售团队的管理，有事没事的总在售楼中心指手画脚的，一副主管领导的模样。庆幸的是，销售员们不笨，表面恭恭敬敬，背地里当他放屁。

老板们基本都不在公司，快过年了，都忙着给各级领导拜年。据说，袁老板去了广州，黄老板去了北京。

末了，吴迪迪还说了个事：齐紫萱辞职了，过完年就不会再来了。

听到这儿，梁宇良沉默了足足半分钟。

"经理，老板的秘书辞职了，这里面是不是有点儿问题？"吴迪迪很敏感，听梁宇良半天没有回应，以为这是公司里的什么巨大变动。

"小秘书一个，没什么大不了的，不必多心！"梁宇良恢复了常态，挂断了电话。

酒吧里传来王若琳慵懒的声音：

I love you,
say we're together,baby.
say we're together,woh.
I need you,
I need you forever baby.
you and me,
remember when you used to hold me.
remember when you made mercy.
you said you loved me.
……

听着歌词，梁宇良突然像遭遇了电击——怎么到哪儿都逃不掉那句我爱你?

那条短信就是他的梦魇，在漫步的路上，在各色小店打转的时候，在咖啡店发呆的时候，在身旁走过美女的时候，在半醉半醒的时候，在很多很多他无法预料的时刻，思念汹涌而至。他只能努力地笑，不停地说话和抽烟，以此去掩盖阴影，纠结而无助。

他其实也很想找个人倾诉，原本想去找个树洞说说，但又觉得这种行为特傻，面前的这位对中文半懂不懂的金善珠，不就是正合他意的树洞吗?

"我有些心事……"梁宇良鼓起了勇气。

"嗯!"金善珠狠狠地点了点头。

"知道我爱你是什么意思吗?"

"saranghea!"金善珠把双手举在头上，做成了个心形。

梁宇良笑了:"一般情况下，女孩子听到了这句话，是不是会很开心?"

"如果是自己喜欢的男生的话，会的!"金善珠又肯定地点点头。

"我老婆的手机里，收到了一条短信，上面写着，我爱你!"梁宇良说完这句话，突然觉得心里堵着的那块石头，顷刻瓦解了。

人，心里藏着个秘密的滋味不好受。

"你跟妻子结婚了，还经常发这种短信给她吗?好浪漫啊!韩国男人都不会这样的!韩国男人其实都很大男子主义的!"金善珠瞪大了她天真的双眼，像一汪明月般清澈。

梁宇良苦笑道:“这条短信不是我发的……”

“金善珠呢?”于月一回头,发现俩人不见了,“梁宇良呢?”

“跟丢了吧?”凌兰语心想,这家伙的行动还真是神不知鬼不觉!

于月直直地盯着凌兰语看,看到他不好意思了,才说:“你们安排好了的,早有预谋,一人带一个是吗?”

“没有呀!”凌兰语心里直发毛。

“哼哼!”于月笑了,“不怀好意哦!”

看她笑了,凌兰语胆子也大了起来,说:“也许他们只是迷路了。在古镇里迷路不正是一种享受吗?而且美女作陪,我倒是希望永远走不出这破胡同!”

于月委屈地说:“你就不能主动点,牵引着我这只迷途的羔羊走出困境?”

“啊?”凌兰语一愣,一时间没反应过来。

“傻瓜!”于月牵起了他的手。

小手冰凉。

凌兰语心想,是不是倒霉到了一定境界后,就会鸿运当头?

管他呢,我现在走桃花运!

“有一个美丽的地方,人们都把它向往,那里四季常青,那里鸟语花香,那里没有痛苦,那里没有忧伤,他的名字叫香格里拉,传说是神仙居住的地方。”

——《消失的地平线》

现在并不是香格里拉最美丽的季节,但在普达措国家公园,在属都湖,在梅里雪山,它依然给了龙承章和程可颐一个大大的惊叹:天空纯净,湖水清澈。有如少女妖娆,又如佛般空灵,尘世种种烦恼被洗涤得荡然无存。

更幸运的是,他们看到了日照金山。太阳光越过阻碍,突然照射在梅里雪山顶上,然后逐渐扩大,山体变得金灿灿的。这个奇观持续了20分钟,最后雪山整体变白,失去金色印象。

“先生,很抱歉,现在只剩下一间双人房了。”客栈老板娘打量了一下龙承章和程可颐,眼里带着笑意——两间房?都结伴同游了,还那么矜持?

“好吧,那就一间房。”龙承章没有征询程可颐的意见。

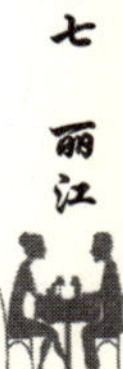

程可颐觉得自己的心跳加速。她骨子里还是个很保守的女人,她还没有尝试过所谓的一夜情。当然,她内心渴望过这种激情。

“累了,你先洗?”龙承章躺在床上,看着她。

她无所适从。

“洗吧,我不偷看!”龙承章闭上了眼睛。

程可颐进了洗手间,反锁了门,心跳加速——洗完澡以后怎么办?

她去丽江之前,就有朋友对她说过,放开自己,追寻艳遇,进行一场灵魂与肉体的洗礼。

说得真美,让程可颐憧憬,欲望像黑暗中盛开的罂粟,无法自控。

好吧,那就洗礼吧!程可颐看着镜子里的美丽女子,下定决心地点了点头。

出来以后,她才发现自己的担心、矛盾、纠结、忐忑、期待等都是多余的。

龙承章已经盖上被子睡去了,并且打起了呼噜。

程可颐松了口气,轻手轻脚地上了床,偷偷地看着另一张床上的男人。

睡着了的他,面庞更显得忧郁,是还未放下前妻的离去吧?

程可颐又有了点失望,刚才好容易才让自己忐忑的心平复下来,准备接受洗礼,现在好了,被人晾在了一边。

怪不得他问都不问就要了双人房,原来是因为君子坦荡荡。

十八　结局未必美满

“再见！”金善珠向大家用力地挥挥手。

终于还是到了别离的时刻。

于月跟她紧紧地拥抱。

金善珠的眼泪像断了线的珍珠。

她们结伴同游了3天：玉龙雪山、虎跳崖、黑龙潭、拉市海……还吃了好多好吃的：过桥米线、汽锅鸡、三文鱼、纳西烤鱼、N多说不清名字的野生菌。

于月松开她的时候，她的眼光投射到了梁宇良身上，那是一丝期待。

“再见！”梁宇良友好地过去，给了她一个温暖的拥抱。

金善珠舍不得松开，希望时光永远静止在这一刻。

“妹妹，记住了啊，那天我跟你说的，你一定要保守秘密！谁都不能说！”

金善珠用力点了点头。

“到了韩国，记得给哥偶尔送点小礼物，像什么阿玛尼呀、欧米茄之类的，你们那边应该便宜点吧？”梁宇良松开了拥抱。

“我很穷！”金善珠摊开手掌，“应该是哥哥给妹妹送礼物的！”

梁宇良从兜里掏出了一个挂件，为金善珠挂上。这是他在古镇里的手工艺小店里淘到的宝贝，是一个奇形怪状的古铜小箱子，上面点缀着红色的小宝石。

“谢谢！这不是你的宝贝吗？”金善珠很是喜欢。

“你也是我的宝贝。”梁宇良捏了一下她的小脸蛋。

金善珠想了想，把手上的一串珠子解了下来，郑重其事地戴在梁宇良的手上，说：“这是妹妹给哥哥的礼物！”说罢，眼泪又涌了出来。

梁宇良帮她拭去泪水：“等你回国后，哥给你寄点中国名牌过去，李宁或者361°！多一度热爱！”

金善珠破涕为笑。

“不跟我抱抱？”凌兰语展开了双手。

“再见了兰语，我会想你们的！”金善珠也跟他紧紧拥抱，并且悄声对他说，“兰语，你喜欢于月吗？”

凌兰语一愣，笑了，小声说：“于月这么漂亮的姑娘，很难让人不喜欢。”

金善珠很认真地说：“那你一定要加油哦！”

凌兰语苦笑。其实，他跟于月什么都没有发生。

“登机吧！”梁宇良挥挥手，说，“塞哟呐呐！”

“那是日文，韩文的再见是 annyeong！”金善珠向他做了个鬼脸。

“哦，安泥哟！”梁宇良学了一下。

“安泥哟！”凌兰语和于月异口同声。

金善珠一步一回头，渐行渐远。

于月也哭了。

“哭啥？”凌兰语笑了。

“不知道什么时候才能再见到她了！”

“我们的班机也快到点了，去换登机牌吧！”梁宇良拉起了行李。

“对了，你们不是还有个朋友吗？他在这边过年？”于月问。

“龙承章？”梁宇良这才想起他，恨恨地说，“把到妹妹后，去了香格里拉，然后说让我们先回去，他在那边多待几天，甚至过年，让我们别管他了。”

凌兰语说：“有异性没人性的东西！有的人，他还活着，但我当他已经死了！”

“我害怕！”小静很紧张，挣脱了黎伟的手。

“傻丫头！怕什么！”黎伟温柔地笑了，“我爸妈都很好相处。一知道我交了女朋友，我妈那个激动呀，让我马上就带你去给她看看。你看这都走到门口了，怎么就打退堂鼓了呢？”

“我真的很怕！”小静还是很紧张。虽然她已经数不清楚自己到底经历过多少个男人，但是她这辈子，还真是第一次正儿八经地去见家长。

黎伟拉住她的手，很有力量，说：“丑妇终须见家翁！何况你还是个漂亮姑娘！”

进了门，黎伟的妈妈很是热情，亲自拿拖鞋让她换上了：“黎伟他爸还没回来！这老头子，今天是什么日子，还这么磨磨蹭蹭的！”

这让小静感觉很亲切，说：“阿姨你好！”

“坐坐坐！”黎伟妈忙招呼着她坐下，“饭菜我都做好了，就等他爸。”

这让小静更不好意思了，忙说：“还有什么需要我帮忙的吗？”

“你别动，你别动！我全都搞定了，你坐着，我给你削个苹果。”黎伟妈开心得手舞足蹈，一时间连苹果都没拿稳。

小静忙接过苹果，说：“阿姨，我来吧！”说着，就熟练地削起皮来。

黎伟妈看着她那熟练的刀法，很是满意，又上下打量了一下，笑得眯起了眼睛：“姑娘长得真好看，你有多高呀？”

“一米六八。”小静腼腆地低下头，两颊绯红。

“哎呀！模特身材呀！”黎伟妈开心地笑了，“难得看得上我们家黎伟呀！”

“妈！”黎伟搂着母亲，说，“你儿子不差吧？”

“就你那臭脾气，还真是委屈人家小静了！”黎伟妈拉过小静的双手，说，“以后你得多管着他一点，我们家就这么一个宝贝儿子，欠管教！”

这时候，门外响起了脚步声。

“是爸回来了，我去开门！”黎伟马上走了过去。

“回来了？”黎伟妈生气地说，“今天儿子带女朋友回来吃饭，你竟然还迟到！”

“哎呀，领导！今天不是好日子吗？我特地去买瓶红酒回来，喜庆喜庆！”黎伟爸换好了拖鞋，喜气洋洋地走了过来，当他看到小静时，突然止住了脚步，笑容凝住了，渐渐皱起了眉头。

小静看到黎伟父亲的时候，突然感觉晴天霹雳。

这是她以前的客人。

虽然她并不知道这位客人的名字，但她还记得他身后毕恭毕敬的老板，记得他的不可一世，记得他的意气风发，甚至记得他眉心的一颗大痣！

“有你这么直勾勾地看人的吗？”黎伟妈过去拍了他一下，说道，“别吓坏了人家！”

黎伟爸没说什么，黑着脸，把红酒放进了冰箱。

显然，他也认出了小静，小静突然觉得自己像被脱光了扔在路边的弃妇。

吃饭的时候，黎伟爸一声不吭，脸色阴沉。

看了他这副模样，黎伟妈虽然百般不解，也不好发作，就给小静不停地夹菜，问：“小静，爸妈还好吧？”

“我妈挺好的，我爸去世得早。”小静低着头小声说。

“哎呀，一个女人把孩子拉扯大，真不容易呀……”黎伟妈叹了口气，“还有什么兄弟姐妹吗？”

“就我一个。”

“那多好呀，都是独生子女，可以生两个！”黎伟妈笑呵呵地说，“我们这一代人呀，是被牺牲的一代，都只准生一个，可惜了，可惜了！我不知道多想有个闺女呢！”

“啪——”黎伟爸听到这儿，话也不说就扔下了饭碗走进了书房。

“干吗呢？这死老头子！”黎伟妈有点尴尬，忙招呼着小静多吃菜。

黎伟有些不悦，心想：爸这是怎么回事？

只有小静知道谜底。

这顿饭，她吃得味如嚼蜡。

吃完了饭，出了门，黎伟拉着小静的手，轻声说：“我爸也不知道怎么回事，你别管他！”

小静忍住了泪水，松开了他的手，说：“你先回去吧，我想自己走走。”

说罢，她头也不回地走了……

下了飞机，回到江海，凌兰语和于月并肩走着，不时地说说笑笑。

“就我还没着落！”梁宇良郁闷了。

凌兰语说：“你接连偷了两个女人的心，还不够？”

“都是政治任务！”梁宇良横了他一眼。

其实，这样挺好，梁宇良不需要什么艳遇，他只需要散心。

他很庆幸这次旅行可以遇见金善珠，这位善良的姑娘。她夹生的中文说：“你不能阻止别人对她说我爱你，但你也可以对她说我爱你！她是你的妻子，昨天是，今天是，明天后天都是。你不爱她，还能爱谁？”

是的，她是我的妻子，我爱她，就这么简单！

梁宇良解开了心结，归心似箭，打车到了社区，一路小跑回了家。

家里开着灯，暖暖的，梁宇良第一次感觉到家里是那么温馨。

“回来了？”许诺的态度依然冷冰冰。

梁宇良失踪的这一个星期，仿佛人间蒸发了，杳无音讯，许诺打过电话去他公司，公司的人说他休假了。

休假了？许诺觉得很奇怪，住哪儿？龙承章那儿？凌兰语那儿？还是……

许诺不敢问，更不敢想象下去。

然后她只能忐忑不安地等待着梁宇良的回归。

等了足足一个星期。

其实看到梁宇良回来，她内心的冰雪早已融化——也许那天只是个误会，自己离家出走一星期，后来换梁宇良离家出走一星期，这两个星期，她也是度日如年。有什么能比跟爱人分离更让人痛苦纠结的吗？但是她的自尊告诉她，不能这么轻易地就服软原谅他，需要给他一个教训！

许诺的态度让梁宇良很是失望，他只得深深地吁了口气，说："还要这样僵持下去吗？"

许诺问："这些天你去哪里了？"

"丽江。"梁宇良没隐瞒，从来没打算隐瞒。

"呵呵！"许诺冷笑，"分开旅行，寻找艳遇？"

"就是散散心。"梁宇良走了过去，想坐在许诺身边，但一看她拒人千里之外的姿态，就坐到了对面，"有什么事情，我觉得我们夫妻可以开诚布公地说出来，能不能不要这样冷战下去？"

"好吧，我问你，这个月 2 号，也就是上两个星期的星期二，下午，你去哪儿了？"许诺一脸严肃。

"上班吧？星期二，能上哪儿？"梁宇良随口说道，应该是上班吧？再一想，不对，好像就是那一天，许诺开始跟自己赌气的，那天下午……那天下午他在温柔乡！

"呵呵！"许诺冷笑，"这个时候还要继续撒谎吗？"

"哦，那一天……"梁宇良呈沉思状，同时脑子里急速转动着：这下完蛋了，那天估计许诺或者她的什么姐妹看到他在温柔乡了！他是去温柔乡不假，他去那儿从来都不敢跟许诺汇报，因为许诺是个醋罐子，温柔乡是梁宇良前女友依米开的店子，她肯定不喜欢他上那儿去。

许诺的眼神很凌厉，缓缓地从嘴里吐出了几个字："纸是包不住火的……"

梁宇良一听这话，冷汗飙了，之前他还带过齐紫萱去那儿，不会是齐紫萱也暴露了吧？再一想应该不会，既然说的就是那一天，那么肯定没齐紫萱什么事！自己早跟她划清界限了，那一天他是跟凌兰语一道去的，啥事都没发生！于是他淡定了许多，点了根烟缓了缓神，说道："是的，那天我去了温柔乡。"想了想，又补充道："不过，我是跟凌兰语去那儿谈事情，不信你可以问他！"

"你的那些狐朋狗友，肯定是早早配好了口供，问他明显多余！"许诺冷冷地说。

“你爱怎么想怎么想吧。”梁宇良一看许诺这么说，就猜到她只是在怀疑他还在跟依米暧昧，于是心里的大石也放下了，说，“你没问，我也就忘了说。再说，我没必要事事都向你汇报吧？”

“既然心里没鬼，那干吗要隐瞒？”许诺不依不饶。

“好笑！”梁宇良火了，“你是在审问我吗？我心里没鬼，只是觉得没必要，说出来又怎么样？以你的性格，我说我去温柔乡跟凌兰语谈事，那里的老板是依米，你会是什么反应？我看你得马上就闹翻了天吧？我又何必这么没事找事，小事化大呢？”

“你终于说出了心里话！”许诺愤怒了，“我没事找事，我无理取闹！我离开家里的这段时间，你有出门找过我吗？你心里有我吗？你潇洒得很，每天这个家里没有我，你就舒服了，自在了。看到我回来了你还不适应了，于是甩门出去了，而且一出去就是一星期，杳无音讯！你在千里之外的丽江乐得逍遥吧？跟谁逍遥？我想，你肯定又会扯上龙承章或者凌兰语吧？反正我看不到、摸不着，谁知道你搂着哪个美女散心呢！”

“许诺！”梁宇良终于还是抑制不住心里的怒火，爆发了，“把你的手机拿过来！”

“干吗？”许诺一愣，本能地护住手机。

“拿过来！”梁宇良吼道，然后站起来走过去一手抢过了她的手机，翻看着短信记录，翻到了底还是没有找到那一条“我爱你”。

“哈哈哈哈哈！”梁宇良笑得眼泪都流了出来，“我印象中，你手机里应该保存着一条别的男人发给你的真情告白吧？”

“什么真情告白？”许诺惊诧地瞪大了双眼，然后瞳孔变深，身子不由自主地缩了缩——她已经意识到，她手机的秘密早已被梁宇良发现了。

“我爱你呀！”梁宇良陷入了癫狂的状态，学着韩国人的姿势把双手举在头顶形成了个心形，“saranghea！”

他的动作看起来很滑稽，他觉得，自己原本就很滑稽。

“不是这样的，阿良，你听我说！”许诺忙站了起来拉住梁宇良的手，一瞬间，她的绝对优势极速坠落到了谷底。

“说啥？”梁宇良凄凉地笑着，指了指手机，“那条短信是我看错了吗？或者是做梦？这梦做得还真是真切，真切得我连号码都记得一清二楚，136××××××××，来自广州，机主的名字叫李国平！哈哈哈哈！”

许诺彻底崩溃了，她原本以为，这个秘密会永远地沉淀下去，一辈子都不会再浮出水面。

“啪！”梁宇良用尽全身的力气，把手机摔在地上，摔得粉碎。

“你干吗？”许诺捡起了破碎的手机，解释道，“不是你想象的那样！那一天，我看到你的车子停在温柔乡，你却骗我说你在上班！我不敢拆穿你，因为我无法预计谎言拆穿后，我要面临什么样的局面。然后李国平刚好给我发了短信，我就跟他倾诉了这事。我们聊了很多，他安慰我，说也许只是个误会。到最后，他莫名其妙地给我发来了这条短信，我就没敢再回他。我跟他什么都没有发生过，真的！”

“哈哈！说到底还是我的错？我错了，我不该骗你，因为我的隐瞒，让你顺理成章地成为了别的男人‘我爱你’的对象？你不觉得你这样的说法很好笑？”

“你不信我？”许诺眼神里满是疑惑和失望。

“你让我如何相信？就在你收到那条短信后，你就从这个家里蒸发了，不见了，足足6天。如果不是我的离开，兴许不止6天，可能7天、8天、9天、10天，乃至永远！这段时间你去了哪里？我一直到现在，心里还是个问号！”

“说到底，你就是不信我，呵呵！”许诺笑了，泪水淌了出来。

“好啊，好啊！”梁宇良摇着头，笑得凄厉，“许诺，你在这个家是女王当惯了，什么事儿都是我的错！连他妈别的男人跟你说我爱你，那他妈也是我的错！全世界都错了，你还是对的，你永远都是对的！”

“问题是我跟他确实什么都没有发生！”许诺吼道。

“我跟依米也什么都没发生！你是怎么处理的？你直接选择了跟别的男人倾诉，选择了离家出走，选择了……”梁宇良顿了顿，吼道，“反正我无法想象你的选择！”

“你不也一样？看到了短信，你武断地认定了我跟别的男人纠缠不清，选择了头也不回地摔门而去！”许诺冷笑。

梁宇良试图从她的眼神里读出一丝愧疚，可惜，没有。这让他的愤怒到了极点：“这日子没法过了！”

一转身，梁宇良把液晶电视举了起来，用尽全身的力气把它砸了。

“你疯了！”许诺急忙过去阻止。

“放手！”梁宇良扯开她的手，喉咙里嘶哑着，“我让你放手！”

许诺第一次看见梁宇良这样的眼神——冷酷、不屑、愤怒。

她恐慌了,吓得往后退了几步。

“我不该回来!”梁宇良抹了抹眼泪,低着头绕过许诺,离开了这个称之为家的地方。

当他与她擦身而过的时候,她想拉住他的手,却又怎么也鼓不起勇气。

“谢谢!”于月踮起脚尖,在凌兰语额头上轻轻一吻。

“任务完成,公主安全到家!”凌兰语刮了一下于月的鼻子,“再见!”

“还会再见吗?”于月伏下身子,换了双拖鞋,白皙的脚腕娇俏诱人。

“随缘吧……”

凌兰语下楼的时候,脚步开始愈发地轻快起来。

能在旅途认识于月,确实很让人心情愉悦。必须承认的是,凌兰语有点喜欢于月,很少有男人可以抵御这个漂亮的小精灵。如果刚才自己愿意留下,于月应该不会拒绝。但既然大家在丽江都矜持着没有去到那一步,现在又何必呢?

喜欢并不等同于爱。

凌兰语很想念方芳。

一直很想念。到丽江的第二天,他就开始深深地想念,这让他自己都觉得诧异。他是真的爱上了方芳,虽然没有一见钟情,但一切都是那么地顺其自然。

曾经,凌兰语在不断地缅怀佘婷,缅怀她的好,缅怀她的不好,无可救药,以至让他认定,佘婷就是他大脑硬盘里的C盘,没了她,他就得系统崩溃。直到他遇见了方芳,这位水一样温柔的平凡女子,已经逐渐地把佘婷从他的脑海里慢慢清除,同时提示:病毒已删除,欢迎使用!

回到家,凌兰语开了灯,灯光有点刺眼。他打量了一下客厅,收拾得整整齐齐,桌面上,烟灰缸压着一张信纸。

兰语:

关于我俩,我不知道该说些什么,也许你这样的男子不会爱上我这样的普通女孩。和你在一起的日子很开心,哪怕只是偎依在你身旁,哪怕仅仅是看着你那狂傲抑或沉思的模样,可现在这一切对我来说都只是个梦,我需要很长很长的一段时间才能抹去……

曾经沧海难为水,我没有自信去面对你的过去,我更捕捉不到你爱我的信息。当我看到你看她的眼神时，我那仅存的一点点的自我安慰也被撕得支离破碎了——其实，我只是在你需要一个人的时候恰好出现了而已，这对我来说是幸福的，更是痛苦的……

到此为止吧，希望你能遇到那个真正令你心动的人。再见了，兰语。祝我们都好运吧。

很爱你的方芳

凌兰语马上掏出手机，颤抖着双手按了方芳的电话。

万幸，良久，电话接通了。

“方芳，你在哪里？”

“……”

“告诉我，你在哪里！”凌兰语眼眶突然湿润了。

“我在火车站，回家过年。”

“你等着！”凌兰语马上出了门。

“你过来？”方芳的声音有一丝惊异，又有一丝期待。

“我过去！你等我！”凌兰语关上了门，想了想又开了门，一把拎起刚被撂下的行李，对着电话大声说道，“我跟你一道回家！”

许诺开着车满大街地搜寻着，希望能看到他的身影。

她疯狂地按着喇叭、踩着油门，偶尔神经质地急刹车，只因为她看到了某个貌似他的夜行男子。

“为什么不信我？为什么不信我！”许诺激动地拍打着方向盘，一路泪流满面。

她把车开到了温柔乡。

擦干了泪痕，她开始对着镜子一板一眼地化起了妆。

化好了，她看着镜子里的自己，鼓起了勇气，下了车。

“你好！”刚一坐下，她就听到了这声亲切的问好，抬头一看，正是依米。

她依然很漂亮，五官精致，虽然还是那种让许诺觉得难以接受的另类打扮。

依米看着眼前的这位女子，也觉得几分眼熟，稍稍迟疑了一下。

“我是许诺。”许诺尽量让自己显得淡定一些，自如一些。

依米愣住了，有点害怕。再一想好像自己也没做错什么，怕什么？就绽开了笑容："是许诺呀！好久没见，你漂亮多了！"

这是真心话，许诺早已不是依米印象中停留着的那个青涩女生，现在的她女人味十足。

许诺苦笑道："我想跟你聊聊。"

"好呀。"依米大方地坐在了她的对面，扬手让服务生过来，然后点了两杯咖啡，"你是第一次来吧？我这儿的咖啡不错。"

"谢谢！"许诺点点头，偷偷地打量着这个自己丈夫的前女友。

梁宇良对他的过去毫无隐瞒，他告诉过许诺，依米是他的高中同学，高三时他们在一起，一起逃课玩音乐，他们曾经一起疯狂地迷恋摇滚。说到这些的时候，梁宇良神采飞扬，最后深深地叹口气，有些许遗憾的模样。然后她会发脾气，说他还在留恋。

他说："我并不是留恋她，只是觉得那时候的时光……很洒脱。"

她不信。

所以每当梁宇良播放那刺耳的窦唯或者唐朝等的音乐时，许诺总会气鼓鼓地直接换碟，换上她喜欢的柔和的情歌。她无法接受这种噪声，正如梁宇良无法接受她的韩剧。

两个世界的人在一起，终究会有个人让步、妥协，最终被同化。

梁宇良默默地改变，封尘了那些打口碟，最多最多也就是听听汪峰和许巍的。他开始陪许诺一起看韩剧，陪她哭得死去活来，还在车子里的U盘里下载了很多很多梁静茹、孙燕姿、范玮琪、刘若英的歌曲。在她步入车子之前，他会体贴地更换歌曲，调低音量……

这一些细节，为什么我一直没有注意到？

想到这里，许诺哭了。

对于她毫无征兆的哭泣，依米显得不知所措——老娘没干吗呀？干吗盯着老娘哭！

"对不起！"许诺擦了擦眼泪，平复了一下心情，勉强一笑，"阿良，经常来你这儿吧？"

依米被这个问题问倒了，梁宇良这个怕老婆的软骨头来这儿，从来不敢让许诺知道，但许诺找上门来了，那必然是察觉到了什么。又能察觉什么呢？自己跟他又没啥见不得人的事儿！

想到这儿，依米点点头，说："偶尔来坐坐。不过……都是跟凌兰语一起来的，俩兄弟来这喝酒海吹。"

后面那句补充的话，是依米临时想到的，瓜田李下，咱还是避避嫌吧。

“你还喜欢梁宇良吗？”许诺突然抬头，看着依米，一动不动的。

依米差点没被呛到：我还喜欢梁宇良吗？这个问题我从来都没有想过。我喜欢看他吆五喝六地到这儿来闹腾，喜欢听他偶尔哼起的小调，喜欢跟他拼酒斗嘴，喜欢看他带着各色美女来这儿相互暧昧……还有很多很多喜欢。问题是，我喜欢他这个人吗？

应该不喜欢吧，因为他带着别的女人来这儿的时候，我没有生气，没有失落，没有沮丧，没有歇斯底里，没有寻死觅活，我反而很变态地趴在吧台上有滋有味地看他跟别人打情骂俏，不亦乐乎。

“不喜欢！”依米摇摇头。

“你迟疑了一下！”许诺不相信这个答案。

依米无奈地苦笑，她说：“梁宇良之后，我换了几任男朋友，数字连我自个都数不清了。我跟他真的比自来水还清白。”

“真的吗？”许诺的眼神很无助。

“真的！”依米肯定地点点头。

“他走了……”许诺号啕大哭，“他不信我！我感觉不到他爱我，我只能从他的眼神里读出深深的恨！他变了！”

“他很爱你……”依米深深地叹了口气，“梁宇良确实变了，变了太多、太多。这小子天生就是个情种，你收了他，他不完美，你希望他完美，于是他为你打磨得面目全非。”

“面目全非？”许诺觉得这个词是贬义词。

“对，面目全非！”依米点了点头，“多年前的他跟现在的他判若两人，这是一种蜕变。他变得现实，变得功利，但又变得果敢和担当。他不再是以前我认识的那个玩世不恭、特立独行的小愤青，他变成了一个朝九晚五、人模狗样的小白领。我不敢肯定他的感情是否对你专一，但我可以肯定他对你很好。他不敢跟你说来我这儿，我能理解，你不希望他来这儿，我也理解。但是，到了我这儿，他说得最多的还是你这个老婆大人，说你的好，说你的不好。我笑他怕老婆，其实，是因为我深深地羡慕着他老婆……”

“你还是喜欢他的。”许诺看着她，喃喃地说。

“别误会，我只是羡慕他老婆，我可没想当他的老婆。如果说喜欢，我喜欢的是很久以前，甚至是记忆里的他，现在的他……”依米冷笑，“早已不属于我喜欢的那种类型。他变好了，好得没有棱角，好得跟一般的男人大同小异。”

“哪个女人不希望男人变好？”许诺说。

“你爱的是当初的梁宇良吗？如果是，为什么你还要不停地希望他改变？要变成什么模样你才满意？而让你满意的他，那还是梁宇良吗？”说到这儿，依米有点气愤。那个曾经留着油腻腻的长发，一脸不羁，桀骜不驯的吉他手，渐行渐远了。

许诺迷茫了。

“貌似我们离题万里了。”依米笑了笑，“作为梁宇良的朋友，帮他说两句好话而已。你刚才说，他不信你？怎么回事？”

许诺把事情经过说了出来。

“首先，是你不信他。”依米总结道，“你用冷战和离家出走这种极端的方式来解决家庭内部矛盾，这是愚蠢的。如果梁宇良真跟我有什么，那不太便宜他小子了？老婆不在家，天天跟我一块儿风流快活得了！”

“呵呵！”许诺破涕为笑。

“然后，你跟谁倾诉不行，偏偏跟那个曾经也许现在还在暗恋你的男人倾诉？这种情况下，那个男人肯定想着乘虚而入，一马平川！”

“那天他刚好给我发了短信过来问候，我心里烦得很，又不想让朋友知道，我想他远在天边，就跟他说了。”

“缘分呀！”依米拍了拍手。

“你也不信我？”许诺撅起了小嘴。

“没不信，这还真是缘分！是上天出题考验你俩来着！”依米一板一眼地说着。

许诺疑惑了，问：“我俩？我跟谁？”

“是你跟梁宇良！”依米说，“各有一段误会，各自猜疑，而且难以解释，甚至越描越黑。最终，就看你们对彼此的信任，还有信心。走过这个坎，你们未来的小日子就舒坦了！”

听到这儿，许诺仿佛充满了力量，一拍桌子站了起来，说：“我对梁宇良有信心！我现在就去找他说清楚！”

“好样的！”依米鼓起掌来。

“你知道他在哪儿吗？”许诺问。

“大姐！我跟梁宇良真没什么见不得人的关系！鬼才知道他在哪里！”依米求饶。

许诺愣住了,他在哪儿?他能去哪儿?

电影里,女主角和男主角吵架分手过后,总能在某个他们发生过什么故事的地点,或者干脆在大马路上的拐角处就能重逢或者擦肩而过。现在,我的爱人走了,消失在茫茫人海中,我却又不知道该上哪儿才能找得到他!

"回家吧!"依米说,"他会在家等你的!"

梁宇良漫无目的地走着,心里突然冒出了不知道在哪儿听过的一句话:女人没有所谓的忠贞,只要出现了对她更好的人,她就会变心!

"呵呵!"梁宇良笑了,并且开始自言自语,"得不到并不可怕,守不住才是个笑话!"

远处驶来一台的士,他上了车。

"去哪儿?"

"随便开……"

梁宇良蜷曲着身子,他从未如此地惶恐和不安,眼神无助和迷茫,泪水默默地流了下来,癫痫一样地微微颤抖,像个孩子。

车子鬼使神差地开到了齐紫萱的楼下。

"等等,停一下!"梁宇良挣扎着坐了起来,看到齐紫萱的房间里透出淡黄的灯光。

"先生……"车子停了很久,看梁宇良发着呆半天没反应,司机有点不耐烦。

"走吧……"梁宇良叹了口气。

"去哪儿?"司机纳闷儿了。

"不知道……"

司机没再说话,车子开得飞快。

又转了半小时,梁宇良下定了决心一样,说:"回去。"

"回哪儿?"

"回家!"

"奶奶,不要再给我安排了,我求你了!"龙承章对着电话,几近哀求。他的肩膀很宽厚,背有点驼。

然后对方那边依然是喋喋不休。

龙承章把电话轻轻放下,转身无奈地看向程可颐,小声说:"我奶奶……"

“呵呵，听出来了！”程可颐笑笑。

“人活着就是瞎折腾。”龙承章看了看手机，奶奶在那一边不停地喂喂喂，就拿起了电话，说，“奶奶，我现在正在跟个女孩子约会，能不打扰我了吗？”

奶奶一听就“呵呵呵”地直笑，连声说好。

“抱歉，借你蒙混过关了！”龙承章挂了电话，松了口气。

程可颐笑笑，没说话。

“逼我相亲。”

“那就相咯，看看不犯法。”

“还是别了，害人累己。”龙承章苦笑，“梁宇良作为一个已婚人士，给过我一个建议：随便找个女的生个娃儿，然后不结婚，一直游戏人间，保持单身到40岁，没有围城没有束缚，爱咋地咋地。”

“想法倒是不错，谁都想洒脱一点，挥挥手不带走一片云彩。”程可颐说，“围城内外的人们相互观望，相互羡慕嫉妒恨，相互预谋着对调身份。”

看着他的孤寂，她心想：相逢恨晚。这个软硬件全部达标甚至超标的男子，太合适自己了，如果她早一点遇见他……

当然，没有如果。

“婚姻是神圣的，我一直这么认为。生活就是婚姻，婚姻不是生活的终点，婚姻应该走到生命的终点。”龙承章看着程可颐，说，“相比之下，你是幸福的，虽然你现在感觉身处围城异常压抑。两个人能走到一起，不容易，总会有磕磕碰碰，总会有意见不合，其实平淡是福，只要你不放弃，一样可以执子之手，白头到老。”

程可颐眼圈突然有点潮，轻轻地点了点头。

“谢谢你！”龙承章说，“一直以来，我都难以走出那段阴影。遇见你，我得以倾诉，很多东西闷在心里，那滋味很难受。”

程可颐一愣，微笑：“也谢谢你！我想我已经知道我该怎么做了。你说得对，平淡是福，生活原本如此。”

龙承章喝了一小口酒，露出了难得一见的笑容，他说：“明天我们就要离开这一片美丽的土地了，我还真有点不舍。要不，我们再出去走走？”

遥远的香格里拉，繁星点点，龙承章和程可颐，站在奶子河畔一望无垠的枯黄草原上……